Kyrie McCauley

You Are ~~Not~~ Safe Here

© Brittany Frisch

Kyrie McCauley war bereits Kellnerin, Babysitterin, Sängerin und ACLU-Aushilfe und ist jetzt Mutter und Autorin. Sie hat einen Master of Science in Sozialpolitik und lebt mit ihrem Mann, ihren Kindern und einigen ungezogenen, aber geliebten Katzen nahe Philadelphia.

Uwe-Michael Gutzschhahn, geboren 1952, studierte Anglistik und Germanistik und schloss sein Studium mit der Promotion ab. Er war viele Jahre als programmverantwortlicher Lektor in diversen Verlagen tätig und lebt heute als Autor, Übersetzer, Herausgeber und freier Lektor in München. Seine Bücher wurden vielfach prämiert, für sein Gesamtwerk als Übersetzer erhielt er den Deutschen Jugendliteraturpreis.

Kyrie McCauley

You are ~~not~~ safe here

Aus dem amerikanischen Englisch
von Uwe-Michael Gutzschhahn

dtv

MIX
Papier aus verantwortungsvollen Quellen
FSC® C019821

Ungekürzte Ausgabe

Titel der amerikanischen Originalausgabe:
›If These Wings Could Fly‹
2020 erschienen bei Katherine Tegen Books, an imprint of HarperCollins Publishers, New York
Published by arrangement with Kyrie McCauley
c/o New Leaf Literary & Media, INC., 110 West 40th Street, Suite 2201, New York, NY 10018 USA

Dieses Werk wurde vermittelt durch die Literarische Agentur Thomas Schlück GmbH, 30161 Hannover.
Umschlaggestaltung: buxdesign, Carla Nagel
Illustration: Carla Nagel
Gesetzt aus der Sabon LT Pro
Satz: Fotosatz Amann, Memmingen
Druck und Bindung: Druckerei C.H.Beck, Nördlingen
Printed in Germany · ISBN 978-3-423-71916-2

Für meinen kleinen Bruder Jackson,
der wie ein Stern ist,
weil er das Weltall erleuchtet
(und weil er so viel größer ist als ich).

Für Kayleigh und Katharyn,
die nie zögern, sich mit mir der Dunkelheit zu stellen,
Taschenlampen in der Hand.

Und für die Überlebenden häuslicher Gewalt
und die, die es noch durchstehen.
Vielleicht fühlt es sich an wie das Ende der Geschichte,
doch es ist nur der Anfang
und der Rest gehört euch allein.

AUBURN, PENNSYLVANIA
2. SEPTEMBER
KRÄHENBESTAND: 212

1. KAPITEL

Es passiert in den Ausdehnungen der Stille, dass ich mich frage, ob sie ganz einfach tot ist.

Mein Fenster steht offen, die hölzernen Läden sind weit aufgerissen, um den Luftzug hereinzulassen, den es nicht gibt. Ich sauge die Luft ein, die schwer ist von all der Schwüle, und schaue hinauf in den nächtlichen Himmel. Tiefe Wolken, aber kein Regen.

Mutter Natur, du kannst so unfair sein.

Unsere ganze Stadt wartet auf Regen, dass er die Dürre beendet. Auf Regen, der den Schweiß wegspült, den Schweiß, der uns Tag für Tag am Körper klebt, sobald wir das Haus verlassen. Auf Regen, der auf die harte trockene Erde zwischen den verdorrenden Getreidehalmen der Felder trommelt. Regen ist Leben. Regen ist Vergebung.

Regen wäscht schneller sämtliche Sünden fort, als es ein Pfarrer je könnte.

Ich höre es erneut: ein tiefes Grummeln. Aber das täuscht, das ist kein Donner. Seine Stimme ist so laut wie die Stimme Gottes und so böse wie die des Teufels. Ich versuche, sie auszublenden, doch dann höre ich das leise Tappen kleiner Füße auf dem Teppich im Flur. Im nächsten Moment geht die Tür auf und die Mädchen kommen herein. Wir drei setzen uns unter das Fenster – die eine Schwester links, die andere rechts unter meinen Armen zusammengekauert.

Als ob ich sie beschützen könnte.

Meine Arme schlingen sich um ihre Schultern: »Alles gut«, flüstere ich, für sie und für mich.

Ein Schrei erfüllt das Haus. Das ist nicht Mom. Es ist der Anfangsschrei eines klassischen Rocksongs. Als die Bassdrum loswummert, erzittert die Tür zu meinem Zimmer.

Es ist eine Nacht mit voller Dröhnung.

Ein schwacher Lufthauch dringt durch das offene Fenster über uns. Die dünnen Muskelstränge in den Armen meiner Schwestern spannen sich vor Angst. Ich schaue hoch und sehe die dunkle Silhouette eines Vogels auf der gegenüberliegenden Zimmerwand.

»Ist nur Joe«, sage ich und löse mich aus ihrer Umklammerung. Ich drehe mich um und schaue in ein wildes, schimmerndes schwarzes Auge. Der Schnabel des Vogels wirkt aus dieser Nähe boshaft scharf. Gewöhnlich kommt er nicht bis ans Fenster. Gern hockt er auf unserem Briefkasten, dem Zaun bei der Bushaltestelle an der Ecke oder auf dem untersten Ast des Baums im Vorgarten. Joe ist einzigartig unter den anderen schwarzen Vögeln, er unterscheidet sich durch die grauen Federn an Bauch und Rücken. Und auch durch seinen Willen, in unserer Nähe zu sein – ständig.

Joe krächzt. Er schüttelt prahlerisch seine Flügel und dreht sich um.

»Tschüs, Joe«, sagt Juniper, als er davonfliegt.

Unten kracht etwas zu Boden.

»Mom«, sagt Campbell. Ich male mir aus, dass Mom verletzt ist. Und weint. Ich sehe Cam in die Augen und finde meine Angst in ihnen gespiegelt.

»Ich schau mal nach ihr.« Es hat keinen Sinn, bei der Musik zu flüstern, deshalb brülle ich fast. Ich drücke die knochigen Hände der zwei, ein einzelner Drumbeat der Beschwichtigung, und stehe auf.

Als ich die Treppe erreiche, spielt er die *Greatest Hits* von Guns N' Roses so laut, dass es mir in den Zähnen wehtut, und trotzdem höre ich ihn. Ich werfe einen Blick übers Geländer und sehe, er ist in der Küche. Wenn ich es nicht wüsste, hätte ich Sorge, die dunkelrote Färbung seiner Haut deute auf einen medizinischen Notfall. Doch es ist Wut. Schiere, unkontrollierte Wut. Das Pulverfass heute Nacht war eine anstehende Hypothekenzahlung. Der zündende Funke eine Stromrechnung, doppelt so hoch wie sonst. Es war ein heißer August und die Klimaanlage hatte zu viel zu tun.

Ich kann das abgerundete graue Metall oben auf dem Kühlschrank nur gerade so eben erkennen. Er hat seine Pistole immer in Griffweite. Er sagt, sie nützt nichts, wenn er sie bei einem Überfall erst lange suchen muss, doch gerade in Momenten wie diesem denke ich an sie. Es ist immer dieselbe Frage, die in mir hochkommt. Ist es heute Abend so weit, dass er nach ihr greift?

Mom taucht in meinem Blickfeld auf. Ihre langen roten Haare hängen lose und zerzaust herab. Sie ist auf dem Weg zur Stereoanlage.

Er rennt hinter ihr her, jeder Schritt ein winziges Beben in dem alten Haus. Er selbst ist eine schwere Abrissbirne und prescht durch den Raum, Mom hinterher, als ihre Hand den Lautstärkeregler berührt.

Er stößt sie gegen die Tür des Hi-Fi-Schranks, die mit voller Wucht nach hinten gegen die Wand fliegt. Ein Stück Putz löst sich dort, wo sie einschlägt. Mom reibt sich die Schulter, sagt aber nichts.

Meine Angst sitzt gefangen in meinem Brustkorb. Sie schlägt mit ihren nutzlosen, verängstigten Flügeln, während ich wieder zurück nach oben schleiche.

»Sie ist okay«, erkläre ich den Mädchen. »Aber ich muss die Polizei rufen.«

»Das Telefon ist tot«, erinnert mich Campbell. Wenn die Ausbrüche losgehen, reißt er das Kabel aus der Wand. Er platziert es auf dem Küchentisch – gut sichtbar, aber nutzlos.

»Ich muss Hilfe holen.« Ich werfe einen Blick zum Fenster. Cam merkt es.

»Ist das nicht zu hoch?«, fragt sie. Falls sie Angst hat, hört man es ihrer Stimme zumindest nicht an. Mit ihren dreizehn Jahren ist Campbell ein Musterbeispiel für Ruhe und Gelassenheit. Sie begreift die Gefahr, in der wir sind. Und sie weiß auch, wann es besser ist, dies vor Juniper zu verbergen.

»Überhaupt nicht.« Ich klettere aus dem Fenster hinaus auf das Dach über unserer Veranda. Die Luft ist immer noch schwer von Feuchtigkeit getränkt, belastet von Dingen, die sie nicht allzu lange mehr tragen kann. Ich weiß nur zu gut, wie sich das anfühlt. Bald wird der Himmel aufbrechen.

Als ich draußen bin, warte ich einen Moment und checke die Lage. Vielleicht wird er sie hier draußen nicht finden. Zumindest nicht gleich.

»Kommt raus«, sage ich zu ihnen und deute auf das andere Ende des Dachs, wo es auf das Haus trifft und einen kleinen Winkel bildet. »Alles gut. Das wird ein Abenteuer.«

Campbell schwingt sofort ihre Beine über die Fensterbank und kriecht in den Winkel, aber Juniper zögert.

»Ich hab Angst, Leighton«, sagt sie. Ein verschrobener kleiner Teil in meinem Kopf ist dankbar, dass Juniper Angst hat. Dass sie mit ihren neun Jahren schon so viele Nächte in Schatten wie diesem versteckt zugebracht hat und immer noch weiß, es ist nicht normal.

»Hey, Schatz, schau mich an. Alles ist gut. Du kuschelst dich einfach an Campbell. Warte, nimm Ava-Bär mit.«

Ich greife ins Zimmer, baumele über der Fensterbank und taste nach meinem Bettende. Etwas, das weich ist wie Flaum, erfüllt meine Hand, als ich den Teddy erreiche. Ich beuge mich zurück aus dem Fenster und strecke Juniper meinen geliebten Stoffbären entgegen.

Junie schüttelt ablehnend den Kopf.

Etwas grollt von unten und ist nicht die Musik. Mein Magen zieht sich zusammen. Er ist so wütend an diesem Abend.

Ich lasse den Teddy fallen, hocke mich an das Fenster und sehe die Tränen in Junipers dunklen Augen.

»Wie groß ist dein Mut?«, frage ich sie.

Ich habe den Satz geklaut, direkt aus unserer Vergangenheit. Ich habe ihn aus meiner schöneren frühen Kindheit herausgeschnitten, aus der Zeit, als Mom ihn zu mir sagte, um mich auf ein Fahrrad oder ein Karussell zu locken. Und ich habe ihn hierhergebracht, in diese schreckliche Nacht. Doch ich brauche den Satz – für Juniper.

»So groß«, sagt Juniper und klettert aus dem Fenster. Ich führe sie zu Cammy hinüber.

Der Baum in unserem Garten schwankt, obwohl kein Wind geht.

Krähen.

Vögel hocken dicht an dicht auf den Ästen. Es müssen fast hundert sein. Mehr. Junipers leises Gewimmer drängt die Krähen aus meinem Kopf. Ich schwinge die Beine über die Dachkante und lasse mich fallen, bevor ich es mir doch noch anders überlege. Es ist ein kurzer Fall, doch ich schlage hart auf und verliere das Gleichgewicht. Meine Hände streifen den Gehweg, auf dem ich mich fange. Sie bluten. Ich schaue nach oben und sehe, wie Campbell herabspäht. »Alles okay«, zisch ich ihr zu. »Geh zurück!« Ich verschwimme mit dem Dunkel des Gartens, wohin das Verandalicht nicht reicht – gerade als er am Küchenfenster vorbeikommt.

Als er sich umdreht, renne ich los. Es gibt nur ein weiteres

Haus an unserer Straße. Wenn wir uns je sicher in unserem Haus fühlen würden, könnte man sagen, es ist malerisch hier, mit den Bergen im Hintergrund und nichts als der endlosen Weite idyllischer Felder.

Aber wir fühlen uns nicht sicher, weshalb ich das Haus eher abgelegen nennen würde. Isoliert.

Alcatraz.

Doch es gibt *eine* Nachbarin. Die alte Mrs Stieg. Höchstens hundert Meter entfernt in einem Farmhaus, das locker ein halbes Jahrhundert älter ist als unser Haus, aber perfekt instand gehalten. Während ich die Straße entlangjage, schaue ich kurz zurück. Ich suche nach zwei Schatten auf dem Verandadach, doch mein Blick wird weiter nach oben gezogen.

Krähen bedecken unser Hausdach. Dunkle Schindeln, verhüllt von noch dunkleren Federn.

Als ich das Haus unserer Nachbarin erreiche, schließe ich die Finger über der noch vom Sturz brennenden Handfläche und schlage mit der Faust gegen die Tür. Oben flackert ein Licht auf und in mir schwillt die Hoffnung an.

Das Licht geht wieder aus.

Ich klopfe fester, doch ich weiß schon, sie wird nicht kommen.

Angst krampft sich in meiner Brust zusammen, will *raus*. Niemand sonst wohnt in der Nähe. Ich kann meine Schwestern nicht so lange allein lassen, um ein paar Meilen bis in die Stadt zu laufen. Ich überquere wieder die Straße. Als ich zurück in unserem Garten bin, versuche ich den Dutzenden Krähen auf unserem Rasen auszuweichen. Genau in dem Moment fliegt die Haustür auf.

»Verdammte Scheiße, was soll das?« Er füllt den gesamten Türrahmen aus. Gute zweihundert Pfund Wut, die jetzt auf mich gerichtet sind. Ich überlege mir mögliche Antworten, spiele, so schnell ich nur kann, im Kopf ihre Folgen durch. Welche Antwort ist die sicherste?

»Ich hab die Polizei gerufen«, lüge ich und es ist eine große Lüge. In ein paar Minuten wird er wissen, dass es nicht stimmt.

Einen Moment lang starrt er mich nieder, als wenn er mich zwingen wollte, die Wahrheit zu sagen. Dann kehrt er ins Haus zurück. Endlich setzt die Musik aus, die plötzliche Stille wirkt irreal. So als wenn alles vorher ein Albtraum war und ich gerade aufgewacht bin.

Wenn es nur so wäre.

Ich beobachte, wie er in der Küche auf und ab läuft. Vögel staksen um mich herum und krächzen leise. Oder vielleicht auch laut und es wirkt nur leise im Kontrast zu dem Lärm der Musik gerade eben.

»Nach allem, was ich für euch Mädchen tue«, sagt er, während er sich seine wesentlichsten Dinge schnappt: Portemonnaie, Schlüssel, Pistole. »So verflucht undankbar.«

Er geht zu seinem Wagen und knallt die Tür zu. Sekunden später verschwindet er und ich weiß, warum. Es gefällt ihm, herumzubrüllen und uns Angst zu machen, aber er achtet darauf, sich nicht selbst ins Gefängnis zu bringen. Es ist ein schmaler Grat, doch er beherrscht ihn gut.

Ich gehe den Gartenweg entlang, durch das Gras, und bleibe am Straßenrand stehen. Morgen wird er zurückkommen, doch für heute Nacht sind wir in Sicherheit. Ich stehe da, bis er um die Kurve biegt und ich ihn nicht mehr sehen kann. Und genau in diesem Moment bricht der Himmel über mir auf.

Regen strömt herab und jagt die Krähen in der Dunkelheit auseinander.

AUBURN, PENNSYLVANIA
3. SEPTEMBER
KRÄHENBESTAND: 3.582

2. KAPITEL

Am Morgen sind die Krähen immer noch hier. Und mit hier meine ich *überall.* Krähen auf jedem Ast des Vorgartenbaums, bis sie so dicht hocken, dass es mehr Federn als Blätter sind.

Ich stehe am Fenster meines Zimmers und beobachte, wie die Vögel auf den Ästen rascheln und zucken. Auf dem Dach von Mrs Stieg sind sie auch und stolzieren die Regenrinnen entlang.

Unsere Haustür schlägt zu.

Er ist zurück.

Ich laufe aus meinem Zimmer und jage unter die Dusche, verzweifelt darum bemüht, den Morgen zu normalisieren, ihn da unten zu erinnern, dass wir Schule haben. Manchmal, wenn wir alles richtig machen, passt er sich unserer Ruhe an. Bewegt sich in Richtung unserer Normalität. Während das kochend heiße Wasser auf mich niedergeht, spreche ich ein Stoßgebet, dass dies einer jener Tage sein möge.

Ich liebe die Schule, doch dieses Jahr ist es anders. Es ist mein letztes Jahr. Mein Countdown hat offiziell begonnen und die letzte Nacht war ein unheilvollerer Beginn, als ich erhofft hatte. Noch *ein* Jahr. Ich habe noch *ein* Jahr, um herauszufinden, wie ich meine Schwestern weiter beschützen kann, wenn ich zur Uni will.

Als ich in die Küche komme, ist er nicht da, nur Mom. Sie zuckt zusammen, als ich eintrete. Kaffee schwappt über den

Becherrand und spritzt ihr auf die Finger. Sie scheint es gar nicht zu merken.

»Guten Morgen, Leighton«, sagt sie. Sie lächelt mich an, aber es ist kein *Mom*-Lächeln. Es erreicht nicht so richtig ihre Augen. Früher lächelte Mom uns an, als ob wir alle denselben Witz kennen würden. Inzwischen ist das Lachen genauso leer, wie wenn sie jemand Fremden anlächelt.

»Morgen«, sage ich leise.

Er hat Mom Blumen geschenkt – leuchtend rote Rosen, die in einer angeschlagenen Vase neben dem Spülbecken stehen. Dad liebt es, sich mit kleinen Gesten zu entschuldigen, die nie dem Gewicht dessen gerecht werden, was er getan hat.

Doch es scheint zu funktionieren.

Ich zögere einen Moment, frage mich, ob es ein Morgen ist, an dem ich sie provozieren will, oder ob ich besser den Mund halten soll. »Ist er wieder da?«, frage ich.

Jetzt ist sogar die Leere in ihrem Lächeln verschwunden.

»Lass es, Leighton«, sagt Mom.

Also ist es ein Morgen, an dem ich besser den Mund halte.

»Er hat im Büro geschlafen. Was willst du noch?«

Ich rattere im Kopf die Liste runter. Seine Verhaftung, seine Entschuldigung, seine Freundlichkeit, seinen Tod. Hängt vom Tag ab, von der Uhrzeit, vom Moment, von meiner Stimmung, aber auf jeden Fall verlange ich mehr, als dass er im Büro übernachtet.

»Ich muss heute arbeiten«, sagt Mom. Sie hat schon immer jede Woche ein paar Schichten als Kellnerin im Diner übernommen, aber in letzter Zeit werden es immer mehr. Sie versucht, das Geschäft des Bauunternehmens auszugleichen, das nicht besonders gut läuft.

»Kommst du wegen der Mädchen gleich nach der Schule zurück?« Ich ignoriere den abrupten Themenwechsel. Während ich ins Wohnzimmer gehe, hebe ich gerahmte Fotos vom Boden auf und hänge sie zurück an ihre Nägel.

Es ist, als ob das Haus weiß, wann diese Nächte kommen. Wenn man genau drauf achtet, gibt es deutliche Hinweise: ein dezentes Dunklerwerden in den Zimmerecken, die schief an den Nägeln hängenden Bilderrahmen – bei der kleinsten Erschütterung bereit zum Sturz –, der plötzliche Drang zu flüstern, als ob ihm das Haus unsere Geheimnisse zutragen würde. Der Druck im Innern wächst über Wochen, bis er so gegenwärtig ist, dass ich ihn geradezu auf der Zunge schmecken kann – metallisch und beißend. Wie Blut. Der Geschmack der Wut.

Ich kehre zurück in die Küche und hebe den letzten Rahmen auf. Es ist ein Foto von zwei Teenagern mit Kronen auf dem Kopf. König und Königin des Balls. Ich betrachte das Mädchen auf dem Foto, mein Blick wird angezogen von dem, was wir gemeinsam haben. Die gleiche blasse Haut mit ein paar kupferfarbenen Sommersprossen auf der Nase. Das gleiche breite Lächeln. Ich frage mich, worin wir uns unterscheiden. Ihre Haare sind leuchtend rot, während meine heller sind, rotblond. Und was ist mit dem, was man nicht sieht? Zum Beispiel ihrer Fähigkeit, so viele Verletzungen zu verzeihen. Habe ich das auch in den Knochen, so wie die Form ihres Kiefers?

Statt das letzte Foto auch wieder aufzuhängen, lege ich es auf die Arbeitsplatte neben die Rosen.

Soll sie selbst entscheiden, ob sie es wieder an der Wand sehen will.

Als Letztes greife ich knapp an Mom vorbei, um den Telefonstecker zurück in die Dose zu stecken, bevor ich meine Schwestern aus dem Haus und zur Bushaltestelle scheuche. Dieses dämliche, nutzlose Festnetztelefon. Letztes Jahr hat er Mom und mir gesagt, wir könnten ein Handy haben. Aber dann wurde ihm klar, dass man mit dem Handy die Polizei rufen kann und dass Mobiltelefone Geld kosten, deshalb haben wir nie welche gekriegt. Es gibt nur das Festnetzgerät mit der Schnur, das uns keine Hilfe ist, wenn er sie aus der Wand reißt.

Ich knalle meinen Finger auf die Tasten und halte den Hörer ans Ohr.

»Telefon geht wieder«, sage ich.

3. KAPITEL

Für alle andern an der Auburn High bedeutet Sommer Freiheit.

Für mich nicht.

Hier an der Schule weiß ich wenigstens, was ich zu erwarten habe. Ich weiß, wer ich bin. Für die nächsten acht Stunden weiß ich Campbell und Juniper sicher in ihren Klassen. Ich kann so tun, als wenn alles normal wäre. Das heißt, als ich an unserem ersten Schultag nach den Ferien aus dem Bus steige, mich umdrehe und den Mädchen noch einmal zuwinke, während der Bus wieder anfährt, weiß ich, dass sie dasselbe denken wie ich: *Gott sei Dank ist der Sommer vorbei.*

Sofia entdeckt mich vor der ersten Stunde. Sie jagt den Flur entlang und schlingt ihre Arme um meinen Körper. »Leighton! Du wunderschönes Wesen, wo hast du gesteckt? Wir haben seit einer Woche nicht mehr miteinander gequatscht!«

»Tut mir leid, Sof.« *Ich hatte den absoluten häuslichen Albtraum.* »Ich war ... total im Rückstand mit meiner Sommerlektüre. Deshalb musste ich die letzten paar Tage ein bisschen aufholen.« Wir gehen zusammen über den von Schülertrauben bevölkerten Flur und stoßen mit so vielen Leuten zusammen, dass es albern wird, dauernd Entschuldigung zu sagen. Es ist ein Auflauf staunender Neuzugänge und wir stecken mittendrin.

»Ja, ich auch. Aber wir hätten doch zusammen leiden können«, antwortet Sofia und ihre zum Cheerleader-Pferdeschwanz zusammengebundenen dunklen Haare hüpfen hin und her. Sofia ist der fröhlichste Mensch, den ich kenne, und ich weiß nicht, wieso, aber sogar ihre Gesichtszüge wirken fröhlich. Sie hat runde rosafarbene Wangen. Ihre Augenbrauen sind dramatisch nach oben gewölbt, wobei sie sie natürlich wachsen lässt, was das Dramatische im echten Sofia-Stil nur noch weiter unterstreicht. Ihr Lächeln wirkt ein wenig schief – die rechte Seite des Mundes verzieht sich ein bisschen weiter nach oben. Das sieht immer aus, als ob sie gerade erst aufgehört hat zu lachen. Was auch meistens stimmt. Nach Nächten wie der letzten bin ich total dankbar, dass sie meine Freundin ist.

»Und was hast du in der ersten Stunde?«

Sofia faltet ihren Plan auseinander und kräuselt die Nase. Sie hält das Blatt von sich weg, als wenn es verseucht ist. »*Sport.*«

»Wow. Das ist Pech. Dann musst du ja danach gleich wieder duschen.«

»Und hab den ganzen Tag nasse Haare.«

»Die Götter der Stundenpläne haben es echt nicht gut mit dir gemeint, Sofia.«

Sofia stöhnt und lehnt ihren Kopf gegen meine Schulter.

»Und du?«

Ich ziehe meinen Plan raus und schaue noch einmal nach.

»Erste Stunde Uni-Vorbereitungskurs Englische Literatur.«

»Toll, dann liest du täglich als Erstes von Leuten, die sich aus dämlichen Gründen umbringen.«

»Immer noch besser als Sport.«

»Stimmt. Blöd, dass sich unsere Stunden in diesem Halbjahr in keinem Punkt überschneiden.«

»Kannst du wohl sagen. Aber wir haben die Zeitung. Und die erste Wahl bei allen Sparten, jetzt, wo wir in der Abschlussklasse sind. Willst du weiter Sport? Wehe, sie geben die Sparte an Chris, nur weil er ein Junge ist –«

Sofia bleibt abrupt stehen, sodass ich mit ihr zusammenstoße. Wir haben eines der großen Fenster erreicht, die auf den Fußballplatz schauen.

»Verdammt.« Sofia flucht eigentlich nicht und das »Verdammt« kommt mehr als Seufzer heraus und klingt, als wenn sie es nicht laut sagen wollte.

Krähen bedecken jeden Zentimeter des Platzes.

»Hast du sie noch gar nicht bemerkt?«, frage ich.

»Ein paar hier und da wie üblich, aber nicht so viele wie die da.«

Wir bleiben vor den Fenstern stehen und lassen es zu, dass uns die Neuen aus der neunten Klasse anrempeln in ihrem Stress, vor dem zweiten Klingeln ihr Ziel zu erreichen. Auf der anderen Straßenseite liegt das Footballstadion und ich erkenne kleine dunkle Schemen, die die Tribüne belagern. Die Krähen sind ständig in Bewegung, fliegen auf und landen, kreisen am Himmel. Es müssen Tausende sein. Und sie haben sich alle entschieden, hierherzukommen.

Weiß der Himmel, wieso sich irgendein Wesen ausgerechnet Auburn aussucht.

Noch dazu eines, das wegfliegen kann.

4. KAPITEL

Erst nach der zweiten Stunde gelingt es mir, meinen Spind zu finden. Er ist nicht im Bereich für die Zwölftklässler. Ich folge den Zahlen abwärts und biege um die Ecke in den Gang der Elftklässler.

Warm.

Wärmer.

Heiß.

Na super. Ich werde mein letztes Schuljahr auf den Elftklässler-Gang verbannt zubringen. Offenbar haben sie nicht mehr genug Spinde für die Abschlussklasse frei gehabt. Was bedeutet: nicht an der Zwölftklässler-Wand abhängen können, wo in den Pausen im wahrsten Sinne des Wortes nur Leute aus der Abschlussklasse stehen, sich anlehnen und jüngere Schüler anblaffen, die der Wand zu nahe kommen. Jedes Jahr dekoriert die Abschlussklasse die Wand mit einem riesigen Banner KLASSE VON und dem Jahrgang und jeder verewigt dort Schimpfwörter und schmutzige Botschaften, bis die Schulverwaltung es abreißt, weil das Ganze zu vulgär ist. Eine Klasse hat es mal nicht bis zum Homecoming geschafft.

Das Einzige, was *ich* am Ende der Zwölften wirklich brauche, ist ein Abschlusszeugnis. Doch ich spür trotzdem den Schmerz, schon wieder etwas zu versäumen, das zum normalen Highschool-Leben dazugehört. Ich habe schon so viel verpasst. Nächte, in denen ich vorgezogen habe, zu Hause zu bleiben, weil er in schlechter Stimmung war. Geburtstagspartys, die ich nie gewagt hätte, mir zu wünschen.

Ich öffne den Spind – einen von den halbgroßen. Ich stopfe meine Schulbücher rein und versuche mir immer noch einzureden, dass die Zwölftklässler-Wand sowieso eine alberne Tradition ist, als mich plötzlich jemand von hinten packt.

Also nicht packt, sondern *kitzelt*. An den Rippen.

»Verdammt!«, schrei ich und wirble herum.

»Oh Shit.« Die Hände sind weg und derjenige tritt ein Stück zurück. Liam McNamara steht da, als wenn er wüsste, er hat es verbockt. »Tut mir echt leid. Ich dachte, du wärst Lyla Jacobs.«

»Wer?«

»Lyla. Aus der Elften. Die hat auch rote Haare und ist mein Cheerleader.«

»Wusste gar nicht, dass Cheerleader jemandes Eigentum sind.« Ich weiß genau, was er meint. Sofia ist seit Jahren Cheerleader. Aber ich will ihn sich winden sehen.

»Sind sie auch nicht.« Er fährt sich mit der Hand über den Kopf. »Ich vermassel es gerade richtig, oder?«

»Ja, so ein bisschen.« Ich kenne Liam. Oder ich weiß zumindest, wer Liam ist, sollte ich vielleicht besser sagen. Wir bewegen uns in unterschiedlichen Kreisen. Oder richtiger: Er bewegt sich in einem Kreis, während ich mehr ein einsamer Punkt bin.

Liam McNamara: auch Abschlussklasse, stellvertretender Vorsitzender des Schülerrats, Mitglied der Footballschulmannschaft. Die Liste der Superlative sollte enden mit: kriegt wahrscheinlich bald einen Modelvertrag, während er sich gleichzeitig für den Congress aufstellen lässt. Liam hatte immer jede Menge Freundinnen und jede Menge Charme. Aber durch mein Zuhause kenne ich auch die Kehrseite der schönen Münze und die zeigt keinen Prinzen.

»Lyla ist *die* Cheerleaderin, die ich respektiere und absolut nicht als Eigentum betrachte, in welcher Hinsicht auch immer, und die mir diese Saison zugeteilt wurde. Sie ... na ja, gestaltet meinen Spind und backt Plätzchen für mich und so.«

Ich verdrehe nicht die Augen. Echt nicht. Doch es kostet mich ziemlich viel Mühe, es nicht zu tun.

»Ja, okay. Alles klar. Du hast mich bloß erschreckt.«

»Tut mir auch wirklich leid. Lyla ist meine Freundin. Ich schwöre, ich laufe nicht rum und begrapsche fremde Mädchen. Nicht dass du mir *fremd* bist, ich meine nur –«

»Schon gut, Liam. Wir sehn uns.«

»Also, mein Spind ist ... ähm –« Er deutet auf den Halbspind direkt unter meinem. Natürlich. Lass uns diese Peinlichkeit auf das ganze Schuljahr ausdehnen.

Ich trete zur Seite und lasse Liam sich vor seinem Spind niederhocken.

»Wir sollten sie wenigstens fragen, ob wir wechseln können. Will ja nicht, dass sich unser Starspieler noch was am Rücken holt, wenn er nach seinen Büchern kramt.«

»Ach, danke, aber das wär nicht sehr Gentleman-like von mir. Außerdem, ist ja nur Football.«

»Hast du gerade *nur* Football gesagt? In dieser Stadt ist das fast Blasphemie.«

»Ja, klar. Gibt ja nicht viel anderes hier, außerdem macht es sich gut bei der Uni-Bewerbung.« Unser Gespräch hat eine überraschende Wendung genommen und ich versuche, die Neugier im Zaum zu halten, die ich plötzlich spüre.

Weitermachen, hier gibt es nichts zu sehen. Aber Liam macht nicht weiter. Er steht vor unserem geteilten Spind und lehnt sich an meine Tür.

»Wir haben die erste Stunde zusammen, oder, Leighton?«

Leighton.

»Wusste gar nicht, dass du meinen Namen kennst, Liam. Ganz zu schweigen davon, wie man ihn ausspricht.«

»Leighton. Wie Peyton. Wie Peyton Manning. Ziemlich einfach zu merken.«

»Erinner ich dich an einen Profifootballspieler?«

Er lacht.

»Nein. Du bist ein Zwerg. Auf einem Footballfeld würdest du glatt niedergewalzt. Aber ernsthaft, sind ja bloß um die zweihundert Leute in der Abschlussklasse. Ich weiß genau, wer du bist.«

»Nur nicht von hinten.«

»Das vergisst du mir wahrscheinlich nie, was?«

»Wahrscheinlich nicht. Aber ist ja erst gerade mal fünf Minuten her. Lass mir ein bisschen Zeit.«

»Leighton ist ein cooler Name«, sagt Liam.

Ich antworte nichts darauf, sondern ziehe nur meine Tasche zurecht.

»Danke, war mein Geburtstagsgeschenk.«

Ein Dad-Witz. Echt jetzt? Aber Liam lacht und ich spüre, wie ich langsam ein bisschen lockerer werde.

Komm runter, Leighton. Nicht jeder hat es auf dich abgesehen.

»Also gut. Uni-Vorbereitungskurs Englische Literatur. Könnte lustig werden«, sage ich mit einem Sarkasmus, der aus jeder Silbe dringt.

»Ja, kein Witz. Unsere Sommerlektüre war ziemlich depri. Aber *Menschenkind* hat mir gefallen. Wolltest du hier lang? Wir sollten langsam mal aufbrechen.«

Liam schnappt sich mein schweres Mathebuch und zieht los. Ich brauche einen Augenblick, eh ich begreife, er will es nicht klauen, sondern bloß für mich tragen. Ich blinzle ein paarmal dümmlich, bevor ich ihn einhole.

»Du mochtest *Menschenkind*? Ich fand es ziemlich traurig.«

»Klar, aber wichtig. Geschichten sind wichtig. Kulturelle Repräsentanz ist wichtig. Außerdem immer noch besser als *Romeo und Julia* in der Neunten. Gibt schon genug über reiche weiße Kids.«

Ich lache erstaunt. Liam ist einer der wenigen schwarzen Schüler an unserer Schule und seine Offenheit überrascht mich.

»Zugegeben«, antworte ich. »Die Romantik war also nicht so deins?«

»Das hatte doch nichts mit Romantik zu tun. Das war Dummheit. Ich weiß nicht, von wem der Satz stammt, dass in der Liebe und im Krieg alles erlaubt ist. Für mich ist das Bullshit. Wenn du jemanden liebst, behandelst du ihn doch nicht so. Du stirbst doch nicht.«

Ich weiß, wir sprechen über ein Buch, doch in meinem Kopf hör ich das Krachen der Tür, mit dem sie gestern Nacht gegen die Wand flog. Und ich sehe dieselbe Wand heute Morgen, völlig in Ordnung, als wenn nie der Verputz aufgeplatzt wäre. Ich erinnere mich, wie meine Augen dran vorbeigeschaut haben, während ich Bilderrahmen wieder aufhängte, so als ob sie nicht bereit wären zu akzeptieren, dass unser seltsames Haus jeden seiner Gewaltausbrüche tilgt.

Ich bin stehen geblieben, und als Liam es merkt, hält auch er an. Die Luft um uns herum wirkt kalt.

Ich erinnere mich nicht, was lustig, süß oder charmant war an unserem Gespräch.

»Kann ich mein Buch wiederhaben?«, frage ich und klinge kühl und frostig, so kontrolliert, wie es nur geht. Ich kann nichts dagegen machen. Die Alternative zu kühl wäre weinen und ich will nicht zerbrechen. Nicht in der Schule.

»Äh, ja klar, natürlich, Leighton«, antwortet Liam und reicht mir meine Sachen. »Ist das wegen vorhin? Weil … tut mir echt leid …«

»Hab nur ein Heft vergessen. Bis gleich in der Klasse«, murmle ich und bin weg, gehe so schnell wie möglich den Gang zurück, ohne eine Rüge wegen Rennens zu riskieren. Ich versuche, das Brennen in der Kehle und das Stechen in den Augen zu ignorieren, damit es aufhört. Verhalte mich normal.

Normal.

Normal.

Da.

Das Wort hat jede Bedeutung verloren.

5. KAPITEL

Wenn es je eine andere Version von Campbell Grace Barnes gegeben hatte, dann hatte ich sie verpasst. So weit meine Erinnerung zurückreicht, war sie schon immer die Ernste. Ich bin die Leserin, klar, aber Cammy war immer die Nachdenkliche. Sie denkt, während sie sich die Haare kämmt und ihre Finger rabiat die Knoten in den glatten, glänzend roten Strähnen entwirren. Sie denkt, während sie ihr Müsli isst und mit der einen Hand den Löffel hält und die andere gegen die Tischplatte trommelt. Ein Stakkatorhythmus, der ihre Gedanken begleitet. Sie denkt, wenn er schreit und mit Dingen um sich wirft.

Meistens habe ich keine Ahnung, was Campbell denkt. Ich kenne sie besser als jeden anderen Menschen, aber ihr Verstand ist der reinste Marianengraben und es gibt Tiefen, die ich nie erreichen werde. Das ist schon in Ordnung. Sie kann von mir aus sämtliche Geheimnisse des Universums bewahren, solange sie wenigstens manchmal noch Kind bleibt. Mehr will ich ja gar nicht. Und genau das ist sie, wenn sie mit ihrem Fahrrad loszieht.

Campbell liebt Mom, Juniper, mich und ihr Fahrrad – und ich weiß nicht, ob das Fahrrad bei ihr auch an vierter Stelle kommen würde, wenn sie eine Rangordnung angeben müsste. Sie ist *besessen* von ihrem Rad. Jeden Tag nach der Schule kommt sie nur nach Hause, um ihren Rucksack in die Ecke zu schmeißen, und schon ist sie wieder weg, fährt die Frederick Street lang und biegt an der Ecke nach links ab. Sie verschwindet in eine bessere Gegend – eine, die man fast als Vorstadt bezeichnen könnte, auch wenn zwischen den Häusern immer noch jede Menge Platz ist. Sie fährt mit ihren Freunden herum, jagt von einer Straße in die nächste und ignoriert sämtliche Helmregeln. Campbell auf ihrem Rad *denkt nicht*. Und das ist gut.

An unserem vierten Tag in der Schule ist Cammy schon eine halbe Stunde aus dem Haus, als es an der Haustür klopft. Ich springe vom Küchentisch auf, wo ich unter Stress ein paar Uni-Broschüren studiert und mich gefragt habe, ob ich wohl jemals einen Fuß auf einen dieser efeubewachsenen Campusse setzen werde.

Mrs Stieg steht auf ihrer Veranda. Mrs Stieg ist in etwa Mitte siebzig und ich weiß nicht, wie lange sie schon Witwe ist, aber ich habe ihren Mann nicht gekannt. Sie ist nett und grau und großmütterlich. Sie winkt uns gern von ihrer Veranda aus zu, wenn wir zur Bushaltestelle gehen. Mrs Stieg liebt Rosen und sie blühen jeden Sommer in Hülle und Fülle in ihrem Garten. Mrs Stieg ignoriert gern ihre Haustür, wenn mitten in der Nacht jemand klopft.

»Kann ich Ihnen helfen?«, frage ich und überlege, wieso ich mich genötigt fühle, zu jemandem höflich zu sein, der nicht bereit ist, für mich die Polizei zu rufen – weshalb ich verpasse, was sie erwidert. Irgendwas wegen Campbell.

»Wie bitte?«

»Mein Garten auf der Rückseite des Hauses. Deine Schwester und ihre Jungs sind da gestern durchgefahren und haben meine Mister Lincolns zerstört.«

Ihre Jungs. Campbells Fahrradfreunde sind zufällig hauptsächlich Jungs. Mrs Stieg hat schon immer gern deutlich gemacht, wie sehr ihr das missfällt.

»Mister Lincoln?«, wiederhole ich.

»Meine Rosen. Sie haben ein Rosenbeet kaputt gemacht.«

»Oh, das tut mir leid«, antworte ich. »Aber das klingt überhaupt nicht nach Cammy.«

Doch, tut es.

»Das habe ich mir auch gedacht, meine Liebe. Es sind diese Jungs, mit denen sie die Nachmittage verbringt. Sollte ein Mädchen in ihrem Alter nicht Freundinnen haben?«

»Ich finde, ein Mädchen in Cammys Alter sollte ganz einfach Freunde haben, egal ob Mädchen oder Jungen.«

Mein Widerspruch erntet einen strengen Blick.

»Tut mir leid wegen der Blumen. Können wir helfen, sie wieder in Ordnung zu bringen? Ich komme gleich morgen als Erstes mit Campbell vorbei, dann beseitigen wir, was immer da passiert ist.«

Mrs Stieg denkt über das Friedensangebot nach, von dem ich weiter nicht sicher bin, ob sie es nach vorgestern Nacht verdient hat. Doch ich versuche, ihr zu vergeben. Vielleicht hatte sie Zweifel, was sie gehört hatte. Vielleicht hatte sie Angst.

»Also gut. Dann morgen früh um sieben. Und ihr zwei solltet Handschuhe mitbringen.«

#

Wir erscheinen um Viertel nach sieben mit Gartenhandschuhen in der Hand, die wir in der Garage gefunden haben, und großen Kaffeebechern. Campbell ist eigentlich überhaupt keine Kaffeetrinkerin, aber so ein frühmorgendliches Dornengemetzel verlangt nach ein bisschen Koffein.

Als ich sie gestern Abend wegen des Gartenunglücks ansprach, meinte sie, es sei ein Versehen gewesen. Ihre Freunde seien mit ihr auf dem Rückweg gewesen und hätten den Berg runter nicht mehr rechtzeitig bremsen können, weshalb sie in den Rosenbusch gekracht seien. Sie zog die Hosenbeine hoch und zeigte mir ihre Dornenkratzer.

»Wieso sollte ich freiwillig in irgendwelche Dornen fahren, Leighton? Das hat echt wehgetan.«

Ich lenkte, wenig überzeugt, ein. Campbell war Sonntagnacht draußen auf dem Dach gewesen. Sie hatte auch gesehen, wie bei Mrs Stieg das Licht an- und wieder ausging. Und wenn irgendeine Dreizehnjährige auf der Welt an Selbstjustiz glaubt, dann Campbell Grace.

Ob es mit Absicht passiert ist oder nicht, wir verbringen als Folge den Morgen mit Gartenarbeit. Wir bekommen Anweisungen von Mrs Stieg und tauchen in das Dickicht aus Zweigen und zerstörten Blüten, das einmal eine Pflanze war.

»Ihr habt das Teil echt niedergemacht«, sage ich und zerre an einem hartnäckigen Strunk. Mrs Stieg will, dass wir alle kaputten Pflanzenteile entfernen, und dann schauen, ob das Ding noch zu retten ist. Wenn nicht, schulden wir ihr einen neuen Busch. »Seid ihr wirklich nur ein Mal da durch?«

Campbell hört mich nicht – oder tut zumindest so. Sie hat ihre Arme in dem Busch vergraben und ich sehe kleine blutige Linien, wo sie die Dornen erwischt haben. »Wieso läufst du nicht heim und ziehst was Langärmeliges an, Cam? Du bist ja völlig zerkratzt.«

»Schon okay«, antwortet sie.

»Wenn du meinst«, knurre ich genervt zurück. Das hier ist ihre Sache. Ich versuche ja bloß zu helfen.

Wir arbeiten schweigend, Blut und Schweiß vermischen sich auf unseren Armen und Beinen, dort, wo die Dornen zustechen.

Wieso gerade Rosen? Von allen Pflanzen, für die man Leidenschaft entwickeln kann – wieso ausgerechnet eine mit einem eingebauten Abwehrsystem? Das wäre doch gerade so, als ob man einen Garten voll Campbells versuchen würde zu bändigen – ein ständiger Kampf und einer, der wahrscheinlich blutig endet.

Gegen neun Uhr sind wir schließlich mit dem Auseinanderziehen des zerstörten Buschs fertig und holen Mrs Stieg, damit sie entscheidet. Der Busch sieht nicht gut aus. Ihm fehlen große Bereiche an Zweigen. Doch sie betrachtet, was übrig ist, und schiebt und zerrt dran herum. Überprüft die Wurzeln.

»Er wird überleben«, sagt sie. »Obwohl wir abwarten müssen, wie zerrupft er bei der nächsten Blüte aussieht.«

Nächste Blüte heißt nächstes Frühjahr, nehme ich an.

»Super. Danke, Mrs Stieg.« Ich muss Campbell in die Rippen stoßen.

»Danke«, sagt sie halbherzig.

»Und hier, bringt die eurer Mutter mit«, sagt Mrs Stieg und reicht mir einen frisch geschnittenen Strauß von einem nicht zertretenen Rosenbusch. Die Rosen sind leuchtend gelb und riechen noch stärker als die Mister Lincolns.

»Junges Fräulein«, sagt Mrs Stieg, während sie sich zu Campbell umdreht und ihre Handschuhe an der Gartenschürze abwischt. »Wie wild durch die Straßen zu ziehen wird dich nicht sehr weit bringen. Du musst die Älteren um dich herum achten.«

»Das tu ich«, antwortet Campbell, doch ich knirsche mit den Backenzähnen bei dem Satz. Nicht alle Älteren verdienen unsere Achtung.

»Wusstet ihr Mädchen, dass mein Mann und ich vierzig Jahre verheiratet waren?«

Es ist nur ganz leicht zu spüren, aber plötzlich herrscht eine Spannung, die vor einem Moment noch nicht da war, und sie hallt auch in meinem Innern wider.

»Das ist super«, murmel ich.

»Mein Mann war nicht perfekt, versteht ihr?«, redet Mrs Stieg weiter. »Männer *sind* nicht perfekt. Doch es ist ihre Aufgabe, für die Familie zu sorgen, und das bedeutet Stress für sie. Und wisst ihr, was die Aufgabe der Frau ist?«

Campbells Hände ballen sich in der Taille, während ich die Arme vor der Brust verschränke.

Wir wissen genau, worauf das hinausläuft, und es hat nichts mehr mit den Rosen, Cammys Fahrrad oder ihren Freunden zu tun, sondern mit dem, was vorgestern Nacht war. Als ich daran denke, wie groß unsere Angst war, wird mir übel. Ich schmecke Galle und Rosen und die Verbindung von beidem ist das Allerschlimmste.

»Sie sollen ihre Männer unterstützen«, fährt Mrs Stieg fort und weiß nicht, wie nah dran ich bin, mich in ihre Rosenbeete zu übergeben. »Ihnen vergeben. Damit sie den Stress *aushalten*. Und all das still und leise. Ohne die Männer in Verlegenheit zu bringen oder einen Wirbel zu veranstalten. Versteht ihr, Mädchen?«

Und das ist der Moment, in dem die stille, immer nachdenkliche Campbell beschließt, etwas zu sagen.

»Das ist alles dämlicher Bullshit, Mrs Stieg.«

Und sie dreht auf dem Absatz um, marschiert über die Straße in unser Haus und knallt hinter sich die Tür zu.

Mrs Stiegs Mund steht vor Schock offen. Sie wendet sich mir zu und ich weiß, sie wartet auf meine Entschuldigung. Oder vielleicht sogar meine *Entschuldigungen*, Plural.

Tut mir leid wegen des Lärms.

Tut mir leid wegen der Störung.

Tut mir leid, dass Campbell geflucht hat, und tut mir leid, dass ich gewagt habe, an Ihre Tür zu klopfen.

»Danke für die Rosen«, sage ich stattdessen und folge Campbell nach Hause.

Ein Teil von mir weiß, dass es dumm ist. Wir haben uns einen Feind geschaffen, wo wir einen Verbündeten bräuchten. Doch ein anderer Teil in mir weiß, dass die süße, alte, großmütterliche Mrs Stieg uns niemals helfen würde. In ihrer Generation hat man gelernt, dass der äußere Schein alles ist. Dass eine gute Ehefrau zu sein wichtiger ist, als glücklich zu sein. Oder sicher.

Mom stellt die gelben Rosen in einer Vase auf einen Tisch am Treppenabsatz, neben die von unserem Vater vom Anfang der Woche. Sie riechen so stark, während sie welken und sterben, dass ich jedes Mal fast würgen muss, wenn ich an ihnen vorbeigehe. Ich rieche die Rosen und denke an Frauen, die von anderen Frauen im Stich gelassen werden. Frauen, denen gesagt wird, dass ihr Gehorsam wichtiger ist als ihr Leben – und das nicht von ihren Männern, sondern von ihren Müttern und ihren Freundinnen. Von Frauen, die bereit sind, einander zuzusehen, wie sie aufgrund von Traditionen und überkommenen Vorstellungen verletzt werden.

Nach ein paar Tagen halte ich es nicht länger aus. Ich trage beide Vasen zu den Mülleimern und werfe die Rosen obendrauf. Ich will sie dort lassen, damit Mrs Stieg sieht, wie sie im Abfall verrotten, doch das tue ich nicht. Ich vergrabe sie unter einem Beutel und selbst der Müll riecht angenehmer als die Süße dieser verdammten Rosen.

6. KAPITEL

Am Montag gehen wir wie immer an Mrs Stiegs Haus vorbei, um zur Bushaltestelle zu kommen, doch plötzlich springt mir etwas aus ihrem Garten ins Auge. In der anderen Ecke ist ein weiterer Busch dezimiert. Nicht nur ein bisschen abgebrochen, sondern vollkommen pulverisiert. Es sind Erde und Reste blutroter Blüten zu sehen, aber nichts ist mehr intakt.

Als ich es Campbell zeige, zuckt sie mit den Schultern, doch irgendwas ist da. Irgendwas in Cammys großen braunen Augen schimmert und strahlt vor Stolz. Und ich weiß, wenn ich jetzt ihr Fahrrad kontrollieren würde, würde ich sicher die passenden roten Blütenreste an ihren Reifen finden.

Ich kontrolliere es nicht.

7. KAPITEL

Manchmal scheint es, als ob ich an einem Abgrund stehe und es unter mir nichts gibt, was meinen Sturz auffangen könnte.

Wenn ich mich so fühle, greife ich nach den Worten von jemand anderem, um mich vom Abgrund wegzuziehen. Um mich daran zu erinnern, dass die Welt größer ist als mein Zuhause. Größer als Auburn. Es ist das Beste, was ich von Mom geerbt habe – ihre Liebe zu Wörtern. Sie liebt klassische Literatur und Lyrik und alle Erinnerungen an meine Kindheit riechen nach Stapeln von Taschenbüchern, die sie überall im Haus bunkerte. Sie machte Bücher auf eine Weise zu unserem Heim, wie es unser Haus niemals war.

Doch inzwischen ertrage ich die Klassiker nicht mehr. Sie hat immer gesagt, dass sie romantisch seien, doch jedes Mal gibt es am Schluss jemanden mit gebrochenem Herzen oder jemanden, der stirbt. Oder jemanden mit gebrochenem Herzen, der *deshalb* stirbt. Als ob die Tragödie das einzige Ende wäre, das überhaupt von Belang ist.

Heute ziehe ich Journalismus der Literatur vor. Ich ziehe die Wahrheit der Trauer vor. Romantik soll draußen bleiben, ich bin ein Zeitungsmensch.

Trotzdem muss ich Literatur belegen und wir lesen *Tess von den d'Urbervilles*, insofern bin ich doch noch nicht vollständig durch mit den Tragödien. Ich schlüpfe frühzeitig in den Klassenraum und blättere die Kapitel durch, die wir an diesem Wochenende zusammenfassen sollten. Als Liam hereinkommt, nehmen wir kurz Blickkontakt auf und er nickt mir zu.

Ich schaue schnell wieder zurück in mein Buch.

Doch als er hinten Platz genommen hat, muss ich mich einfach noch mal zu ihm umdrehen. Er sitzt natürlich mit den beliebten Leuten zusammen, aber im Uni-Vorbereitungskurs ist das eine besondere Gruppe. Die *superklugen* beliebten Leute. Sie sitzen mit zusammengerückten Tischen neben ihrem Freund oder ihrer Freundin, immer knapp am Rande dessen, was noch erlaubt ist. Alexis und Brody haben eine On-off-Beziehung, doch heute stehen ihre Tische so eng wie nur möglich zusammen und er hat seinen Arm um ihre Schulter liegen. Beide sind groß und blond, mit langen Beinen und sehr athletisch. Es wird immer behauptet, dass Leute, die beliebt sind, dumm seien, aber das stimmt nicht. Sie sind einfach Leute mit besserer sozialer Kompetenz. Warum bei der Wahl zum Homecoming-Hofstaat aufhören, wenn sie Harvard haben können? Besonders ohne irgendwelche Hindernisse, die einen abhalten, wirklich zur Uni zu gehen.

Auf der anderen Seite von Brody sitzt Amelia. Sie ist *definitiv* für Harvard gemacht. Sie hat perfekte Zähne und Eltern, die Chirurgen sind. Und sie kann wahrscheinlich sowohl Jane Austen als auch die neueste *Glamour* zitieren. In Wahrheit bin ich immer ein bisschen eifersüchtig auf Amelia gewesen. Es ist, als ob sie mit jedem befreundet ist. Man kann auf sie zugehen. Selbst wenn ich warmherzig und einladend sein wollte – ich wüsste nicht, wie ich mich aus dem ganzen Stacheldraht befreien sollte, den ich um mich herum errichtet habe. Es zeigt sich schon in der Haltung meines Kiefers. In der Art, wie ich meine Schultern von anderen abwende. *Nur mit Vorsicht nähern*, schreit meine ganze Körpersprache und es ist die einzige Sprache, die ich noch kenne.

Als mein Blick zu Liam zurückkehrt, wirkt sein Schreibtisch wie eine Insel. Er kann nicht wirklich ein Einzelgänger sein, denke ich mir, wenn er jemand ist, der ständig eine Freundin hat, und doch wirkt er irgendwie allein. Abgesondert. Als wenn er einen kleinen Puffer um sich herum hätte. Ich denke, in so einer kleinen Stadt laufen unsere sozialen Beziehungen spätestens im Abschlussjahr auf Autopilot. Es ist lange her, dass irgendwer von uns mal *hoch*geguckt hat. Oder zumindest gilt das für mich. Was wahrscheinlich der Grund ist, wieso ich Liam überhaupt nicht wahrgenommen hätte, wenn ihm nicht die Verwechslung mit Lyla Jacobs passiert wär.

Mrs Riley beginnt unsere Tess-Stunde und ich versuche, nicht mehr an Liam zu denken, sondern mich ganz auf sie zu konzentrieren. Mrs Riley unterrichtet mit einer Begeisterung fürs Lernen, die *Magic-School-Bus*-Niveau hat. Sie ist exzentrisch und laut. Sie gibt übrigens auch die Zeitung heraus, deshalb bin ich an ihre Verrücktheiten gewöhnt, doch es ist ein bisschen schräg, wenn wir über Geschlechterungleichheit im 19. Jahrhundert sprechen.

»Der Sozialkommentar wird als seiner Zeit weit voraus angesehen, besonders wenn es um Frauen geht … irgendwelche Meinungen dazu?«

»Was war Thomas Hardy, ein Feminist? Können Männer überhaupt Feministen sein?«, fragt Brody von hinten. Er lehnt sich auf seinem Stuhl zurück und spreizt die Beine so weit, dass er den ganzen Gang zwischen den Tischen blockiert.

Und er sagt »Feminist«, als ob es ein Schimpfwort wäre.

»Wie würdest du Feminismus denn definieren?«, fragt Mrs Riley.

»Hm, frigide Zick… ähm, Tussen mit rosa Mützen?«, antwortet Brody und in der Klasse bricht Gekicher aus. Ich mache mit meinem *Tess*-Buch rum und knicke die Ecken der Seiten um, als wenn ich die Stellen für irgendwas brauchen würde. Wenn mich Mrs Riley fragt, werde ich sagen, ich habe alle Passagen markiert, an denen ein eingebildeter, Ansprüche erhebender Arsch versucht, Tess' Leben kaputt zu machen.

»Sonst noch jemand?«, gibt Mrs Riley die Frage an die Allgemeinheit weiter. »Leighton?«

»Klar, fragt die Ice Queen«, murmelt Brody.

Mein kühles, gefasstes Äußeres geht mir voraus. *Ice Queen.* Letztes Jahr hab ich Brody für den Juniorball abblitzen lassen, seither macht er immer spitze Bemerkungen über mich, dass ich zu kalt bin, um für einen Jungen aufzutauen. Er hat mich damals nicht wirklich gefragt, sondern gleich *überfallen*, indem er in der Kantine vor mir auf die Knie ging mit einem Kästchen in der Hand, in dem die Karte für den Ball lag. Und ich hab Nein gesagt. Vor allen andern. Öffentliche Zurückweisung kam nicht gut an bei Brody, deshalb bezeichnet er mich seither immer als Ice Queen.

»Männer können durchaus Feministen sein«, antworte ich und dreißig Augenpaare drehen sich in meine Richtung. Ich bin heute ziemlich gereizt, deshalb füge ich noch hinzu: »Aber wahrscheinlich eher die höher entwickelten.«

»Wie ich«, sagt Liam McNamara. »Ich bin Feminist.«

»Okay, gut«, sagt Mrs Riley. »Dann definier mal das Wort.«

Er stockt. »Äh. Lohndifferenz. Wonder Woman. BH-Verbrennung?«

»O Gott, bitte hör auf«, sag ich.

»Danke«, sagt Liam. »Mehr hätte ich auch nicht.«

»Du *bist* wahrscheinlich trotzdem ein Feminist. Es bedeutet einfach, du glaubst, Frauen sollen die gleichen Rechte haben. Ist nicht so kompliziert oder beängstigend. Die Mützen sind nicht zwingend«, antworte ich.

»Klingt bescheuert«, sagt Brody.

»Bescheuert ist zu glauben, dass ein Mädchen verpflichtet ist, mit dir auszugehen, nur weil du sie gefragt hast.«

»Zieh deine Krallen wieder ein, Mieze, das hier ist keine Protestveranstaltung«, antwortet Brody, kräuselt die Lippen und wirft mir einen Kuss zu.«

»Fahr zur Hölle, Brody«, fauche ich.

»Okay, das reicht«, sagt Mrs Riley. »Kommen wir wieder zu Tess zurück.«

Die Diskussion wechselt zurück ins 19. Jahrhundert, doch hinten in der Klasse herrscht immer noch Unruhe. »Lass sie in Ruhe«, sagt Liam und tritt gegen Brodys ausgestrecktes Bein, sodass er es unter den Tisch zurückzieht.

Liam.

Ich werfe noch einen kurzen Blick auf ihn.

Irgendetwas an ihm macht mich immer wieder an, Neugier überwiegt meine sonst typische Vorsicht. Liam ist selbstsicher, aber es zeigt sich nicht als Egotrip wie bei den meisten Jungs in unserem Alter. Er sieht gut aus, aber macht sich deswegen nicht zum Affen. Seine braune Haut ist glatt, der Teint perfekt. Doch es sind die weniger offensichtlichen Dinge, die ich langsam anfange, an ihm zu schätzen. Wie zum Beispiel die scharf geschnittene Kieferpartie und wie sein ganzes Gesicht plötzlich weich wird, sobald er lächelt. Dass er überhaupt sehr viel lacht. Dass er kräftige Augenbrauen hat und sie zu seinem Vorteil einsetzt, hochzieht oder zusammenkraust. Sein Ausdruck ist lustig und warmherzig und ich denke, dass jeder mit ihm befreundet sein will. Mir gefallen auch seine Augen. Sie wirken freundlich.

Mir gefällt, dass er sich als Feminist bezeichnet und sich über kulturelle Repräsentanz in Büchern Gedanken macht. Liams Dad ist weiß und seine Mom schwarz. Sein Dad ist in Auburn aufgewachsen, was heißt, er kennt hier jeden. Und seine Mom ist stellvertretende Schulleiterin an der Mittelschule, was bedeutet, auch sie kennt jeder. Liam ist alles andere als ein Fremder für mich, auch wenn wir nie miteinander geredet haben. Es gibt keine Fremden in so einer kleinen Stadt.

Ich war sogar ein paarmal in Mrs McNamaras Büro, als ich noch in die Achte ging. Meine Noten sackten ab, fast zeitgleich mit den ersten Verlusten in Dads Geschäft – und der daraus resultierenden Wut, die wir zu Hause erlebten. Doch Liams Mutter belehrte mich nicht oder gab mir ein schlechtes Gefühl wegen der Noten, sondern ermunterte mich, mich auf die Schule zu konzentrieren, weil das der Weg *in jede Zukunft sei, die ich mir wünschte.* Ihre Worte blieben bei mir haften. Ein beleuchteter Weg war genau, was ich brauchte. Im nächsten Halbjahr bekam ich einen perfekten Durchschnitt 4.0. Ich hatte keine Kontrolle über das, was zu Hause passierte, aber ich lernte intensiv genug, dass ich meine Noten in den Griff bekam. Meine Zukunft.

Die Familie McNamara zog von Philadelphia nach Auburn, als sich der alte McNamara aus seiner Anwaltskanzlei zurückzog und Liams Vater sie übernahm. Ich erinnere mich noch, wie ich dachte, dass Liam und ich das gleiche Schicksal hätten – wegen der Firmen unserer Großväter hier festzusitzen. Doch es war komplizierter für Liam, der plötzlich in einer Stadt mit so wenigen Schwarzen landete.

An Liams erstem Tag in der Auburner Grundschule saßen wir mittags alle zusammen an einem langen Tisch. Ich saß an einem der Enden, mit einem aufgeschlagenen Buch vor mir, doch Liam, der Neue, saß genau in der Mitte und hatte die volle Aufmerksamkeit. Er war kontaktfreudig und lustig und jeder mochte ihn und wollte unbedingt neben ihm sitzen. Er hatte gerade einen Witz erzählt, der sogar mir ein Lächeln abrang, und ich legte das Buch weg und dachte über diesen neuen Jungen nach, der alle so sehr zum Lachen brachte.

Dann sagte ein anderer Junge, dass er auch einen Witz kenne. Aber als er ihn erzählte, war er kein bisschen lustig, sondern einfach rassistisch.

Als ich Liam ansah, erkannte ich dieses kurze Zögern. Ich denke, er wartete, ob jemand anderes den Mund aufmachen würde.

»Blöder Witz«, sagte der neunjährige Liam. »Ich hab einen besseren.« Und innerhalb von Sekunden brachte er den ganzen Tisch aufs Neue zum Lachen. Doch ich habe mich immer für diesen Moment geschämt. Für das Schweigen der andern. Mein Schweigen.

Und wenn ich ihn jetzt ansehe, frage ich mich, wie oft das danach wieder passiert ist. Die Kommentare, die es gab, und das Schweigen, das folgte. Ich frage mich, ob er Auburn auch ab und zu hasst. Ist schwer in Einklang zu bringen, weil er in der Schule zu den beliebtesten Leuten gehört, doch das ändert nichts daran, wie diese Stadt tickt.

Hier nennen sie Ignoranz Tradition und machen weiter, als ob sie sich das Recht erworben hätten, grausam zu sein.

8. KAPITEL

Ich bin in meinem Zimmer, als es losgeht. Mein Mathebuch liegt aufgeschlagen vor mir, aber ich habe noch keine Aufgabe gelöst, als die Stimmen unten laut werden. Ich hatte gehofft, dass ich die Hausaufgaben vorher schaffen würde, doch den ganzen Abend lag eine Bleikugel in meinem Magen, allein aus dem Wissen heraus, dass es kommen würde. Es hat sich die ganze Woche über aufgebaut. Er wird immer stiller, bevor es aus ihm herausbricht. Heute wirkt das Haus so trist und still wie ein Friedhof und ich habe schon zwei Stunden in Angst dagesessen, mit angezogenen Beinen, und gehorcht, wie die Stimmen wütender wurden. Mein Bleistift liegt immer noch angespitzt auf dem Schreibtisch, so wie ich ihn hingelegt habe.

Erst als die Stimmen plötzlich verstummen, stehe ich auf. Irgendeine pervertierte Angst, die sich wie Neugier anfühlt, siegt über mich und ich öffne die Tür einen winzigen Spalt. Einen idealen, erprobten Spaltbreit – gerade weit genug, dass ich lauschen kann, aber nicht so weit, dass die Tür anfängt zu knarren.

Ich weiß, warum in Horrorfilmen Leute Türen öffnen und in verdunkelten Kellern nachschauen. Warum sie das Monster suchen. Sie tun es, weil manchmal nichts mehr wehtut als die Vorahnung. So sehr, dass ich etwas Schlimmes und Dummes tun möchte, um ihn in Rage zu bringen, damit es endlich *los-*

geht, denn wenn es losgeht, kann es auch wieder aufhören. Irgendwie ist direkt danach der Moment, an dem ich mich am sichersten fühle. Ein paar Stunden Gnadenfrist. In denen ich nicht das Gefühl habe, als ob meine Nerven Strang um Strang aus dem Körper gerissen und durch glühend heiße Elektrodrähte ersetzt wurden, die mich von innen heraus verbrennen.

Ich trete ans Fenster von meinem Zimmer und ziehe die Jalousie hoch. Er ist jetzt im Garten und trägt eine Mülltüte an die Straße.

Sein Truck steht direkt vor dem Haus – ein riesiges Teil, das er für die Arbeit nutzt. Auf dem Firmenlogo an der Seite steht: BARNES BAUUNTERNEHMEN – *seit über 50 Jahren in Familienbesitz.*

Das Logo vermittelt den Eindruck, dass er die Firma seines Vaters wollte, doch das stimmt nicht. Mein Vater wollte weg aus Auburn und Footballspieler am State College werden. Er hatte ein volles Stipendium und träumte davon, Profispieler zu werden. Und vielleicht hätte er das auch tatsächlich geschafft, wenn er sich nicht im letzten Schuljahr beim vorletzten Spiel sein Knie kaputt gemacht hätte. Seine Mannschaft war so dicht davor, die Landesmeisterschaft zu gewinnen. Unglaublich für einen Schulbezirk wie unsern. In der Stadt reden sie immer noch davon. Sein größtes Scheitern eine lokale Legende. Die Pointe in jedem besoffenen Witz an der Bar.

Doch er ist stolz auf den Truck. Der Wagen ist kirschrot und er putzt und poliert ihn das ganze Jahr. Ist vielleicht ja ein schöner Truck für Leute, denen Autos etwas bedeuten. Für mich sicher nicht. Nicht wenn das Teil da draußen rumsteht, aber es im Kühlschrank nichts zu essen gibt und wir den Öltank im Winter nicht füllen können, weil das Geschäft nicht läuft.

Im Moment ist es kein schöner Truck, egal wen man fragt. Er ist von den Scheinwerfern bis zu der Stoßstange hinten mit

Krähenkot bedeckt. Ich möchte das lustig finden, aber ich weiß, wer die Konsequenzen wird tragen müssen für diese Herausforderung, und die Vögel werden es ganz sicher nicht sein. Moms Wagen steht auch draußen, direkt hinter dem Truck, aber ihrer ist sauber.

Er sieht den dreckigen Wagen. Ich kann seine Wut fast spüren. Ich sehe die Spannung in seinen Armen. Er hebt den Müllbeutel wieder aus der Tonne und schleudert ihn gegen den Baum. Der Beutel streift ein paar Äste, als er zu Boden stürzt, und sie reißen an der Unterseite des Teils, das im Niedergehen die Mülleingeweide ausspeit. Die Wut ist damit jedoch nicht verbraucht, deshalb schnappt er sich einen weiteren Beutel und danach noch einen. Einige Krähen ergreifen die Flucht. Die meisten aber ignorieren ihn einfach, was seine Wut nur noch mehr anfacht. Ich sehe, wie sich die Vorhänge im Fenster von Mrs Stiegs Haus auf der anderen Straßenseite bewegen. *Neugier ist der …*

Joe landet auf meiner Fensterbank. Ich tippe gegen die Scheibe, *hallo, Joe.*

Unten knallt die Haustür zu. Am Ende war die Wut wohl aufgebraucht. Oder die Müllbeutel. Unser Abfall hängt in den Ästen des Baums, schön deutlich sichtbar. Sieht aus wie unsere ganz persönliche Form von Weihnachtsschmuck. Ich sehe was, was du nicht siehst, und das ist … eine Bananenschale, eine Zigarettenschachtel, der Kanten von einem Laib Brot, den nie jemand essen zu wollen scheint. Gebrauchte Taschentücher im Überfluss und die, die sich in den Zweigen verfangen haben, wirken beinahe wie kleine Tauben.

Ich tippe erneut gegen die Scheibe. *Wieso warst du vorgestern Nacht hier, Joe?* Tapp, tapp, tapp. *Warum beobachtest du uns, Joe?* Tapp, tapp. *Kannst du uns helfen?* TAPP.

Ein silberner Riss erscheint im Glas. Ich habe die Scheibe zerbrochen. Ich tippe wieder und wieder und der Riss wächst, streckt sich nach oben, nur langsam, mit jedem Tippen ein bisschen mehr, bis er sich in drei Richtungen verzweigt. Drei kleine Schimmer Luft, die nach dem Weg des geringsten Widerstands im Glas suchen. Tapp. Tapp.

Die silbernen Risse erreichen den Rand der Scheibe.

Ich drücke meinen Finger auf den Riss und folge ihm nach oben.

Ssst. Ich ziehe heftig die Luft ein und schiebe den blutenden Finger in meinen Mund. Ich sauge den Tropfen weg und schmecke das Metallische in meinem Blut und das Salz auf der Haut. Als ich hochschaue, kann ich den Riss in der Scheibe nicht mehr finden, selbst wenn ich mich hin und her bewege und glaube, dass ein anderer Winkel die dünnen Linien wieder sichtbar machen wird. Alles weg. Oder in Ordnung gebracht, vermute ich. So wie die Wand unten.

Ich will es noch mal sehen.

Ich schleiche aus meinem Zimmer. Als ich an der Tür der Mädchen vorbeikomme, geht sie auf und die weichen Gesichter meiner Schwestern erscheinen.

»Ich schau nur nach Mom«, erkläre ich ihnen. »Setzt euch doch solange auf mein Bett.«

Unten im Wohnzimmer gehe ich zu dem Hi-Fi-Schrank. Die Stimmen aus der Küche klingen erregt, doch gedämpft von Wasser, das in die Spüle läuft. Ich kann nicht verstehen, worum es geht.

Ich erreiche die Wand, wo der Putz aufgebrochen war, und fahre mit der Hand über die Oberfläche. Alles glatt. Unbeschädigt. Kein Anzeichen frischer Farbe. Es ist, als ob der Verputz nie kaputt gewesen wäre.

Das Splittern von Glas schreckt mich auf. Ich renne in die Küche. Mom hatte Schüsseln gespült, eine muss ihr aus der Hand gerutscht sein. Überall auf dem Boden liegen Glasscherben. Sie holt Besen und Schaufel.

»Was für ein Chaos«, sagt er und umkreist die Scherben. »Was für ein Scheißchaos.«

»Ist doch nur Glas«, sagt Mom, während sie sich hinkniet und die Teile zusammenkehrt.

Das war die falsche Antwort.

»Nur Glas. Das Zeug liegt überall rum. Wahrscheinlich treten wir jetzt ständig in Glas, wenn wir zur Spüle wollen. Aber wahrscheinlich macht das ja auch nichts.« Er greift in die Spüle, holt eine Tasse heraus und schleudert sie neben Mom auf den Boden. Sie zerspringt in lauter Kristalle, die das Licht in tausend Richtungen spiegeln. Unter anderen Umständen würde ich sagen, es sieht schön aus.

Ich weiche ins Wohnzimmer zurück, als er nach einer weiteren Tasse greift.

Und noch einer.

Scherben fliegen in alle Richtungen und Mom springt zur Seite und zieht ihre Hände vor die Brust. Eine Scherbe muss sie getroffen haben.

»Hör auf!«, schreie ich ihn aus dem Wohnzimmer an und er wirbelt herum.

Er fasst nach unten, packt Moms Arm und zerrt sie auf die Beine.

»Lass sie in Ruhe«, sage ich, renn in die Küche und ziehe an seiner Hand, die ihren Arm zusammenquetscht.

»Leighton, nicht«, sagt Mom.

Plötzlich lässt er sie los und tritt zurück.

»Ja, klar, jetzt bin wahrscheinlich ich wieder der Böse, Scheiße, verdammt.« Er schnappt sich sein Portemonnaie, den Schlüssel und seine Pistole. Die Pistole ist nur ganz kurz in seiner Hand, die Zeit von oben auf dem Kühlschrank bis zum

Bund seiner Jeans, doch ich kann nicht atmen, bevor sie verschwunden ist.

»Ich fahr in die Waschanlage«, sagt er. »Diese verdammten Vögel haben den Truck völlig eingesaut.«

Und im nächsten Moment ist er verschwunden. Der Motor des Trucks heult ein paarmal auf, als er losfährt.

»Alles okay?«, frage ich Mom. Sie nickt stumm und fegt dann weiter die Glasscherben auf. Ich hüpfe mit dem Hintern auf die Arbeitsplatte und stelle die Füße in die Spüle. Ich lasse warmes Wasser laufen und spüle die Glassplitter aus der weichen Unterseite meiner Füße. Als sie den Boden fertig gefegt hat, holt sie wortlos eine Pinzette, schaut meine Sohlen an und findet noch zwei Splitter, die in der Haut stecken.

»Er war nicht immer so«, sagt sie, während sie die Unterseite von meinem Fuß zusammendrückt und versucht, die Kante der Scherbe zu erwischen, bis sie weit genug vorsteht, um sie mit der Pinzette zu erwischen.

Ich glaube, Mom will, dass wir auf den sprichwörtlichen Eiern herumlaufen. Aber ich war noch nie gut in puncto Subtilität. Ich will die Eier lieber an die Wand schmeißen, dass sie zerplatzen. Ich will, dass das Haus so schlimm aussieht, wie es sich anfühlt, wenn wir manchmal nach Hause kommen und er schon wartet, mit Brutalität in den Augen. Ich habe mich oft gefragt, ob er uns eigentlich braucht. Wenn im Wald ein Baum umstürzt ... Worauf würde sich seine Wut richten, wenn es niemanden gäbe, der sie bezeugt?

Weil ich das Gefühl habe, immer zur Stelle zu sein, wenn der Baum umstürzt, und ich höre es nicht nur, ich werde jedes Mal von ihm erschlagen. Äste brechen meine Rippen. Blätter füllen Nase und Mund, bis ich anfang zu würgen. Ich höre, wie der Baum stöhnt und rumort, wenn er sich in ein Monster verwandelt.

Schließlich erwischt Mom den letzten Splitter aus meinem Fuß.

»Ich weiß, dass er nicht immer so war, Mom. Ich erinner mich dran. Aber er ist jetzt so.«

Ich rutsche von der Arbeitsplatte und eiere auf den Fußkanten nach oben, bemüht, dass kein Blut auf den Teppichen landet.

Ich glaube, er würde tatsächlich auch schreien, wenn wir nicht da wären.

Es gefällt ihm nur besser, wenn wir da sind.

AUBURN, PENNSYLVANIA
15. SEPTEMBER
KRÄHENBESTAND: 16.980

9. KAPITEL

In der dritten Schulwoche erwischt mich Liam McNamara beim Mittagessen. Er quetscht seinen Körper in die Bank gegenüber und sitzt direkt neben Sofia.

»Wie läuft's, Ladys?«, fragt er und tut so, als wär sein Verhalten völlig normal.

Sofia beobachtet mich von der anderen Tischseite mit zusammengezogenen Augen. Ich habe etwas vor ihr verborgen und jetzt kommt es raus.

»Kroketten«, sage ich und schiebe den Teller von mir weg. »Es läuft kalte-Kroketten-mäßig, Liam.«

»Hm«, antwortet er und schnappt sich eine. »Ich mag kalte Kroketten.«

»Auch Ice-Queen-kalt?«, frage ich.

Liam sieht von dem Tablett auf.

»Brody ist ein Arsch. Das hab ich ihm auch nach der Stunde gesagt.«

»Ja, das ist er.« Ich ziehe mein Zeitungsnotizbuch heraus und blättere darin herum.

»Ernsthaft. Und ich habe nie über die doofe Ice-Queen-Geschichte gelacht.«

Ich höre auf zu blättern und versuche herauszufinden, wie ernst er es gerade meint.

»Hey, darf ich auch noch an eurem Gespräch teilnehmen?«,

fragt Sofia und wedelt mit der Hand vor meinem Gesicht rum. »Wovon redet ihr?«

»Brody Thompson hat sich in Literatur wie ein Arsch aufgeführt«, antwortet Liam.

»Ach Gott, das ist ja nun wirklich nichts Neues.« Sofia verdreht die Augen.

»Danke, dass du was zu Brody gesagt hast.« Ich mache nicht oft in der Klasse den Mund auf und ich habe auch nicht mit Brody gesprochen, nachdem ich ihn abgewiesen hatte, also war es echt nett, ein bisschen Unterstützung zu kriegen.

»Schon gut«, antwortet er. »Und ... machen wir mal was zusammen?«

Sofia verschluckt sich halb an ihrer Schokomilch.

»Äh, sorry, aber nein danke.«

»Wow«, sagt Liam. »Du denkst noch nicht mal drüber nach?«

Nur für einen kurzen Moment stelle ich mir vor, wie ich Liam mit nach Hause bringe. Dann überkommt mich ein gewaltiger Brechreiz.

»Ich seh im Augenblick keinen Grund, mich mit jemandem zu treffen.«

»Moment, gehst du überhaupt nicht mal weg?«

»Ich muss mich drauf konzentrieren, dass ich es auf die Uni schaffe.«

Während Liam und ich miteinander sprechen, versuche ich Sofias wildes Gestikulieren über den Tisch hinweg zu ignorieren. Zum Glück hat Liam die Angewohnheit, sich ganz auf seinen Gesprächspartner zu fokussieren. Es ist nicht sein Charme oder wie verdammt witzig er ist, und es sind auch nicht diese freundlichen Augen. Es ist seine Aufmerksamkeit, die ich mag. Und die so anders ist. Er sieht mich an und hört wirklich zu, was ich sage.

Das ist es, was mich drängt, Ja zu sagen.

»Es besteht doch überhaupt keine Gefahr, dass du es nicht an die Uni schaffst, Leighton. Hast du nicht lauter Spitzennoten? Du bist doch superklug.«

Das unverblümte Kompliment überrascht mich.

»Könnte doch Spaß machen«, ergänzt Liam.

Ich fummle an meinem Armband rum – ein Lederband mit meinen Initialen drauf. Campbell und Juniper besitzen auch beide so eines. Unser Opa hat sie für uns gemacht, kurz bevor er gestorben ist. Vor ein paar Jahren. Es erinnert mich an ihn und an meine Schwestern.

Doch dann wechseln meine Gedanken unweigerlich zu unserem Haus und ich verwandle mein seliges kleines Herz wieder in Stein.

»Für Spaß hab ich keine Zeit. Ich muss Hausaufgaben machen.« Das stimmt zumindest. Abschlussklasse. Uni-Vorbereitungskurse. Uni-Bewerbungen schreiben, die Zeitung. Wie soll jemand soziale Kontakte pflegen, wenn wir jeden Tag sechs Stunden Hausaufgaben machen müssen?

»Du kannst mir ruhig sagen, dass ich nicht dein Typ bin«, antwortet Liam. »Ich komm damit klar.«

»Du bist nicht mein Typ, Liam«, sage ich.

Liam blinzelt ein paarmal, dann stößt er einen leisen, gedehnten Pfiff aus. Seine perfekten Lippen bringen mich fast dazu, meine Abfuhr zurückzunehmen.

»Wow. Äh, das trifft mich hart, Barnes. Echt hart.« Er seufzt und stützt seine Stirn in die Hände auf dem Tisch.

»Liam?«, frage ich und nicke Sofia zu, die herübergreift, um ihn ein bisschen zu schütteln. Sofia kichert immer noch und es kostet mich alle Kraft der Welt, nicht einzuknicken und auch zu lachen. Liam richtet sich wieder auf, mit steinernem Gesicht, und weigert sich, die Rolle des untröstlichen Teenagers aufzugeben. Ich werfe ihm meinen überzeugendsten *Ich fall auf deine Spielchen nicht rein*-Blick zu.

»Muss ich wohl deine Entscheidung respektieren. Aber es wird mich Jahre kosten, ganz über diesen Moment hinwegzukommen, Barnes. Jahrzehnte. Ich werde mich nach dir verzehren. Ich werde zwar nicht Romeo sein, aber ich denke, das Wort ›katatonisch‹ könnte hier sehr gut passen«, sagt Liam, während er aus der Bank rutscht.

»Du bist lächerlich«, sage ich, aber mein Vorwurf wirkt wahrscheinlich nicht sehr überzeugend durch das riesige Grinsen in meinem Gesicht.

»Okay«, sagt Sofia. »Und jetzt verschwinde bitte, damit wir über dich reden können und ich dieses erstaunlich dämliche Mädchen überzeugen kann, sich doch mit dir zu treffen.«

»Es besteht also noch Hoffnung? Dann ja«, sagt Liam. »Also bis zur Englischstunde, Barnes.«

Er schnappt sich eine letzte kalte Krokette, wirft sie in die Luft und fängt sie im Gehen mit dem Mund auf.

»Die Art, wie er dich beim Nachnamen nennt, gibt mir das Gefühl, bei etwas … Intimem zu stören.«

»Iih, Sofia. Bitte sag nicht ›intim‹.«

»Wie auch immer. Es stimmt. Hast du gehört, wie er deinen Namen ausspricht? Er mag dich, Leighton.«

Verdammt.

Der Umgang mit ihm ist so lustig. Und locker. Ich bin glücklicher, wenn ich mit ihm bei unseren Spinden rede, als den ganzen restlichen Tag. Und in einem Paralleluniversum würde ich dieses Gefühl für das halten, was es ist. Ich bin total verknallt in Liam. Vielleicht könnten wir uns in dem Paralleluniversum auch treffen. Aber in diesem Universum existiert so ein Glück nicht. Ich habe einen Countdown. Eine Deadline. Weniger als ein Jahr, um zu Hause alles zu regeln, damit Campbell und Juniper in Sicherheit sind. Oder ich kann nicht weg.

Das Letzte, was ich brauchen kann, ist, mich einem weiteren

Kummer auszusetzen. Denn bei uns im Wohnzimmer steht ein gerahmtes Foto, das König und Königin des Homecoming-Balls der Auburn High vor neunzehn Jahren zeigt. Und es ist eine stete Mahnung, wie *für immer und ewig* aussieht. Vielleicht stimmt das in klassischer Literatur ja doch und die Romanzen sind einfach noch nicht an das wahre Ende der Geschichte gekommen.

Wenn man lange genug wartet, werden alle Herzen gebrochen.

10. KAPITEL

Die Krähen hören nicht auf zu kommen. Ich spüre, wie uns ihre glänzenden Augen beobachten, wo immer wir hingehen. Und jeden Tag multiplizieren sie sich: mal zwei, mal zwei, mal zwei, bis das Verdoppeln zu Tausenden führt. Sie hocken auf Zäunen. Sie krallen sich in die Bäume. Sie beobachten von den Dachrinnen, von den Kirchtürmen und den kaputten Wetterfahnen, die sich auf den Scheunen drehen. Die rostigen Hähne drehen sich nicht vom Wind, sondern vom wechselnden Gewicht der Federn.

Eines Nachmittags erscheinen sie wie eine schwarze Wolke über Auburn, Tausende auf einmal.

Ich höre, wie überall flüsternd geklagt wird – in der Schlange im Supermarkt und unter den Frauen im Schulsekretariat. *Ein Chaos. Eine Plage. Wieso verschwinden sie nicht?* Und vielleicht liegt es daran, dass wir schon Joe hatten, dass das Fremde des Vogels immer in unserem Leben gegenwärtig war, dass mir klar wird: Ich mag die Vögel. Mir gefallen ihr Krächzen und ihre wachsamen Augen. Mir gefällt, wie sie die Einwohner Auburns wahrnehmen.

Joe bemerkte ich das erste Mal im Herbst vor zwei Jahren. Ich erinnere mich so genau, weil wir gerade Opa beerdigt hatten, und auch wenn sich unser Blick nicht verändert hatte, nahmen wir doch auf einmal alles anders wahr. Bis dahin waren wir ständig bei unseren Großeltern gewesen. Ihre Farm war unser zweites Zuhause, unser sicherer Rückzugsort vor der Wut meines Vaters. Es lief immer im Kreis – die Wut, die Entschuldigungen, ein paar Wochen oder auch nur Tage der Ruhe und dann baute sich alles von Neuem auf. Und Mom war gewöhnlich gut darin, die Anzeichen zu erkennen, und schlug dann beiläufig vor, dass wir für ein, zwei Nächte bei ihren Eltern schlafen sollten. Doch ab und zu übersah auch sie die Zeichen und wir hatten keine Ahnung von dem drohenden Gewitter, bis es direkt über uns stand und Mom uns nur schnell in ihren Wagen schob, angurtete und mitten in der Nacht vor dem Haus meiner Großeltern aufkreuzte. Manchmal kamen wir weinend dort an, noch immer verängstigt, doch die meisten Erinnerungen an unseren Gang, dicht aneinandergedrängt auf das Haus zu, sind bei mir von Stille geprägt. Von einem wortlosen Verstehen zwischen den Erwachsenen und einer vertrauten Akzeptanz gegenüber uns Kindern. Außerdem fühlten wir uns, wenn wir bei ihnen ankamen, sicher.

Doch dann, vor zwei Jahren, zerstörte ein Herzinfarkt das sorgsam austarierte Gleichgewicht. Grandpa war weg und Nana verfiel schnell. Ohne Grandpa im Haus, der die Gedächtnislücken schloss, merkten wir, dass Nana allein nicht mehr zurechtkam. Also wurde ihr Haus verkauft, um damit das Heim für betreutes Wohnen zu finanzieren. Damals habe ich Mom angebettelt, ihn zu verlassen. Dass wir bei Nana einziehen und für sie sorgen könnten.

Als sie es ablehnte, haben wir einen Monat lang nicht miteinander gesprochen.

Alle paar Wochen besuchen wir Nana, doch ich versuche, diese Besuche noch zu ergänzen. Dann erzähle ich Mom, dass ich länger in der Schule bleiben muss, und warte an der Ecke auf den Bus, der dreißig Minuten in die Nachbarstadt Lincoln braucht, wo Nanas Wohnheim liegt. Heute ist alles grau auf der anderen Seite der Scheibe, der Himmel genauso wie das Gebäude, in dem sie lebt. Plötzlich sehe ich ganz kurz ein Grauschwarz auf dem Schild am Gebäude aufblitzen. Joe. Es ist nicht das erste Mal, dass er mir hierher gefolgt ist.

Ich trete aus dem Grau in ein Gelb. Die Wände haben die Farbe von Goldrute und im Warteraum steht ein altes zitronengelbes Sofa – an den Rändern blank gerieben und verblichen, wo der Stoff durchgesessen ist. Ich trage mich in die Besucherliste ein und die Frau am Empfang winkt mich durch, als sie mich erkennt.

Nana begrüßt mich mit einer langen Umarmung. »Leighton! Was für eine schöne Überraschung. Es ist ja Wochen her, dass du mich besucht hast.«

»Hi, Nana. Tut mir leid, Schule hat wieder angefangen.«

»Du musst dich nicht entschuldigen. Komm, trinken wir einen Tee. Wann fährt dein Bus?«

Ich setze den Kessel für den Tee auf und öffne die Fenster, um frische Luft reinzulassen.

»In einer Stunde«, antworte ich und setze mich in den Sessel ihr gegenüber. An manchen Tagen ist sie noch ganz die Frau, wie ich sie immer gekannt hab. Und heute ist so ein Tag. Scharfer Verstand und lückenloses Gedächtnis. »Mom weiß nicht, dass ich bei dir bin.«

Sie nickt. Unser Verständigungslaut. Sie weiß, dass ich heimlich komme.

»Und die Mädchen?«

»Wie immer«, antworte ich.

»Und deine Mom?«

»Auch.« Doch meine Stimme klingt heiser. Es ist alles wie immer.

Obwohl, eigentlich stimmt das nicht mehr, es ist schlimmer.

Aber davon sage ich Nana nichts.

»Erzähl mir von der Schule«, sagt sie und unsere Unterhaltung ist leicht und voll Wärme. Es gibt viel, was ich aus dem alten Farmhaus vermisse – und vor allem natürlich Grandpa, doch die letzten zwei Jahre haben auch Nana und mich enger zusammengebracht. Es herrscht eine Unbeschwertheit in unserem Verständnis gegenüber den Dingen zu Hause und gegenüber meinen Eltern. Ich muss mich nicht zurückhalten in dem, was ich ausspreche. Es ist so, wie ich mir vorstelle, dass es sich anfühlen würde, mit Mom zu reden, wenn nicht mein Vater wie ein Keil zwischen uns stünde und uns zwänge, um den heißen Brei herumzueiern, um das Entscheidende, das, worüber wir nicht reden können. Doch bei Nana gibt es nichts, was wir als Thema meiden.

Eine Stunde ist viel zu schnell vorüber.

Ich spüle unsere Becher und räume ihre Kochnische wieder auf. Ich schließe die Fenster. Es ist nur ein Ausschnitt von dem, was wir in ihrem alten Zuhause hatten, doch es gibt immer noch die gleiche Wärme. Die gleichen Gerüche. Ein Hauch von ihrem Lieblingsparfüm über allem.

»Es wird sich bessern«, sagt sie, während sie mich zum Abschied umarmt.

»Ich weiß«, antworte ich. Es ist eine einfache Lüge für uns beide.

»Bevor dein Grandpa gestorben ist, habe ich jeden Abend zu Gott gebetet, dass ihr Mädchen zu uns kommen würdet. Wo ihr in Sicherheit wärt.«

»Und nachdem Grandpa starb? Hast du da nicht mehr gebetet?«

»Ich bete seitdem zu deinem Grandpa. Ich hoffe, er hat da oben ein bisschen Einfluss. Ich warte auf irgendeine Botschaft von ihm.«

»Dann werde ich auch nach einer Botschaft suchen.«

»Tu das, Liebes.«

Und ich tue es wirklich. Auf dem Weg zur Bushaltestelle und auf der Fahrt nach Hause.

Es gibt eine Schnellstraße, die nach Auburn führt. Als wir über die Stadtgrenze kommen, sehe ich am Straßenrand ein großes grünes Schild, auf dem steht: »Willkommen in Auburn, Pennsylvania. Einwohnerzahl: 2.378.« Und unten auf dem Schild der Slogan der Stadt: In Auburn geboren. Stolz auf Auburn.

Ich suche weiter nach einer Botschaft von Grandpa, irgendeiner Spur des Gefühls, das ich immer hatte, wenn ich bei ihnen ins Haus trat. Dass alles gut würde.

Doch als ich aus dem Bus steige und mich in Auburn umschaue, sehe ich nichts als Krähen.

11. KAPITEL

Ich glaube, ich liebe nagelneue Notizbücher aus dem gleichen Grund wie andere Leute Babys. Für einen Moment sind sie *perfekt*. Makellos. Alles ist möglich.

Dann machen wir es uns zur Lebensaufgabe, sie zu ruinieren.

Wir fügen hinzu, belasten sie. Radieren aus und versuchen es neu, ohne je das Vorherige restlos auszulöschen. Wir füllen sie mit unseren Worten, unseren Wünschen und unseren Erwartungen. Es ist ein unvollkommener, unpräziser Prozess und nicht immer bekommen wir's hin.

Ich habe bekommen, was ich mir für die Zeitung dies Jahr gewünscht habe: meine eigene Kolumne. Aber unsere erste Ausgabe geht schon Ende der Woche online und ich habe noch nicht mal ein Thema. Sofia hat ihren Sport, deshalb ist sie mit Cheerleader-Sachen beschäftigt und schreibt über Footballspiele. Unsere Mannschaft ist jede Woche das Highschool-Pendant einer griechischen Tragödie. Alle hoffen auf ein besseres Ende als das, was ihnen geboten wurde. Trotzdem gehen sie jedes Mal wieder hin. Man würde aber gar nicht vermuten, dass sie verlieren, weil sich diese Stadt so unglaublich für Football begeistert. Vor neunzehn Jahren hätten wir *einmal* fast die Landesmeisterschaft gewonnen und die Spieler werden noch immer wie amerikanische Götter verehrt.

Ich denke an Liam McNamara.

Und dann denke ich bewusst *nicht* an ihn.

Ich tippe mit meinem ultraspitzen Bleistift auf das leere Blatt vor mir. Die Spitze bricht ab. Ich sehe aus dem Augenwinkel den Anspitzer, der auf der anderen Seite des Büros steht. Keine Eile, Kopf. Es gibt nichts Wichtiges zu schreiben. Keine drohende Deadline. Ich lasse den Bleistift fallen und drücke stattdessen auf den Einschaltknopf am PC – unsere Zeitung arbeitet mit uralten Desktop-Kolossen – und warte, dass er hochfährt.

Mein Redaktionsschreibtisch schaut in Richtung Fenster und ich sehe die Baseballplätze. Sie sind von Krähen besetzt. Von hier drinnen kann ich sie nicht hören, doch ich sehe die offenen Schnäbel und weiß, dass sie krächzen. Die Krähen krächzen die ganze Zeit.

Sofia sitzt auf meinem Schreibtisch.

»Hey«, fängt sie an. »Hattest du eigentlich je vor, mir zu erzählen, dass zwischen dir und Liam was läuft?«

»Zwischen uns läuft nichts«, protestiere ich, aber Sofia hebt die Hand.

»Ich hab nicht gesagt, was zwischen euch läuft, aber eindeutig läuft da was, denn die Geschichte in der Cafeteria war ja nicht nichts.«

»Tut mir leid, Sofia.« Ich stehe auf und reck mich ein bisschen. Vielleicht hilft mir etwas Bewegung beim Brainstormen für die Kolumne. »Woran arbeitest du gerade?«

»Hey, weich nicht aus«, antwortet sie. »Was ist da zwischen dir und Liam?«

»Wir haben bloß geredet –«, sage ich. Ich breche ab, als Sofia aufkreischt. Ich lächle. Leighton für sich würde die ganze Liam-Geschichte in eine kleine Schachtel packen und vielleicht irgendwann später wieder öffnen, wenn überhaupt. Leighton für sich hat keine Zeit, an einen Jungen zu denken, wenn sie gerade dringend einen Artikel schreiben soll. Sie muss ihre Artikelmappe vervollständigen, wenn sie an eine der Top-Journalistenschulen des Landes will. Aufnahme an einer Uni – und Flucht aus dieser Stadt – hängen an der altbewährten Leighton-Fokussiertheit. Keine Ablenkungen also.

Aber Leighton mit Sofia zusammen, das ist etwas anderes. Ein bisschen weniger angestrengt. Ein bisschen mehr wie *siebzehn*. Die Leighton, die mit Sofia zusammen ist, öffnet die Schachtel und spickt hinein. Was *tut* sich da mit Liam?

»Unsere Spinde liegen direkt übereinander«, erkläre ich ihr.

»Wie unanständig.«

Ich ziehe die Augenbrauen hoch und verstumme.

»Sorry. Red weiter«, sagt Sofia.

»Deshalb haben wir angefangen, uns zwischen den Stunden zu unterhalten. Außerdem haben wir English Lit. zusammen und ... keine Ahnung, er ist so klug. Wusstest du, dass er so klug ist?« Ich laufe beim Reden um meinen Schreibtisch. Aus einer Laune heraus geh ich hinüber zum Fenster und öffne es. Jetzt hör ich die Krähen. Das Krächzen ist lauter, als ich erwartet hatte.

»Es ist endlich passiert«, sagt Sofia. Sie seufzt.

»Was ist passiert?«, frage ich gegen den Lärm der Vögel an.

»Meine kleine Leiiiighton hat einen Freund.«

»Hab ich nicht.«

»Bloß, weil du noch nicht Ja gesagt hast. Was du aber tun wirst.«

»Nein.«

»Tuuuuuurteltauben«, tiriliert Sofia, während sie an ihren Schreibtisch zurückgeht, nachdem ihre Mission beendet ist. Wer braucht schon Folterinstrumente, um an Informationen zu kommen, wenn man dafür eine Sofia Roman hat? Sie würde jeden zum Singen bringen, selbst eine räudige, krächzende alte –

Da ist sie plötzlich. Eine Idee für meine Kolumne blüht in meinem Kopf auf, nimmt schnell Gestalt an. Ich werde über die

Krähen schreiben. Sie scheinen nirgendwohin zu fliegen und ihre Zahl hat schon jetzt Nachrichtenwert. Unser Stadtsender hat letzte Woche einen Beitrag gebracht. Ich könnte da anfangen, wo er aufgehört hat, der Zahl der Krähen nachgehen und einen Vogelexperten interviewen. Vielleicht finde ich ja sogar raus, was die Vögel, verdammt noch mal, bei uns wollen.

Während ich warte, um Mrs Riley meine Idee für die Kolumne vorzustellen, schaue ich auf das Nachrichtenbrett, das an der Wand hängt. Alles, was Auburn betrifft und irgendwie einen Nachrichtenwert haben könnte, wandert an dieses Brett. »Stipendium« steht in fetten Lettern oben auf der Seite eines Flyers.

Aufsatzwettbewerb der Stadt Auburn für Schüler der Abschlussklasse. Krass. Das Stipendium beträgt 5.000 Dollar.

Mein Dad will, dass ich auf das State College von Pennsylvania gehe. Da wär auch er hingegangen, wenn er nicht sein Footballstipendium verloren hätte. Und da wär auch Mom hingegangen, wenn sie sich nicht entschieden hätte, mit Dad in Auburn zu bleiben, als er ihr den Antrag machte. Aber ich hasse diese Uni. Vielleicht wär es ja okay gewesen, wenn ich selbst den Entschluss hätte fassen können, aber sie haben schon angefangen, mich in die Richtung zu drängen, als ich noch in den Windeln lag. Ich will weg aus dem ländlichen Pennsylvania. Ich will in einer Großstadt leben. Und Journalismus an einer der besten Unis studieren, die dafür infrage kommen: an der New York University.

Wir werden nie das Geld dafür haben. *Wenn* ich dort angenommen werde, dann nur über Stipendien und Darlehen. Was bedeutet, jeder Cent, den ich beisteuern kann, hilft.

Ich überfliege das Faltblatt: »Reichen Sie einen Text von 2.000 Wörtern Länge ein zu der Frage: Was bedeutet für Sie *In Auburn geboren. Stolz auf Auburn*?«

12. KAPITEL

In der Schule lernen wir, unsere Aufsätze mit einer These zu beginnen.

Ich mag diese Logik. Diese Struktur. Ich schreibe einen Satz und jedes weitere Wort muss die Behauptung untermauern. Ich könnte mich nie in Gedichten verlieren, weil Gedichte offenbar keinen Regeln folgen können. Mom gefällt genau das. Die Satzfragmente und die Art, in der Lyrik korrekte Grammatik ablegt wie einen schlecht sitzenden Mantel. Die Art, wie sich Worte erspüren lassen, bis es nichts anderes mehr gibt. Keine Vernunft. Keine Logik. Nicht einmal Selbstschutz. Moms These wurde: »Mein Leben hat Bedeutung, weil er darin ist.«

Und jetzt muss jede ihrer Regungen diese Behauptung unterstützen.

Ich lehne es ab, mich in Gefühlen zu ergehen. Journalisten suchen nach der Wahrheit. Sie verwenden korrekte Grammatik, eine korrekte Satzstruktur und ein paar verdammte Fakten.

Aber heute Abend, als ich mich an meine English-Lit.-Hausaufgaben setze, beginne ich nicht mit einer These für meinen *Tess*-Aufsatz. Ich beginne mit einer für mich: *Ich werde Auburn verlassen und auf die Uni gehen.*

Jetzt muss alles, was ich tue, diesen Anspruch untermauern.

Zum Beispiel den Siegeraufsatz für den Wettbewerb um das Stipendium der Stadt zu schreiben.

13. KAPITEL

Um halb vier Uhr morgens knarrt meine Zimmertür und im selben Moment bin ich hellwach. Das Blut strömt mit Macht in mein Herz, während die Panik durch meine Adern schießt.

Es war ein Albtraum. Es war nicht real. Seine Pistole steckt noch. Die Mädchen sind in Sicherheit. Mit Mom ist alles in Ordnung. Ich versuche, meinen Atem zu beruhigen.

Licht dringt vom Flur herein und wirft Strahlen über den Teppich.

»Leighton?« Die Gestalt in der Tür ist klein und schmal. Juniper.

»Ja, Süße?«, frage ich. Meine Stimme flattert ein bisschen und ich räuspere mich, um es zu kaschieren. Der Adrenalinstoß lässt meinen ganzen Körper zittern.

»Sie streiten. Kann ich bei dir schlafen?«

»Klar«, antworte ich und rutsche zur Seite. Durch die offene Tür höre ich es jetzt auch. Nicht das totale Geschrei, aber die Stimmen sind eindeutig angespannt. Das Potenzial für eine schlimme Nacht ist bereits vorhanden.

Juniper rennt durch das dunkle Zimmer und taucht in mein Bett. Ich will sie gerade fragen, wo Campbell ist, als ein weiterer Schatten über den Teppich geschlichen kommt. Sie tritt ins Zimmer und schließt hinter sich die Tür. Die Stimmen werden zu einem Gemurmel gedämpft, aber jetzt, nachdem ich wach bin und weiß, was es ist, irritiert es mich, als wenn ein nerviger Song mit runtergedrehter Lautstärke spielt.

»Wollt ihr weiterschlafen?«, frage ich ins Dunkel.

»Zu wach«, sagt Junie. Ihre Augen lassen sie immer älter wirken, als sie ist, doch ihre kleine Stimme allein im Dunkel erinnert mich dran, wie jung sie noch ist.

»Dann lasst uns stattdessen was spielen«, sage ich.

»*Überall, nur nicht hier*«, antwortet Juniper.

Campbell seufzt schwer und dreht sich von mir weg. Ich stoße sie mit dem Ellenbogen an – ein bisschen kräftiger, als ich beabsichtigt habe.

»Spiel mit«, sage ich. Ich brauche sie. Sie ist mein Partner – bei dem Versuch, Juniper abzulenken.

Diesmal ein leiseres Seufzen und sie dreht sich wieder zurück.

»Okay«, flüstere ich. Ich fahre mit den Fingern über die Nähte meiner Libellendecke, die Nana mir gemacht hat: Der Stoff gibt mir Trost. Im Dunkeln wirken die blauen Libellenflügel alle schwarz und erinnern mich an die Krähen.

Ich schlinge die Arme um meine beiden Schwestern, die eine sich eng an mich kuschelnd, die andere ganz leicht widerstrebend. Juniper darf manchmal noch klein sein. Und ich darf mich auf die Uni freuen. Aber Campbell sitzt in der Falle. Und sie ist alt genug, um es zu wissen und sauer zu sein.

»Die Galapagosinseln«, fange ich an. »Da gibt es Schildkröten, die hundertfünfzig Jahre alt sind. Die Sonne trocknet ihre Panzer, wenn es geregnet hat. Sanfte Wellen rauschen gegen die kiesigen Strände.«

Genau genommen habe ich keine Ahnung, wie die Strände auf den Galapagosinseln sind – felsig, sandig, kiesig? Aber das macht nichts. Bei *Überall, nur nicht hier* geht es um Flucht, nicht um Genauigkeit. »Riesige rote Blumen, größer als dein Schädel, blühen in den Wäldern.«

Plötzlich poltert das Haus, als er unten über den Fußboden rennt. Mein Kopf spielt sein Lieblingsspiel: das Worst-Case-Szenario. Was, wenn er zu ihr rennt? Was, wenn er ihr etwas antut?

»London«, sagt Campbell. Ihre Stimme könnte Stahlseile durchtrennen. »Wir kommen an Big Ben und am Tower vorbei. Wir sehen Kirchen, die älter sind als die USA. Wir trinken Tee und dann fahren wir mit einem dieser Doppeldeckerbusse.«

Unten kracht etwas. Die Mädchen zucken in meinen Armen zusammen und ein winziger Laut verfängt sich in Junipers Kehle. Als wenn sie einen Moment lang schreien wollte, ehe sie sich erinnert, dass es sinnlos wär. Es könnte alles noch schlimmer machen. Ihn nach oben locken.

»Es funktioniert nicht«, sagt Campbell.

»Schatten?«, frage ich. Doch sie klettern bereits aus dem Bett und schleichen zu dem Kleiderschrank, der unserer Großmutter gehört hat. Er war das Einzige, was ich behalten wollte, als sie ihr Haus verkauft haben. Er wirkt irrsinnig riesig in diesem winzigen Zimmer, aber ich liebe ihn.

In manchen Nächten nehmen wir uns Zeit, bevor wir ihn öffnen, und tun so, als würden wir im Innern einen Weg nach Narnia entdecken. Heute ist keine von diesen Nächten.

Wir quetschen uns hinein und ziehen die Tür nur ein Stück ran, damit ein Spalt bleibt, um Luft rein- und Kohlenmonoxid rauszulassen. Ich fasse nach der kleinen Kerosinlampe, die ich hinter ein paar alten Bücherkisten versteckt habe. Die Lampe hat unserem Großvater gehört und sieht aus, als hätte sie einen echten Krieg miterlebt, doch sie funktioniert großartig und hat schon in vielen Nächten wie dieser ihren Dienst getan. Meine Gesten im Dunkeln sind bereits dutzendfach erprobt. Meine Finger schließen sich um ein verborgenes Feuerzeug, das ich in einem der Schuhe versteckt habe. Ich drehe an einem Rädchen der Lampe, um den Docht in den Flüssigkeitsbehälter zu senken.

Winziger Ort, Massen von Büchern als Zündmasse, kleine Kinder und entflammbare Flüssigkeit.

Ich habe echt super Ideen.

Doch als ich die Lampe anzünde, sehe ich in zwei müde, aber erwartungsvolle Augenpaare.

Ein warmer, vertrauter Schein erfüllt den Schrank. Jetzt ist das Ganze ein Abenteuer. Ich sehe das Funkeln in Junipers Augen. Das noch so kleine Anzeichen eines Lächelns, das in Campbells Mundwinkeln zuckt. Wir sind Forscher, die auf einem Berg Rast machen. Wir sind Astronauten und gerade auf einem anderen Planeten gelandet. Alle Geräusche des Hauses sind verschwunden, getarnt von Tür um Tür, die wir geschlossen haben, damit wir sie draußen halten. Ausgeschlossen durch unseren schlichten, schieren Willen, nicht länger auf sie zu horchen.

»Okay«, sage ich, während wir uns im Schrank niederhocken und unsere Gliedmaßen eine über die Glieder der andern legen, bis wir es halbwegs bequem haben. »Ich bin bereit. Was wollt ihr?«

»Ein Pferd«, sagt Juniper.

Ich überlege einen Moment lang, dann lege ich die beiden Handflächen zusammen und strecke zwei Finger nach vorn, um eine Nase zu bilden. Meine Daumen erschaffen die Ohren und schon erscheint die Silhouette von einem Pferd an der Wand. Junie kichert leise.

»Echt klasse, Leighton«, sagt sie.

»Wie wär's mit einer Katze?«, fragt Campbell. »Aber nicht nur der Kopf und die Ohren. Das ganze Tier.«

Ich seufze. Manch einer würde vielleicht denken, nach Mitternacht mit einer Kerosinlampe in einem winzigen Raum eines Gruselhauses Schattenfiguren zu bilden wäre schon mehr als genug an Herausforderung, doch nicht meine Schwestern. Sie versuchen, mich mit immer komplizierteren Forderungen aus der Fassung zu bringen.

Ich lege meine Arme längs aneinander, mit der einen Hand aufwärts, der anderen abwärts. Zwei Finger richte ich nach oben als Ohren und einen nach unten als Schwanz.

Eine schwarze Katze sitzt zuckend auf einer Mauer.

»Hier«, sagt Junie, reckt sich und schenkt der Katze noch ein paar Schnurrhaare.

»Nicht helfen«, sagt Cammy. »Das ist gegen die Regeln.«

»Es gibt keine Regeln, Campbell, wir haben das Spiel selbst erfunden«, erinnere ich sie.

»Nur weil sie nicht in einer Spieleanleitung stehen, heißt das doch nicht, dass es keine gibt.«

»Ich hab nicht geholfen«, sagt Juniper. »Ich hab nur impoviziert.«

»Improvisiert«, verbessere ich sie.

»Improvisiert«, sagt Junie.

Juniper und ich zeigen Campbell unser traurigstes Gesicht.

»Okay, okay, mir gefallen die Schnurrhaare«, lenkt Campbell ein.

Ich spiele das Spiel fast eine Stunde, bis meine Frage nach einer weiteren Schattenfigur mit Schweigen beantwortet wird. Sie sind eingeschlafen. Ich überlege, sie ins Bett zu bringen, aber wenn ich versuche unsere Arme und Beine zu entwirren, mach ich die beiden bloß wieder wach. Außerdem sind meine Arme müde von all den Schattenfiguren.

Dad hat mir das Spiel beigebracht, als Campbell noch ein Baby und Mom nachts mit ihr beschäftigt war. Er benutzte eine Taschenlampe, die auf dem Tisch an meinem Bett stand, und zeigte mir, wie ich die Finger biegen musste, bis sich an der Decke über uns eine Gestalt formte.

Doch das ist lange her.

Heute Nacht bilde ich noch eine letzte Schattenfigur: den Kopf einer Krähe mit scharfem Schnabel, der von den Spitzen der Fingernägel geformt wird. Ich verschränke die Hände und bilde eine Vogelgestalt, die flügelschlagend auffliegt. Ein zweiter Vogel schließt sich dem ersten an. Ein zweiter kleiner Schatten an der Wand. Und dann fliegt ein dritter Schattenvogel mit den anderen. Ich liege in dem schwach erleuchteten Raum – mir ist ein bisschen zu warm von der heißen Lampe und den heißen Körpern – und warte auf ein weiteres Geräusch von unten.

Ich lasse die Hände neben mich sinken, doch die Vögel fliegen weiter. Flapp, flapp, *krah*. Flapp, flapp, *krah*. Sie fliegen über die Wand des Kleiderschranks hin und her und ziehen mich in den Schlaf. Lullen mich ins Vergessen, wieso wir uns überhaupt verstecken. Ich drehe das Rädchen der Lampe, hebe den Docht aus dem Öl und blase die Flamme aus. Ich halte die Augen trotz der pechschwarzen Dunkelheit offen, kämpfe gegen den Schlaf an und verliere schnell. Jetzt ist alles ein einziger Schatten und dieser Schatten nimmt die Form eines Schranks an. Und dieser Schrank nimmt die Form einer Zuflucht an. Und die Zuflucht nimmt die Form dreier Mädchen an, die mit ihren Flügeln schlagen, aber nirgendwohin fliegen.

AUBURN, PENNSYLVANIA
28. SEPTEMBER
KRÄHENBESTAND: 22.367

14. KAPITEL

Diesmal entschuldigt er sich mit Pfannkuchen statt Blumen.

Sonntagmorgens ist der Auburn Diner der beliebteste Laden der Stadt. Wir müssen eine halbe Stunde auf einen Tisch warten, was jede Menge Small Talk bedeutet. Etwas, wo sich mein Vater gern hervortut. Die Barnes leben seit drei Generationen in Auburn und mein Großvater hat das Barnes Bauunternehmen aus dem Nichts aufgebaut. Seine Firma ist für viele Gebäude verantwortlich, die immer noch stehen, so wie auch unser Haus, in dem mein Dad aufgewachsen ist und das er später seinem Vater abgekauft hat, als der alt war.

Vermächtnisse sind etwas Komisches.

Die Hinterlassenschaft meines Großvaters in dieser Stadt ist geradezu in Stein gemeißelt – sein Name und das Datum der Errichtung sind tatsächlich fast an jedem Haus, das er hier in den zwei Jahrzehnten gebaut hat, als sein Geschäft boomte, in Zementblocks graviert. Die Hinterlassenschaft der Leute, die bei ihm angestellt waren. Doch ich frage mich langsam, wie viele Männer zwei Gesichter haben. Eines für im Haus und eines für draußen.

»Hi, Erin«, begrüßt Christine, unsere Kellnerin, Mom. Sie arbeiten zusammen im Diner. »Kein Dienst an diesem Wochenende?«

»Nein, sogar bis Dienstag nicht.«

»Du Glückliche«, antwortet Christine und ihr Blick fällt auf meinen Dad. »Hast du die Spiele verfolgt, Jesse Barnes?« Christine ist eine alte Freundin von Mom aus der Highschool. Sie hat den ganzen Aufstieg – und Fall – von Dad als Footballspieler verfolgt.

»Klar«, sagt Dad. »Stolz auf Auburn, nicht wahr?« Mein Vater bestellt Pfannkuchen für alle, denn Pfannkuchen sind billig. Doch er nimmt dazu noch Kaffee für sich, Mom und mich und heiße Schokolade für die Mädchen.

»Ah, gute Wahl«, sagt Christine.

Sie wendet sich wieder an Mom. »Wenn du nicht arbeitest, hast du nicht Lust mitzukommen? Girls' Night. Nichts Besonderes, wir treffen uns nur in Jimmys Taverne auf ein paar Drinks.«

Dad antwortet als Erster.

»Das ist nett von dir, Christine«, sagt er und sie wird rot, als er ihren Namen sagt. »Aber Erin kann heute Abend nicht.«

»Ach so, na ja, dann vielleicht nächstes Mal«, sagt Christine, immer noch an Dad gewandt.

»Vielleicht«, sagt Mom und Christine trägt unsere Bestellung in die Küche.

Auch das wird nicht passieren. Nächstes Mal. Schritt für Schritt hat Dad Gründe gefunden, Leute aus dem Weg zu drängen. *Deine Freundinnen haben mich immer gehasst. Sie haben keinen guten Einfluss auf dich.*

Am Ende hat sie alle Freundschaften fallen lassen.

Unser Essen dauert nicht lange, doch gerade, als es kommt, bleibt jemand anderes an unserem Tisch stehen.

»Hi, Jesse. Schon ein Weilchen her, dass wir uns gesehen haben«, sagt Mr DiMarco. Officer DiMarco. Er ist im Dienst, trägt seine Polizeiuniform.

»Bill, wie geht's dir?« Mein Vater steht auf und begrüßt ihn. DiMarco war schon lange nicht mehr bei uns – seine Kinder sind noch ganz klein –, doch früher, als ich selbst noch klein war, war Dads bester Freund aus der Highschool-Zeit ständig bei uns. Ich hab ihn sogar Onkel Bill genannt.

Er begrüßt meine Mom, dann sieht er uns Mädchen an.

»Mann, sind die alle groß geworden«, sagt er lachend.

»Verrückt, nicht? Leighton bewirbt sich im Herbst an der Uni. Super Notendurchschnitt.«

»Ah, toll. Lass mich raten. Du hoffst, sie geht an die State.«

»Was wär ich denn für ein Fan, wenn ich das *nicht* täte«, antwortet Dad.

Ich richte meine Aufmerksamkeit wieder auf den Teller und nehme mir ein Stück Pfannkuchen. Es ist mit Butter und Sirup bedeckt und mit Puderzucker bestreut, doch als ich abbeiße, muss ich auf einmal würgen. Etwas Saures strömt mir durch den Mund. Alle andern scheinen ihr Essen zu genießen. Junipers Grinsen ist breit und echt.

Ich hasse die schlimmen Nächte. Ich hasse, wie laut und grausam er sein kann. Wie sehr er uns Angst macht.

Doch die Morgen danach tun am meisten weh. Wenn erwartet wird, dass wir so tun, als ob alles okay ist. Denn meine Beine schmerzen davon, wie wir im Kleiderschrank geschlafen haben, von dem Wirrwarr aus Gliedmaßen und Angst. Und der Pfannkuchenbissen, den ich inzwischen geschafft habe runterzuschlucken, weigert sich, in meinem Magen Ruhe zu geben.

»Hey, hör mal«, sagt Bill. »Ich hab mitgekriegt, die Stadtverwaltung hat sich für die Renovierung der Bücherei gegen deine Firma ausgesprochen? Harte Entscheidung, tut mir echt leid.«

Meine Mom und ich blicken erstaunt auf. Die Info ist neu. Dad hat monatelang an dem Angebot gesessen.

»Ich wusste gar nicht –«, hebt Mom an und die Hand meines Dads legt sich auf ihre Schulter. Er packt sie und klopft Mom ein paarmal auf den Rücken. Drückt sie erneut. Alles mit einem lächelnden Ausdruck. Doch an seinen Knöcheln wird die Spannung sichtbar und ein scharfer Blick streift ihr Gesicht. Er tut ihr weh.

»Tja, was soll man machen. Manche Ausschreibungen gewinnst du, andere nicht, so läuft das nun mal.«

Juniper und Campbell rutschen auf ihren Stühlen vor.

Junipers Blick ruht fest auf Mom, als wenn sie auf ein Signal von ihr wartet. Wie reagieren wir? Lächeln und nicken wir?

Ja.

Wir lächeln.

Wir nicken.

Wir verabschieden uns freundlich.

Doch die Milch, die ich trinke, schmeckt geronnen und der Zucker verwandelt sich auf meiner Zunge zu Salz. Und ich springe vom Tisch auf und schaffe es gerade noch auf die Toilette, ehe ich Mehl, Zucker, Salz und Trauer erbreche.

15. KAPITEL

Juniper und ich liegen auf einer Decke im Garten. So früh am Morgen ist die Luft noch ein bisschen kühl, aber bis zum Nachmittag wird es warm werden. Ich liebe die Frische der Herbsttage in Pennsylvania, doch in diesem Jahr will der Sommer einfach nicht loslassen.

Campbell gefällt dieses Wetter. Die Fahrradsaison ist verlängert und genau die nutzt sie gerade. Mom hätte ihr fast ein frühes Ende gesetzt, als sie von der Sache mit dem Rosenbusch erfuhr, doch ich konnte sie überzeugen, Campbell fahren zu lassen, so lange es geht. Sie braucht ihr auf Fahrrädern umherstreifendes Wolfsrudel.

Juniper hat ihr Buch mit rausgebracht und ich wechsle zwischen Mathe und Zeitungsrecherche. Ich habe auch meine Kunstmappe mit nach draußen genommen, aber hauptsächlich, um ab und zu draufzustarren und mir zu wünschen, dass sie in Flammen aufgehen möge. Ich bin schrecklich in Kunst und bereue zutiefst, mich für das »leichte« Wahlfach entschieden zu haben.

Eine Weile arbeiten wir still vor uns hin – oder zumindest sind wir still. Überall um uns herum sind Krähen und machen sich lautstark bemerkbar. Das Krähen ist der neue Soundtrack der Stadt.

Ich beende meine Matheaufgabe und schnappe mir die Krähenunterlagen. Ich habe herausgefunden, dass es so was auch schon in anderen Städten gegeben hat. In New York und in Oregon. Und sogar auch in einer anderen Kleinstadt in Pennsylvania.

»Experten schätzen, dass der Krähenschwarm inzwischen auf über fünfzigtausend Tiere angewachsen ist«, lese ich Juniper aus der örtlichen Zeitung der anderen Kleinstadt vor. »Die Vögel kommen immer noch zu Tausenden auf ihrer Wanderung von Kanada Richtung Süden.«

»Fünfzig*tausend*?«, schreit Juniper. »Wie viele sind hier?«

»Weiß nicht«, antworte ich. »Nicht so viele. Bis jetzt jedenfalls.«

Ich blättere die *Auburn Gazette* um, unsere eigene örtliche Zeitung, die nicht viel mehr als ein Werbeblättchen ist. Auf Seite eins ist die Nachricht der Woche: der Sieg unserer Footballmannschaft am gestrigen Abend.

»Seltsam«, sage ich.

»Was ist seltsam?«, fragt Junie.

»Nur was über unsere Footballmannschaft. Sie ... gewinnen. Sie haben bis jetzt sämtliche Spiele in diesem Jahr gewonnen.« Ich würde mich fragen, ob die Schlagzeile als Scherz gemeint wär, aber dafür nimmt Auburn Football viel zu ernst.

Krähen hocken nebeneinander auf unserem Zaun und ich ziehe eine Schachtel Rosinen aus meinem Rucksack und verteile den Inhalt nach und nach über den Rasen.

»Das ist verboten«, sagt Juniper. »Hast du selber in deiner Zeitung geschrieben.«

»Du liest meine Kolumne, Junie?« Ich bringe zwar immer einen Ausdruck für meine Mappe mit, doch ansonsten gibt es die Zeitung hauptsächlich online. Mir war nicht klar, dass Juniper überhaupt Zugang zu der Seite hat.

»Ja, Campbell druckt deine Artikel immer aus und lässt sie mich zuerst lesen.«

Ich schaue gern zu, wenn die Krähen vom Zaun flattern und dicht vor uns landen, um sich die Rosinen zu schnappen. Ich mag, wie sie herumhüpfen. Und es gefällt mir schon auch, mal ein Verbot zu brechen. Ich widersetze mich der verfluchten Anordnung 3417 des Auburner Gemeinderats. Ich bin eine Rebellin aus Überzeugung. Ich fülle Corvidae-Mägen mit einer Rosine nach der andern.

»Hier, Junie. Versuch's mal.« Ich reiche ihr ein paar Rosinen, doch dann entdecke ich plötzlich ihr nacktes Handgelenk. Wir drei tragen immer die Lederbänder, die Grandpa uns geschenkt hat, aber ihres fehlt. »Hey, dein Armband ist weg.«

Sie schaut schuldbewusst. »Hab ich verloren. Ich dachte, es wär zu Hause in meinem Zimmer, aber ich kann es nirgendwo finden.«

»Keine Angst. Ich bin sicher, es taucht wieder auf. Ich schau nachher mal nach, ob ich es finde, okay?«

Ich wende mich wieder den Seiten vor mir zu. »Hier steht, dass die Stadt Tierexperten bestellt hat, die versuchen sollten, die Vögel zu verscheuchen«, sage ich, hauptsächlich, um sie abzulenken. Ich hätte das fehlende Armband nicht erwähnen sollen.

»Verscheuchen? Wie denn?«, fragt sie. Sie wirft eine ganze Handvoll Rosinen auf einmal und eine Gruppe von Krähen schießt von einem Baum in der Nähe herab.

»Mit Leuchtgeschossen, Lärm. Sie haben auch Falkner geholt, um die Krähen zu schikanieren. Mit echten Habichten. Sie haben sogar für ein paar Wochen eine Jagdsaison auf Krähen eröffnet.«

»Als so eine Art Vogelschießen?« Junie nimmt mir die Schachtel aus der Hand und wirft eine Rosine so hoch, wie sie kann. Eine der Krähen schnappt sie im Flug.

»So in der Art«, antworte ich. Jagen ist beliebt in unserer

Gegend. Wir kriegen sogar schulfrei, wenn die Jagd auf Rehe eröffnet wird. Hat mich nie richtig gekümmert, aber jetzt kriege ich doch ein mulmiges Gefühl bei dem Gedanken, dass sie die Krähen schießen könnten. Juniper findet die Erklärung dafür schneller als ich.

»Ich hoffe, die machen das hier nicht auch«, sagt sie. »So schlimm sind die Krähen doch gar nicht. Und ich hätte solche Angst um Joe.«

»Joe ist ziemlich klug«, erkläre ich ihr und schiebe mein Unwohlsein beiseite. »Außerdem haben wir hier nicht annähernd so viele Krähen. Es heißt, es waren so viele in dieser anderen Stadt, dass man die Sonne nicht mehr sehen konnte. *So* viele sind es bei uns nicht. Mach dir keine Sorgen.«

Juniper dreht sich auf den Rücken und schaut zu den Wolken, als wenn sie sich den von schwarzen Vögeln verdeckten Himmel vorstellt. Ich will nicht, dass sie sich um Joe Sorgen macht, deshalb wechsle ich schnell das Thema.

»Was liest du da?«, frage ich. Sie reicht mir das Buch, ohne den Blick vom Himmel zu nehmen.

Es ist eine Märchen- und Fabelsammlung für junge Leser.

»Das ist ja mein Buch«, sage ich und blättre es durch. »Ich hab die Geschichten geliebt.«

»Sind echt cool«, antwortet Junie und dreht mir ihr Gesicht zu. Jetzt habe ich ihre Aufmerksamkeit. »Ich kann nicht glauben, dass es jahrelang so schön und ungelesen in deinem Regal gestanden hat.«

Ich muss über sie lachen.

»Tut mir leid, Juniper. Es gehört von jetzt an dir.«

»Echt? Danke.«

Sie öffnet den Umschlag des Hardcovers, auf dem eine verblichene Landschaft mit Bäumen, Blumen und Waldtieren abgebildet ist.

»Kann ich mal einen Stift von dir ausleihen?«, fragt sie.

»Äh, klar.«

Sie schnappt sich einen Stift und malt einen Strich unter meinen Namen, den ich offenbar vor zehn Jahren in das Buch gekritzelt habe, dann schreibt sie ihren eigenen Namen darunter. »So, jetzt ist es offiziell.«

»Gut gemacht.«

»Kann ich auch ein Blatt haben?«, fragt sie.

Ich reiße eine Seite aus meinem Notizbuch.

Und dann erhasche ich die ersten zwei Wörter, die sie oben auf das Blatt schreibt: Lieber Joe.

»Schreibst du Joe?«, frage ich.

»Ja, also, die Tiere in den Geschichten, die sind echt klug und Joe ist auch klug, deshalb hab ich ihm Briefe geschrieben.«

»Und erwartest du eine Antwort?«, frage ich. Wenn ich sehen würde, wo sie die Briefe ablegt, könnte ich ihr vielleicht Antworten schreiben. Es wär ein bisschen Betrug – so wie die Zahnfee, nur mit Krähen.

»Das ist albern, Leighton. Vögel können nicht schreiben.«

Na gut, streichen wir den Briefeplan.

»Aber vielleicht bringt er ja weiter Geschenke.«

»Was?« Ich drehe mich neugierig auf die Seite, um Juniper anzusehen.

»Ich hab letzte Woche für Joe einen Brief rausgelegt, und als ich geschaut hab, ob er weg ist, hatte er mir ein Geschenk dagelassen.«

»Was denn für ein Geschenk?« Juniper hat eine ausgeprägte Fantasie und ich stelle ihre Geschichten normalerweise nicht infrage, doch diese scheint keine von ihren üblichen Fantasiegeschichten zu sein.

Juniper fasst in die Tasche ihrer Jeans, öffnet die Faust und zeigt mir eine glänzende blaue Murmel.

»Und die hat dir Joe hingelegt?« Ich nehme die Murmel und rolle sie zwischen den Fingern.

»Ich hab's nicht gesehen. Aber ich denke, es war eine Krähe. Ich hab eine Nachricht hingelegt und ein paar Kekse. Du sagst es doch niemandem, dass ich die Krähen gefüttert hab, oder?« Ich nicke und sie fährt fort: »Als ich zurückkam, waren sie weg. Und stattdessen lagen die Murmel und eine Feder da.«

Klingt wie ein Zufall, doch ich greife nach meinem Notizbuch und schreibe schnell etwas auf, dass ich dran denke, einen Fachmann über Verhaltensweisen von Krähen zu befragen. Vielleicht kann es ja doch nicht bloß Zufall sein. Vielleicht bekommt Juniper wirklich Geschenke von den Krähen.

»Er bringt keine Geschenke, er wirft nur Müll ab«, sagt Campbell hinter uns.

»Du verbreitest ja einen wunderbaren Pessimismus«, sage ich. »Hör nicht auf sie, Junie. Ich glaube, dass Joe dir Geschenke bringt, und ich werde auch noch einen Krähenexperten aufsuchen, dann kann ich danach fragen.«

»Danke, Leighton«, Juniper steht mit ihrem Brief auf, aber Campbell streckt die Hand aus, schnappt ihn sich und hält ihn außerhalb von Junies Reichweite.

»Lieber Joe«, liest Campbell laut vor. »Meine Lehrerin sagt, es ist nicht gut für die Stadt, dass ihr jetzt alle hier seid, denn ihr seid laut und macht Unordnung. Aber ich bin auch laut und mach Unordnung.« Campbell macht eine Pause und verdreht die Augen. »Das stimmt zumindest.«

»Hör auf! Gib ihn mir zurück!« Juniper springt hoch und versucht, sich den Brief zurückzuholen.

»Sag deinen Freunden, sie sollen bleiben. Wenn ich euch sehe, fühl ich mich immer sicher –«

Bei dem letzten Wort bricht Campbell ab und ihr Arm sinkt so weit nach unten, dass Junie sich den Brief schnappen kann.

»Cammy«, sage ich, doch ihr Gesicht verrät mir, dass sie schon ein schlechtes Gewissen hat.

»Hier, Leighton, du glaubst mir wenigstens, deshalb darfst *du* ihn lesen.«

Ich lese leise den Schluss.

Deine Fehdern sind schön. Bis jetzt hab ich sechs gefunden, das ist schon eine kleine Kolleksion.

Alles Liebe. Juniper Barnes, 9.

»Schöner Brief«, sage ich, als ich ihn Junie zurückgebe. »Der wird Joe gefallen.« Ihre Stirn glättet sich wieder, als ich das sage. Und schon ist sie fort, den gefalteten Zettel in der Hand, und rennt zu dem Baum am Ende von unserem Grundstück. Sie kniet sich unter die Äste und schaut hoch. Ich sehe, wie sich ihr Mund bewegt, aber ich kann nicht hören, welche Nachrichten sie für die Vögel hat.

»Du musst netter zu ihr sein«, sage ich zu Campbell.

Plötzlich platzt es aus Campbell heraus: »Keine Sorge, ich kümmere mich schon um sie, wenn du an die Uni gehst.«

Es liegt so viel Groll in ihrer Stimme. Ich kämpfe damit, was ich ihr diesmal sagen soll.

»Campbell, ich werde nicht –«

Das Aufheulen seines Motors, als er mit Vollgas in unsere Straße gedonnert kommt, lenkt uns ab.

»Oh nein«, sagt Cammy und spurtet los. Sie jagt in Richtung Haustür, doch sie ist noch kaum um die Ecke, da höre ich dieses schreckliche knirschende Geräusch.

Ich springe auf und renne ums Haus. Unser Vater ist zurück, das Getriebe von seinem Wagen in den Leerlauf gerammt, aber der Motor läuft noch und er steht davor und zerrt an etwas herum.

Campbell steht wie erstarrt im Vorgarten.

»Was ist los?«, frage ich, doch dann gewinnt er den Kampf.

Campbells zerstörtes Fahrrad kommt unter der Front seines Wagens zum Vorschein.

Shit.

»Was hat das dämliche Ding auf meinem Parkplatz zu suchen?«, brüllt er, wirft das kaputte Fahrrad auf unseren Rasen und schaut unter die Front seines Wagens. »Die vordere Stoßstange ist völlig verkratzt, verdammte Scheiße, Campbell!« Die letzten Worte brüllt er, als er an ihr vorbeiläuft. Dann stürmt er ins Haus und knallt die Tür zu, während er gleichzeitig nach Mom ruft. Aber Cam zuckt nicht mal zusammen oder reagiert, gerade so, als ob sie seine Existenz überhaupt nicht wahrgenommen hätte. Sie steht bloß im Vorgarten und schaut auf ihr Rad, das verbogen daliegt.

Sie steht da und ich seh es ihr an, wie schwer sie nachdenkt. Wahrscheinlich überlegt sie, wie man es reparieren kann – unmöglich. Überlegt, wie sie Geld sparen kann, um ein neues zu kaufen – unwahrscheinlich. Überlegt, wie ihre besten Freunde auf ihren Rädern herumfahren, und wenn sie kein Rad hat –

Ich sehe, wie Campbell nachdenkt, und merke, es ist das Einzige, was ihr bleibt, jetzt, wo sie kein Fahrrad mehr hat.

16. KAPITEL

Ich habe Schlafstörungen, die durch ein gruseliges Untergeschoss bedingt sind.

Manchmal liege ich die ganze Nacht wach und denke an den Kriechraum in diesem Untergeschoss. Er ist nichts Besonderes, einfach bloß ein bisschen gruselig, doch eigentlich nichts weiter als ein Loch in einer der Steinmauern. Es befindet sich knapp zwei Meter über der Erde und führt in einen Raum, der so breit und lang wie unser Eingangsflur ist, unter dem er liegt. Im Innern sieht man ein paar Rohre und einen Boden aus Teerpappe und jahrealtem Staub.

Ich weiß nicht, wieso ich mich so auf diesen Kriechraum fixiere, es ist einfach so. Vielleicht weil er dunkel und feucht ist und das Gefühl vermittelt, als ob dort etwas versteckt sei. Vielleicht weil er hinter der Treppe liegt, sodass ihn die meisten völlig übersehen würden. Vor allem wenn etwas die Öffnung verdeckt.

Vielleicht ist es auch nur, weil ich in einer beschissenen Lage bin und mit einer regen Fantasie gesegnet.

Deshalb liege ich wach und warte darauf, ob irgendetwas geschieht. Und selbst wenn das Haus still und leise bleibt, kann ich nicht schlafen. Selbst wenn er gute Laune hat, mit dem Geld alles stimmt und er mit ihr lacht und ihr Blumen schenkt, kann ich nicht schlafen. Weil ich weiß, dass morgen Nacht vielleicht nicht alles dunkel ist und es nur die tiefen Atemlaute eines friedlichen Hauses sein werden. Morgen Nacht könnten alle Lichter im Haus brennen, der Mülleimer durch die Küche fliegen und eine Spur aus Eierschalen, zerknüllten Rechnungen und Zigarettenstummeln hinterlassen. Seine Stimme, die immer die gleichen Worte wiederholt, während er im Haus umherläuft und nach weiteren Dingen sucht, die ihn noch weiter aufregen, denn ich schwöre, wenn er erst mal in Fahrt kommt, dann gefällt ihm das und er versucht, das Feuer weiter anzuheizen.

Ich habe keine Angst vor der Dunkelheit. Ich habe Angst, dass ich es nicht bis zum Morgen schaffe. Deshalb liege ich nachts wach und denke an diesen Kriechraum. Ich überlege, dass es dort sein wird, wo er eines Tages unsere Leichen versteckt.

17. KAPITEL

Mein Blick verschwimmt und ich lese denselben Satz jetzt schon zum vierten Mal.

Es war ein Wochenende ununterbrochener Anspannung. Die streitenden Stimmen Freitagnacht, der verlorene Bauauftrag, Campbells Rad. Weitere Probleme, die zu lösen sind. Weniger Zeit, es zu schaffen.

Anspannungen wie diese arbeiten sich in jeden Winkel des Hauses vor, bis es sich ganz klein und eng anfühlt und so voll, dass man kaum Luft kriegt vor lauter Problemen und Sorgen, die sich innerhalb der vier Wände türmen.

Ich balanciere einen riesigen Stapel loser Blätter, die noch warm sind vom Drucker in der Bücherei. Ich bin hin und her gelaufen, weil der Drucker im Zeitungsbüro kaputt ist. Auf den Seiten vor mir geht es um Krähenmythen und Fabeln aus nahezu sämtlichen Zeiten und allen größeren Weltregionen der Menschheitsgeschichte. Mittelalter. Die Zeit der Babylonier. Der Kelten. Krähen werden als Symbol verwendet, seitdem sich Menschen Geschichten erzählen.

Ich achte nicht darauf, wo ich langlaufe.

»Hey!«, ruft eine Stimme vom Boden, doch zu spät.

Ich laufe in Liam hinein, der vor seinem Spind hockt.

»Heiliger Bimbam«, murmele ich, als meine Blätter wild durch die Gegend fliegen.

»Bisschen spät für ein Stoßgebet, findest du nicht?« Liam sammelt meine Blätter ein und steht auf. Wir sprechen jeden Tag miteinander, wenn wir die Bücher aus dem Spind wechseln, und wir diskutieren ständig miteinander in English Lit. Mir gefällt, wie vertraut er mir inzwischen ist. Langsam fange ich an, ihn als Freund zu sehen. Seine Augenbrauen ziehen sich besorgt zusammen.

»Alles in Ordnung?«, fragt er.

»Tut mir echt leid. Schlafmangel.«

»Zu viel gelernt?« Er schüttelt die Blätter in seinen Händen.

»So in der Art. Zeitungsartikel.«

»Echt viel Arbeit neben der Schule.«

»Sagt der Footballstar mit dem perfekten Notenschnitt«, antworte ich und recke den Kopf zur Seite. »Wie oft trainierst *du* denn? Drei Stunden pro Abend? Und dann lernst du noch?«

»Das ist was anderes. Geht allein um ein Stipendium.«

»Ist nicht wahr. Bei mir auch.«

»Du willst das hier an der Uni machen?« Liam schiebt die Seiten zusammen und streicht sie glatt. Wir brechen zusammen auf, meine Unterlagen sicher unter seinem Arm verstaut, und es fühlt sich ganz normal an.

»Eher als Job fürs Leben. Aber ja, fürs Erste an der Uni.«

»Cool. Ich hab deine Artikel gelesen. Wirklich gut.«

»Danke, Liam, doch Schmeicheleien helfen –«

»Ist keine Schmeichelei.«

Ich kneife die Augen zusammen und sehe ihn an.

»Okay, ist Schmeichelei, aber es stimmt. Und du kannst nicht das Gleiche zu mir sagen, weil du nie zu den Footballspielen hingehst.«

»Woher willst du das wissen?«

»Weil es Sofia weiß. Sofia weiß es und hat's mir erzählt. Sofia ist klug. Sofia weiß alles. *Sofia* findet mich nett.«

»Sehr geschickt, die Beste-Freundin-Karte auszuspielen, Liam.«

Verdammt, ich mag ihn wirklich. Und für den Augenblick gönne ich mir den Tagtraum. Den, wo er fragt, ob ich mit ihm ausgehe, und ich diesmal Ja sage, den, wo wir ins Kino gehen und ich meinen Kopf an seine Schulter lehne.

Es ist ein perfekter Abend.

Ein unmöglicher Abend.

Wir haben das Zeitungsbüro erreicht.

»Tut mir leid, dass ich in dich reingelaufen bin, Liam.«

»Schon gut. Ein schönes Mädchen, das über mich stolpert, ist ja eher das Gegenteil eines Problems für einen siebzehnjährigen Jungen.«

Ich greife nach meinen Notizen und Unterlagen, aber Liam weicht zurück.

»Warte mal«, sagt er. »Ich möchte dich etwas fragen.« Er schaut in den Raum, als wenn er überprüfen würde, ob uns jemand hören kann, ehe er weiterredet. »Ich werde nicht weiter fragen, ob du mal mit mir weggehst, Leighton. Ich will dir nicht auf den Geist gehen. Aber wenn du einfach mal reden willst, dann ... sag Bescheid. Ich bin ein guter Zuhörer.«

Ich spüre Gänsehaut auf den Armen und Tränen in den Augen. Es ist schwer, sie unter Kontrolle zu halten, wenn ich müde bin. Und noch schwerer, wenn Liam McNamara mich anschaut, als ob er meine Geheimnisse längst kennt.

Ich schlucke schwer.

»Danke, Liam. Das ist echt lieb von dir. Aber ich bin okay.«

Ich gehe in die Klasse, doch dann kehre ich um, weil ich den starken Drang spüre, ehrlich zu ihm zu sein. Das heißt, aufhören will, ständig die lahme Entschuldigung mit der Schule zu bringen.

»Ich mag dich wirklich, Liam. Wenn die Dinge anders wären,

würde ich liebend gern mit dir ausgehen. Aber mein Leben ist ein bisschen komplizierter, als es vielleicht in der Schule wirkt. Ich habe Schwestern und die … äh … die brauchen mich dringend. Nächstes Jahr werde ich nicht mehr da sein, deshalb muss ich mich dieses Jahr besonders um sie kümmern.«

Ich weiß nicht, was ich weiter sagen soll. Mehr ins Detail kann ich nicht gehen. Das wär zu viel.

Es tut zu weh.

»Ich habe auch eine kleine Schwester, Barnes. Ich …« Er zögert, reckt sich gegen die Wand. »Hör zu, ich hab verstanden.«

Er streckt mir die Unterlagen entgegen und ich möchte meine Abfuhren am liebsten zurücknehmen. Ich möchte Ja sagen, doch ich tu es nicht.

Denn die Wahrheit ist: Ich brauche Liam nicht, aber noch brauchen Campbell und Juniper mich.

18. KAPITEL

Am Freitag erhalten wir in der letzten Stunde unseren Notenzwischenstand. Ich male mir die Lichter der Großstadt aus und wie ich bei echten Journalisten studieren werde – und ziehe die Stirn kraus.

Uni-Vorbereitungskurs Englische Literatur: 100

Leistungskurs Mathematik: 97

Chemie: 96

Kunst I: 79.

Ich habe ein C. In *Kunst.* Ich schwirre durch die vollen Flure, wild entschlossen, auf schnellstem Weg aus der Schule zu fliehen. Ich bin eine Bienendrohne und der Honig, der mich lockt, sind ein Buch, das neue Lorde-Album, die Jalousie runterzuziehen und auf dem zotteligen Teppich in meinem Zimmer zu liegen. *Kunst.* Das sollte eigentlich das leichte Fach sein. Meine Entspannungsstunde, damit ich mehr Zeit in die Zeitung und in die Uni-Bewerbungen stecken kann. Verdammt.

Ich schiebe die Bücher im Spind hin und her und versuche durch meinen Schleier aus Wut, mich an meine Hausaufgaben fürs Wochenende zu erinnern. Schließlich gebe ich auf und fange an, alle Bücher in meinen Rucksack zu packen. Besser, ich hab sie dabei und brauch sie am Ende nicht, als umgekehrt. Im Zweifel kann ich ja auch schon ein bisschen vorarbeiten. Außer in Kunst. In Kunst kann ich nicht vorarbeiten.

Ich knalle die Spindtür so fest zu, wie es nur geht, ohne von der Gangaufsicht wegen »demonstrativ aggressiven Verhaltens« gestoppt und zum Schulpsychologen geschickt zu werden.

»Hey, Peyton Manning«, sagt eine Stimme über meine rechte Schulter hinweg.

»Sehr nett«, sage ich voller Sarkasmus. Ich schaue mich nicht einmal um. Ich will nur mein Wochenende, deshalb geh ich weiter. Es beginnt erst offiziell, wenn ich zur Tür hinaus bin.

»Was ist los mit dir?«, fragt Liam und streckt die Hand aus, um mir den Rucksack abzunehmen. Als das Gewicht weg ist, richte ich mich auf, auch wenn ich bis zu diesem Moment gar nicht wusste, dass ich leicht nach vorn gebeugt lief.

»Danke«, sage ich, reibe mir die Schulter und lasse den Sarkasmus diesmal sein.

»Tut mir leid, Leighton, ich wollte dich nicht –«

»Hat nichts mit dir zu tun.« Ich passe mich seinem Schritt an. Sein Größenvorteil macht es schwer für mich mitzukommen. Meine deutlich kürzeren Beine müssen mehrere Zwischenschritte einlegen, um mit seinen langen das Tempo zu halten.

»Probleme mit dem Fortschrittsbericht?«, fragt er und ich zieh ein Gesicht.

»Moment, echt?« Er lacht, dann fängt er sich wieder. »Tut mir leid, ich wollte mich nicht über dich lustig machen. Ich bin einfach nur überrascht.«

»Ist nichts«, sage ich und schaue mich um. Jemand könnte ihn ja vielleicht hören.

Er streckt die Hand aus, Handfläche nach oben. Ich zögere einen Moment, dann entscheide ich mich, ihm seinen Willen zu lassen, und reiche ihm den Bericht.

»Tss-tss«, sagt er und schüttelt beim Lesen den Kopf. »Sieht ja ganz so aus, als ob du sogar …« Liam bleibt stehen und schaut sich um, sein Blick schießt in Richtung der Klassenkameraden, die uns folgen. »… einen Nachhilfelehrer brauchst.«

Er flüstert die Worte, doch es ist ein lautes Flüstern und ein paar Schüler schauen zu uns herüber.

»Okay, okay, es reicht!«, sage ich und zerre an seinem Arm, dass er bitte weitergehen soll. »Ich brauch keinen Nachhilfelehrer.«

»Ich nehm dich nur auf den Arm, Leighton. Du hast doch noch Zeit, deine Note zu verbessern. Das wird schon. Ist ja nur Kunst.«

»Ich bin schrecklich in Kunst«, antworte ich. »Eigentlich sollte das Fach bloß Spaß machen.«

»Vielleicht könnte *ich* ja dein Nachhilfelehrer werden«, sagt er.

Wir haben draußen meinen Bus erreicht.

»Du kannst nicht mein Nachhilfelehrer werden, Liam.«

»Natürlich kann ich«, hält er dagegen. »Ich kann zeichnen.«

»Nein, kannst du nicht.« Liam McNamara tut gerade so, als ob er in allem gut wär. Doch ich fang an zu lächeln. Wieso gefällt mir das an ihm?

»Ernsthaft, Leighton. Ich mag Kunst. Ich bin gut in Kunst. Ich meine, *richtig* gut.«

»Du hast nicht mal Kunst«, werfe ich ihm vor, drehe mich zu ihm herum und sehe ihm ins Gesicht, während der Bus neben uns im Leerlauf tuckert.

»Ich bin in Kunst IV«, widerspricht er.

Oh. Vielleicht *ist* er ja in allem gut. Wie nervig.

»Ich kann wirklich helfen«, fügt er hinzu.

»Ähm, na gut.« Keine Ahnung, wieso ich Ja gesagt habe. Oder vielleicht weiß ich es doch: weil ich es wollte. Ich wollte Ja sagen. Ich will Liam außerhalb der Schule treffen. Ich wollte das schon eine Weile. Und Kunst ist sicherer als ein Date.

»Super.«

»Äh … heute Abend?«

»Heute Abend ist das Footballspiel. Gegen Eaglesville. Unsere erklärten Rivalen. Und ich weiß nicht, ob du es mitgekriegt hast, aber wir sind bis jetzt ungeschlagen.«

»Oh, stimmt.« Seit sie gewinnen, musste ich mich ganz bewusst entscheiden, die Nachrichten über die Mannschaft nicht zu verfolgen.

Ich fühle mich ein bisschen zurückgewiesen, was albern ist. Das Ganze ist ja noch nicht mal ein Date. Es ist eine Kunstnachhilfestunde. Es könnte glatt als das Gegenteil eines Dates durchgehen.

»Du solltest zum Spiel kommen. Danach gibt es bei James ein Gartenfeuer. Wir könnten ein bisschen zusammen abhängen … und nach einem anderen Termin am Wochenende für die Kunstnachhilfe schauen.«

»Ich geh eigentlich nicht auf Partys …«, sage ich und fasse nach meinem Rucksack. Der erste Bus fährt an und ich muss mich beeilen.

»Komm mit«, sagt er und lässt den Rucksack los. »Wird bestimmt –«

»Wild? Cool? Wir werden uns besaufen?« Ich biete ein paar der Worte an, die ich über ihre Partys gehört habe.

»Lustig«, sagt Liam. »Es wird lustig.«

Jetzt sei nicht so eine Spaßbremse, Leighton. Vielleicht kriegst du ja noch einen zweiten Menschen, der zu dir hält, bevor du die Schule verlässt. Die Busfahrerin richtet ihren Innenspiegel zurecht und legt die Hand auf den Schalthebel. Macht voran, Leute, sagt ihr Gesichtsausdruck. Ich fühle mich wie auf dem Präsentierteller und weiß einfach, dass Campbells kleine Nase schon an der Scheibe klebt und das ganze Gespräch beobachtet. Zu viel Druck und ich zaudere.

»Tut mir leid, aber ich … ich kann einfach nicht.« Großartig, Barnes. Sehr cool. Immer schön diesen supersüßen Jungen abweisen, der an dir interessiert ist. Doch Liam lässt nicht locker. Er versucht es noch mal.

»Okay, dann nicht Party. Ich seh dich vielleicht beim Spiel. Und vielleicht können wir ja am Sonntag bei mir zu Hause an Kunst arbeiten?«

Schwerer Seufzer von der Busfahrerin.

»Ich muss los.« Ich steige in den Bus und versuche alles, den Blick zu ignorieren, den mir die Fahrerin zuwirft, während sie den Gang einlegt und die Tür direkt hinter mir schließt. Ich quetsche mich neben Campbell, greife über sie hinweg, um die Riegel am Fenster zu lösen, und schiebe den oberen Teil auf.

Liam steht immer noch neben dem Bus.

»Okay, vielleicht komm ich ja heute Abend und Sonntag Kunst klingt gut.«

Liams Lachen ist das Beste. Mir ist, als ob ich eine Dummheit begehen könnte für dieses Lächeln. Der Gedanke bringt mich zurück auf den Erdboden. Ich bin nicht so ein Mädchen. Ich werde mich nicht wegen eines Jungen vergessen.

»Aber es ist trotzdem kein Date«, füge ich mit schrofferer Stimme hinzu, als ich wollte.

»Ich ruf dich am Sonntag an«, antwortet er ungerührt, immer noch lächelnd.

Als der Bus anfährt, wirble ich herum und setze mich auf meinen Platz, bevor ich unsere vagen Pläne widerrufen kann.

»Wer ist *das*?«, will Cam wissen, sobald ich sitze.

»Bloß ein Freund«, antworte ich. »Freund kann man eigentlich gar nicht sagen. Er wird mir Nachhilfe geben.«

»Er gibt dir Nachhilfe?«, fragt Campbell. Sie glaubt mir eindeutig kein Wort, deshalb gebe ich ihr meinen verknickten Fortschrittsbericht.

Campbell liest ihn.

»Oh mein Gott, du hast ein C. Das ist das erste Mal.«

»Ich weiß«, stöhne ich. »Ausgerechnet in Kunst.«

»Die New York University nimmt keine Studenten, die ein C haben, Leighton.«

Ich schürze die Lippen. »Woher weißt du von der NYU?«

»Ich weiß alles«, antwortet Cammy, während sie den Bericht sorgfältig zusammenfaltet.

»Erzähl es ihm nicht«, bitte ich sie und meine Dad. Aber natürlich weiß sie das selbst.

»Schwachkopf«, sagt Campbell. »Auch wenn es total egal ist. Solche Noten und du sitzt dein Leben lang hier mit mir fest.«

Ihr Kommentar ist wie Stacheldraht. Er soll mich nicht verletzen. Er soll vielmehr sie schützen.

»Das würde dir gefallen, was?«, sage ich.

Campbell antwortet nicht, doch sie legt ihren Kopf in einer stummen Entschuldigung an meine Schulter. Ich schiebe meine Hand über ihre und drücke sie. Ich möchte sie niemals verlassen. Aber ich weiß auch nicht, wie ich es eine Sekunde länger als unbedingt nötig in dieser Stadt aushalten soll.

Wie groß ist dein Mut?, überlege ich.

Nicht sehr groß. Eher klein. Und er schrumpft immer mehr.

Was wird es kosten, die Stadt zu verlassen: Mut oder Feigheit?

19. KAPITEL

Unser Bus fährt an den Footballplätzen vorbei, auf denen kleine Jungs für ihre Flag-Spiele trainieren. Sie können nicht viel älter als sieben oder acht sein, doch die Trainer brüllen und die Väter an den Seitenlinien machen grimmige Gesichter.

Was passiert, wenn du kleinen Jungs jeden Tag sagst, dass sie die Besten sein müssen? Die Schnellsten, die Größten, die Stärksten. Vielleicht sagst du, sie müssen die Mutigsten sein, als ob das besser wäre. Als ob sie dann nicht ihre Angst tief in sich vergraben, nur um dich zufriedenzustellen.

Aber ganz oben ist nun mal nicht so viel Platz, und wenn es sich mit sieben vielleicht noch wie Enttäuschung anfühlt, fühlt es sich mit siebzehn mehr an wie ein Versagen. Und dann werden einige von ihnen auf andere Weise die Besten. Sie werden die Gemeinsten, die Lautesten, die Wütendsten.

Man sollte meinen, ich wär programmiert, dieses Spiel zu lieben, doch es ist mir nie gelungen. Mein Dad liebte es so sehr, dass es ihn zerstört hat. Wieso geben Menschen etwas so Albernem so viel Macht über sie?

Doch als ich im Bus die *Auburn Gazette* herausziehe, sieht die Titelseite aus wie seit Wochen: Von oben bis unten nur das Gelaber über den Sieg beim letzten Spiel und die Herausforderung des nächsten. Vielleicht verstehe ich ja nicht, was zur schieren Kraft des Teamgeists zählt, die in dieser Stadt demonstriert wird, doch eines lässt sich immer weniger leugnen: Diese Mannschaft hat Nachrichtenwert.

Und wenn ich in meinem Job gut sein will, sollte ich begreifen lernen, wieso. Außerdem: Sofia liebt es, für die Mannschaft als Cheerleader zu jubeln und für das Schulblatt über die Spiele zu schreiben. Vielleicht kann sie mir ja helfen, das Ganze mit einem neuen Blick zu sehen.

Ich mache am Küchentisch meine Hausaufgaben, während wir warten, dass mein Vater von einer Baustelle außerhalb der Stadt zurückkommt. Mom und die Mädchen kochen fürs Abendessen und lachen. Alles wirkt so ruhig, dass ich das Gefühl habe, die anderen Nächte überreagiert zu haben. So sieht es doch überall zu Hause aus, oder?

Als er schließlich kommt, ist schnell zu erkennen, dass es ein guter Tag war, und es ist eine leichte, aber deutliche Entspannung zu spüren, als Mom ihn begrüßt.

Campbell und ich decken den Tisch und sie lächelt mich über die Gläser hinweg an. Wir haben ein paar zu wenig, deshalb nehmen wir welche von Junipers alten Plastikkinderbechern. Wir wissen genau, wieso es zu wenige Gläser gibt, doch wir wischen den Gedanken weg wie eine Mücke am Ohr. Wie etwas, das wir sofort vergessen würden, wenn es uns in Frieden ließe.

Juniper klettert auf ihren Stuhl. »Cool, Prinzessinnen! Die Becher hab ich die ganze Zeit schon vermisst! Danke!«

Sie greift nach dem Plastikbecher, den wir mit Milch gefüllt haben, nicht ahnend, dass wir den Becher aus irgendeinem anderen Grund ausgetauscht haben könnten als dem, sie glücklich zu machen.

Ich hole die Spaghetti und die Fleischbällchen, während Mom noch schnell den Salat zurechtmacht. In den letzten Wochen liefen Dads Bauaufträge ganz kontinuierlich, er muss nur eine ganze Stunde fahren, um hinzukommen. Zu Hause war das eine Erleichterung. Wenn er zurückkam, war er zu müde, um auszurasten, außerdem war auch wieder mehr Geld da. Und ein voller Kühlschrank.

Dad duscht kurz, um sich vom Baustaub zu befreien, ehe er sich zu uns an den Tisch setzt.

»Ist, als ob ich euch eine ganze Woche nicht gesehen hätte. Also, erzählt.«

Juniper redet über die Schule. Sie ist schon ganz aufgeregt wegen eines Living-History-Projekts – das gleiche, das ich auch in der dritten Klasse gemacht habe – bei dem sie einen Einwohner Auburns interviewen soll, der älter als fünfundsechzig ist.

»Vielleicht können wir ja bei Nana übernachten«, sagt Campbell. »Dann kannst du *ihr* deine ganzen Fragen stellen.«

Ich starre auf meinen Teller, weil ich mir selbst nicht traue, dass ich es schaffe, meine Besorgtheit wegen ihrer Worte aus dem Gesicht zu verbannen. Wir haben bei Nana immer nur übernachtet, wenn es zu Hause schlimm war. Wenn wir geflüchtet sind.

Aber Dad lächelt. »Gute Idee, Cammy«, sagt er. »Ich wette, sie vermisst euch Mädchen wie verrückt.«

Er erzählt uns von seinem Bauauftrag. Es ist ein Brandstellenjob, deshalb ist er schmutzig und unvorhersehbar. Ein Feuer in einem Wohnblock und sie entrümpeln die zerstörten Teile und prüfen, ob das Gebäude wieder instand gesetzt werden kann. Es erinnert mich an den Rosenbusch und Mrs Stiegs genaue Untersuchung der Wurzeln. Und daran, was das für eine seltsame Frage ist – *Lohnt es sich, das zu retten?*

Ich frage mich, wie unsere Familie bei so einer Untersuchung abschneiden würde.

»Ich hab überlegt, heute Abend zum Spiel zu gehen«, sage ich leise.

»Du willst zu einem Footballspiel?«, fragt Mom.

»Ja, äh, sie spielen gut. Und Sofia ist Cheerleader *und* schreibt über das Spiel, deshalb dachte ich, sie kann vielleicht noch jemanden von der Zeitung als Unterstützung brauchen.«

»Sie sind in der letzten Zeit viel in der Zeitung gewesen«, sagt Dad. »Mehr als in den ganzen letzten Jahren.«

Seit neunzehn Jahren wahrscheinlich.

Siegessträhnen waren seitdem selten.

»Okay, ist ja schon eine Weile her, seit wir das letzte Mal hingegangen sind«, spricht er weiter. »Gehen wir doch zusammen.«

Es ist nicht die Antwort, die ich erwartet hatte, aber ich merke, dass sie eine bessere ist. Ich bin sowieso lieber weg aus diesem Haus, wenn ich Campbell und Juniper dabeihabe.

»Super.« Ich entschuldige mich schnell und laufe nach oben, um mich fertig zu machen.

Campbell folgt mir eine Minute später.

»Football?«, fragt sie.

»Ja. Auf die Wolves!«

»Du hasst Football.«

»Stimmt. Aber ich liebe Nachrichten. Und die Mannschaft, die gewinnt, ist eine Nachricht.« Ich ziehe eine blaue Strickweste aus der Schublade.

»Nein. Nein, nein, nein. Du gehst nicht in die Bücherei«, sagt Campbell, nimmt mir das Wollteil aus der Hand und schleudert es ganz nach hinten in meinen Schrank.

Dann wühlt sie ein paar Minuten in meinen Schubladen.

»Hier«, sagt sie schließlich und wirft eine Jeans, ein T-Shirt und ein Flanellhemd auf mein Bett. »Haare?«, fragt sie.

»Flichtst du sie mir?«

Sie schließt für einen Augenblick die Augen, wie sie es tut, wenn Juniper sie nervt und sie sich schwer zusammenreißen muss, um Geduld zu bewahren.

»Mach einfach den Knoten raus. Dann wellen sie sich. Du hast so schöne Haare und trägst sie nie offen.« Sie wartet nicht, dass ich es tue, sondern greift hin und zieht an dem Knoten, bis die Haare aufgehen.

Ich fasse nach meinem Haarband, doch sie zieht es schnell um ihr Handgelenk.

»Auf keinen Fall. Wenn du's dabeihast, machst du doch wieder nur deinen Knoten.«

Campbell will gehen.

»Danke«, sage ich. »Brauchst du auch Hilfe?«

Sie lacht. »Nein. Aber du musst noch eine Frage beantworten.«

»Welche?«

»Spielt Liam Football?«

»Darauf antworte ich nicht, weil das völlig belanglos ist.«

»Lügnerin«, sagt sie, während sie durch die Tür verschwindet.

Ich halte das Shirt hoch, das Campbell für mich ausgesucht hat, und lächle. Es wurde zum Insiderwitz zwischen uns, als ich es im Secondhandladen fand, vorn mit GO SPORTS in großen goldenen Buchstaben drauf.

Wir machten uns lustig, dass es wahrscheinlich das einem Auburn-Trikot am nächsten kommende Teil sei, das wir je tragen würden.

20. KAPITEL

Die Cowbells lärmen.

Das Footballstadion ist rappelvoll. *Stolz auf Auburn.*

Als wir ankommen, ist das erste Quarter schon halb gelaufen, was bedeutet: Der reguläre Parkplatz ist voll und wir müssen den Wagen am Straßenrand abstellen. Es ist kalt, deshalb helfe ich Juniper, Handschuhe und eine Mütze anzuziehen, ehe wir rübergehen.

Gerade als wir am Ticketschalter sind, entdeckt Juniper die Fresswagen.

»Funnel Cakes!«, kreischt sie und schaut zu Mom hoch.

»Okay, *eine Portion*«, sagt Mom und lässt sich von Junie wegziehen.

Wir warten schweigend mit Dad, bis sie zurückkommen.

»Lasst uns eine Stelle am Zaun finden, um erst mal gucken zu können. Die Tribünen sehen besetzt aus.«

»Wir stellen uns nebeneinander an einen Platz nicht weit von den Cheerleadern entfernt. Es gelingt mir, Blickkontakt mit Sofia aufzunehmen, und ich winke ihr leicht. Sie legt ihre Pompons ab und kommt herübergelaufen.

»Täuschen mich meine Augen oder ist Leighton Barnes wirklich bei einem Footballspiel?«, fragt sie.

»Hey, Sof. Wie läuft's?« Ich behalte meine Hände in den Jackentaschen, damit sie warm bleiben, hebe aber eine Schulter in Richtung Spielfeld. Es stehen so viele Männer am Zaun, dass ich das Spiel gar nicht sehe.

»Ziemlich holprig heute«, antwortet sie. »Ich fürchte, langsam spüren sie den Druck, den die Siege bedeuten.«

»Scheint so«, sage ich und schaue mich um. Es ist, als ob die ganze Stadt da wäre. »Brauchst du Hilfe für deinen Bericht? Ich dachte, wo du ja auch noch Cheerleader bist, käm dir ein bisschen Unterstützung vielleicht gerade recht.«

»Ja. Ich bin so froh, dass du fragst. Da ist dieser eine Spieler, der die ganze Saison schon so gut ist, und ich hab ein persönliches Interesse, heute Abend seine überragende Beweglichkeit unter die Lupe zu nehmen.«

»Sofia, bitte sag nicht –«

»Könntest du für mich auf die Nummer sechsunddreißig achten?« Sie lässt mich gar nicht erst antworten, sondern ruft schon über die Schulter ihrer Gruppe zu: »Was ist? Schafft ihr den nächsten Cheer nicht ohne mich? Liebt und vermisst ihr mich so sehr, dass ihr als Gruppe ohne mich völlig zerbröselt? Ich komm ja gleich!«

Dann wendet sie sich wieder zu mir um. »Danke für deine Hilfe. Lay, du bist wirklich mein Lebensretter. Die *Sechsunddreißig*!«

Sofia läuft zu den Cheerleadern zurück, gerade als der Ansager verkündet: »Ein vielversprechender Anfang heute Abend für die Nummer sechsunddreißig der Auburn High, Liam McNamara. Sicher einer, den wir im zweiten Quarter im Auge behalten müssen.«

Ich schließe einen Moment lang verärgert die Augen, dann merke ich, dass ich genauso aussehen muss wie Campbell, als sie mir geholfen hat, mein Outfit zusammenzusuchen. Und natürlich steht Cammy keinen halben Meter von mir entfernt, als ich mich umdrehe.

»Soll ich dich begleiten, wenn du die *Nummer sechsunddreißig* unter die Lupe nimmst?«

»Wieso nicht?«, antworte ich, während ich am Zaun entlangschaue, bis ich unsere Eltern und Juniper entdecke. »Sie scheinen okay.«

»Gruselig okay«, antwortet Cam.

»Genießen wir's, solange wir können?«, frage ich.

»Verdammt, ja.«

Wir haken uns unter und umkreisen das Spielfeld. Ich hole Kleingeld aus dem Portemonnaie und es reicht für einen heißen Kakao. Also kaufen wir ihn und trinken im Gehen.

»Wird kalt«, sagt sie. Sie meint nicht nur den Abend, sondern ganz allgemein. Der Herbst endet schnell. Cammy vermisst ihre Fahrradtage.

»Sind deine Freunde auch hier, Cam? Du musst mich nicht babysitten«, sage ich. »Ich muss sowieso auf die Tribüne hoch, damit ich was sehe.«

»Tu ich auch gar nicht. Ich wollte bloß den Kakao.« Sie hält den Becher hoch.

»Nimm ihn. Und pass auf dich auf«, sage ich und wir trennen uns unten an der Tribüne. Ich schaue ihr nach, bis sie eine Gruppe von anderen Achtklässlern trifft, die ein Stück weiter den Weg entlang stehen.

Ich bin die Tribüne halb rauf und hoffe, dass der einzige freie Platz nicht ausgerechnet neben der Band ist, als ich plötzlich meinen Namen höre.

»Leighton!«

Ich drehe mich um und sehe Amelia, die mir schüchtern zuwinkt. Ihr Outfit ist vom Haarband bis zu den Schnürsenkeln passend abgestimmt und ich spüre eine Welle der Verlegenheit in mir hochsteigen wegen meiner abgetragenen Boots und des Secondhand-Shirts. Doch sie deutet auf einen leeren Platz neben sich und zeigt an, dass ich mich dazusetzen soll. *Sei mal ein bisschen gesellig*, sage ich mir. *Wird dich schon nicht umbringen, wenn du's zumindest versuchst.*

Ich schiebe mich in die volle Reihe und arbeite mich bis zu Amelia vor.

»Vielen Dank«, sage ich, während ich neben ihr Platz nehme.

»Kein Problem«, antwortet sie mit einem Lächeln. »Ich glaube, ich hab dich seit mindestens zwei Jahren nicht bei einem Spiel gesehen, Leighton.«

»Ja, ist wirklich eine Weile her.«

»Jemand Bestimmtes, den du sehen wolltest?«, fragt sie.

»Äh, nicht wirklich, ich helfe nur Sofia, das Spiel für die Zeitung zu verfolgen.«

Amelia rutscht zur Seite, stellt eine Designertasche zwischen uns und schiebt sich die glatten schwarzen Haare hinters Ohr. Ich habe noch nie erlebt, dass sie ihre Haare zu einem unordentlichen Knoten zusammengesteckt trug. Sofort schiebe ich meine auf der ihr abgewandten Seite über die Schulter, damit sie es nicht sieht.

Sie hebt die Hände an ihre Lippen und schreit: »Ja, James!«

Stimmt. Ich sollte vielleicht wirklich mal auf das Spiel achten.

Amelia ist klein, doch ihre Stimme ist laut und sie feuert das ganze zweite Quarter begeistert unsere Mannschaft an. Ich bin erstaunt, dass ihre Stimme vom Schreien noch nicht völlig heiser ist. Ich verfolge das weinrote Trikot mit der »36« auf dem Rücken und sehe, wie sicher und schnell Liams Bewegungen sind. Ich schreie nicht, wie es Amelia tut, doch auch ich spüre einen Sog der Begeisterung, als er einen Touchdown erzielt. Er hat erzählt, dass er nur spielt, weil es hier sonst nichts gibt in der Gegend. Aber natürlich ist er gut. Vielleicht hat Sofia doch nicht bloß rumgesponnen, als sie mich bat, ihn heute Abend im Spiel zu beobachten. Touchdowns sind Nachrichten.

Ich höre eine andere Stimme, die deutlich aus der Menge heraustönt und für die 36 jubelt.

Ein paar Reihen weiter unten, auf der anderen Seite des Gangs, sitzt Liams Familie. Seine jüngere Schwester Fiona grölt für ihn.

Ich schaue ein paar Minuten zu, wie die McNamaras für Liam jubeln, und ich muss lachen. Es ist einfach so ein normales, selbstverständliches Familienverhalten. Jemanden zu unterstützen, den man liebt.

»Ich geh mal nach meiner Familie schauen«, schreie ich über den Jubel hinweg Amelia zu.

»Okay.«

Ich versuche, sie zu entdecken, während ich noch auf der Tribüne bin, doch es ist unmöglich bei den Massen, die in der Halbzeit die Treppe hinunterströmen, um sich Essen und Trinken zu besorgen. Ich folge dem Gedränge der Leute, bis ich stehen bleiben muss, um die Spieler vom Platz zu den Umkleideräumen passieren zu lassen.

Nummer sechsunddreißig bleibt abrupt vor mir stehen.

Liam nimmt den Schutzhelm ab.

»Schön, dich hier zu sehen, Barnes«, sagt er.

»McNamara!«, brüllt sein Trainer.

»Geh«, sage ich mit einem Lächeln.

»Komme.« Er läuft rückwärts los. »Sonntag?«

»Ich hab doch schon Ja gesagt. Hör auf zu fragen, sonst ändere ich noch meine Meinung.«

Liam lacht und verschwindet im Umkleideraum.

Und das ist der Moment, in dem Campbell mich findet, den Blick starr auf die geschlossene Tür der Umkleide gerichtet und mit einem dümmlichen Lächeln auf dem Gesicht.

»Leighton, ich brauch dich«, sagt sie und packt mich fest am Ellenbogen. Ich kenne diese Stimme. Sie macht sich Sorgen.

»Was ist los?«, frage ich, doch sie läuft schon durch die Menge davon, schlängelt sich zwischen den dicht gedrängten Massen hindurch. »Cam, warte!«

Ich muss mich zwischen den Leuten durchschieben, um ihr zu folgen, entschuldige mich für meine Grobheit, dränge jedoch weiter. Irgendwas stimmt nicht.

Als wir auf der anderen Seite rauskommen, sehe ich Dad mit Mr Dillard reden. Das ist der Vater von jemandem, mit dem unsere Eltern zur Schule gegangen sind. Und ausgerechnet er hat die *andere* Baufirma der Stadt. Die, die den Auftrag für die Renovierung der Bücherei bekommen hat. Dillard fängt auch immer mit Dads Knieverletzung an, wenn sie zusammen reden. Ich versuche herauszufinden, ob er schon etwas gesagt hat.

»Hättest es auch zu den Profis geschafft! Ich weiß das! Die ganze Stadt weiß das! Wär unsere Chance gewesen, berühmt zu werden.«

Dads Gesichtsausdruck wirkt gequält, sein Lächeln erzwungen. »Tja, manche Dinge sollen einfach nicht sein.«

»Willst du mir damit sagen, es sollte sein, dass du das Geschäft von deinem Alten übernimmst?« Er lacht. »Und es in den Sand setzt in diesen wirtschaftlichen Zeiten, ja?«

Mein Magen sackt nach unten. Das ist echt übel.

Mom weiß das auch. »Jesse, wir sollten langsam Juniper nach Hause bringen. Es ist spät für sie.«

Sie zieht ihn am Arm, doch er steht unbeweglich da.

»Lass das, Erin«, sagt er.

Sein ganzer Körper ist jetzt angespannt. Sein kaputtes Knie ist immer ein heikles Thema. Eine Erinnerung daran, was hätte sein können. Doch das Geschäft ist wie eine klaffende Wunde. Er tut alles, was er kann, um die Firma am Laufen zu halten, aber sie war nie sein Traum.

Und Mr Dillard weiß nicht, wann er aufhören sollte.

»Braucht ein besonderes Gespür, sein eigenes Unternehmen zu führen«, sagt er. »Manche haben es, manche nicht. Ist so wie Ballgefühl, findest du nicht?« Er zuckt mit den Schultern in Richtung Spielfeld. Ich bin mir vage bewusst, dass die Halbzeitpause endet. Die Spieler stellen sich auf und die Leute steigen zu ihren Plätzen auf der Tribüne zurück.

»Jesse, lass uns nach Hause fahren«, sagt Mom und zieht fester.

Als Reaktion hebt er nur schnell den Arm, reißt ihn zurück und lässt ihn dann fast im selben Moment wieder sinken.

Er hat sich erinnert, wo wir sind.

Mein Magen dreht sich um. Das Gefühl von Peinlichkeit strömt durch meinen Körper. Es kommt mir vor, als wenn die ganze Stadt den Moment mitkriegen würde.

»Hey, alles okay hier unten?«

Es ist Bill DiMarco. Er ist nicht in Uniform, nicht im Dienst, sondern genießt nur das Spiel.

»Alles gut, Bill, danke«, sagt Dad, doch sein Gesicht ist nicht weicher geworden. Bill sieht das auch, erfasst die ganze Szene. Moms angespanntes Zurückweichen von der Seite meines Vaters. Und wie Junipers Unterlippe zittert.

Doch dann schaut er zu Dad zurück und schlägt ihm auf die Schulter. »Wollte nur Hallo sagen. Irgendwie der Wahnsinn, zu sehen, wie gut sich die Mannschaft schlägt, was? Werden auf einmal die glorreichen Zeiten wieder lebendig.«

Die Spannung wechselt, löst sich. Dad dreht sich endlich von Mom weg.

»Verdammt gut. Vielleicht schaffen sie es diesmal bis ganz nach oben.«

Bill lächelt, aber in seinem Lächeln liegt Trauer. Oder Mitleid.

Dads Lächeln entgleitet wieder.

»Wir werden trotzdem früher aufbrechen. Hab morgen einen Auftrag im Nachbarbezirk.«

»Klar. Natürlich. Viel Glück dabei«, sagt Bill.

Dann dreht er sich zu meiner Mom um. Ich kann fast hören, wie sich die Frage in seinem Kopf bildet. *Alles in Ordnung mit dir?*

Ich habe noch nie mehr gehofft, dass jemand die Frage stellt. Etwas Beachtung schenkt, was man gerade mit eigenen Augen erlebt hat. Dass jemand etwas dagegen tut.

»Schön, dich zu sehen, Erin«, sagt DiMarco und wendet sich von uns ab.

Dich auch, Onkel Bill.

AUBURN, PENNSYLVANIA
5. OKTOBER
KRÄHENBESTAND: 29.433

21. KAPITEL

Liam ruft mich am Sonntag an, so wie er gesagt hat.

Er lädt mich zu sich nach Hause ein.

Mom legt eine Hand über den Hörer, bevor sie ihn weiterreicht, und formt mit dem Mund »ein Junge«. Sie sagt nicht Nein, als ich den Hörer auflege und frage, ob sie mich hinfährt. Als ich mich im Badezimmer fertig mache, kommt Juniper rein und setzt sich auf die Badablage. Schweigend schaut sie zu, wie ich den Eyeliner auftrage. Als ich nach dem Lipgloss greife, spitzt sie die Lippen und ich trage ihr auch welchen auf. Sie presst die Lippen zusammen, schaut sich im Spiegel an und fährt sich mit dem Handrücken über den Mund.

»Was soll das Ganze, wenn es nicht mal gut schmeckt?«, sagt sie. Doch sie lungert weiter im Bad rum und schmollt ein bisschen.

»Ist irgendwas, Junie?«, frage ich und mein Mund bildet unfreiwillig ein O, als ich mir die Wimpern tusche.

»Wer ist Liam?«

»Ein Freund aus der Schule«, erkläre ich ihr. Ich blinzle zu schnell und Streifen von Wimperntusche zeichnen sich oben an den Wangen ab. Juniper leckt ihren Finger nass, wischt an den Stellen herum und verschmiert Spucke und Make-up.

»Bäh, Junie.« Lachend weich ich zurück.

»Ein *Freund*«, sagt sie und ich höre die Doppelbedeutung

heraus, die sie bewusst in das Wort legt. So wie bei Campbells Fahrradfreunden.

»Er hilft mir in Kunst. Ist eine Hausaufgabe.«

»Hmm«, murmelt sie. Es ist ein gewichtiges Hmm. Ich lege die Wimperntusche auf die Ablage und schenke Junie meine volle Aufmerksamkeit.

»Jaaa, Junie?«

»Nichts. Außer dass Kunst-Hausaufgaben vielleicht ein Geheimwort für was ganz anderes ist?«

»Juniper! Geheimwort wofür denn?«

»Das weiß ich doch nicht. Campbell sagt das manchmal und ich weiß nie, wovon sie eigentlich spricht.«

Autsch, Cammy, hör auf, so schnell erwachsen zu werden.

»Redet ihr über mich?«, fragt Campbell, die plötzlich in der Tür steht.

»Hausaufgaben als Geheimwort für etwas? Sie ist neun, Cam.«

»Ich bin kein Baby«, sagt Juniper.

»Du bist das totale Baby«, widerspricht Cam. »Und eine Petze.«

»Bin ich *nicht*!«, kreischt Juniper.

»Schluss jetzt«, sage ich. »Campbell, hör auf, sie zu ärgern. Und Junie, bitte sag Mom, dass wir in zwei Minuten losfahren können.«

Juniper springt von der Badablage und rammt ihre Schulter in Campbell, als sie an ihr vorbeiläuft.

Campbell schließt den Klodeckel und setzt sich drauf. Dann zieht sie die Beine hoch und verschränkt sie.

»Er ist *echt* nur ein Freund?«, fragt sie und macht danach einen Kussmund.

»Campbell.«

»Ist er nett?« Jetzt ist es raus. Das war es, was sie die ganze

Zeit fragen wollte. Sie versucht, es unauffällig zu tun oder Juniper dazu zu bringen, mich Dinge zu fragen, aber wir kriegen das untereinander einfach nie hin. Ihre gezwungene Beiläufigkeit ist mir nur allzu vertraut.

»Er ist sehr nett. Und wenn er jemals *nicht* nett sein sollte, breche ich sofort jeden Kontakt zu ihm ab.«

Sie hält meinem Blick einen Moment lang stand, dann senkt sie die Augen und nickt. Die Spannung weicht aus ihren Schultern.

Für mich ist es klar zu erkennen, auch wenn andere nichts sehen: die Last, die Campbell mit sich herumträgt. Die Sorgen.

»Magst du ihn?«

Campbell hat Ehrlichkeit verdient, wenn ich sie den ganzen Abend über alleinlasse, um mit Liam zusammen zu sein.

»Ja, ich mag ihn.«

»Okay«, sagt sie, beugt sich vor und streckt mir ihren gekrümmten kleinen Finger entgegen.

»Schwör, dass du aufpasst.«

Auch ich krümme meinen kleinen Finger und verhake ihn mit ihrem.

»Ich versprech's.«

Wir sollten gehen. Mom und Juniper sind bestimmt schon aufbruchbereit. Ich schnappe mir meinen Rucksack, bleibe jedoch an der Tür noch mal stehen.

»Hey, Cammy, wir finden schon einen Weg, dir ein neues Rad zu besorgen, okay? Ich weiß zwar noch nicht wie, aber wir schaffen das.«

»Bin ja auch selber schuld.«

»Dass du es vor dem Haus liegen gelassen hast?«

»Nein, dass ich an dem Tag so gemein zu Juniper war.«

Ich lasse den Rucksack fallen, schließe die Tür, gehe auf Campbell zu und hocke mich vor sie hin. Die meisten finden, sie sieht aus wie Mom, doch das liegt nur an den roten Haaren. Sie hat das scharf geschnittene Kinn wie Dad und auch seine Augen.

»Hey«, sage ich, »so läuft das nicht, Cam.«

»Nein? Hat sich aber ziemlich wie Karma angefühlt.« Sie steht auf und geht zu dem Schminktisch, nimmt die Zahnpastatube und drückt den ganzen Inhalt in Richtung Öffnung, mit dem Deckel fest zugeschraubt.

»Du glaubst, es ist eine Strafe? Du tust was Gemeines und deshalb bekommst du was Schlimmes zurück? Ich glaube nicht, dass da jemand ist, der über alles Buch führt, Cam.«

»Wahrscheinlich nicht. Ich hab mich nur immer gefragt ...«

»Was hast du dich immer gefragt?«

»Was wir getan haben, um das hier ...« Ihre Stimme bricht und sie redet nicht weiter. Inzwischen rollt sie die Zahnpastatube auf, sodass sich alles vorne zusammenpresst. Der Druck ist aufgebaut. Bereit, herauszuplatzen, wenn die Tube geöffnet wird.

»Nichts, Campbell.« Ich nehme ihr die Tube aus der Hand und lege sie zurück auf die Ablage. »Genau deshalb stimmt es nicht. Es gibt kein magisches Konto über Gut und Böse.«

»Aber vielleicht ist das genau das Schlimme, dass es so was nicht gibt.«

»Wieso?«

»Weil das bedeutet, dass ihn nie jemand bestrafen wird.«

22. KAPITEL

Als wir quer durch die Stadt zu Liam fahren, geht gerade die Sonne unter. Auburn hat viele Mängel, aber Sonnenuntergänge kriegt die Stadt echt super hin.

Während die Sonne sinkt, wechseln die Farben, die mich daran erinnern, wie Juniper einmal Marker aus meinem Schreibtisch geklaut und mit ihnen meine Ausgabe von *Die Glasglocke* angemalt hat. Ich erinnere mich, wie ich danach versuchte, das Buch zu lesen, und es nicht hinkriegte – die Farben leuchteten so stark in dem Chaos der Worte von Sylvia Plath. Der Kontrast lenkte mich immer wieder ab. Neonpink und Zitronengelb in mehreren Schichten, genau wie jetzt der Himmel aussieht. Dunkle Worte mit Leuchtfarben übermalt. Eine triste Stadt mit schönen Sonnenuntergängen überzogen.

Kurz bevor die Sonne verschwindet, glüht sie rot wie ein Feuerball über Auburn. Als ob sie alles, was ihr Licht berührt, zum Lodern bringen könnte.

Liams Familie wohnt vor der Silhouette der Berge und alle Häuser, an denen wir vorbeifahren, ragen hoch und sauber auf, große Gebäude in viktorianischem Stil. Es gibt Veranden, die um die Häuser herumreichen, und Hundehäuser in den Gärten. Keine verwitterten grauen Wandverkleidungen in Sicht.

»Und du bleibst wirklich bei der Geschichte mit der Nachhilfe?«, fragt Mom, als wir in die Einfahrt biegen.

»Was soll das heißen?«, frage ich zurück, während ich den schweren Rucksack auf meinen Schoß hieve. Wahrscheinlich hätte ich ruhig ein paar Bücher zu Hause lassen können.

»Ich meine, du hast noch nie Nachhilfe gebraucht.« Mom lächelt mich an. »Klingt ein bisschen erfunden.«

Ich lache. »Hier. Ich kann's dir beweisen.«

Ich greife in meinen Rucksack und ziehe meinen Kunstordner raus. Ich zeige mein jüngstes Projekt, ein simples Stillleben nach einem Foto. Das Bild zeigt eine Schale mit Birnen. Es sollte durch seine Schlichtheit wirken, zumindest hatte ich das überlegt. Doch es hat sich erwiesen, dass es extrem schwer ist, die Form einer Birne nachzuzeichnen. Auf dem Foto wirken sie saftig und verlockend. Meine wirken eher wie aus einem Onlinetest mit dem Titel *Welcher Obstsorte entspricht dein Körperbau?*.

Mom schweigt so lange, dass ich hochschaue und sehe, wie sie mit sich kämpft. Sie weiß nicht, wie sie mir zustimmen soll, dass ich wirklich Nachhilfe brauche, ohne mich zu verletzen.

»Ist schon okay, Mom. Ich weiß, dass sie beschissen sind. Deshalb bin ich ja hier.«

Sie lacht. Ein richtiges, echtes Lachen und es ist Gold wert.

Juniper kichert begeistert vom Rücksitz. Ich schaue durch den Rückspiegel zu Campbell und sogar sie muss lächeln.

»Sie sehen nicht so schlimm aus, Leighton. Sie ... könnten vielleicht eine kleine Anleitung brauchen, das ist alles.« Sie neckt mich ein bisschen, doch am Ende lächelt sie und ich spüre schon den versteckten Witz. Das Wort Birne wird meinem frostigen Herzen in Verwahrung gegeben.

Ich halte inne, mit der Hand am Türgriff, dann drehe ich mich noch mal um, beuge mich zu ihr rüber und küsse sie zum Abschied. *Hi, Mom, ich seh dich da drinnen.* Dann steige ich aus und winke Campbell und Juniper, als sie wieder losfahren.

Es gibt einen Haufen Herbstschmuck auf der Veranda. Kürbisse und Schilder und sogar eine lebensgroße, grinsende Vogelscheuche. Die ist wahrscheinlich richtig nützlich in diesem Jahr.

Liams Schwester Fiona öffnet die Tür. Sie geht in die Zehnte, muss also ungefähr fünfzehn sein, ist aber groß wie ihr Bruder. Fiona trägt einen Gymnastikanzug mit eng sitzender schwarzer Hose und ich erinnere mich, dass sie im letzten Jahr in einer Talentshow getanzt hat.

»Leighton! Hi, komm rein«, sagt sie und lächelt breit, als sie mich ins Haus führt. »Ich bin so froh, dass du da bist. Liam langweilt sich nämlich, und wenn er sich langweilt, hackt er die ganze Zeit auf mir rum.«

»Schrecklich«, antworte ich. »Er braucht mehr Hobbys.«

»Ach, von denen hat er genug. Er meint nur, *die* sind nicht zum Spaß.«

»Also, wenn's dir hilft: Du bist nicht sein einziges Opfer. Mich ärgert er auch gern.«

Fiona lacht, verdreht theatralisch die Augen und ich mag sie schon jetzt sehr. Es wäre ein Leichtes für sie gewesen, mir das Gefühl zu geben, nicht hierherzugehören, doch sie ist warmherzig und freundlich, was es unmöglich macht, sich in ihrer Gegenwart komisch zu fühlen.

»LIAM, DEIN DATE IST DA!«, brüllt Fiona nach oben. Ich zucke neben ihr zusammen.

Okay, *jetzt* bin ich verlegen.

»Oh, wir sind nicht – ich bin nicht –« Ich seufze. Ich weiß nicht, was das zwischen uns ist, aber sicher kein Date. »Ich bin nur wegen Kunst hier.«

»Tja, auch gut«, sagt eine Stimme hinter uns und ich drehe mich um. Mrs McNamara.

Mich überrascht, dass ich mit ihr auf Augenhöhe bin. Liam ist viel größer als seine Mom, doch ansonsten kommt er völlig nach ihr. Ihre warmen, freundlichen Augen sind ganz wie seine.

Ihre Augenbrauen sind perfekt geschwungen, und als sie Fiona mit zusammengezogenen Augen ansieht, hat sie den gleichen Gesichtsausdruck, wie ich ihn bei Liam gesehen habe.

»Fiona Marie, musst du so schreien?«

»Er hat doch immer Kopfhörer auf«, antwortet Fiona.

»Dann lauf nach oben und sag ihm, dass seine Freundin da ist.«

Fiona jagt die Treppe hoch und Mrs McNamara lächelt mich an.

»Leighton Barnes. Es ist Jahre her, seit ich dich das letzte Mal gesehen habe –« Sie hält eine Hand auf Schulterhöhe von ihr und mir. »Egal, du bist groß geworden. Ich kann noch gar nicht glauben, dass ihr Kinder bald euren *Abschluss* macht.« Sie führt mich in die Küche. »Kaffee? Tee? Oder vielleicht lieber heißen Kakao?«

»Äh, was am einfachsten geht«, antworte ich.

»Alles geht einfach«, sagt Mrs McNamara.

»Tee klingt gut.«

»Mmm, das finde ich auch. Ich glaube, da schließ ich mich an.« Sie deutet auf einen Hocker, der vor der Kücheninsel steht. Ich steige drauf. Ein Kampagnenschild lehnt an der Insel und ich stoße es aus Versehen um. Es ist so ein Schild für den Vorgarten, das in Blockschrift und leuchtenden Farben auf schwarzem Grund Gleichberechtigung fordert. *Wir glauben an die Wissenschaft. Kein Mensch ist illegal. Frauenrechte sind Menschenrechte. Liebe ist Liebe. Schwarzes Leben zählt.*

Ich springe vom Hocker und stelle das Schild wieder auf. »Gefällt mir«, sage ich.

»Danke, Leighton. Ist schwer, ein blauer Punkt in einem roten Bezirk zu sein. Als Demokrat fällt man hier auf.«

»Führt auf jeden Fall zu einem angespannten Gesprächsklima.« Ich denke daran, wie sich Liam in English Lit. stolz als

Feminist bezeichnet hat, und muss lächeln. »Ich kann es gar nicht erwarten, endlich an die Uni zu kommen und hoffentlich eine Zeit lang an einem progressiveren Ort zu leben. Vermissen Sie, nicht mehr in Philadelphia zu wohnen?«

»Oh ja, jeden Tag. Ist schwer, in eine Stadt zu ziehen, in der weniger als wie viel? – fünf Prozent? – Schwarze leben. Doch das bedeutet, ich kann den Diskurs in der Mittelschule wirklich prägen. Ein paar Inklusionsprogramme einführen, mehr kulturelle Vielfalt in den Bestand der Bücherei bringen. Das sind gute Entwicklungen für eine kleine Stadt wie diese. Und es war auch in der Großstadt nicht leicht zu unterrichten. Die meisten Schulen haben zu wenig Geld und sind viel zu streng überwacht. Das ist ein schwieriges Umfeld für einen guten Unterricht.«

»Klingt nach einem harten Job.«

»Das war es. Und genauso ist es hier.« Mrs McNamara nickt in Richtung Fenster und meint offensichtlich ganz Auburn. »Und wo wir gerade von schwierigen Entscheidungen reden: Liam hat mir erzählt, du willst Journalismus studieren.«

»Ja, unbedingt.«

»Das ist ein wichtiger Beruf. Heute mehr denn je.«

»Wahrscheinlich werde ich irgendwann über Liams Senatswahlkampf schreiben«, sage ich, nur halb im Scherz.

Mrs McNamara lacht freiheraus. »Das könnte schon sein. Genug Charme hat er jedenfalls. Liams Dad sähe gern, wenn er sich für Jura erwärmen könnte, aber mal ganz unter uns: Ich hoffe, Liam entscheidet sich für das, was er wirklich liebt, nämlich Kunst.«

Ich lächle. »Liam könnte es wahrscheinlich in beidem weit bringen.«

»Na ja, auf jeden Fall ist er dickköpfig genug, es zu versuchen. So viel ist sicher.«

Der Elektrokessel ist fertig mit Aufheizen und Mrs McNamara

gießt dampfendes Wasser in einen Becher. Dann reicht sie mir einen Korb mit verschiedenen Teesorten, aus denen ich auswählen soll.

»Danke, Mrs McNamara«, sage ich.

»Gern.« Sie lehnt sich gegen die andere Seite der Kücheninsel und bläst in ihren Tee. »Liam wird sicher gleich runterkommen. Er hatte den ganzen Nachmittag Footballtraining, deshalb musste er erst noch duschen und sich ein bisschen rausputzen.«

Ich lache bei dem Wort »rausputzen«, denn es klingt so gar nicht nach Liam.

»Glaubst du nicht? Er ist manchmal schlimmer als seine Schwester!«

»Der Tee schmeckt sehr gut«, sage ich, nehme noch einen Schluck und lächle über diesen neuen Einblick in Liams Wesen.

»Wie geht es deinen Eltern, Leighton?«

Ich verbrenne mir an einem großen Schluck Tee die Zunge.

»Ähm, so wie immer.« *Eine Lüge.* »Mein Dad hat noch sein Bauunternehmen.« *Im Moment.* »Und meine Mom arbeitet weiter im Diner.«

»Oje, ich habe jahrelang gekellnert und ich schwör dir, es war der härteste Job, den ich jemals hatte.«

»Das sagt sie auch. Aber sie meint, jeder sollte das einmal machen.«

»Da bin ich mit ihr einer Meinung. Würde sie gern mal wiedersehen, deine Eltern.«

Ich werde von einer Antwort erlöst, weil Liam in die vom Sonnenuntergang erwärmte Küche tritt. Er trägt ein weißes T-Shirt und Sportshorts und ein Hauch seines Duschgels dringt mit ihm in den Raum, frisch und erdig, mit einem leichten Anklang von Minze. Wahrscheinlich Mundspülung.

Bei seinem Anblick wünsche ich mir augenblicklich, wir hätten doch ein richtiges Date.

»Hi, Leighton«, sagt er und lächelt, als wenn es das Größte wär, dass ich da bin. Ich frage mich, ob er, wenn er wollte, das Flirten abstellen könnte oder ob es ihm einfach angeboren ist.

»So viel Zeit gebraucht und dann kommt er in einem schlichten weißen T-Shirt runter«, sagt seine Mom und schüttelt den Kopf. »In der Vorratskammer sind Kekse, Chips, was ihr wollt. Ihr könnt auch in den Keller, wenn euch Fionas Tanzen nicht stört und ihr mehr Platz braucht. Aber sie wechselt demnächst vom Ballett zu Hip-Hop, deshalb könnte die Musik etwas laut werden.«

»Danke, Ma«, sagt Liam.

»Und, was soll's sein?«, fragt er mich, als sie weg ist, und öffnet die Kammer. »Süß oder salzig?« Er hält ein paar Twix in der einen und White-Cheddar-Popcorn in der anderen Hand hoch.

»Äh, süß. Wir brauchen saubere Finger.«

Liam kichert und mir wird in Gesicht und Nacken heiß, als ich die Bedeutung meiner Worte begreife. »Für die Bleistifte ... für die ...« Ich stocke. Es lässt sich nicht mehr retten.

Ich drehe mich um, dankbar, dass Liams Mutter in ein anderes Zimmer gegangen ist.

»Wenn du meinst, Barnes«, sagt Liam. »Ist mein Zimmer für dich okay? Fiona ist eine Perfektionistin. Sie trainiert das gleiche Stück zwanzigmal hintereinander, bis ich so weit bin, na ja ... mir lieber Sekundenkleber in die Ohren zu füllen, als noch ein Mal das gleiche Stück zu hören.«

»Dein Zimmer ist okay.«

Wir schnappen uns Snacks und Bücher und gehen nach oben. Liams Zimmer ist riesig und mitternachtsblau. Überall hängen Poster – jede Menge X-Men-Plakate mit Wolverine drauf. Dazu ein paar von den neuesten Marvel-Filmen. Es gibt gerahmte Shadowboxen mit alten *Black Panther*-Comics, die völlig unberührt aussehen. Ein Basketballkorb hängt über seinem

Wäschekorb und er hat ein riesiges Bücherregal neben seinem Bett. Als ich näher herantrete, sehe ich, dass es darin hauptsächlich Graphic Novels gibt.

Auf dem Bett sitzt ein großer, heiß geliebter Stoffteddy mit weinroter Weste. Liam muss gemerkt haben, wieso ich lächle, denn er geht zum Bett, nimmt den braunen Teddy und bringt ihn mir. »Leighton, darf ich dir Mr Jelly vorstellen?«

»Du hast ihn Mr Jelly genannt?«, frage ich lachend.

»Mr Jelly der Dritte.«

»Gab es auch einen Mr Jelly den Ersten und Mr Jelly den Zweiten?«

»Nein, aber ich bin der dritte William McNamara, und als ich fünf war, dachte ich, dass das mit Namen eben so läuft. Außerdem waren Sandwiches mit Erdnussbutter und Gelee das Einzige, was ich etwa drei Jahre lang gegessen habe.«

»Ergo Mr Jelly der Dritte.«

»Ergo.«

Ich setze den Teddy wieder aufs Bett und gehe zu Liams Schreibtisch, wo doch tatsächlich ein Skizzenblock mit der Zeichnung einer Stadt liegt. Die Stadt befindet sich auf dem Mond, umgeben von öden Kratern vor einem Hintergrund aus Dunkelheit und fernen Sternen. Liam folgt mir und seine Finger trommeln einen Rhythmus auf den Stapel mit Schulbüchern.

»Wow«, sage ich und fahre mit der Fingerspitze über den Rand des Blatts. »Liam, das ist wunderschön.«

»Danke«, antwortet er.

»Einsamer Ort zum Leben«, sage ich.

Seine Finger hören auf zu trommeln. »Ja, das wär's wohl.«

An einer Ecke des Schreibtischs liegen ein paar Broschüren und ich erkenne die Wappen und die gediegen gestalteten Wege. Uni-Broschüren. Und nicht von irgendwelchen Unis.

»Harvard, Yale, Stanford ...« Ich lese die drei sichtbaren

Namen vor, erst dann merke ich, wie sehr das in seine Privatsphäre eindringt. Ich trete vom Schreibtisch zurück und schaue hoch. »Sorry.«

»Schon in Ordnung. Hätte sie ja wegpacken können, wenn es mir was ausmachen würde. Sind schließlich meine Zukunft. Dann kann ich auch dazu stehen.«

»Bei dir klingt das so unheilvoll.«

»Nee, nicht unheilvoll. Es sind die besten.«

»Sind sie. Und was ist dann falsch dran?«

»Nichts«, antwortet Liam, doch es liegt ein Anklang von Sorge in seiner Stimme. »Nur eine wahnsinnige Konkurrenz, verstehst du? Ich will unbedingt angenommen werden.«

»Und von welcher?«

»Von allen«, antwortet er und er meint es nicht als Witz. Er ist entschlossen. Aus seinen Augen dringt der schiere Wille. Ich sehe den Moment, in dem er merkt, dass ich ihn ein bisschen genauer betrachte, als ich das sonst immer tue.

Er lacht.

»Ist das nicht der Traum? Überall reinzukommen? Ein halbes Dutzend goldene Pfade, die sich vor uns auftun, und wir können wählen?«

Das mit dem goldenen Pfad erinnert mich daran, was seine Mom in der Mittelschule zu mir sagte, um mir Mut zu machen, meine Noten wieder in Ordnung zu bringen. Ich frage mich, wie oft er wohl dieses Gespräch zu Hause gehört hat.

Ich lächle. »Mir würde schon *ein* goldener Pfad reichen.«

»Okay, ich will auch ganz einfach kein Risiko eingehen, hier nächstes Jahr festzuhängen. Ich bin dieses Kaff so was von leid.«

»Das versteh ich.« Aber ausnahmsweise denke ich mal nicht daran, was bei mir zu Hause läuft. Ich denke an mein Gespräch mit Liams Mom und daran, in einer kleinen Kolonie auf einem leblosen Mond zu wohnen. Ich war jahrelang so in meine eigenen Dinge verstrickt, Kopf nach unten, Augen zu Boden gesenkt, und habe egoistischerweise angenommen, dass ich die Einzige in Auburn wäre, die sich mit irgendwas auseinandersetzt.

»Deshalb bewerbe ich mich bei diesen tollen Unis, bei ein paar guten und einigen, die ganz okay sind – nur zur Sicherheit. Und bei ein paar Kunstschulen. Meine Eltern haben Geld, um mir zu helfen, also hängt es nur von mir ab, ob ich angenommen werde und … du weißt schon … rauszufinden, was ich mit meinem Leben anfangen will.«

»Kein Druck.« Ich registriere, wie er mit einer erzwungenen Beiläufigkeit die Kunstschulen erwähnt. Als ob er herunterspielen will, wie wichtig ihm Kunst ist. Ich kenne diesen Ton nur zu gut. Es ist derselbe, den auch ich verwende, wenn ich mit Mom das Thema Ausziehen ansprechen will. Als wenn das Scheitern nicht so wehtun würde, wenn du niemandem zeigst, wie sehr du es willst.

»Überhaupt keiner.« Liam lacht.

»Das ist es also, was du willst? Solche Geschichten erfinden?« Ich nicke in Richtung der gerahmten Comics an den Wänden.

»Ja. Ich meine, diese Stadt ist so klein und *so weiß*. Deshalb bedeuten mir diese Sachen hier so viel –« Liam zeigt zu den Graphic Novels auf seinen Regalen. »Ich hab schon immer Superheldengeschichten geliebt, aber inzwischen gibt es endlich Figuren auf der Leinwand, die aussehen wie ich. Es gibt mir das Gefühl, dass eine Karriere als jemand, der diese Art Kunst macht, gar nicht so aussichtslos ist, wenn du verstehst, was ich meine.«

»Ich verstehe genau, was du meinst. Und du hast echt Talent.«

»Egal.« Liam zuckt mit den Schultern. Die kleine Knautschzone bildet sich wieder zurück. »Wo wir schon gerade von Kunst reden … wir sollten vielleicht langsam mal anfangen.«

Ich ziehe die Nase kraus, als er mich dran erinnert. »Ja, okay, lass uns Kunst machen.«

Ich ziehe meine Birnen heraus und reiche sie ihm.

Liam greift nach den Bleistiften auf seinem Schreibtisch und nach einer Schachtel. Wir setzen uns auf den Boden und er öffnet die Schachtel und nimmt eine Brille heraus.

»Du trägst eine Brille?«

»Ich bin ganz, *ganz* leicht weitsichtig. Manchmal fällt mir das Lesen schwer. Und Zeichnen geht mit Brille einfach besser.«

»Solltest du sie dann nicht … immer tragen?«

»Brauch ich nicht. Ansonsten kann ich perfekt gucken.«

»Ich bin sicher, dass das so nicht funktioniert.«

»Ich bin sicher, *ich* funktioniere so. Können wir uns jetzt hiermit beschäftigen? Ich bin nicht gut darin, Schwächen zuzugeben.«

»Ist ja nicht mal eine richtige Schwäche, Liam. Die Brille steht dir.«

Er dreht leicht den Kopf und das Lächeln ist wieder da. »Findest du, Barnes?«

»Liam.«

»Okay, okay. Werd ich mir merken, dass du auf Nerd-Typen stehst. Und jetzt weiter.« Er kichert. Plötzlich entdecke ich einen Superman-Comic auf dem Stuhl neben dem Schreibtisch.

»Clark Kent hat auch eine Brille.«

»Nicht, wenn er fliegt«, antwortet Liam, doch dann zuckt er mit den Schultern. »Aber jetzt, wo du's sagst: Ein schwarzer Superman wär echt cool.«

Er greift nach meiner Birnenzeichnung. »Darf ich?«

»Nur zu«, antworte ich, auch wenn ich bezweifle, dass das Ding noch zu retten ist. Doch dann schaue ich gebannt, wie Liam anfängt, den Rändern von einer der Birnen Ausdruck zu geben, indem er nichts weiter tut, als durch Schraffieren die richtigen Stellen dunkler zu machen und so die runde Form der Frucht herauszuarbeiten. Als er fertig ist, wirkt die Birne fast echt. Ich hab das Gefühl, nach ihr greifen zu können.

»Wahnsinn. Woher weißt du, wie man das macht?«

»Woher weißt du, welche Worte in deinen Aufsätzen oder Kolumnen die richtigen sind? Ist genau das Gleiche. Einfach etwas, das ich kann, und ansonsten viel Übung.«

»Wahrscheinlich«, sage ich. »Aber *du* könntest locker lernen, besser zu schreiben. Ich werde *das* da nie lernen. Das ist Hexenwerk.«

»Versuch's mal«, antwortet er und reicht mir mein Blatt.

Wir arbeiten eine Stunde daran herum und am Ende sehen meine Birnen halbwegs annehmbar aus. Nicht annähernd so gut wie seine, aber in meinem Schulbericht würde wahrscheinlich stehen: »macht Fortschritte«, also B+, wenn ich dieses Niveau halte.

Wir sitzen aus Platzgründen auf seinem Teppich, stoßen aber trotzdem beim Zeichnen immer wieder zusammen. Er beugt sich herüber, sein Finger folgt dem dunklen Rand einer Birne, und Liam erklärt mir, wie ich ihn besser hinkriegen kann. Ich schau zu ihm hoch und lächle. Für einen Moment hatte ich die Brille vergessen. Er sieht wirklich gut damit aus. Als wenn diese kleine Schwäche nur seine Stärke betont. Ein winziger Abstrich, um den Rest umso mehr in den Fokus zu rücken. Athletisch. Akademisch. Offenbar mit dem klaren Ziel Ivy League vor Augen. Doch dann erinnere ich mich an sein Kinn in dem Moment, als er davon sprach, überall reinkommen zu wollen, und an diesen winzigen Ansatz von Unmut wegen der Brille. Perfekt. Zu perfekt. Er bemüht sich so stark. Ich möchte ihm sagen, dass ich es sehe. *Ihn* sehe.

Er merkt schließlich, dass ich ihn anstarre, und stößt seine Schulter sanft gegen meine.

Plötzlich klopft es laut an der offenen Tür und wir springen auseinander.

»Liam«, sagt Fiona im Türrahmen stehend. »Oh, sorry!«

Liam reißt sich als Erster wieder zusammen. Er wirft mir ein halbes Lächeln zu und zieht die Augenbrauen hoch. Noch mehr Charme.

Ich will es hassen.

Aber ich kann nicht.

»Alles gut, Fi, wir üben gerade Birnen.«

»Ist das was Schmutziges, denn wenn ja, will ich es lieber nicht wissen.«

Ich halte als Beweis unserer Unschuld meine traurige Zeichnung hoch.

»Ah, Birnen«, sagt Fiona und kommt weiter ins Zimmer. »Ihr zwei habt Kunst zusammen?«

»Nie und nimmer!«, antworte ich. »Ich kämpfe mich durch Kunst I.«

»Die sind gut!«, sagt Fiona. »Würde glatt eine essen, wenn sie nicht aus Papier wär.«

»Danke«, antworte ich mit einem Lachen.

»Was wolltest du, Fiona?«, erinnert Liam seine Schwester.

»Ach ja, stimmt. Ich hab jetzt auch den letzten Teil der Übung raus, was heißt, ich bin soooo bereit für den Wettbewerb.«

»Das ist super, Fi. Heißt das, ich muss jetzt das Musikstück weniger oft hören?«

»Nein. Noch öfter. Es muss perfekt sein und ich hab nur noch knapp zwei Monate.«

Fiona erzählt mir vom Tanzen, von der großen Reise, die ihre Familie plant, damit sie an dem Wettbewerb teilnehmen kann, und was es für eine große Sache wär, wenn sie dabei gut abschneidet. Es ist leicht, mit ihr zu reden und zu flachsen, und es fühlt sich völlig normal an, mit Liam und seiner Schwester die Zeit zu verbringen. Ich bin sogar ein bisschen erleichtert, dass Fiona da ist, denn das hier war ja als Kunstnachhilfe gedacht, und an Liams Schulter zu lehnen hat es nicht eben leicht gemacht, mich zu konzentrieren.

Fiona versucht sich auch an den Birnen und selbst ihre sehen besser als meine aus, doch ich achte darauf, wie sie das Handgelenk bewegt für die Schattierung, und als ich versuche, eine neue zu zeichnen, gelingt es mir wirklich besser.

Ein paar Minuten bevor meine Mom mich abholen will, bringt mich Liam nach draußen und wir stehen in der kühlen Herbstluft auf der Straße.

»Danke, Liam. Das war echt nett von dir.«

»Oh ... nein, war es nicht.« Er reckt die Arme und reibt sich mit der Hand über den Kopf. Er trägt keine Jacke und die Arme sind nackt. Ich hatte immer gedacht, dass ich später an der Uni mehr auf die nerdigen, stillen Typen stehen würde. Liam dagegen ist Footballspieler und mit denen, hatte ich mir geschworen, wollte ich nie was zu tun haben. Er ist der beliebte Typ mit all seinem Charme. Und noch mehr spricht eigentlich gegen ihn. Er ist laut und lustig und fühlt sich wohl, im Zentrum der Aufmerksamkeit zu stehen – auf eine Weise, wie es mir niemals gelingen wird. Und trotzdem ...

»Doch, natürlich war das nett. Du hast mir so geholfen.«

»Vielleicht, aber ich hab es nicht aus reinem Herzen getan. Hör zu, ich verberge nicht gerade, dass ich dich mag. Und ich finde es total cool, wenn wir nur Freunde sind. Aber es wär einfach schön, dich auch ab und zu außerhalb der Schule zu treffen.«

Oh.

»Ich hab es dir doch gesagt, Liam. Ich hab keine Zeit.«

Es gibt so vieles, was ich nicht sage.

»Stimmt, du hast keine Zeit.«

Genau.

Moment.

»Was?«

»Das mit der Aufnahme an der Uni, das hast du doch in der Tasche, Leighton. Wieso gönnst du dir nicht, du weißt schon, ein bisschen Spaß? Hast du *je* Spaß? Weil ... ich hab noch kein Anzeichen davon gesehen. Muss ja nichts Ernstes sein. Lass uns bloß ... einfach ein bisschen zusammen abhängen. Uns ein bisschen besser kennenlernen.«

Ich weiß, es gibt tausend Gründe, Nein zu sagen. Und ich werde zu Hause gebraucht.

Aber Liam lächelt zu mir runter, ich habe ein paar Stunden in dem sicheren Hafen seines Zuhauses verbracht und ich werde von dem Wunsch gepackt, egoistisch zu sein. Von dem Wunsch, Ja zu sagen.

»Okay.«

Liam grinst und ich bin schon froh, dass ich es rausgebracht hab.

»Okay«, sagt er. Nächsten Samstag macht James noch mal ein Gartenfeuer. Dürfte nicht allzu wild oder verrückt werden. Klingt das okay?«

»Okay«, sage ich wieder.

»Oh, und ... soll ich dich morgens zur Schule fahren?«, fragt er. »Ich komm sowieso an der Abzweigung zu eurem Haus vorbei, also liegt es auf meinem Weg. Musst du mal nicht mit dem verdammten Bus fahren. Außerdem, vielleicht gefällt dir ja auch irgendwie, auf gewisse Weise meine Gesellschaft.«

»Irgendwie.« Ich lächle. »Auf gewisse Weise.«

»Ja?«

»Ähm. Ja. Ja, das geht. Ich meine, danke.«

Eine Minute später kommt Mom und holt mich ab. Und den

größten Teil des Abends fühl ich mich super, dass ich Ja gesagt hab. Auf dem ganzen Weg nach Hause und während ich am Küchentisch meine Mathenotizen durchgehe. Als ich Mom leise Gute Nacht wünsche, nachdem sie schon auf dem Sofa eingeschlafen ist. Und als ich mich bettfertig mache.

Doch als ich in mein Zimmer komme, finde ich Campbell und Juniper, die in meinem Bett schlafen. Und ich spüre einen Anfall von Schuld, der so stark ist, dass es körperlich wehtut.

Sie rühren sich, als ich zu ihnen ins Bett krieche.

»Hey, Cammy«, sage ich mit leiser Stimme im Dunkeln. Ich will sie nicht aufwecken, falls sie schon wieder eingeschlafen ist.

»Ja?«

»Hast du was dagegen, wenn ich am Samstagabend auf eine Party gehe?«

»Ha. Ich wusste doch, dass es nicht um Kunst ging«, antwortet sie. Ich muss ihr Gesicht gar nicht sehen, um mir ihr Grinsen vorzustellen. Balg.

»Er hat auch angeboten, mich morgens zur Schule zu fahren.«

»Das ist doch super, Leighton. Wir kommen schon klar. *Du* hättest doch auch niemals Nein zu meinen Fahrradexkursionen gesagt. Jetzt brauchst *du* eben mal was.«

Ich sollte mir merken, öfter mit der verschlafenen Campbell zu reden. Sie ist so lieb.

»Außerdem lernst du bloß den ganzen Tag. Wenn du zu viel liest, platzt dir noch mal der Kopf.«

Und da ist sie.

Ich lache und drücke meine Füße gegen ihre nackten Beine.

»Himmel, Leighton, deine Füße sind ja Eisklumpen.« Sie schnappt sich ein Extrakissen und schiebt es unter die Decke zwischen unsere Beine. »Da, das Kissen kann dich auftauen.«

Vielleicht klappt es ja wirklich. Ich kann es natürlich nicht zur Gewohnheit werden lassen, aber es ist ja tatsächlich nur ein Abend. Eine Party. Noch nicht mal eine richtige Party, bloß ein Gartenfeuer mit Freunden.

Ein Abend, um mich wie siebzehn zu fühlen.

Bevor ich es ganz versäume.

23. KAPITEL

Das Gartenfeuer ist gut in einer Vertiefung gesichert, die in den Boden gegraben und mit einer Steineinfassung versehen wurde, doch die Flammen wissen das nicht. Sie spucken uns an, lecken an uns, suchen mit ihren roten und goldenen Klauen nach etwas, das sie sich krallen können. Sie wirken auf mich wie etwas Hungriges und ich stelle mir vor, wie sie Beute fassen in Form eines alten weißen Hauses an der Frederick Street. Sie würden es restlos verschlingen, prasseln vor gieriger Wonne, während sie sich am Holz und an schmerzlichen Erinnerungen laben.

Die Hitze des Feuers ist zu groß. Mein Gesicht glüht und plötzlich habe ich das Gefühl, ich bin es, die lodert. Ich bin es, die splittert und von innen heraus brennt.

»Alles okay, Leighton?« Liam beugt sich zu mir herab, streicht mir ein paar Strähnen aus den Augen und schiebt sie hinters Ohr. Ich lehne mich an seinen Körper, weg von dem Feuer. Als er den Arm um mich legt, fühlt es sich an wie ein Anker. Als ob ich vielleicht doch nicht in winzige Aschestäubchen zerstiebe.

»Ja«, murmel ich und reiße den Blick von den Flammen. Ich schaue in die warmherzigen braunen Augen, die von so stark geschwungenen Wimpern umrahmt werden, dass sie fast feminin wirken könnten. Aber Liam stehen sie … außergewöhnlich gut. Die Intensität seines Blicks erwischt mich unvorbereitet. Er schaut mit voller Aufmerksamkeit zu mir herab, so als ob es die halb betrunkenen Freunde von ihm um uns herum überhaupt nicht gäbe. Als ob wir allein wären.

Vielleicht ist das ja gar keine schlechte Idee. »Hey«, flüstere ich. »Wollen wir abhauen?«

Seine Augen weiten sich. Er hat wahrscheinlich gemerkt, dass etwas nicht stimmt, aber ich wette, er würde nie drauf kommen, dass ich mich selbst mit Tagträumen über mein brennendes Zuhause wahnsinnig gemacht habe.

»Okay. Ja klar, Leighton.«

Ich weiß nicht, was mich hat glauben lassen, dass wir so einfach klammheimlich verschwinden könnten, denn sobald wir aufstehen, kriegen es Leute mit.

»Wo wollt ihr hin, ihr Turteltäubchen?« Alexis sitzt auf der anderen Seite des Feuers, direkt gegenüber, trägt Brodys Schuljacke und wirft uns einen spöttischen Blick zu. Als Brody mit einem frischen Bier zurückkommt, wirft er den Arm um ihre Schulter.

»Nach Hause«, sage ich. »Muss pünktlich wieder zurück sein.«

»Ist doch erst Viertel nach acht.« Alexis' Lachen verliert sich.

»Sie lügt«, sagt Nick, einer aus der Elften, der in der Footballmannschaft spielt. »Die sehnt sich bloß nach seinem Ding.«

Tja, Liams Freunde sind supercool. Ich versuche, den Kommentar zu ignorieren.

»Die Ice Queen? Sehr fraglich«, sagt Brody.

Ein paar Leute lachen und ich bin froh, dass der rote Feuerschein wahrscheinlich verdeckt, wie mir das Blut in die Wangen schießt.

»Und das ist unser Stichwort zu gehen. Gute Nacht, ihr Arschwichser.« Liam zieht mich von ihrem Gelächter fort.

»Deine Freunde sind Idioten.« Wir erreichen sein Auto, bleiben aber unsicher stehen. Ich zittre. Es wird jetzt nachts doch ziemlich kalt und ohne das Feuer wünschte ich, ich hätte eine Jacke an.

»Sie sind betrunken«, antwortet Liam. Dann verstummt er, während er die Wagentür öffnet, und sieht über das Auto hinweg zu mir rüber. »Nee, du hast recht. Es sind Idioten. Tut mir leid.«

Als wir drin sitzen, lässt er den Motor an, aber legt keinen Gang ein.

»Willst du nach Hause, Leighton?«

»Zwei Stunden zu früh? Verdammt, nein.«

»Und wohin dann?«

Gute Frage. Die paar Möglichkeiten, die es hier gibt in der Gegend, machen zu, bevor wir dort ankommen.

»New York«, sage ich. »Kalifornien. Zum Mond.«

Liam lacht und schüttelt den Kopf.

»Sollen wir einfach ein bisschen rumfahren?«

»Ja, bitte.«

Auf den dunklen Nebenstraßen leuchten die Strahlen der beiden Scheinwerfer sehr weit. Es gibt keine Laternen hier und manchmal liegen Kilometer zwischen den einzelnen Häusern. Die Scheinwerfer wirken wie helle Neonpfeile, die mir den Weg weisen. Überallhin, nur nicht nach Hause, sagen sie.

»Lass uns anhalten.« Der Satz überrascht mich genauso wie sicher Liam.

Anhalten heißt stehen bleiben, parken. Und parken bedeutet: nur wir zwei allein in der Dunkelheit.

Liam sagt nichts, doch ein paar Minuten später kommen wir an der Schule vorbei und er fährt auf einen Parkplatz, der zum Ausgangspunkt einiger Wanderwege führt. Wir sind umgeben von Bäumen.

»Willst du –?«

»Soll ich den Motor –?«

Wir hören so schnell auf zu reden, wie wir begonnen haben. An jedem anderen Ort und zu jeder anderen Zeit würden wir wahrscheinlich über unsere Verlegenheit lachen, doch die Dunkelheit ist wie eine Decke, die unsere Worte niederdrückt. Ich lege meine Hand auf Liams am Schalthebel.

»Ja, stell ihn ab. Lass uns einfach ein bisschen abhängen«, sage ich.

Der Motor schweigt und die Stille ist plötzlich noch unendlicher. Es gibt nur noch unser Atmen und das unerträgliche Wummern meines Herzens. Ich drehe mich um, blinzle ihn im Dunkeln an und warte darauf, dass sich meine Augen an die Finsternis gewöhnen. Liam bewegt sich auf seinem Sitz, dreht sich in meine Richtung. Ich lehne mich ihm spontan und tapfer entgegen und unsere Lippen berühren sich, warm und wunderbar. Er reagiert sofort, seine Hand fliegt um meinen Nacken, spielt in den Haaren und beugt meinen Kopf gerade so weit zurück, dass sich der Kuss vertiefen lässt. Ja. Das ist es, was ich brauche. Mich einfach eine kleine Weile verlieren.

Ich rieche den Tropfen von Eau de Toilette, den er sich unters Kinn gerieben haben muss. Und ich schmecke diesen Hauch von Minze, der ihn immer umgibt. Es gibt so viele kleine Dinge an ihm kennenzulernen und für eine Weile existiert nichts anderes in der Welt als diese warme, immer weiter fortschreitende Erforschung des andern, bis ich plötzlich den Schalthebel spüre, der mir schmerzhaft gegen die Hüfte drückt.

»Warte mal«, sage ich und löse mich aus dem Kuss, um mein Gewicht zu verlagern.

»Mist, tut mir leid«, sagt Liam und seine Hände fahren an meine Hüfte, um mir in eine bequemere Haltung zu helfen. Ich bin überrascht, als er zieht, mich auf seinen Schoß hebt und nicht zurück auf meinen Sitz. Ich brauche eine Sekunde, bis ich begreife, doch ich bin schnell im Lernen und schwinge ein Bein über seine Hüften.

Zu schnell, flüstert mir eine innere Stimme zu.

Halt die Klappe, flüstere ich zurück.

»Barnes.« Liams Stimme klingt überrascht und ich lächle mich in unseren nächsten Kuss.

Seine Hände fahren seitlich an mir auf und ab und dann, bei der nächsten Bewegung nach oben, gleiten sie unter den Rand meines Shirts. Ich erwarte eine Art Blitzschlag aus Nervosität oder Verlegenheit, doch er bleibt aus. Es fühlt sich einfach nur ... gut an. Sicher. Er löst sich aus dem Kuss und seine Augen sind weit geöffnet. Sie schimmern im Dunkeln. Er atmet schwer und ich lächle bei dem Gedanken, dass diese Reaktion mir gilt. Der Leighton, die keine Perfektionistin ist. Der Leighton, die nicht überall Bestnoten hat. Aber ganz sicher nicht der *Ice-Queen*-Leighton.

Einfach nur Leighton.

»Ist es so okay?«, fragt er und seine Hände bewegen sich vorsichtig, sanft und ermöglichen mir jederzeit, ihn zu bitten, langsam zu machen oder aufzuhören. Ich möchte sagen: gut so. Ich möchte mich weiter verlieren. Oder zumindest ein Teil von mir. Ein anderer Teil hat Angst und ist von dem Ganzen ein bisschen überfordert.

»Eigentlich«, sage ich. Und mehr muss ich nicht aussprechen. Liams Hände sind schon unter dem Shirt raus und liegen ohne ein weiteres Wort an meiner Taille.

»Danke«, flüstere ich, doch wir sind zu dicht beieinander und es ist zu dunkel, um den Ausdruck in seinem Gesicht zu deuten. »Nur ein bisschen –«

»Schnell. Zu schnell. Schon gut, Leighton.«

»Wollen wir uns draußen hinsetzen?

Wir steigen aus, er deutet in Richtung Motorhaube und hilft mir hinauf. Die Motorhaube ist noch warm und er schnappt sich die Schuljacke vom Rücksitz und reicht sie mir. Das Design ist anders, aber die Schulfarben haben sich nicht verändert und irgendwo zu Hause bei uns auf dem Boden liegt die, die mein Dad früher Mom reichte, damit sie sie überzog.

Doch es ist kalt, deshalb nehme ich Liams Jacke an und lege sie über den Schoß, statt sie anzuziehen.

Liam steigt zu mir hoch und setzt sich daneben.

»Es ist so still hier draußen«, sagt er. Wir schauen in Richtung Wald und der Mond ist bloß eine silberne Scheibe am Himmel, doch es ist nicht so unheimlich, wie ich gedacht hätte. Die Krähen sind noch da. Ich höre, wie sie auf den Ästen herumtrippeln.

Wir schweigen eine Weile und ich spüre, wie uns nach dem ersten Kuss jetzt doch ein wenig Verlegenheit überkommt.

Ich schaue hinauf in den Nachthimmel.

»Sieh mal, ein Satellit«, sage ich, nachdem ich kurz seine Bewegung verfolgt habe.

»Ein was?«, fragt Liam.

»Das ist ein Satellit.« Ich lehne mich an ihn und hebe den Arm, um ihm die Richtung zu zeigen. »Kennst du den Oriongürtel? Die drei Sterne dort?«

»Ja, die seh ich.«

»Und jetzt warte kurz. Der Satellit zieht gleich genau zwischen ihnen hindurch, Moment … jetzt.«

»Wow, ja. Ich seh ihn. Sieht aus wie ein Stern.«

»Ja, aber er ist zu schnell für einen Stern und zu langsam für einen Meteoriten. Manchmal muss man eine Weile suchen, bevor man sie findet, wie sie da oben vorbeifliegen. Doch sie sind da.«

»Hab noch nie einen gesehen«, sagt er. »Hab noch nie darauf geachtet.«

»Meine Mom hat's mir gezeigt, als ich klein war.«

»Cool.« Er lehnt sich nach hinten auf die Haube. »Wetten, ich finde den nächsten schneller als du?«

Ich schürze die Lippen. »Muss immer alles ein Wettbewerb sein?«

»Ist doch lustig. Ich gewinne.«

Ich lehne mich auch zurück und lege den Kopf auf seinen Arm. Ist nicht wirklich bequem auf dem Auto, aber zumindest immer noch warm. Und an seiner Seite noch wärmer.

Er entdeckt die nächsten zwei.

»Angeber«, sage ich.

Er zieht sein Handy aus der Tasche. »Schon spät. Langsam sollten wir aufbrechen.«

»Ja, okay.«

Ich bin traurig, als wir den versteckten Parkplatz verlassen. War so, als wenn wir uns dort vor allem und jedem verstecken könnten. Und ich merke, wie ich mir eine weitere Nacht wie diese wünsche, mehr Zeit auf diese Weise mit Liam verbringen möchte.

»Und, war der Abend okay für dich?«, fragt er.

»Mehr als okay.«

»Was hast du?«

»War toll heute Abend. Ich weiß, du hast gesagt, wir könnten auch einfach nur Freunde sein, aber vielleicht –«

»Ich bin dabei«, antwortet er.

»Aber ich hab doch noch gar nicht ausgesprochen?«

»Was immer du willst. Du bestimmst, was passiert. Ich bin dabei.«

Wir sehen uns an und diesmal beugt er sich *langsam* zu mir.

Es ist ein sanfter, kurzer Kuss, nicht annähernd so wie vorhin. Und als wir den Kopf zurückziehen, lachen wir beide. Irgendwie fühl ich mich diesmal gehemmter.

»*So* hab ich mir unseren ersten Kuss vorgestellt. Tut mir leid, dass ich mich eben so vergessen habe«, sagt Liam.

»Ich ja auch«, antworte ich, doch in meinem Kopf hallt die Formulierung *unseren ersten Kuss vorgestellt* wider. »Gute Nacht, Liam.«

Ich muss mich zwingen auszusteigen, bevor ich ihn frage, ob er mich irgendwo anders hinfährt. Woanders als hier.

24. KAPITEL

Ich betrete das Haus mit einem Lächeln im Gesicht. Immer noch wiederhole ich im Kopf alles, was an diesem Abend passiert ist – mit besonderem Schwerpunkt auf die Kussstellen –, als plötzlich für einen kurzen Moment die Lichter über den Arbeitsplatten hell aufleuchten – ein Stromstoß, der meine Aufmerksamkeit anzieht. Dann sehe ich das Spülbecken und das warme Gefühl auf den Lippen weicht einer Angst, als wenn ein Eimer eiskaltes Wasser über meinem Kopf ausgekippt würde.

Ein Geschirrteil ist zerbrochen – die Scherben liegen im Spülbecken und auf dem Boden herum. Ich glaube, das Teil war mal ein Teller, aber jetzt sind nur Scherben aus gelber Keramik übrig. Auf der Arbeitsplatte liegen noch Spaghetti – ungekocht und nicht mal aus der Packung genommen. Es riecht nach verbranntem Hühnchen und ich sehe die angekokelte Pfanne zwischen den Scherben im Spülbecken liegen. Auf dem Herd kocht wie verrückt ein Topf Wasser und ich renne durch die Küche und stelle die blaue Gasflamme aus. Erst als sich das Wasser im Topf beruhigt, merke ich, wie still alles ist.

Ich trete in das verdunkelte Wohnzimmer und da plötzlich höre ich es. Ein Wimmern. Ich lasse Tasche und Jacke auf den Boden fallen und steige im Dunkeln über Möbel, bis ich Campbell und Juniper finde, die zusammengekauert in der Ecke hocken.

»Alles okay?«, frage ich, doch meine Stimme hallt von der Wand zurück und vermittelt mir das Gefühl, dass es gefährlich ist zu sprechen.

»Wir hätten dich gebraucht«, sagt Cam.

»Ich bin so froh, dass du wieder da bist«, ergänzt Juniper.

Ich kann nicht viel in dem Dunkel erkennen, aber Cams Augen leuchten, wenn sie das Licht aus der Küche trifft. *Verdammt.* Ich hätte hier sein müssen.

»Ich bin auch froh, Junie. Was ist passiert?«

»Wir haben das Huhn anbrennen lassen«, antwortet sie. »Da hat er die Pfanne in den Ausguss geworfen und den Teller kaputt geschlagen. Dann hat Mom gesagt, er soll aufhören, und da …«

»Und da« reicht. Ich kann mir alles genau ausmalen. Er war wütend. Und sie ist wütend geworden. Also wurde er noch wütender. Das scheint eine unausgesprochene Regel bei uns zu sein: Niemand darf wütender sein als er. Ich gehe zum Treppenabsatz und horche, hör aber nichts. Es ist schrecklich und beängstigend, wenn er schreit. Aber noch schlimmer wirkt es, wenn alles still ist.

»Hat er irgendwas mit nach oben genommen?«, frage ich Campbell.

»Irgendwas?«

Ich sehe Juniper an.

»Ein Messer zum Beispiel? Seine Pistole?«

Campbells Augen reißen auf. Ich bedaure die Frage, doch sie antwortet trotzdem.

»Hab nichts gesehen.«

»Bleib du bei Junie«, sage ich und betrete die erste Stufe.

»Geh nicht nach oben«, zischt Cam.

Ich will nicht.

»Ich muss nach Mom sehen.«

»Bitte, Leighton«, sagt Juniper mit Tränen in der Stimme.

»Okay, okay.« Und ich kehre um. »Ich bleib ja hier.«

Ich hocke mich zu den Mädchen und wir sitzen minutenlang still und leise im Dunkeln.

»Hey, Juniper, wie war die Schule heute?«

Juniper kriecht auf meinen Schoß, ehe sie antwortet.

»Guuuut«, dehnt sie das Wort.

»Was hast du gelernt?«, frage ich und meine Finger fummeln in ihren weichen Haarsträhnen rum. Die müssen unbedingt mal geschnitten werden.

Junie scheint schwer über die Frage nachzudenken. Im oberen Stock knarrt einmal kurz der Boden. Dann ist wieder alles still.

»Ich hab etwas über Amelia Earhart gelernt«, flüstert Juniper.

»Echt? Was hast du denn über sie gelernt?«

»Sie war eine der ersten Frauen, die ein Flugzeug gesteuert haben, und sie ist durch die ganze Welt geflogen.«

»Das ist ja super, Junie.«

»Leighton«, flüstert sie. »Glaubst du, Amelia war furchtlos?«

Oben erhebt sich eine Stimme und bricht abrupt wieder ab.

»Ja, Juniper, ich glaube, sie musste furchtlos sein.«

Campbells Blick ist auf die Decke gerichtet.

»Und du, Campbell? Was hast du in der Schule gelernt?«

Cam ignoriert mich. Ich fasse nach ihrer Hand und drücke sie. »Jetzt bin ich ja hier, Cam. Tut mir leid.«

Sie starrt weiter nach oben. Auch ich fühle mich gezwungen hochzuschauen. Selbst wenn ich den Röntgenblick hätte, wüsste ich nicht, ob ich durch die Decke hindurchschauen wollte. In Gedanken gehe ich die Was-wenn-Varianten durch. Die schlimmsten Möglichkeiten. Die Albträume.

Sie ist verletzt. Sie braucht mich und ich sitz hier unten. Vielleicht weint sie oder hat Angst. Er könnte ein Messer dabeihaben. Er könnte die Pistole ausgepackt haben. Er könnte ihr drohen.

Sie könnte tot sein.

Der Boden knarrt und ich schaue wieder nach unten.

»Cammy? Was hast du gelernt?« Meine Stimme ist kaum zu hören, doch ich weiß, Cam hört mich.

»Weiß ich nicht mehr, Leighton«, sagt Cam und ihre Stimme ist so leise wie meine, nur eisig.

Wir hören oben Schritte. Drei Köpfe beugen sich nach hinten und gemeinsam schauen wir wieder zur Decke.

Schritte von einer Person.

Nein, von zweien.

Eine Tür fliegt auf und schlägt gegen die Wand. Ich fahre zusammen und erschrecke Juniper auf meinem Schoß. Ich drücke sie kurz ganz fest an mich – zur Beruhigung und Entschuldigung.

»Sie ist okay«, flüstere ich den Mädchen zu, als unsere Eltern die Treppe herunterkommen. Ich sehe ihre Gesichter nur zur Hälfte. Die eine Hälfte liegt im Schatten, die andere wird von dem viel zu hellen Licht aus der Küche angestrahlt. Er wirkt selbstzufrieden. Mit einem dümmlichen Grinsen im Gesicht. Ich weiß, das Grinsen ist besser als seine Wut, doch ich hasse dieses Gesicht, das er zieht. Meine Augen lösen sich von seinem hässlichen Anblick und wandern zu Mom. Sie ist müde.

»Hi, Mom«, sage ich.

»Oh, Leighton, du bist wieder zu Hause«, antwortet sie.

»Alles okay mit dir?«, frage ich.

Er schnaubt, geht durchs Wohnzimmer.

»Natürlich ist mit mir alles okay.«

Natürlich.

»Wir haben uns Sorgen um dich gemacht«, ergänze ich.

Mom seufzt, öffnet den Mund zu einer Antwort, doch wird von *Welcome to the Jungle* abgeschnitten. Er dreht den Regler bis zum Anschlag auf. Volle Dröhnung. Das Haus wackelt von den Bässen.

Er geht in die Küche und irgendwas kracht in die Spüle.

»Und keiner hat mal dran gedacht, das angebrannte Essen wegzuräumen, Scheiße, verdammt«, schreit er. Weitere Teller klirren und Campbell springt auf.

»Ich komm schon«, verkündet sie mit fester und klarer Stimme, die durch die Musik schneidet. In ihr ist nichts mehr von der Angst, die sie gerade noch so still, ernst und weich hat scheinen lassen.

Aus irgendeinem Grund macht mich Cams Enthusiasmus, die angebrannte Pfanne zu spülen, wütend. Und wegen Moms lockerem *natürlich* könnte ich losschreien. Ich zähle im Kopf bis drei und beiße den Kiefer zusammen, als wenn er von Drähten so festgehalten würde. *Mach's nicht noch schlimmer. Mach's nicht noch schlimmer.* Ich muss mir die Worte auf den Arm tätowieren lassen, damit ich mich immer an sie erinnere. Ich stehe auf und setze Juniper auf dem Sofa direkt neben Mom ab.

»Erzähl ihr von Amelia«, schreie ich gegen die Musik an und trete an der Küche vorbei, die so hell erleuchtet ist, dass es mir in den Augen wehtut. Ich bin mir sicher, das Licht wird immer heller, bis ich mich abwenden muss – mit Campbells Silhouette tief in die Lider eingebrannt, wie sie vor der Spüle steht und die kaputten Teller abwäscht. Ich blinzle und jetzt ist das Licht okay. Wieder auf dem normalen Niveau von immer-noch-viel-zu-hell. Es ist, als ob das Haus will, dass das Bild tief in meine Netzhaut eingebrannt bleibt.

Ich laufe im Wohnzimmer herum und hebe die Rahmen auf. Ich hänge sie wieder an ihre Nägel und lasse sie hin und her schwingen, bis sie von selbst ihren Ruhepunkt finden. Als ich am Fenster vorbeigehe, sehe ich etwas Graues aufblitzen. Joe landet im Gras. Ich gehe weiter und hänge einen Rahmen am Treppenabsatz auf. Ich gehe ins Bad und hebe die Handtücher auf, die heruntergefallen sind. Und dann gehe ich in mein Zimmer, wo ich die Poster wieder an der Wand befestige, die nicht an Nägeln hängen, sondern an Posterstrips. Ich verstehe gar nicht, wieso auch sie jedes Mal runterfallen. Wieso das Haus auseinanderfällt, ohne berührt zu werden. Im Zimmer der Mädchen rolle ich die Buntglasfenstersticker auseinander, die wie verwelkte Blütenblätter auf den Teppich gefallen sind, und klebe sie wieder an die Scheibe. Sie haben, glaube ich, mal einen Schmetterling gebildet. Jetzt sind sie nur noch Teile eines unvollständigen Ganzen. Die Teile, die wir noch nicht verloren haben.

Joe landet draußen auf dem Fensterbrett und diesmal bleibe ich stehen, weil ich das Gefühl habe, er folgt mir aus irgendeinem Grund von Fenster zu Fenster. Ich schiebe das Fenster vorsichtig auf und gebe ihm Zeit, gegebenenfalls wegzufliegen. Dann schiebe ich die Hand vor, einen Finger ausgestreckt, und er bleibt ruhig hocken, während ich mit der Fingerkuppe seitlich an seinem Federkleid entlangfahre. Einmal, zweimal.

Er dreht sich um und lässt etwas auf das Fensterbrett fallen. Dann fliegt er weg.

Ich fasse nach dem Gegenstand.

Es ist Junipers Lederarmband mit den eingestanzten Initialen von ihr. Es sieht ein bisschen verwittert aus, doch ist noch in Ordnung. Joe hat es zurückgebracht.

Es ist merkwürdig, wie uns manche Dinge für immer verloren gehen und andere ihren Weg zurück finden und wir unmöglich vorhersagen können, welches Ende ein Teil nimmt, bis es wieder da ist, falls es denn je zurückkommt.

Vor langer Zeit flog Amelia Earhart davon und kehrte nie mehr zurück. Es heißt immer, sie sei verschollen. Doch jetzt erinnert sie mich an eine Krähenlegende, die ich für meine Kolumne gelesen habe. Die Babylonische Flut liegt sogar noch vor der Zeit Noahs. In der älteren Geschichte schicken, als die Sintflut die ganze Welt überschwemmt, jene, die auf einem Boot überleben, Vögel aus, die nach Land suchen sollen. Als Erstes senden sie eine Taube los – doch die Taube findet keinen Ort, um sich niederzulassen, und kehrt schnell zurück. Der zweite Vogel, den sie aussenden, ist eine Schwalbe. Auch sie kehrt, nachdem sie auf dem endlosen Meer kein Land und kein frisches Wasser gefunden hat, wieder zurück. Schließlich schicken sie die Krähe los, die in Richtung Horizont davonfliegt. Der dritte Vogel, den sie mit der Aufgabe betraut haben, Land zu finden. Die Krähe kehrt nicht zurück.

Vielleicht war Amelia gar nicht im endlosen Meer verschollen. Vielleicht fand sie Land wie die Krähe und entschied sich, dort zu bleiben, wo sie sich sicher fühlte.

Vielleicht kann Überleben auch furchtlos sein.

AUBURN, PENNSYLVANIA
13. OKTOBER
KRÄHENBESTAND: 34.702

25. KAPITEL

Dieses Haus ist ungebrochen, so wie ein geheilter Knochen.

Etwas war in einen unnatürlichen Winkel gebeugt, zu weit vorgeschoben, bis es zerbrach oder splitterte. Doch dann wurde es wieder besser.

Als ich acht war, hatten wir einen Schneetag. Mom kellnerte damals und der Diner schloss nicht, deshalb ging sie, hochschwanger mit Juniper, hin. Dad schlief aus, müde von den vielen Stunden, die er am Wochenende gearbeitet hatte, um ein Dach fertig zu kriegen, bevor der Schnee kam. Ich machte Frühstück für mich und Campbell und wir schauten Trickfilme, als er herunterkam. Der Müll stapelte sich in der Küche. Wir hatten ihn nicht rausgebracht – ich glaube nicht, dass ich ihn überhaupt hätte tragen können –, doch als er ihn sah, wurde er so schrecklich wütend, dass er ihn durch den Flur warf und alles herausfiel. Dann griff er nach einer Schranktür, die wir offen gelassen hatten, und knallte sie in die falsche Richtung, dass sie aus den Angeln sprang, und das Splittern des Holzes war so laut, dass es klang, als würde etwas in meinem Innern bersten. Ich schnappte mir Cammy, rannte mit ihr in mein Zimmer und wir versteckten uns in meinem Schrank.

Mom fand uns am späten Nachmittag.

Als wir nach unten kamen, lag der Müll immer noch überall und er schlief auf der Couch. Doch die Schranktür war nicht kaputt. Ich versuchte Mom in verwirrtem, eindringlichem Flüstern zu erklären, dass das Holz in den Angeln gesplittert war. Aber alles war heil, so als wenn nie was kaputt gewesen wäre. Ich beschloss, dass ich es falsch gesehen haben musste. Dass es nur der Knall gewesen war, mit dem die Schranktür gegen die Wand krachte. Doch ich weiß, auch Campbell hatte es gesehen, denn als Mom sich umziehen ging, beugte sich Cam zu mir und flüsterte: »Das war Magie.«

Das Ganze war zwei Jahre vor der nächsten Explosion dieser Art gewesen. Es gab damals noch große Abstände zwischen den Ausbrüchen. Und es tut ihm jedes Mal leid. Er sagt, dass es nie wieder passieren wird.

Inzwischen weiß ich, dass der letzte Satz nicht stimmt. Es wird wieder passieren. Und vielleicht liebt er uns ja wirklich, aber das hat ihn noch nie aufgehalten. Stattdessen macht sie alles noch schlimmer, seine Liebe zu uns. Und unsere zu ihm. Sie macht es unmöglich, ihn zu verlassen.

Es dauerte eine Weile, bis ich mich wieder an die Schranktür erinnerte und daran, wie der Zweifel auslöschte, was ich mit eigenen Augen gesehen hatte. Ich hatte es vergessen, bis es von Neuem passierte und danach immer öfter. Das Haus repariert, was er zerstört.

Das Haus ergibt keinen Sinn, aber genauso wenig Sinn macht es, wie er selber in etwas Unkenntliches zersplittert, wenn er ausrastet. Es ist unglaublich, was man zu akzeptieren lernt, wenn so wenige Dinge Sinn ergeben, und Campbell und ich haben gelernt, es schweigend zu beobachten. Die geflickten Wände und reparierten Bilderrahmen zu bemerken und das Seltsame in einer weichen Ecke unseres Hirns zu verstauen, wo es sich ignorieren lässt.

26. KAPITEL

Liam fährt mich jetzt morgens zur Schule. Jeden Tag wartet er in seinem Ford am Ende der Frederick Street – gegenüber den Briefkästen, die inzwischen ständig von Krähen besetzt sind. Er wartet dort, während ich meine Schwestern zur Haltestelle bringe und dafür sorge, dass sie sicher in den Bus kommen. Falls ihm mein Verhalten albern oder unnötig scheint, zeigt er es mir zumindest nicht.

Nach wenigen Wochen kommt es mir vor, als würden wir schon immer zusammen zur Schule fahren.

Liam konnte das nicht wissen, doch seine Beständigkeit ist vielleicht das, was mir an ihm am besten gefällt. Ich lasse es zu, dass ich mich auf ihn freue, und diese Vorfreude ersetzt allmählich meine nächtliche Angst vor dem Kriechraum. Ich schlafe leichter ein. Die Fahrt zur Schule dauert zwar nur eine Viertelstunde, doch es ist eine *gute* Viertelstunde.

Es ist nicht wie unser erstes Date. Wir haben uns noch nicht einmal wieder geküsst. Wir reden einfach und lachen und tauschen uns über Lieblingssongs aus.

Am zweiten Freitag unserer gemeinsamen Fahrten zur Schule haben wir eine Prüfung in English Lit.

»Morgen«, sagt er gähnend. Er ist noch vom Footballtraining kaputt.

»Morgen«, antworte ich und reiche ihm den zweiten Becher,

den ich für ihn mitgebracht habe. »In meinem ist Kaffee, aber ich hab gemerkt, dass du nie welchen trinkst, also ist in deinem heiße Schokolade. Ich hoffe, das ist okay. Wir können sonst auch tauschen.«

»Perfekt«, sagt Liam. »Danke. Und, was soll's sein?« Er dreht an der Lautstärke und schaltet das Radio an.

Used to Love Her von Guns N' Roses. Und ich habe plötzlich einen bitteren Geschmack im Mund.

»Nicht dieser Song«, sage ich, strecke die Hand aus und schalte das Radio ab.

Liam schaut zu mir rüber und die Neugier steht ihm ins Gesicht geschrieben. »Kein Fan?«

»Echt nicht. Schon gar nicht von dem Song.«

»Wie wär's ganz ohne Musik?«

»Danke.« Ich trinke einen Schluck Kaffee und warte, dass sich die Beklemmung in der Brust löst, dann hol ich mein Literaturnotizheft heraus. »Soll ich dich ein bisschen abfragen, während du fährst?«

»Ja, das ist gut.«

»Okay –« Ich blättere zu der Seite mit meinen Lernnotizen. Heute steht eine größere Prüfung zu allen Büchern an, die wir im Sommer gelesen haben. Ich stöbere nach einer guten Anfangsfrage, aber sie sind alle aus unserem *Tess von den d'Urbervilles*-Curriculum von Anfang September, deshalb sind sie irgendwie deprimierend. »Wie schrecklich war das Ende von *Tess*?«

»Ist das eine Prüfungsfrage? Mann, damit schaffe ich glatt ein A.«

»Nee, nur meine persönliche. Okay, konzentrier dich. Wie beeinflussen soziale Standesunterschiede Tess in ihrem gesellschaftlichen Verhalten? Wie entscheidend war ihre soziale Stellung in Bezug auf den Ausgang ihrer Geschichte?«

Liam scheint über die Frage nachzugrübeln, während er an eine Kreuzung heranfährt und sicher abbiegt. Ich mag, wie gelassen er ist. Er wirkt nie wie auf der Flucht. Es gibt keine eiligen, hastigen Bewegungen. »Weil sie, wenn sie reich wär, Alternativen gehabt hätte. Geld bedeutet Möglichkeiten. Wenn du keine Mittel hast und auch nur eine Winzigkeit schiefgeht, bist du im Arsch. Vollkommen abhängig von andern. Außerdem hätte sie sich einen gewieft genialen Anwalt nehmen können.«

Der Schluss der Antwort bringt mich zum Lachen.

»Und? Wie war ich?«

»Gut, ich würde vielleicht nur nicht ›gewieft genialen Anwalt‹ und ›im Arsch‹ schreiben.«

»Pah, wo bleibt denn dann der Spaß? Nächste Frage«, sagt er. »Beeil dich, wir sind gleich da.«

»Hmmm, okay«, antworte ich und suche auf der Seite. »Erörtern Sie die Beziehung zwischen Männern und Frauen in dem Roman. Wie unterscheiden sie sich von gegenwärtigen sozialen Konstrukten?«

»Oh gut, die ist einfacher.«

Auf der Seite vor mir habe ich Stichpunkte zu dieser Frage notiert. Sechs saubere Zeilen, die die Geschlechterdiskriminierung im Verlauf eines Jahrhunderts herunterbrechen. Es ist absurd vereinfacht. Ich verpasse Liams Antwort.

»Entschuldigung, was hast du gesagt?«

»Ich sagte, dass es jetzt auch nicht groß anders ist. Liest man ja überall. Es gibt jede Menge Belästigungen, Übergriffe und was weiß ich. Es ist anders, aber irgendwie auch gleich.«

Ich sehe ihn ein bisschen überrascht von der Seite an. Hätte nicht gedacht, dass Jungs in meinem Alter diese Dinge so aufmerksam verfolgen. Und ich dachte, er hätte es halb als Witz gemeint, als er sich als Feministen bezeichnete. Aber er registriert extrem viel.

»Alles okay da drin, Barnes?« Wir sind auf den Parkplatz eingebogen. »Ich hab das Gefühl, du bist heute Morgen überall, nur nicht hier.«

Klar meint er das nicht, doch ich muss an das Spiel denken, mit dem ich in schlimmen Nächten Juniper abzulenken versuche. Überall, nur nicht hier.

»Alles gut.«

»Zu viel gelernt«, sagt er. »Und zu viel Football.«

»Du magst Football.«

»Dich mag ich wesentlich mehr«, kontert er. »Unser nächstes Date ist absolut überfällig.«

Ich lache. »Wär schön. Aber keiner von uns wird noch ein Sozialleben haben, wenn wir die English-Lit.-Prüfung nicht bestehen.«

»Stimmt«, sagt Liam. Sein Gesicht hellt sich auf. »Warte. Bleib noch einen Augenblick sitzen.«

Er steigt aus dem Wagen, läuft um die Motorhaube und zieht den Kragen seiner Fleecejacke hoch, um den Hals vor der frostigen Morgenluft zu schützen. Dann öffnet er mir die Tür.

»So. Ein bisschen Ritterlichkeit. Um wettzumachen, was für Idioten Jungs sind.«

»Galante Ritter haben Frauen als Hexen verbrannt.«

»Ja, ich weiß, aber dieses Gespräch über die arme Tess macht mich fertig.«

»Geht mir auch so«, antworte ich und wir laufen zusammen in Richtung Schule.

Ich versuche mich auf die Prüfungsaufgaben zu konzentrieren, doch der Ausdruck »die arme Tess« hat sich in meinem Kopf festgesetzt. Tragödie, die klassische Situation der klassischen Heldinnen.

Ich will nicht wie Tess sein, die arme Tess, oder wie eine der anderen Frauen in Büchern, die in der Falle sitzen. Oder schlimmer noch: die sich wehren und dafür umgebracht werden. Denn dieser Teil stimmt nur allzu genau. Den Mund aufmachen kann gefährlich sein. Wenn man genau hinschaut, und das hab ich getan, findet man jeden Tag in den Nachrichten Berichte, wie gefährlich es sein kann. Ich weiß, wie viele Stunden der Angst in dem Ausdruck *häusliche Auseinandersetzung* enthalten sind. Es steckt eine ganze Historie seelischer Qualen darin. Und wenn ich mir vorstelle, Journalistin zu werden, hoffe ich, dass ich jenen Worten ihr wahres Gewicht auf dem Papier geben kann. Ich hoffe, eines Tages die Geschichten erzählen zu können, die es verdienen, ans Licht gebracht zu werden.

Doch sosehr ich es hasse, nichts zu sagen, so sehr weiß ich auch, dass es meine einzige Chance ist, ihre Sicherheit zu gewährleisten.

Im Moment.

Doch ich werde nicht für immer schweigen.

27. KAPITEL

Nach der Schule trage ich meinen Frust mit der Literatur dorthin, wo ich ihn am besten aufgehoben glaube: ins Zeitungsbüro. Sofia sitzt an meinem Schreibtisch, und als ich Blickkontakt mit ihr suche, ist es, als ob sie sofort sieht, dass etwas in mir vorgeht.

»Was ist?«, fragt sie.

»War nur ein langer Tag. English-Lit.-Prüfung.« Ich lasse meine Rechercheunterlagen auf den Schreibtisch fallen und suche nach dem Zettel mit der Adresse und Telefonnummer von einem Ornithologen an einer nahe gelegenen Uni, den ich in meinen Rucksack geworfen habe. »Heb deinen Hintern. Ich muss was tun.«

Sofia rührt sich nicht, also setze ich mich auf ihren Schoß.

»Sehr erwachsen«, sagt Sofia durch meinen Haarknoten, der ihr ins Gesicht fliegt. »Total wie bei echten Journalisten.«

»Echte Journalisten erledigen ihre Arbeit im Büro. Die hängen nicht bloß ab und quatschen oder machen Kulleraugen, weil sie auf jemanden abfahren.«

»Ich glaub das nicht. Schwör mir, dass wir nie zu erwachsen werden, um Kulleraugen zu machen und auf Leute zu stehen. Wen rufst du an?«

Ich wähle bereits die Nummer, halte aber die Sprechmuschel mit der Hand zu. »Einen Vogelexperten.«

Sofia drückt mich hoch und rutscht von meinem Stuhl. Ich lasse mich gerade zurücksinken, als es bei der gewählten Nummer klingelt.

Es geht niemand dran, also versuche ich, eine Nachricht zu hinterlassen, aber Sofia kommt zum Schreibtisch zurückgerannt, wedelt mit einem Papier und hüpft wie verrückt. Ich starre sie an und winde mich durch den Rest meiner Nachricht.

»Sofia!«, schreie ich, nachdem ich aufgelegt hab. »Die Nachricht war ein einziges Gestammel. Was ist denn so wichtig?«

»Die Ankündigung des Winterballs«, antwortet sie und wirft mir den Flyer auf den Schreibtisch. Ein Ball. Sie hat meinen Anruf wegen eines Balls gestört.

»Geh ich sowieso nicht hin«, sage ich. Der Winterball fällt jedes Mal auf Silvester – der Versuch unseres Bezirks, das Trinken und anschließende Autofahren zu reduzieren, als ob es kein Ecstasy und keine Wodkaflaschen unterm Beifahrersitz versteckt gäbe.

»Das Motto ist Achtzigerjahre, Leighton. Das wird der Wahnsinn. Außerdem wird dich Liam fragen«, sagt sie, stützt ihre Hand in die Hüfte und legt den Kopf schräg. »Und du wirst Ja sagen.«

»Sofia …« Ich streite nicht mit ihr. Es ist sinnlos. »Ich hoffe, dass ich heute Nachmittag ein Interview mit dem Ornithologen ausmachen kann. Kommst du mit? Dann können wir zusammen unsere Interviewfähigkeiten trainieren.«

»Ja klar. Du brauchst nur jemanden, der dich hinfährt.«

Jetzt lege ich den Kopf schräg. »Biiiitte.« Ich mache das Gesicht nach, das Juniper zieht, wenn sie schmollt. Das Mädchen beherrscht ein Schmollen, für das sie locker ein A+ kriegen müsste.

Mein Telefon klingelt. »Oh, super. Das ist er! Bringst du mich?«

»Natürlich.«

»Danke –«

»Unter einer Bedingung.«

Mist.

»Wenn Liam dich fragt, sag einfach *Ja.*« Und diesmal sagt sie es nicht fordernd, sondern so, als ob sie mir den letzten Donut aus einer Schachtel anbieten würde, nach dem Motto: Hier, nimm, du kannst ihn echt brauchen.

»Okay«, antworte ich und schnappe mir den Hörer, bevor es aufhört zu klingeln.

Ich verabrede ein Treffen in einer Stunde und sage Sofia, dass wir uns bei ihr am Auto treffen.

Ich nehme den Winterball-Flyer vom Schreibtisch. Ein Teil von mir ist froh, dass Sofia die Sache gepusht hat. Es ist der Teil, der heimlich hofft, dass Liam mich tatsächlich fragen wird, damit ich egoistisch und siebzehn sein kann und Ja sage.

Unter dem Flyer für den Ball liegt ein weiterer rosa Zettel. Es ist der mit dem Aufsatzwettbewerb der Stadt. Ich habe das Gefühl, der verdammte Zettel taucht überall auf, wo ich hinkomme, und verhöhnt mich. Ich hab versucht, den Aufsatz zu schreiben, gleich nach dem Footballspiel letzten Freitag. Aber ich hab's nicht geschafft.

Stolz auf Auburn sein, verlangt er.

Aber das bin ich nicht.

28. KAPITEL

Am Montagmorgen wache ich von Kaffeegeruch auf und sehe meine Mom mit zwei Bechern in der Hand vor meinem Bett stehen. Draußen ist es noch dunkel.

Ich setze mich eilig auf und horche nach einem Geräusch aus dem Rest des Hauses, doch alles ist still.

»Mom?«

Sie reicht mir den Becher.

»Alles gut«, sagt sie und nimmt einen Schluck von ihrem. Dann geht sie durchs Zimmer zu einer kleinen Pinnwand, die über meinem Schreibtisch hängt. Sie löst eine der vielen Uni-Broschüren und bringt sie zurück ans Bett.

»So. Die soll es also sein?«, fragt sie. »New York University.«

»Woher wusstest du das?«

»Ich weiß alles«, antwortet sie und stößt ihre Schulter leicht gegen meine.

Wir schlürfen noch ein paar Minuten lang schweigend unseren Kaffee. Ich weiß, was Dad immer von mir erwartet hat. Er meinte, ich hätte kein Talent, um irgendein Schulstipendium zu kriegen, sondern müsse hart arbeiten, damit ich die geforderten Noten schaffe. Und das hab ich gemacht. Ich habe beides: einen perfekten Notendurchschnitt und absolut keinen Bock, auf die Uni zu gehen, die er für die beste hält. Aus reiner Gehässigkeit hege ich diesen starken Wunsch, es an eine andere zu schaffen.

Und irgendwie weiß Mom davon.

»Ich hab mich letzte Woche beworben«, erzähle ich ihr. »Für die frühe Entscheidung. Ich bekomme schon im Dezember Bescheid.«

»Wie hast du das Ganze bezahlt? Bewerbungen sind teuer.«

»Ähm, über einen Gebührenerlass. Mrs Riley hat mir dabei geholfen.«

Mom schweigt einen Augenblick und ich möchte unbedingt wissen, was sie empfindet.

»Na, das macht unsere Pläne für heute noch relevanter. Also los, zieh dich an. Bequeme Schuhe. Sagen wir, in zehn Minuten?«

Ich bin schon nach drei Minuten unten, Haare in meinem gewohnt unordentlichen Knoten im Nacken zusammengesteckt, Jeans eilig übergezogen und einen übergroßen Pullover über dem Tanktop, das ich im Bett getragen habe.

»Einiges davon wirst du bestimmt noch bedauern«, sagt Campbell vom Küchentisch aus, wo sie eine Schüssel Müsli isst. Juniper lacht und lässt Milch auf die Tischplatte tropfen.

Niemand beeilt sich, sie wegzuwischen.

Ich komme mir vor, als wär ich in einem Paralleluniversum aufgewacht.

»Keine Zeit mehr zum Umziehen«, sagt Mom. »Auf geht's.«

Und ohne Weiteres lassen die Mädchen ihre leeren Schüsseln in der Spüle stehen und drängen mich hinaus zu Moms Auto. Der Motor läuft schon, die Heizung hat das Innere des Wagens aufgeheizt gegen die kühle Herbstluft.

Wir steigen ein und schnallen uns an. Schließlich frage ich: »Was ist los?«

»Wir fahren –«

»Stopp«, sagt Mom. »Wartet. Lasst sie uns überraschen.«

»Aber sie hasst Überraschungen«, sagt Campbell.

»Ich hasse Überraschungen«, wiederhole ich.

»Die hier wird dir gefallen«, beharrt Mom. »Okay, Musik. Juniper darf als Erste was auswählen.«

Campbell und ich stöhnen und ich greife nach dem Reisebecher mit Kaffee, den ich mir statt Frühstück geschnappt habe.

Ungefähr zehn Minuten später halten wir vor dem Diner.

»Lustig«, sage ich. »Aber wieso haben die Mädchen dann zu Hause gefrühstückt?«

»Wir sind nicht zum Frühstücken hier«, sagt Mom, »sondern deswegen.«

Sie zeigt an das andere Ende vom Parkplatz, wo ein Bus im Leerlauf wartet.

»Wir ... begeben uns auf ein Abenteuer«, flüstert sie.

»NACH NEW YORK!«, kreischt Juniper so laut, dass ich fast meinen Kaffeebecher fallen lasse.

»Ernsthaft?«, frage ich Mom komplett ungläubig. So etwas haben wir schon Ewigkeiten nicht mehr gemacht. »Was ist mit Schule?«

»Ist heute nicht. Wir haben entschieden: Wenn du in New York leben willst, musst du vorher wenigstens einen Tag lang dort gewesen sein, um zu sehen, ob es dir wirklich gefällt.«

»Verstehe«, sage ich. Aber ich weiß auch so, dass es mir gefallen wird. New York ist das Gegenteil von Auburn. Was soll einem da nicht gefallen?

»Der Bus fährt uns hin und bringt uns um fünf wieder zurück, das heißt, wir müssen den Tag ausfüllen«, erklärt Mom. Sie überprüft noch mal, ob Juniper auch ihre Handschuhe und einen Schal dabeihat, und reicht Campbell ihre warme Mütze. Es ist windig heute, wir hören es draußen pfeifen.

»Wir haben schon so lange keinen Apfeltag mehr gehabt«, sagt Campbell.

»Was ist denn ein Apfeltag?«, fragt Juniper. Ihr Lachen ist riesig groß und zeigt ordentlich Zähne.

Mom trinkt einen Schluck von ihrem Kaffee. Ich sehe, wie sie leicht die Mundwinkel hochzieht wegen Junipers Frage. Und ich denke an die Erinnerungen, die dieses Wort mit sich bringt.

»Wir haben im Herbst immer einen Tag Schule und Arbeit sausen lassen«, erkläre ich Juniper. »Dann sind wir in die Obstplantagen der Nachbarstadt gefahren und haben den ganzen Morgen lang Äpfel gepflückt, bis –«

»Bis der Korb so schwer war, dass ihn nur Dad noch anheben konnte«, erzählt Campbell.

»Dad ist auch mitgegangen?«, fragt Juniper. Ihre Verwirrung ist ein Beweis dafür, wie sehr sich alles verändert hat. Natürlich ist er mitgegangen, will ich ihr sagen. Aber das war in einem anderen Leben.

Campbell ignoriert Junies Frage und erzählt einfach weiter.

»Und wir haben die ganze Zeit auch Äpfel gegessen, während wir sie gepflückt haben, deshalb …«

»… war uns, als wir nach Hause kamen, ganz schlecht von den vielen Äpfeln«, ergänzt Mom. »Und trotzdem waren noch ganz viele übrig. Also haben wir den Rest des Tages Apfelkuchen gebacken. Die ganze Küche war voll mit Apfelkuchen. Aber da konnten wir natürlich schon längst keine Äpfel mehr sehen, geschweige denn in einen beißen –«

»Also haben wir sie verschenkt«, sage ich. »Zwei Kuchen haben wir Nana und Grandpa gebracht, die anderen haben wir den Sekretärinnen in der Schule vermacht. Und einige haben wir in die Firma von Dad geschickt für die ganzen Mitarbeiter.«

»Nur einen einzigen haben wir behalten«, erzählt Mom. »Wir haben noch Vanilleeis besorgt und ihn dann zum Abendbrot gegessen.«

»Ein Apfeltag«, wiederholt Campbell.

»Mmh«, sagt Juniper. »Apfeltage klingen toll. Hey, wieso haben wir denn jetzt keine Apfeltage mehr?«

Mir fällt keine Antwort ein und Campbell lehnt sich wieder in den Sitz zurück.

»Wir sollten vielleicht wieder mal einen machen«, sagt Mom. Ist nur schwer, nachdem Nana so weit weg ist, und ohne Grandpa. Er war einer unserer wichtigsten Apfelkuchenesser, verstehst du?«

»Egal, ist trotzdem ein Apfeltag heute«, sagt Juniper.

»Wieso das?«, fragt Mom.

»Na ja«, antwortet Juniper. »Du weißt schon: New York heißt doch auch The Big Apple!«

Und mir nichts, dir nichts bringt sie uns alle zum Lachen, selbst Campbell.

Auf der Fahrt nach New York sitze ich neben Mom. Sie öffnet ihre Tasche und zieht eine abgegriffene Ausgabe von *Stolz und Vorurteil* raus. Das ist ihr Lieblingsbuch, während ich es nie zu Ende geschafft habe.

Vielleicht sollte ich es noch mal versuchen.

»Äh, Mom … wie können wir uns das hier eigentlich leisten? Ich weiß doch, wie knapp das Geld in letzter Zeit ist, und ich brauch das wirklich nicht.« Ich sage es ganz leise, damit es die Mädchen in der Reihe vor uns nicht hören.

»Trinkgeld«, antwortet Mom.

Aber das kann nicht stimmen, weil er alles einsteckt, was sie verdient. Er führt genau Buch.

»Trinkgeld in bar«, ergänzt sie. »Hab einfach was beiseitegelegt. Nach der ganzen Pfennigfuchserei brauchen wir mal was Besonderes.«

Das heißt, sie hatte das Geld versteckt. Und jetzt ist er auf Montage, deshalb bezweifle ich, dass er von dem Ganzen überhaupt irgendwas weiß. Geheimhalten geht aber nicht. Juniper wird sich bestimmt irgendwann verplappern.

»Leighton, hör auf. Du denkst zu viel nach. Alles ist gut. Ich werde ja wohl mit meinen Töchtern mal einen kleinen Ausflug machen können.«

Hinter dem Satz steckt mehr. Sie konnte es nur einfach nicht laut sagen.

Ich werde ja wohl mit meinen Töchtern mal einen kleinen Ausflug machen können, *ohne um Erlaubnis zu fragen.*

Aber dieser Morgen ist dazu da, einmal loszulassen. Und als ich die Skyline von New York sehe, höre ich auf, mir Gedanken über irgendwelche Geheimnisse und ihre Konsequenzen zu machen.

Wir beginnen mit einer organisierten Tour durch die New York University. Zu Junipers großer Freude nehmen wir ein Taxi. Danach geht es zum Met.

Auf dem Weg in den Central Park kaufen wir irgendwo Hotdogs und Obst.

Alles das reinste Klischee, doch es ist perfekt so.

Mom, Campbell und Juniper machen es perfekt.

Langsam macht sich in mir ein Gefühl von Verlust breit, obwohl das mit der Uni doch noch fast ein ganzes Jahr hin ist. Die Vorstellung, nicht mehr bei *ihnen* zu sein, macht mir Angst. Vor allem, wenn ich dann nicht weiß, ob sie in Sicherheit sind.

Ich sitze mit Campbell auf einer Parkbank und sie reicht mir einen der Äpfel, die wir gekauft haben. Mom und Juniper sammeln die schönsten leuchtend gelben Blätter aus dem Herbstlaub. Ich beiße in den Apfel, muss würgen und spucke den Bissen wieder aus. Von außen sah der Apfel so glänzend und rot aus, doch er muss mehrmals runtergefallen sein, denn innen ist er ganz braun und matschig.

»Iiih, bäh«, sagt Campbell, nimmt meinen und ihren Apfel und wirft sie in einen Mülleimer. »Findet sich bestimmt ein besserer Apfelgenuss.«

Wir bleiben noch eine Weile im Park. Die Luft ist frisch, doch die Sonne wärmt und es ist friedlich hier. Ich halte mein Gesicht ins Sonnenlicht und plötzlich entdecke ich aus dem Augenwinkel etwas Schwarzes. Hoch oben in einer Eiche hocken drei Krähen auf einem Ast.

Sie sitzen so hoch, dass ich nicht sicher sein kann.

Und natürlich stimmt es nicht, so weit weg von Auburn.

Doch dann rascheln sie mit ihren Federn, eine nach der andern, und ich bin mir etwas sicherer.

Eine der Krähen ist grau.

29. KAPITEL

»AUBURN WOLVES SIND NICHT ZU SCHLAGEN.«

So positiv waren die Schlagzeilen der *Auburn Gazette* schon lange nicht mehr. Sofia ist komplett davon eingenommen, über die Mannschaft zu schreiben – in diesem seltenen Moment, in dem Sport wirklich mal den Nachrichtenwert hat, den sich die Stadt immer wünscht. Sie hat mich gefragt, ob sie meinen Vater zu der neuen Siegessträhne der Wolves interviewen kann, und ich habe das Interview wieder und wieder mit fadenscheinigen Entschuldigungen auf die lange Bank geschoben. Doch heute Abend haben die Wolves ihr letztes Match der Qualifikation bestritten – und erneut gewonnen. Die ganze Saison über ungeschlagen, zum ersten Mal seit fast zwanzig Jahren.

Dieses Mal gehe ich mit Liams Familie zum Spiel. Perfektes Timing, denn Mom fährt die Mädchen zum Übernachten zu Nana, damit Juniper in Ruhe ihre Geschichtsarbeit über Auburn zu Ende bringen kann. Die Fahrt zum Auswärtsspiel der Wolves verläuft schweigsam. Als ich einsteige, reicht mir Fiona einen ihrer Ohrstöpsel und wir hören die ganze Strecke zusammen Musik.

Doch die Rückfahrt verläuft anders, weil es ein *Sieg* war und Liam ein großartiges Spiel hatte.

Ich schweige immer noch, registriere jedoch vom Rücksitz aus ein paar Dinge.

Zum Beispiel, dass Liams Dad laut spricht, *ohne* wütend zu sein.

Ich sehe, wie er mit nur einer Hand am Lenkrad fährt, während die andere zwischen den Vordersitzen liegt und die Hand seiner Frau hält. Es wirkt fast unbeabsichtigt, so als ob ihre Hände automatisch zusammenfänden, sobald sie nebeneinandersitzen.

Ich merke plötzlich, dass Liam das auch tut, wenn er mich zur Schule fährt. Aber es war mir nie so bewusst.

Liam wird von der Schule aus allein nach Hause fahren, wenn der Bus zurückkommt, deshalb schnappen Fiona und ich uns etwas zu knabbern und gehen solange in den Keller, bis er kommt. Es ist schon spät, aber meine Eltern haben Mitternacht gesagt und ich werde jede Minute ausnutzen, die ich hier sein kann, bevor ich nach Hause muss.

Im Keller hängt an der einen Wand ein riesiger Fernseher und drum herum stehen große Sofas und Sessel. Die ganze andere Hälfte der Fläche ist zu einem kleinen Tanzstudio für Fiona ausgebaut, mit langen Spiegeln an allen Seiten und einer Ballettstange. Sie geht in ihre Hälfte, zieht die Schuhe aus und fällt in die Bewegungen, die sie schon tausendmal geübt hat. Ich wette, sie tanzt auch im Traum.

»Wann hast du damit angefangen?«, frage ich.

»Mit dem Tanzen?« Sie sucht meinen Blick im Spiegel, während sie Dehnübungen macht. »Als ich drei war.«

Fiona setzt sich auf den Boden und löst die Haare aus dem straffen Knoten, zu dem sie sie zusammengebunden hatte.

»Ich weiß, es sieht beschissen aus.« Ihre Haare sind kraus und wild, als sie sie löst.

»Überhaupt nicht, Fiona, es sieht toll aus.«

»Pah.« Sie verdreht die Augen. »Sag das mal Dylan Carpin.«

»Wem?«

Sie seufzt und beugt sich nach vorn. »Einem Jungen aus meiner Klasse.«

»Was hat er gesagt?«

»Er hat gesagt, er mag mich und dass er mit mir auf den Winterball will.«

»Und? Wirst du Ja sagen?«

»Wollte ich … bis er meinte, was ich denn mit meinen Haaren vorhätte, wenn der Ball ist.«

»Was?«

»Ja, er hat gesagt, sieht echt gut aus, wenn es nicht *zu exotisch* wirkt.«

»Wow. So ein Idiot, echt, Fiona.«

Fiona lacht. »Genau.«

Sie steht auf, kommt zum Sofa und kringelt sich neben mir ein.

»Ich dachte, er wär nett. Wirkte er ansonsten ja auch.«

»Ja, aber *ansonsten nett* könnte eine Menge schreckliche Dinge entschuldigen, findest du nicht?«

Fiona sieht mich an. »Du hast recht. Könnte es. Egal. Meine Freundinnen und ich gehen zusammen. Wir brauchen kein Date.«

»Ich bin noch nie mit einem Date zu einem Ball gegangen und ich hab trotzdem immer Spaß mit meiner besten Freundin.«

»Ja? Gut, Entscheidung gefallen. Nur Freundinnen. Also, was *mich* angeht. *Du* kannst ja vielleicht endlich mit jemandem hingehen …«

Ich ziehe ein Kissen an meine Brust. »Sprich's nicht aus, Fiona.«

»… wie Liam.«

»Du hast es ja doch ausgesprochen!«

Fiona zieht mir das Kissen weg. »Du kannst dich nicht davor verkriechen. Ich weiß doch, dass du mit ihm hingehen willst.

Ihr seid so dumm, wie ihr miteinander umgeht. Ist schön, zwei Klugscheißer ausnahmsweise mal dumm zu erleben.«

»Danke, Fiona«, sage ich lachend.

»Versprich mir einfach, dass du zusagst, wenn er dich fragt.«

Wieso will eigentlich jeder, dass ich's verspreche?

Fiona schnappt begeistert nach Luft. »Oder besser noch, frag du Liam!«

»Was soll sie mich fragen?«, sagt eine Stimme von der Treppe.

Ich starre Fiona an und schüttle den Kopf. Sie lächelt bloß und sieht dabei genauso aus, wie wenn ihr Bruder lächelt.

»Glückwunsch«, sage ich, als Liam sich auf das Sofa gegenüber setzt. Er muss gerade noch geduscht haben, bevor er heruntergekommen ist, denn die Haare sind ganz nass und er riecht nicht, als ob er eben erst von einem Footballfeld gekommen wäre. Es ist wieder dieses erdig riechende Duschgel wie an dem Abend, als wir uns das erste Mal geküsst haben. Die wohlige Erinnerung daran lässt mich rot werden. Vielleicht hat Fiona ja recht. Vielleicht bin ich tatsächlich ein *bisschen* bescheuert, was Liam angeht. Und vielleicht ist das okay. Mal mit dem Denken aufzuhören und meinen Gefühlen zu folgen.

Aber schön zu wissen, dass es ihm auch so geht. Dass ich ihn auch ein bisschen bescheuert mache.

»Danke«, antwortet Liam. »Aber wir sitzen doch nicht hier, um über Football zu reden.«

»Nicht?«

»Wir wollten uns doch mit Kunst beschäftigen.«

»Heute nicht«, sage ich und schiebe den Rucksack nach hinten.

»So schlimm kann es gar nicht sein«, widerspricht Liam und greift danach.

Er nimmt mir den Rucksack weg und zieht meine Kunstmappe raus. Dann nimmt er meine jüngste künstlerische Katastrophe heraus, die ich liebevoll *Porträt einer alten Krähe* nenne.

Die Zeichnung soll Joe zeigen, aber mit Fliege und Monokel. Ich habe Liam von dem echten Joe erzählt, doch ich glaube, er wusste nicht, wie ernst er mich nehmen sollte. *Wächtervogel* ist vielleicht eine etwas sehr seltsame Vorstellung, um sie auf Anhieb ernst zu nehmen. Campbell, Juniper und ich haben ja auch eine ganze Weile gebraucht.

Doch jetzt ist er einfach nur Joe. Joe, der immer draußen ums Haus ist. Der die Kekse nimmt, die Juniper ihm hinlegt, und ihr dafür Murmeln schenkt.

Liam trägt die Zeichnung zur Lampe hinüber und lächelt.

»Niedlich«, sagt er.

»*Würdevoll*«, korrigiere ich ihn.

»Darf ich?« Er gestikuliert mit seinem Bleistift und ich nicke. Liam verändert die Form der Augen ein bisschen. Die Veränderung ist nur ganz winzig – intuitiv für Liam –, doch der Effekt ist deutlich. Es ist, als wenn die Augen auf dem Blatt etwas lebendiger geworden wären.

»Wieso ist er grau?«, fragt Liam.

»Weil der echte Joe auch grau ist. Hat sich herausgestellt, dass das keine Abnormität ist. Nach Aussage meines Vogeltypen ist Joe eine ganz andere Krähenart, die sich Nebelkrähe nennt.

»Das Bedenklichste an diesem Gespräch ist bis jetzt, dass du einen Vogeltypen hast«, sagt Liam.

»Ein Ornithologe, wenn du den Fachausdruck willst.«

»Nerd«, antwortet er und stößt seine Schulter gegen meine. Als Antwort drücke ich meine gegen seine.

»Das Komische ist, dass man Nebelkrähen hauptsächlich in Europa findet. Was glaubst du, wieso er hier ist?«

»Bisschen existenzialistisch für einen Vogel, findest du nicht?«

»Ihr seid mir vielleicht zwei Streber, wisst ihr das?«, sagt Fiona und steht vom Sofa auf. »Es ist Freitagabend. Seid mal ein bisschen locker.«

»Vielleicht könnten wir das ja, wenn ich nicht eine nervende Schwester hätte, die die ganze Zeit bei uns rumhockt«, antwortet Liam.

Fiona lacht, immun gegen sein Sticheln.

»Du liebst mich doch«, sagt sie.

»Gott bewahre.«

Ich muss lachen und schiebe meine Zeichnung in den Rucksack zurück. Das *Porträt einer alten Krähe* kann warten.

»Wie wär's mit einem Film?«, fragt Liam. »Ich hab eine große Sammlung.«

»Oh nein, jetzt geht das wieder los«, sagt Fiona. »Das ist es, Leighton. Wir sind angekommen. Das ist der Punkt, an dem du den Kerl sitzen lässt. Liam schaut nämlich *nur* Superheldenfilme.«

»Na ja, so schlimm klingt das auch wieder nicht. Superheldenfilme mag doch jeder.«

Fiona setzt sich auf. »Ja, schon, wenn du nicht drei Spiderman-Filme hintereinander ansehen und dabei über die verschiedenen Regieansichten diskutieren musst und darüber, welche Dekade der Darstellung in den Comics diese am besten widerspiegelt.« Sie sinkt ins Sofa zurück. »Er *schaut* nicht einfach Superheldenfilme. Er *seziert* sie.«

»Danke, Fiona. Aber du könntest es ihr auch etwas sanfter vermitteln.«

»Was für ein Supernerd du insgeheim bist? Das kann man gar nicht übersehen, Liam.« Fiona schaut mich an. »Frag ihn doch mal, wie oft er *Spider-Man: A New Universe* im Kino gesehen hat. Kleiner Hinweis: mehr als fünfmal.«

»Na hör mal, Fi. Eine Entstehungsgeschichte mit einem

schwarzen Superhelden – noch dazu meinem Lieblingssuperhelden –, und dann mit einer Animation, die jenseits von allem ist, was du je gesehen hast. Außerdem warst du mindestens dreimal selber dabei, wenn ich mich recht erinnere.«

»Wie auch immer, Nerd. Ich geh nach oben. Mom guckt bestimmt so eine Sendung, in der sie dir dein Zuhause neu einrichten.«

Fiona springt vom Sofa auf und will gerade die Treppe rauf, da ruft ihr Liam hinterher: »Du weißt aber schon, dass die Sendungen total fake sind, oder? Wie sollen sich denn eine Kindergartenerzieherin und ein städtischer Gartenbauer ein 800 000-Dollar-Haus leisten?«

Fiona beugt sich ein letztes Mal übers Geländer, streckt den Arm aus und tut so, als würde sie ein Spinnennetz auf Liam schießen, ehe sie nach oben verschwindet.

»Und … hast du *A New Universe* gesehen?«, fragt Liam und dreht sich wieder zu mir um.

»Ähm … Bei mir zu Hause gibt es jede Menge *My Little Pony* und Disney Channel. Ich hab seit Jahren keinen einzigen Superheldenfilm gesehen.«

»Du machst mich fertig, Barnes. Es wird dringend Zeit, dass du dich in diesen geilen Film verliebst.«

»*Film?*«, stichele ich. »Ist *Superman* nicht ein Cartoon?«

Liam schweigt einen Moment, schaut aber nicht hoch. »Kein Cartoon. Ein Oscar-prämierter Animationsfilm.«

Ich muss über den Nerd in Liam grinsen und denke an die Brille und die Regale über Regale mit Comics in seinem Zimmer. Es liegt was Verletzliches darin, etwas so sehr zu lieben, und es ist, als würde ich eine ganz andere Seite von ihm kennenlernen.

»Du hättest auch etwas vorschlagen können, was du nicht schon hundertmal gesehen hast«, sage ich.

»Und eine geniale Möglichkeit versäumen, dass uns Fiona eine Weile in Ruhe lässt?«

Gut gespielt, Liam McNamara. Er setzt sich zu mir aufs Sofa.

Aber er hat nicht unrecht. Es ist ein genialer Film.

»Gibst du's zu, Barnes?«

»Geb ich was zu?«

»Dass ich einen guten Geschmack hab.«

»Offensichtlich.« Ich zucke mit den Schultern.

»Ich meine, was Filme angeht.«

»Ich weiß. Aber was du tust, ist Fishing for Compliments. Und die Genugtuung geb ich dir nicht. Der Film ist okay.«

»Barnes, du machst mich wirklich fertig.«

»Ja, er ist super«, sage ich lachend. »Alles, was du tust, ist super. Besser, ich würde irgendwo eine Schwäche erkennen. Kein Mensch ist so perfekt wie du.«

»Ich bin nicht perfekt, Barnes.«

»Ich weiß. Du willst nur, dass das jeder denkt.«

Shit. Wenn ich doch bloß die Zeit dreißig Sekunden zurückdrehen und mir auf die Zunge beißen könnte. Ich hatte es mit einer gewissen Leichtigkeit sagen wollen, aber so, wie es rauskam, klang es einfach nur harsch.

Ich meine es genau so und er weiß das. Liam greift nach der Fernbedienung und stoppt den Film.

Er setzt sich zurecht, sodass er mich genau ansieht. »Ist kein bewusster Akt. Ich hab nur das Gefühl, dass ich mir keinen Fehler leisten kann.«

»Das versteh ich, Liam. Aber vielleicht kannst du … wenigstens bei mir?«

»Du meinst, ich soll das Visier öffnen?«

»Nicht viel. Nur ein kleines bisschen.«

»Okay, okay. Meine größte Schwäche ist –«

»Ich hab nicht gemeint, jetzt, auf der Stelle, Liam.«

»Ich kann nicht singen.«

Ich sacke in mich zusammen. »So was meine ich nicht.«

»Ich weiß schon, aber ich kann nicht nur einfach *nicht* singen – ich bin unglaublich schlecht. Selbst wenn es um Leben und Tod ginge, ich würde die richtigen Noten nie treffen.«

Er weiß, dass ich nicht Singen gemeint habe. Kein Mensch kann singen. Wobei ich mir bei ihm nicht mal sicher bin.

»Beweis es.«

Liam zögert nicht mal. Er ruft eine Musik-App auf und wählt einen Song aus dem Soundtrack. Und dann singt er. O Gott, er hat recht. Er ist unglaublich schlecht.

Ihr Kater, der auf dem anderen Sofa liegt, hebt entsetzt den Kopf bei dem schrecklichen Lärm, den Liam veranstaltet.

Ich weigere mich zu lachen, denn das hier ist so eine Mogelpackung von Schwäche und ich hatte auf etwas ein bisschen Echteres gehofft, doch er macht es mir wirklich schwer.

Ich halte mein Lachen zurück, bis er zu einem Falsett ansetzt. Aber als er die letzte hohe Note herausquetscht, jagt der Kater aus dem Zimmer und ich kann wirklich nicht mehr. Ich lache, bis mir die Tränen kommen.

Er endet so laut und schrecklich, wie er begonnen hat. Und er verbeugt sich tief, obwohl er während der Vorführung fünfzig Prozent seiner Zuhörer verloren hat.

»Baxter steht zwar nicht auf deinen Gesang, ich aber schon«, sage ich, als ich wieder zu Atem komme.

»Das hat dir gefallen?« Er lässt sich ins Sofa sinken und ich kippe halb auf ihn drauf.

»War super, Liam. Wenn alle deine Schwächen so unglaublich sind, solltest du sie unbedingt öffentlich machen. Du enthältst der Welt ein paar großartige und absolut menschliche Schwächen vor.«

»War's echt wert. Muss ich mir unbedingt merken.«

»Was musst du dir merken?«

»Wie wunderbar dein Lachen ist. Könnte mich glatt dran gewöhnen«, antwortet Liam mit einem Grinsen. Er fasst herüber und wischt mir eine Träne von der Wange. Ich vergieße oft Tränen, wenn ich lache. Ich weine, wenn ich traurig bin, wenn ich Angst habe, und eindeutig, wenn ich wütend bin, aber auch, wenn ich lache. Vor allem wenn ich so lache, dass es mir in den Rippen wehtut.

Oder auch: Leighton Barnes weint *ständig*.

Doch im Moment lache und weine ich nicht, sondern liege nur zusammengerollt und mit dem Arm eines sehr süßen Jungen um meine Taille geschlungen auf einem Sofa. Ich weiß nicht so recht, wie ich es in Liam McNamaras Keller geschafft hab – eingekuschelt auf dem Sofa – und diese Seite von ihm erlebe, von der ich nie ahnte, dass es sie überhaupt gibt. Es ist, als wär ich auf einem fremden Planeten gelandet, würde ich sagen, aber Liam und seine Familie sind eindeutig die Normalen in dem Szenario. Kümmert euch nicht um mich, ich bin nur hier, um mir als Alien ein paar Notizen zu machen, was eine glückliche Familie ist.

Liam zieht meine Beine auf seinen Schoß. »Leighton, ich wollte dich schon die ganze Zeit etwas fragen. Und ich hab das noch nie gefragt, ohne die Antwort zu kennen. Und bevor *du* es sagst: Ja, ich weiß, es klingt extrem arrogant. Ich will nur, dass dir bewusst ist, wie verletzbar ich mich damit mache. Wehrlos wie ein kleines Kätzchen. Das heißt, wenn du das Gefühl hast, Nein sagen zu müssen, dann tu es bitte behutsam, okay?«

»Okay, okay. *So* gemein bin ich nun auch wieder nicht, oder?«

»Keine Ahnung.« Er lacht. »Schaun wir mal.«

Er hat es so hoch gehängt, dass ich total nervös bin.

»Leighton, willst du meine Freundin sein?«

Oh.

Ich antworte nicht sofort. Wenn *er* sich der Antwort nicht sicher ist, dann *ich* noch viel weniger.

Ich sollte Nein sagen. Weil … wegen Gründen. Ich weiß, dass ich Nein sagen sollte. Es ist egoistisch, es nicht zu tun. Aber ich hab mich die letzten zwei Jahre so gefangen gefühlt und mit Liam hab ich plötzlich das Gefühl, ich selbst zu sein. Das Gefühl, wie ich sein könnte, wenn die Dinge anders wären.

Außerdem hat sich Liam McNamara gerade als kleines Kätzchen bezeichnet.

»Müssen wir denn unbedingt miteinander gehen? Eigentlich geht es mir nur um den Sex.«

Ich hab ein Date-Night-Bonuslevel gewonnen und der Preis ist, dass Liam laut losbrüllt vor Lachen.

»Nein, ernsthaft, Leighton.«

»Ernsthaft, Liam?«, frage ich. Ich küsse ihn auf die Wange. »Ja, ich will deine Freundin sein.«

»Heißt das, dass ich eine Begleitung für den Silvestertanz habe?«

»Du weißt schon, dass es nicht so heißt, oder?«

»Bedeutet das, dass wir zusammen auf den Winterball gehen?«

»Ja«, antworte ich, und erst, als ich es ausgesprochen habe, erinnere ich mich an mein Versprechen, das ich Sofia gegeben habe. Vielleicht hatte ich unrecht und ich hätte immer Ja zu Liam gesagt.

»Ich möchte dich unbedingt küssen«, flüstert er. »Aber geht gerade nicht.«

»Wieso nicht?«

»Weil du dann den besten Teil verpasst.«

Ich lege den Kopf an seine Schulter und wir schauen den Film. Es fühlt sich so normal an, so angenehm und noch so viel mehr, was ich seit Langem nicht kannte. Und alles beginnt und endet mit dem Gefühl, geborgen zu sein.

In diesem Moment bin ich das glücklichste Wesen der Welt.

30. KAPITEL

Ich komme nach Hause, als mein Vater schon schläft, und verlasse es wieder, ehe er aufwacht.

Sofia und ich gehen ins Einkaufscenter und probieren die verrücktesten Sachen an, die wir finden können. Sofia stehen sie alle fantastisch, egal wie schrecklich die Farben an den Anziehpuppen aussehen. Ich dagegen habe das Gefühl, müde und blass zu wirken, was auch immer ich an Farben anprobiere. Und alles beißt sich mit dem unentschiedenen Rotblond meiner Haare. Es scheint, als ob gerade nur sämtliche Varianten von Neon in sind – was für Sofia und das Thema Achtzigerjahre perfekt ist, für mich aber nicht so toll.

Dann schiebt mir Sofia ein dunkles Teil in die Umkleidekabine. Das Kleid ist vorne tief ausgeschnitten und hinten noch mehr und der Rock schwingt genau richtig. Es hat *Taschen*. Das ganze Teil glänzt in Schwarz und ist einfach perfekt. Ich spüre, wie mein Herz höher schlägt vor Aufregung. Normale Dinge. Normale Dinge wie ein Ball, ein Kleid, ein Date.

Ich schaue auf das Preisschild und stoße einen langen, leisen Pfiff aus.

»Zeig dich mal«, ruft Sofia von der anderen Seite der Kabinentür. »Wehe, du ziehst es aus, bevor ich's gesehen habe.«

Ich löse die Verriegelung der Tür und schwinge sie auf.

Sofia sieht mich an und hebt die Augenbrauen. »Wahnsinn.«

Ich verziehe den Mund. »Beides kann ich nicht bezahlen, Sofia.«

»Äh, Leighton. Das Kleid steht dir einmalig. Hast du keine andere Möglichkeit –?«

»Vielleicht, aber vielleicht auch nicht. Und sie braucht es jetzt, Sof.«

»Ja, ja, hab verstanden. Gehen wir.«

Sofia kann sich nicht entscheiden und kauft zwei Kleider in zwei fantastisch leuchtenden Farben.

Ich laufe zurück in den Sportwarenladen, durch den wir das Center betreten haben. Da steht es noch. Zum Sonderpreis, weil es draußen sowieso bald kalt wird. Ein fantastisches puderblaues Mädchenfahrrad. Mein gespartes Weihnachts- und Geburtstagsgeld von Nana hätte vielleicht für das Kleid gereicht oder für ein paar Lehrbücher nächstes Jahr. Oder aber ich kann davon das Fahrrad kaufen. Manches von dem, was ich in den letzten Jahren zurückgestellt habe, ist mir echt schwergefallen. Und neuerdings scheint es so, dass ich nicht Nein sagen kann, wenn es drum geht, Zeit mit Liam zu verbringen. Aber diese Entscheidung fällt mir kein bisschen schwer.

Als wir zu Hause vorfahren, hilft mir Sofia, das Rad im Vorgarten aufzustellen.

»Okay. Und jetzt hol Campbell«, sagt sie.

Ich ziehe Campbell vom Fernseher weg und halte ihre Augen mit meinen Händen zu.

»Leighton ...«, jammert sie einmal, dann lässt sie sich aber hinausführen.

Als ich die Hände wegnehme, schweigt sie.

Ich schiebe sie nach vorn. »Und?«

Sie fährt mit den Fingern über den Lenker. Sie drückt leicht in den Sattel. Dann endlich schaut sie hoch.

»Danke, Leighton.«

Sie schlingt die Arme fest um mich und bringt ihre Gefühle auf ziemlich Campbell-unübliche Weise zum Ausdruck.

»Kein Problem, Cammy«, sage ich. »Und jetzt fahr schon los. Es friert bald, also sind deine Tage mit diesem Teil da ziemlich gezählt bis zum Frühjahr.«

Ich verabschiede mich von Sofia und gehe ins Haus. Als Campbell eine Stunde später zurückkommt, findet sie mich im Kleiderschrank. Nicht weil ich mich dort verstecke, sondern weil ich nach etwas suche. Nach einem Kleid.

Alles ist alt und passt nicht richtig.

Campbell hält mir eine Tüte mit dem Namen von dem Kleiderladen entgegen.

»Sofia hat gesagt, wenn du das nicht auf den Ball anziehst, kann sie nicht mehr deine beste Freundin sein.«

31. KAPITEL

Der Rest des Wochenendes vergeht wie ein Traum. Der Traum einer andern, denn ich sollte es besser wissen. Samstagnacht verbringe ich mit den Mädchen eng umgeschlungen in meinem Bett. Sie lesen, während ich mich ein bisschen weiter mit dem *Porträt einer alten Krähe* abmühe. Eine beruhigende Stille hat das Haus erfasst und ich aale mich in der Normalität. Wenn man im Chaos lebt, ist sich langweilen ein Zufluchtsort. Das Banale ist großartig.

Der Sonntag macht mich zur Närrin.

Er kommt früh von einem Wochenendauftrag zurück, weil die Arbeiten wegen eines Wolkenbruchs eingestellt werden mussten. Wir verbringen den grauen Nachmittag in unseren Zimmern, doch irgendwann müssen wir zum Abendessen nach unten.

»Ich habe eine Idee«, sagt Dad, während er Moms Lasagne auf den Tisch stellt. »Lasst uns einen Spieleabend machen. Früher haben wir immer Spieleabende gemacht.«

Das stimmt. Früher haben wir oft gespielt. Im Haus unserer Großeltern.

Das war was anderes.

Aber Campbell und ich tauschen einen Blick und sie zuckt mit den Schultern. Vielleicht ist es das Auge eines Hurrikans, doch wieso sollen wir nicht einen kleinen Fetzen Sonne genießen? Außerdem habe ich immer diese Stimme im Hinterkopf, die sagt: Man kann nie wissen. Es war eine gute Woche. Vielleicht hält es ja diesmal an.

Ich wünschte, es gäbe eine Stimme, die mein Leben erzählt, damit immer, wenn ich wage zu glauben, *alles ist gut*, eine dröhnende Stimme sagen könnte: »Es war nicht alles gut.« Sie würde mich an Abenden wie diesem daran erinnern, nicht selbstzufrieden zu werden.

»Okay«, sage ich. »Aber nicht Monopoly.«

Selbst glückliche Familien zerbrechen bei Monopoly.

Als wir fertig gegessen haben, bietet er an, Nachtisch zu holen, den wir beim Spielen essen können. Wir brauchen ein paar Minuten, um uns zwischen Eis und Schokolade zu entscheiden, dann greift er oben auf den Kühlschrank. Portemonnaie, Schlüssel, Pistole.

Doch plötzlich zögert er.

»Wo ist mein Portemonnaie?«, fragt er.

»Was ist los?«, fragt Mom vom Tisch herüber, wo sie mit Juniper Spiele aufstapelt.

»Wo ist mein verdammtes Scheißportemonnaie?«, sagt er, jetzt schon lauter. »Ich hab es hier hingelegt, so wie immer.«

»Ich bin sicher, es ist da«, antwortet Mom und steht vom Tisch auf. Ich sehe, wie sie Junipers Hand drückt, ehe sie geht. »Vielleicht ist es ja hinter den Kühlschrank gerutscht.«

Doch sie ziehen den Kühlschrank von der Wand und das Portemonnaie findet sich auch dort nicht.

»Lass uns im Wagen nachschauen«, schlägt Mom vor. Sein Kiefer ist fest zusammengebissen, doch er nickt.

Campbell und ich suchen im Haus, fassen in die Sofaritze und schauen im Hi-Fi-Schrank nach. Meine Augen tun das, was sie inzwischen immer tun: Sie schauen an der Stelle der Wand vorbei, die nicht mehr kaputt ist.

Ein Bilderrahmen liegt schon am Boden. Ich hebe ihn auf und hänge ihn wieder an seinen Nagel. *Bleib da*, bitte ich den Rahmen leise.

Wir finden das Portemonnaie nicht und im nächsten Moment knallt die Tür.

Er kommt wütend ins Haus zurück und schleudert seine Stiefel weg, dass sie gegen die Gartentür krachen.

Er sieht uns, wie wir erneut mit den Armen bis zu den Ellenbogen in der Sofaritze hängen, um sie noch mal abzusuchen.

»Gefunden?«

»Wir suchen noch«, sage ich, doch er ist schon so sehr in Rage.

»Ich hab's!«, sagt Juniper von der Wohnzimmertür her und wir drehen uns alle gleichzeitig um.

Sie hält das Portemonnaie in der ausgestreckten Hand.

»Lag gleich neben der Haustür«, sagt sie. »Muss dir aus der Jacke gefallen sein.«

Er kommt durchs Zimmer und schnappt es sich.

»Völlig absurd, verfluchte Scheiße«, sagt er und legt es zurück auf den Kühlschrank.

Wir kehren an den Tisch zurück, der Nachtisch ist vergessen, und entscheiden uns schnell für *Äpfel zu Äpfeln*. Juniper sitzt neben mir und ich merke, dass ihre Haare und ihre Kleidung feucht sind. Ich habe nicht mitbekommen, dass sie auch draußen war und geholfen hat, den Truck abzusuchen.

Eine grüne Karte wird aufgedeckt: »Bunt.«

Campbell wirft eine passende »Regenbogen«-Karte drauf und gewinnt locker die erste Runde.

Wir versinken im Spiel, doch das Gefühl der Hoffnung, das ich vorher hatte, ist weg. Jetzt ist es, als ob wir auf einer dieser wackeligen kleinen Brücken mit den Holzplanken stehen, die in jedem Actionfilm vorkommen und über eine tiefe Schlucht führen. Als wir drübergehen, stürzen hinter uns die Planken ab, sodass wir rennen müssen, wenn wir die andere Seite erreichen wollen.

Bloß nicht nach unten schauen. Lauf einfach weiter.

Als er dran ist, greift er nicht sofort nach einer Karte.

»Sorry«, sagt er.

Wir verstummen alle.

»In dem Portemonnaie war das ganze Geld von diesem Wochenende. Ich kann es mir einfach nicht leisten, das Ding zu verlieren.«

»Das wissen wir«, antwortet Mom. Die Mädchen und ich schweigen weiter. Ist zwar nicht ungewöhnlich, dass er sich entschuldigt. Er sagt eigentlich ständig sorry, normalerweise aber erst nach ein, zwei Tagen. So lange dauert es bei ihm jedes Mal, bis er wieder runterkommt.

Vielleicht ist ja sein schnelles Bedauern – und die Tatsache, dass er gar nicht erst explodiert ist – ein gutes Zeichen.

»Lass uns einfach einen schönen Spieleabend genießen«, sagt Mom und schiebt ihm eine Karte hin. Er sieht Mom an und muss wohl gefunden haben, was immer er gesucht hat, denn auf einmal lächelt er, nickt und nimmt die Karte, die sie ihm hinhält.

Manchmal denke ich, sie sehen nur irgendeine alte Version des andern. Als ob sie den lieben würde, der er mal war. Ich frage mich, ob das ist, wie einen Geist zu lieben. Ich frage mich, ob sich das anfühlt wie Trauer.

Wir starten die nächste Runde und meine Eltern sehen nicht, wie sich Juniper nie ganz auf dem Stuhl zurücklehnt. Sie bleibt bereit, sofort nach oben zu rennen, wenn die Situation erneut eskaliert. Sie übersehen auch, wie Campbell die Karten so sehr umkrallt, dass sie sich biegen, oder die harte schmale Linie ihres Mundes und die Art, wie ihre Augen immer auf die Karten gerichtet bleiben.

Mein Vater greift nach einer Karte. Er hat kreisförmige Stellen hellerer Haut an seinem Unterarm. Sie sind schon immer da, doch ich habe Jahre gebraucht, das Ganze zu begreifen.

Er sagt, sein Vater sei noch strenger gewesen als er. Doch das ist ein Deckwort. Er meint, sein Vater war noch übler als er. Die Stellen stammen von Zigaretten.

Er hat auch noch andere Narben. Und Mom hat genug Hinweise gegeben, dass ich weiß, mein Großvater hat nicht nur gebrüllt und gedroht wie Dad. Er hat seiner Familie Schmerzen zugefügt. Er hat ihr so viele zugefügt, dass mein Vater immer noch wütend ist und seine Wut Tag für Tag weiter anwächst. Und das einzige Ventil, das er kennt, ist, die Wut von Neuem weiterzugeben.

Mein Großvater war im Krieg und kehrte zerstört zurück. Mein Vater ist in einem Haus aufgewachsen, das Wut wie einen Stein in der Faust hielt. Als ob sie etwas sei, das sich aufzuheben lohnte. Und das bildete die Form unseres Familienstammbaums. Wenn das Vermächtnis Wut ist, ist das Erbe Angst.

32. KAPITEL

Ich träume von einem Blitz, der den Baum im Vorgarten spaltet, und wache auf, als die Tür meines Zimmers gegen die Wand knallt. Licht flutet vom Flur herein und umrahmt die Silhouette eines Mannes.

»Steh auf, verdammte Scheiße. Mach schon, steh auf. Wie oft müssen wir das eigentlich noch durchkauen? Wieder und wieder. Ich werde dir jetzt noch mal zeigen, wie man es richtig macht, Scheiße, verdammt.«

Dann ist er verschwunden, zurück auf dem Flur, und ich spring aus dem Bett. Er geht zum Zimmer der Mädchen.

»Lass sie in Ruhe«, sage ich. »Es ist mitten in der Nacht.«

»Tja, das hättet ihr euch alle früher überlegen und die verfickten Hausarbeiten gleich richtig machen sollen.«

Wieder fliegt eine Tür auf und das Licht ergießt sich über entsetzt aufgerissene Augen. Die Mädchen liegen beide zusammengerollt im selben Bett, genauso hellwach wie ich gerade eben.

Mom steht auf der Treppe, nicht weit von mir entfernt. Sie schaut mich an und bildet mit den Lippen einen Satz.

Tut mir leid.

Ich weiß. Ich weiß. Ich weiß. Mein Herz rast im Takt der Worte, die ich ihr sagen will. Ich weiß, aber es ist so spät und wir sollten schlafen.

Ich weiß, aber morgen früh wirst du dieses Etwas aus Angst,

das in deiner Brust sitzt, vergessen haben. Diesen Schmerz, den ich jeden Tag und jede Nacht spüre.

Ich gehe zu den Mädchen.

»Hör zu, lass die Mädchen weiterschlafen und zeig mir, was wir falsch gemacht haben.«

»Damit ihr es beim nächsten Mal wieder verkacken könnt? Nein. Los, alle aufstehn und ab nach unten.«

Ich schiebe mich an ihm vorbei, schnappe mir Junie und sehe zu, dass Campbell an ihm vorbeikommt und mir nach unten folgt. Alle Lampen sind an, im Wohnzimmer, im Zimmer daneben und auch im Wäscheraum. Selbst das Verandalicht ist eingeschaltet. Mein Blick wandert zur Uhr an der Wand. 2:37 Uhr.

In weniger als acht Stunden habe ich eine Matheklausur.

Wir sinken auf das Sofa und warten auf seine Kommandos.

Er kommt mit allen Handtüchern herunter, die wir am Abend sorgsam zusammengefaltet haben, und wirft sie vor uns auf den Boden.

»Zeig mir, wie man ein Handtuch faltet«, sagt er.

Ich greife nach dem, das am nächsten liegt.

»Nein«, sagt er. »Juniper. Wollen doch mal sehen, ob die Jüngste besser begreift, was die beiden Älteren offenbar nicht in den Schädel kriegen.«

Juniper ist kurz davor, in Tränen auszubrechen, und ich spüre etwas Scharfes tief in meinem Innern, als sie nach dem Handtuch fasst. Sie steht auf und das Handtuch ist länger als sie selbst, doch sie versucht es trotzdem und faltet es einmal quer, damit sie mit der Länge zurechtkommt, und dann noch mal.

»Nein«, sagt er, reißt ihr das Tuch aus der Hand und gibt es Campbell. »Du bist dran.«

»Campbell faltet es als Erstes längs, dann quer.

»Nein.« Er reißt ihr das Tuch aus den Fingern und hält es mir hin.

»Wenn wir wüssten, wie du es gefaltet haben willst, müssten wir jetzt nicht wach sein. Warum zeigst du es uns nicht einfach, damit wir wieder ins Bett können?«

Das hätte ich nicht sagen sollen. Ich wusste es, noch bevor ich den Mund aufgemacht hab. Doch er schreit nicht los. Er lässt mich nicht mal das Handtuch nehmen und daran scheitern, es richtig zu falten. Er sieht mich nur mit weit aufgerissenem, leerem Blick an und erinnert mich in diesem Moment eindeutig an einen toten Fisch. Seine Lippen verziehen sich zu einem Knurren und er schreit immer noch nicht, sondern sagt es bloß so, voller Hass.

»Dämliche Fotze.«

Er greift nach einer Vase auf dem Kaffeetisch, packt sie und schleudert sie durch das Zimmer. Sie trifft das Fenster und Porzellan und Glas zerspringen gleichzeitig.

»Jetzt habt ihr alle einen *Grund*, wach zu sein. Nachdem Leighton die Handtücher nicht gereicht haben.«

Tränen der Wut steigen mir in die Augen und ich halte sie mit aller Macht zurück. Meinen Schmerz bekommt er nicht.

Er schüttelt das Handtuch aus.

Keine einzige Träne entwischt, aber das hat seinen Preis. Meine Nägel haben sich in die Handfläche gegraben und ich beiße mir so fest auf die Zunge, dass ich Blut schmecke.

»Man faltet es zuerst längs in Drittel«, sagt er und demonstriert es. »Und danach in Viertel. Dann passen sie auch richtig auf den verdammten Handtuchhalter im Bad und sehen ordentlich aus, nicht wie versiffte Scheiße.«

Er sieht uns auf dem Sofa an. »Jetzt begriffen?«

Wir nicken stumm.

»Gut. Ihr geht jetzt zu Bett, Mädchen. Und du, Leighton, faltest die Handtücher. Und wenn du fertig bist, kehrst du den Mist da auf.«

»Ich helf ihr kurz, dann komm ich nach oben«, sagt Mom und tritt vor.

»Denk nicht mal dran. Wenn sie alle gefaltet hat, vergisst sie in Zukunft vielleicht nicht, wie man es macht.«

Alle verschwinden nach oben, aber erst als die Tür zu ist, stoße ich einen tiefen schaudernden Atemzug aus. Ich weigere mich loszuheulen. Ich falte zwölf Handtücher, erst längs in Drittel und dann quer in Viertel, ich achte auf jeden Knick, schaue, dass sie genau Kante auf Kante liegen, und weigere mich zu heulen. Ich trage sie in drei Gängen nach oben ins Bad und richte sie an den Regalkanten aus. Gerade Linien, perfekt gefaltet und keine Fehler.

Viel länger dauert es, die Scherben wegzuräumen. Es gibt immer noch eine Sperre nach draußen – ein Fensterladen –, deshalb muss ich für die Nacht keine Plastikfolie über den Rahmen kleben. Ich nehme mir Zeit mit Besen und Schaufel, um die kleinen Scherben aufzukehren. Die größeren Stücke hebe ich mit der Hand auf und breche die spitzen Reste aus dem Rahmen, damit sich die Mädchen nicht schneiden, wenn sie aus Versehen mit der Hand an den Rand kommen.

Ich gehe im Haus umher und schalte alle Lampen aus. Auf dem Weg nach oben hänge ich die Rahmen zurück an die Wand. Dieses komische Haus mit seinen rutschigen Nägeln!

Als ich ins Bad gehe, um auch dort das Licht auszumachen, starre ich in den Spiegel. An der gegenüberliegenden Wand sind die Handtuchregale und alle sind leer. Ich drehe mich blitzschnell um und sehe sämtliche Tücher unordentlich auf dem Boden liegen. Ich weiß nicht, wie oder warum, doch heute Nacht kümmere ich mich nicht um die merkwürdigen Dinge, die dieses Haus tut. Ich bin einfach zu müde.

Ich falte die Handtücher erneut.

Als ich endlich wieder im Bett liege, ist es fast fünf Uhr. Die nächste halbe Stunde liege ich wach im Dunkeln und male mir aus, wie schlimm diese Nacht hätte enden können.

Ich werfe die Decke zur Seite und taste nach der Lampe. Wenn ich schon nicht schlafen kann, sollte ich wenigstens die Zeit nutzen und für die Matheklausur lernen. Ich sinke auf den Schreibtischstuhl und schalte den Taschenrechner an. Das ist es, was ich jetzt tun muss: mich auf die Schule konzentrieren, es auf die Uni schaffen, weit, weit wegziehen und ... was dann? Campbell und Juniper zurücklassen und sie sich selbst überlassen? Ich versuche, mich auf das Mathebuch zu konzentrieren, das vor mir liegt.

In der gegebenen Zeichnung seien AB 6 cm und CD 9 cm orthogonal zu BC und ACB betrage 31 Grad. Bestimmen Sie BD.

Meine Augen verschwimmen und die Aufgabe schreibt sich neu auf die Seite.

In der gegebenen Zeichnung steht Leighton Barnes im rechten Winkel zur Freiheit und der Winkel ACB ist irrelevant, weil sie niemals wird gehen können. Errechnen Sie die größte Entfernung, die sie schaffen kann, bevor in ihr das Gefühl aufkommt, ihre Geschwister im Stich gelassen zu haben.

Ich starre auf die Uhr. Minuten werden zu Stunden. Ich beobachte, wie es draußen heller wird, die Schichten von Grau und dann Gelb. In der Morgendämmerung habe ich immer noch keine bessere Lösung. Die Zeit ist fast um.

AUBURN, PENNSYLVANIA
4. NOVEMBER
KRÄHENBESTAND: 42.387

33. KAPITEL

Was ist das Gewicht eines Worts? Vielleicht wird es in Tinte und Papier gemessen. Vielleicht aber auch daran, wie viel Schmerz es verursacht. Besonders bei den laut und mit Wut ausgesprochenen Worten.

Einige sinken wie Steine in dein Inneres. Sie ziehen dich innerlich runter wie eine unsichtbare Leine. Der Ausdruck *Ice Queen* hat sich immer genau so angefühlt. Verschluckt und vergessen.

Balg rinnt mir den Rücken hinab. Ein Wassertropfen. Ich ignoriere ihn wie einen Regenschauer.

Schlampe ist ein Holzsplitter in der Seite – spitz. Doch ich kann den Atem anhalten und ihn herausziehen. Ich kann weitermachen.

Fotze ist etwas anderes. Wie eine eiternde Krankheit, die sich in den Eingeweiden niederlässt. Sie lebt dort monatelang. Und ich spüre sie ständig. Schwer genug, um mich an den Moment zu erinnern, als er es zum ersten Mal zu mir gesagt hat – letztes Jahr –, und daran, dass ich damals dasselbe fühlte wie jetzt. Denn es lag kein Hass in seiner Stimme, sondern Triumph. *Ich hab es geschafft*, hieß das. Ein Ton fast von Stolz. Er wusste, er hatte ein Wort gefunden, das ich nicht ignorieren konnte und nie mehr vergessen würde. Ein Wort, das grausam genug war, mein sechzehnjähriges Ich zu treffen, das noch nie mit einem solchen Wort bezeichnet worden war, aber oft genug gehört hatte, wie er es an meine Mutter richtete, um zu wissen, wie es verletzen sollte.

Ein Wort, das mich auf eine Ansammlung von Teilen reduziert, auf weniger als einen Menschen.

Ein Wort, das mich zu nichts als seinem Hassobjekt degradiert, das heißt, ich bin weniger als nichts.

34. KAPITEL

Am Morgen, als ich die Treppe hinunterrenne, will ich es ignorieren. Ich will meine Augen so handeln lassen, dass sie einfach am Fenster vorbeigleiten, ohne das Fehlerhafte zu sehen. Ohne zu sehen, dass das Glas wieder im Fensterrahmen sitzt, völlig heil. Und ich schaffe es auch einen Moment lang. Es gelingt mir, nur das zu sehen, was ich sehen will, bis ich um das Geländer herumbiege und den Kaffeetisch sehe mit der Vase, die wieder mitten darauf steht.

Ich packe sie und renne hinaus zu den Mülleimern. Es regnet, aber das ist mir egal; ich nehme mir Zeit und drücke sie tief nach unten in die Tüte, in die ich gestern Nacht die Scherben gefegt habe.

Eine Krähe krächzt in dem Baum in unserem Vorgarten und ich schaue hoch.

Ich weiche einen Schritt zurück, als ich sehe, dass der Baum voll ist wie am ersten Tag nach den Schulferien. Nur dass jetzt, nachdem alle Blätter heruntergefallen sind, nur noch schwarze Vögel da sind.

Joe krächzt von dem untersten Ast und ich gehe zu ihm hinüber. Ich ziehe einen Zettel vor, den er unter seiner Kralle am Ast festhält, und entdecke darauf Junipers krakelige Handschrift.

Lieber Joe, bitte hilf uns.

Ich ziehe mich von dem Ast zurück, inzwischen klatschnass, und in meinen Augen sammeln sich Tränen. Joe flattert neben mir zu Boden, dann wieder zurück auf den Baum. Ich ignoriere ihn und starre auf Junies jüngste Botschaft.

Joe fliegt erneut herab und stößt gegen etwas im Gras.

Er hebt etwas Glänzendes in seinen Schnabel und hüpft auf mich zu, bis er nur noch wenige Zentimeter von meinen nackten, eiskalten Füßen entfernt ist.

Er lässt den Gegenstand fallen.

Ich fasse ins Gras und hebe einen Ehering auf. Den Ehering von unserem Dad. Wenn er arbeitet, steckt er ihn vorn in die Tasche des Portemonnaies.

Ich erinnere mich, wie er das Portemonnaie verloren hatte und Juniper ganz nass von draußen hereinkam. Und erst jetzt begreife ich, dass sie überhaupt nicht in seinem Truck gesucht hat. Sie war draußen, um nach Geschenken zu suchen.

Und dann ist sie mit dem Portemonnaie zurückgekommen.

Ich starre den Ring auf meiner Handfläche an.

Ich habe weiter mit dem Ornithologen gemailt, den ich interviewt hatte. Krähen sind wirklich außergewöhnlich kluge Wesen. Sie verstehen Wechselseitigkeit, wie zum Beispiel für Juniper Geschenke dazulassen im Austausch gegen Nahrung. Wie zum Beispiel ihr Lederarmband zurückzubringen, das sie verloren hatte.

Sie verstehen auch Vergeltung. Sie können nachtragend sein.

Ich frage mich, was die Krähen in Bezug auf unser Haus verstehen. Ich frage mich, was Joe begreift.

Vielleicht haben die Krähen das Portemonnaie dort gefunden, wo es aus der Tasche fiel, und es irgendwie bewusst Juniper zurückgegeben.

Oder vielleicht hatten es die Krähen ja auch geklaut.

35. KAPITEL

Ich sorge dafür, dass die Mädchen sicher auf ihrem Weg in die Schule sind, erst dann laufe ich im strömenden Regen über die Straße zu dem im Leerlauf wartenden Wagen von Liam. Ich werfe mich auf den Beifahrersitz und schlinge die Arme um meinen Rucksack. Er ist ein Fels in der Brandung und ich klammere mich verzweifelt an ihn.

»Guten Morgen, du Schöne.«

Schöne.

Bei den hässlichen Worten meines Vaters letzte Nacht habe ich nicht geweint, doch aus irgendeinem Grund gibt mir das Wort »Schöne« den Rest und ich kann die Tränen nicht mehr zurückhalten, die mir in Strömen über die Wangen laufen.

»Leighton, hey, was ist passiert?«

»Fahr bitte«, sage ich und versuche, mich wieder zu fangen, doch es gelingt mir so wenig, die Tränen zu stoppen, als wenn ich versuchen würde, draußen den Regen aufzuhalten. Es wird nicht aufhören, bevor es aufhört.

Meine Kehle brennt von alldem, was ich zurückhalte. Es kostet enorme Anstrengung, mein Weinen leise und sanft zu halten und nicht zu der schluchzenden und verrotzten Bescherung anwachsen zu lassen, die wahrscheinlich herauskäme, wenn ich zu reden versuchte.

Durch den inneren Kampf, einen Anschein von Kontrolle zu

wahren, bin ich abgelenkt und merke überhaupt nicht, dass Liam an der Schule vorbeigefahren ist, bis wir auf einen kleinen Schotterplatz biegen. Es ist der Platz, wo wir an unserem ersten Abend geparkt haben, als wir zusammen waren. Verborgen hinter einer Wand aus Bäumen, ist der Wagen von der Straße aus wahrscheinlich nicht mehr zu sehen. Der Platz wirkt wie losgelöst von Auburn, losgelöst von der Wirklichkeit. Wie ein anderer Planet.

»Liam, wir müssen los –«, stottere ich, doch er schüttelt den Kopf.

»Leighton, du machst mir Angst. Bitte sag, was passiert ist.«

Neue Tränen, neues Brennen.

Seine Finger schieben sich unter mein Kinn und seine Hand – ganz Sanftmut – dreht mein Gesicht zu sich, mitsamt Tränen, laufender Nase und allem.

»Bitte, Leighton.«

»Ich hab die Handtücher falsch gefaltet.« Es ist das Dümmste, was ich womöglich sagen kann, aber ich habe keine Ahnung, wo ich sonst anfangen soll.

Doch Liam sieht mich nicht an, als ob ich dumm wäre, und mehr brauche ich nicht, um alle Kontrolle zu verlieren.

Es trifft mich wie eine Welle. Erst neue Tränen. *Ströme* von neuen Tränen. Eine Tränenflut, die die Welt zermalmt. Liam hat die Arme um mich gelegt, hält mich fest, trotzdem breche ich auseinander. Ich kann es nicht länger zurückhalten.

Ich weine ständig, in kleinen Dosen, doch ich verliere nur selten die Kontrolle und schon gar nicht vor jemand anderem.

Das hier ist etwas anderes. Das hier fühlt sich an wie diese Sommergewitter, bei denen dunkle Wolken eilig heranrollen und der Sturm gnadenlos und unbarmherzig zuschlägt, aber du weißt auch, es wird so schnell vorbei sein, wie es gekommen ist. Der Sommer wird zurückkehren, als wenn es nie ein

Gewitter gegeben hätte, und alles bleibt einfach nur nass zurück.

Ein bisschen so wie jetzt Liams Shirt.

Es fühlt sich besser an zu weinen, wenn Liam mich festhält. Weniger einsam. Und als die Tränen endlich aufhören, finde ich die Worte. Nicht so viele, wie ich Tränen geweint habe, aber genug für Liam, um die Lücken zu füllen und zu verstehen.

»Wie lange geht das schon so?«, fragt er.

»Schon immer, glaub ich. Es war nicht immer so schlimm wie jetzt. Die letzten zwei Jahre waren die schlimmsten.«

»Warum zieht ihr nicht einfach aus?«

Ich lehne mich zurück, fühle mich unangenehm berührt von der Frage, weil ich keine passende Antwort weiß.

»Sind wir, schon ein paarmal. Als meine Großeltern noch in der Nähe wohnten, haben wir ständig bei ihnen gewohnt. Aber irgendwann sind wir immer wieder zu ihm zurück. Es gibt jedes Mal irgendwelche Ausreden dafür. Geld. Das Haus. Vergebung. Er hat sich geändert. Diesmal *wirklich*. Es ist, als ob sie gar nicht sieht, dass er ein Monster ist, weil sie ihn liebt. Er ist ja nicht die ganze Zeit schlecht und er gibt sich wirklich Mühe.«

Es ist schwer, meine tiefsten und dunkelsten Ängste bei Tageslicht ernst zu nehmen. Er liebt uns, das glaub ich durchaus, doch das lässt nur die Grenze verschwimmen, lässt mich an meiner eigenen Angst zweifeln.

Liam schweigt ein paar Minuten und starrt durch die Windschutzscheibe. Unser Parkplatz verwandelt sich in einen See, während wir dasitzen.

»Ich glaube, wir sollten lieber fahren. Sonst sitzen wir fest.«

»Gleich«, sagt er. Er denkt schwer nach. Ich bin sicher, er glaubt, eine Lösung finden zu können, die meine Situation verbessert. Aber das geht nicht. Doch es lässt mein Herz auf eine heftige, dankbare Weise schlagen, zu wissen, dass er es will.

»Schlägt er dich?«, fragt Liam, ohne mich anzusehen. Ein paar neue Danke-Schläge von meinem Herzen dafür.

»Nein«, sage ich leise und jetzt schaut er hoch, als ob er mir das nicht glaubt. »Echt nicht.«

»Hat er dir wehgetan? Oder Campbell und Junie?«, fragt er und der Ton seiner Stimme sinkt, als ob sie von der Last des Gesprächs nach unten gezogen würde.

»Nein, ähm, er hat Sachen nach mir geworfen. Meistens schreit er. Zertrümmert das Haus. Flucht wie verrückt. Er nennt mich –« Ich bremse mich, hab schon genug preisgegeben.

»Leighton, du musst weg von dem Ganzen. Das hast du nicht verdient.«

»Ich arbeite dran.«

Wirklich.

Seine Hand fällt auf meine, schließt sich über dem Handrücken und drückt ganz fest zu, als ob ich weglaufen könnte. Das dumpfe Wummern klingt nicht mehr ganz so dumpf. Es schmerzt richtig, als ich die Überzeugung in seiner Stimme höre. Bei ihm klingt es so einfach. So selbstverständlich.

Doch selbst als wir immer wieder gegangen sind, war die Rückkehr unvermeidlich. Sie hat gesagt, wir sollten unsere Sachen packen, weil wir nach Hause gingen.

Nach Hause.

Solange es für sie ein Zuhause ist, werden wir dort wohnen bleiben.

»Geht mir schon besser. Danke. Wir sollten lieber zur Schule fahren.«

»Lass uns nach der ersten Stunde gehen«, antwortet Liam.

Er muss es nicht zweimal sagen.

»Okay.« Ich beuge mich zu ihm rüber, bis mein Kopf an seiner Schulter liegt, und wir betrachten die Welt um uns herum, wie sie im Regen zu etwas anderem wird. Zu etwas Weichem,

Verletzlichem, offen sichtbar wie eine Wunde, die erst halb verheilt ist. Die nur erst eine hauchdünne Hautschicht schützt.

»Schau mal«, sagt Liam und zeigt über den Parkplatz, als der Regen nachlässt. In einem der Bäume vor uns hocken Krähen wie aufgereiht auf einem Ast. Als wir hinsehen, schwingt sich eine der Krähen nach unten, die Krallen noch fest um den Ast, der jetzt über ihr ist. Für einen Augenblick hängt der Vogel so da, kopfüber, dann lässt er los, gleitet, flattert, landet wieder oben. Jetzt kippt ein anderer nach vorn, hängt einen Moment nach unten und schwingt hin und her, bevor er loslässt.

Wir schauen zu, wie sie sich auf dem nassen, glitschigen Ast abwechseln.

Wir schauen zu, wie sie spielen.

Als wir schließlich zur Schule kommen, hat die zweite Stunde schon angefangen. Am Eingang erklären wir, dass etwas mit dem Auto war. Als wir die Spinde erreichen, fällt mir ein, dass meine Matheklausur sicher schon läuft, und ich knalle die Spindtür zu, renne los. Ich fluche leise, während ich versuche mich zu erinnern, was ich um fünf Uhr morgens gelernt hab.

Als ich in die Klasse treten will, sehe ich einen Flyer und bleibe an der Tür stehen.

Am Wochenende wird eine Krähenjagd stattfinden. Ohne Begrenzung für die Schützen, was die Menge an Vögeln betrifft.

Ich bin nicht die Einzige, deren Zeit abläuft.

36. KAPITEL

Campbell bittet mich, keine Widerworte mehr zu geben. Vor allem, wenn er wütend ist. Ich liefere mit meinen Bemerkungen immer den stechenden Dorn, der ihn von etwas angepisst auf total ausrasten katapultiert. Wenn Campbell nur wüsste, wie viel ich zurückhalte. All die Worte, die ich nicht sage. Stattdessen schlucke ich sie herunter und die Buchstaben sind spitz an den Ecken und scharf an den Kanten. Es schmerzt, wenn ich sie runterschlucke. Und sie bleiben in mir und machen mir Bauchschmerzen. Manchmal denke ich, wenn man mich aufschneiden würde, wären all die Worte tatsächlich sichtbar. Wie bei einem Wal, der zu viel Müll gefressen hat, bis der Körper nur noch eine Zeitkapsel ist für all das, was Menschen wegwerfen.

37. KAPITEL

Am nächsten Samstag sitze ich um 6:45 Uhr im Auto neben einem vereisten, nassen Acker und bereite ein paar Interviews vor, die ich mit Männern führen will, die Tarnanzüge und Waffen tragen. Bei Temperaturen um den Gefrierpunkt frage ich mich wirklich, welche Entscheidungen in meinem Leben mich hierhergebracht haben.

Meine Krähenkolumne kann natürlich die erste Krähenjagd nicht verschweigen. Ich habe Dr. Cornell, meinen Vogelexperten, Anfang der Woche angemailt und ihn nach einer anderen Stadt gefragt, die schon mal ein Krähenproblem hatte. Sie haben mehrmals Krähenjagden veranstaltet, aber wie es aussieht, waren sie nicht sehr erfolgreich. Ich wollte noch wissen, wie wahrscheinlich es sei, dass Auburn allein mit den Krähen fertigwerde.

Dr. Cornell meinte, vielleicht würden sich die Menschen besser fühlen, wenn sie irgendwas gegen die Invasion unternähmen, aber bei einer so hohen Anzahl von Tieren – seine jüngste Schätzung ging von fast 50 000 Vögeln aus – hätten ein oder zwei Jagden keinen nennenswerten Einfluss auf den Bestand oder die Zuggewohnheiten.

Also eine sinnlose Jagd.

Bei meinen Recherchen fand ich eine Krähenstadt, die keine Jagden veranstaltet, keine Fallen aufgestellt, keine Leuchtkugeln abgeschossen und keinen Lärm eingesetzt hatte, um die Krähen zu vertreiben. Stattdessen begründeten sie eine ganz neue Stadttradition, als sie merkten, dass die Krähen Jahr für Jahr wiederkamen: Sie schufen ein Krähenfestival.

Sie machten ihre kleine Stadt zur Touristenattraktion mit zahlenden Besuchern für das Festival und das große Staunen über hunderttausend Vögel, die die Stadt vorübergehend als Bleibe auserkoren hatten.

»Weißt du, dass mein Dad mich mit auf diese Jagd schleppen wollte?«, fragt Liam, der neben mir sitzt. Er hat heute Morgen Footballtraining und mir angeboten, mich auf dem Weg hier für meine Interviews abzusetzen. Doch im Augenblick sieht er nur aus dem Fenster und schaut zu, wie die Trucks parken und in Neonfarben gekleidete Jäger aussteigen. Er studiert sie auf die gleiche Weise, wie ich die Krähen studiert habe. Als wenn ich versuchte, ein großes Geheimnis zu lösen.

»Echt? Wusste gar nicht, dass dein Dad jagt.«

»Nicht oft. Ist zu beschäftigt mit seiner Kanzlei. Früher ist er mit seinem Dad auf die Jagd gegangen, aber mein Ding ist das nicht. Manchmal denke ich, er hat erwartet, dass wir genau die gleichen Erfahrungen machen, die er gemacht hat, als er hier aufwuchs. Was einfach nicht möglich ist.«

»Drängt er euch deswegen?«

»Nee, nichts in der Art. Es geht eher um ... Quality-Time mit uns. Er versteht absolut, wofür ich mich begeistere, und unterstützt mich auch. Er kümmert sich. Aber, na ja, ich hab nun mal kein Interesse daran, Krähen vom Himmel zu schießen. Ich glaub sogar, dass ich sie mag.«

»Ich mag sie auch.« Mir sackt der Magen nach unten bei dem Gedanken, dass die Krähen geschossen werden. Ich denke an Joe. Juniper hat sich so große Sorgen um ihn gemacht.

»Also, wen wirst du interviewen?«, fragt Liam.

»Wer immer über Krähen reden will«, antworte ich. Draußen steht jetzt eine Gruppe von Jägern zusammen, sie laufen um ihre Trucks und haben die Gewehre aufgeklappt, um Patronen zu laden.

»Leighton«, sagt Liam, pfeift und wedelt mir mit der Hand vor dem Gesicht rum. »Bist du noch da?«

»Sorry«, sage ich und versuche, das Gefühl abzuschütteln.

»Hey, Moment mal. Was ist los?« Liam wechselt von einer Sekunde zur nächsten zwischen locker und ernst, liest meine Körpersprache oder mein Gesicht, was weiß ich.

Doch er weiß Bescheid. Seine Hand bewegt sich zu meinem Arm, eine sanfte Geste. Eine tröstliche.

Ich zwinge mich zu einem Lächeln.

»Alles super. Alles wird …« Ich bringe das Wort »gut« nicht über die Lippen. Ich denke weiter an Joe und hoffe, dass er mir nicht hierher gefolgt ist, so wie er es getan hat, um meine Großmutter zu besuchen. »Ist nichts. Wirklich. Ich mag nur, äh, keine Gewehre.«

»Moment.« Er lehnt sich zurück, dann wartet er, bis die Worte gesackt sind. »Hat er –?«

»Fahr jetzt besser«, sage ich und ziehe meine Hand unter dem sanften Gewicht von seiner hervor. »Wir reden später drüber.«

Liam starrt mich einen Augenblick an, dann schüttelt er den Kopf. Es ist nicht der richtige Zeitpunkt zum Nachhaken. Wir müssen beide los.

»Pass auf dich auf«, sagt er. »Bleib bei den Trucks.«

»Klar«, antworte ich und beuge mich zu ihm rüber, um seine Wange zu küssen.

Die meisten Jäger sind gern bereit, ein paar Fragen zu beantworten. Keinem geht es ernsthaft um die Sorge, die Krähen könnten Auburn schaden, und keiner glaubt ernsthaft, dass die Jagd auf die Vögel irgendwas bringt. Sie jagen nur alle gern.

Ich lehne mich gegen einen der Trucks und lese anfangs noch meine Notizen, doch als die Schüsse losgehen, bin ich dazu zu nervös.

Am Ende horche ich einfach bloß auf die Jagd und denke daran, wie viel besser ein Krähenfestival wäre. *In Auburn geboren. Stolz auf Auburn.* Die Krähen sind nicht hier geboren und zu gut für diesen Ort. Ich bin hier geboren und nicht stolz deswegen.

Im Moment wünschte ich nur, ich könnte die ganze Stadt in einen von Junipers Zetteln stecken, zusammenfalten und für die Krähen bereitlegen, damit sie sie mitnehmen.

Ich frage mich, welches Geschenk sie mir im Austausch bringen würden.

38. KAPITEL

Meine Boots sind von Schlamm, Blut und Eis befleckt. Die Luft ist so kalt, dass es bei jedem Atemzug in der Lunge wehtut. Mir war klar, dass es bei einer Krähenjagd tote Krähen geben würde, aber sie als Strecke ausgelegt zu sehen ist noch mal etwas anderes. Erstarrt in ihrer Machtlosigkeit gegenüber dem Sterben.

Es sind so viele.

Sie haben die Vögel zu der Zahl arrangiert, die sie getötet haben. Die Zahl 32 wird von zweiunddreißig Vogelkadavern gebildet. Federn liegen in seltsamen Winkeln am Körper, die Augen jetzt ohne den Schimmer von Klugheit, den ich immer auf mir ruhen spüre, wenn ich in der Stadt bin. Manchmal scheint es, als ob die Krähen nicht Tausende einzelne Vögel wären, sondern ein Wesen, das irgendwie nur in Tausenden Körpern lebt.

Ich lese die Zahlen, als ich an ihnen vorbeigehe.

57.

82.

154.

Ich male mir die Vogelperspektive aus. Von oben würde das Feld toter Vögel wie die Seite einer Mathe-Hausaufgabe von einem Kind wirken. Genau das, was die lebenden Krähen jetzt auch sehen. Ich komme mir albern vor, als ich das denke. Die Krähen kümmert es nicht. Doch plötzlich muss ich an Joe und seine Geschenke denken und ich erinnere mich, wie Dr. Cornell sagte, dass Krähen trauern. Und ich frage mich, ob es die Krähen doch kümmert.

Ich frage mich, ob sie sich an das Verbrechen erinnern werden.

Ich hatte nicht gedacht, dass mich die Jagd so fertigmachen würde, doch es sind ihre kleinen Körper, zu Zahlen zusammengelegt, die mich entsetzen. Es wirkt fast pervers. Wie eine Parodie des Todes. Und auch wenn es nur Vögel auf dem Feld sind, sehe ich Mädchen in einem Kriechraum vor mir.

39. KAPITEL

In English Lit. beschäftigen wir uns jetzt mit Frauen in der Literatur. Wir lesen Auszüge von Jane Austen und Alice Walker, Gedichte von Maya Angelou und Sylvia Plath. Am Dienstag diskutieren wir die Hälfte der Stunde über *Die Verteidigung der Frauenrechte* von Mary Wollstonecraft und danach wechseln wir zu ihrer Tochter und *Frankenstein.*

Vielleicht stimmt es ja, dass Männer wie Thomas Hardy Frauen gut beschreiben, als Opfer oder Überlebende, Ehefrauen oder Töchter, Geliebte oder sogar Soldatinnen.

Aber Frauen beschreiben Frauen als Menschen.

Und Mary Shelley beschrieb Männer als Monster und dafür liebe ich sie.

»Hüte dich; denn ich bin furchtlos«, schrieb Mary Shelley, »und deshalb mächtig.«

Ich frage mich, ob das stimmt.

Am Ende der Stunde bittet mich Mrs Riley, noch einen Moment dazubleiben.

Sobald sich der Raum geleert hat, schiebt sie mir ein vertrautes rosa Blatt über ihren Schreibtisch.

»Wieso hast du dich nicht dafür beworben?«

Ich seufze und lasse mich auf den Stuhl neben dem Schreibtisch fallen. »Hab ich versucht. Mehrmals. Aber ich kann zu dieser Vorgabe nichts schreiben.«

»Dann versuch's noch mal. Denk drüber nach, was die Worte zurückhält. Box dich durch. Wenn du Journalistin wirst, kriegst du jede Menge Aufträge, die du nicht magst. Du musst nur deinen eigenen Blickwinkel finden. Und das Preisgeld tut nicht weh.«

»Nein, das stimmt.«

Ich arbeite gerade an meiner nächsten Krähenkolumne und es geht darin um Krähen in alten Legenden. Es gibt eine Fabel über eine Krähe, die fast verdurstet, doch der Wasserspiegel in dem Krug vor ihr ist zu niedrig, um mit ihrem Schnabel dranzukommen. Deshalb sammelt sie Steine und wirft sie einen nach dem andern hinein. Die Steine lassen das Wasser Stück für Stück höher steigen, bis die Krähe drankommt und einen Schluck trinken kann. Die Moral von der Geschichte lautet: Not macht erfinderisch.

Der Aufsatz für das Auburn-Stipendium wird nicht reichen, um es an die New York University zu schaffen, ganz zu schweigen davon, tatsächlich dort hinzugehen. Doch es könnte ein Stein sein. Im Moment scheint mir die NYU unerreichbar, aber vielleicht rückt sie ja näher, wenn ich's versuche – Stein für Stein, bis ich einen Schluck trinken kann.

»Eine Idee hätte ich. Aber ich weiß jetzt schon, dass das kein Thema ist, worüber die Jury des Auburn-Stipendiums irgendwas lesen will.«

Mrs Riley lacht. »Dann ist es wahrscheinlich etwas, was sie lesen *sollte*.«

Ich schenke ihr ein schmales Lächeln. »Vielleicht.«

»Wenn es kontrovers ist, wird es möglicherweise nicht gewinnen, Leighton. Aber du solltest auf deine Art zu schreiben vertrauen. Zumindest wirst du sechs privilegierte weiße Männer mittleren Alters dazu zwingen, etwas zu lesen, das einer Siebzehnjährigen wichtig erscheint. Vielleicht pflanzt das ja ein

Samenkorn in ihre Köpfe. Und wenn du doch gewinnst, bekommst du deine erste Verfasserzeile.«

»Meine was?«

»Der Siegeraufsatz wird in der *Auburn Gazette* abgedruckt und du hast deinen ersten Publikationsnachweis.«

Die Vorstellung ist beängstigend.

Und verführerisch.

Doch ich weiß, was für Männer in dem Gremium sitzen. Männer, die gerne wegschauen. Polizisten, Lehrer und alte Familienfreunde.

Letztes Jahr mokierte sich ein Lehrer, den wir in Trigonometrie hatten, immer wieder über eine Frau, die die ganze Woche lang Thema in den Nachrichten war, weil sie als Zeugin gegen einen Senator aussagte, der immer wieder Frauen belästigt hatte. Der Lehrer meinte: »Wenn alle Opfer sind, dann ist es, als ob niemand Opfer ist.« Und ich spürte Scham, die mir wie kochendes Wasser über den Rücken lief. Von dem Moment an hörte ich auf, mich in seinem Unterricht noch zu melden.

Und in dem Diner, wo ich manchmal das Ende von Moms Schicht abwarte, höre ich, wie die Männer mit ihr flirten und wie sie ihre rüde Art erträgt. Wenn sie es nicht täte, bekäme sie weniger Trinkgeld. Oder verlöre den Job.

In Auburn geboren. Stolz auf Auburn. Doch es gibt nur eine zulässige Art, hier zu leben. Und wenn man von diesem schmalen Pfad abweicht, ist man selbst die Bedrohung. Als ob die eigene Stimme ihre ganze Welt zerbröseln könnte.

Vielleicht stimmt das ja.

Vielleicht würde es die Stadt ja zerstören, wenn sie wüsste, dass der beste Sportler, der je aus Auburn kam und der seine Mannschaft zur Landesmeisterschaft führte und *Profi geworden wäre*, gestürzt ist und seine Familie mit in den Abgrund reißt.

Aber manche Dinge *sollten* zerbrechen. Sie sollten sich ausglühen, wie eine Kerze, die ihren Docht bis unten verbraucht hat. Doch es ist gefährlich, sich so was zu wünschen, denn manche Flammen sind zu egoistisch, sich selbst auszulöschen.

Es gibt Flammen, die die ganze Welt niederbrennen würden, wenn das die einzige Möglichkeit wäre weiterzulodern.

40. KAPITEL

Nach der letzten Stunde belade ich meinen Rucksack, während sich in meinem Magen Angst breitmacht. Meine Mom bringt die Mädchen zu einem Zahnarzttermin, das heißt, wenn ich in den Bus steige und direkt nach Hause fahre, werde ich mit ihm allein im Haus sein. Normalerweise würde ich mich für ein paar Stunden im Zeitungsbüro verstecken, aber Mrs Riley ist schon gegangen und das Büro bis morgen verschlossen.

Liam trifft mich an unseren Spinden und küsst mich auf die Wange.

»Ich hab was für dich«, sagt er. »Aber es ist irgendwie ein vertrauliches Geschenk und ich möchte es dir nicht hier in der Schule erklären.«

Eine Schülerin aus der Elften schaut zu uns rüber, sagt aber nichts. Ich ziehe die Augenbrauen hoch als kleine Erinnerung, dass sie sich gefälligst um ihren eigenen Kram kümmern soll, und sie eilt fort.

»Okay. Ja. Aber mein Bus geht gleich«, sage ich.

»Klar, aber deine Schwestern sind beim Zahnarzt. Du kannst also nicht nach Hause.«

Ich bin überrascht, dass sich Liam so genau dran erinnert, was wir gestern Abend am Telefon gesprochen haben. Ich hab das mit dem Zahnarzt nur beiläufig erwähnt. Und noch überraschter bin ich, dass er gleich den nächsten Schritt mitgedacht und die Tragweite erfasst hat, die es bedeutet, wenn niemand sonst nach der Schule bei mir zu Hause ist.

»Büro ist abgeschlossen und ich hab niemanden, der mich fährt«, sage ich.

»Bis fünf haben wir Krafttraining und Videoanalyse. Ist das zu spät für dich?«

»Nee, passt. Macht es dir auch wirklich nichts aus?«

»Nein. Ich bin im Kraftraum, aber die Halle ist offen. Du kannst dich da aufhalten und lesen oder so.«

Während wir weiterreden, gehen wir Richtung Sporthalle und ich weiß, dass ich mich schon entschieden habe.

»Danke«, sage ich.

Vor der Halle bleibt Liam stehen.

»Du darfst nicht zu spät kommen, der Coach bringt dich sonst um. Oder lässt dich Runden laufen, was in meinem Vokabular dasselbe bedeutet.«

Liam lacht. Er wirkt nervös. Ach ja, richtig. Er hat ja etwas für mich.

»Was ist es denn?«

Er greift in seinen Rucksack und zieht ein Handy heraus.

»Ist ein älteres Modell. Also korrekt gesagt, es ist mein altes. Aber es funktioniert noch perfekt.«

Plötzlich ist alles klar. Er hat ein Handy für mich.

Eine Rettungsleine.

Für den Notfall.

Ich schniefe und versuche, den Kloß im Hals zu ignorieren.

»Das ist echt aufmerksam von dir, Liam. Ich kann dir gar nicht sagen, wie … danke.«

»Wenn du drauf achtest, dass es immer aufgeladen ist, kannst du zumindest den Notruf wählen. Bis nächste Woche, dann funktioniert es auch für normale Anrufe und Textnachrichten.«

»Wie das?«

»Mach dir darüber keine Gedanken«, antwortet er.

Aber das da ist ein Smartphone, das heißt, es braucht einen Vertrag. Und Daten. Ich könnte meinen Stolz ja durchaus runterschlucken und um so ein Teil bitten, wenn ich wüsste, es wäre sicher.

Doch das ist es nicht.

Ich schau auf das Handy in meiner Hand.

Und dann gebe ich es ihm zurück.

»Ich kann nicht«, sage ich. Tränen bedrohen jetzt alles. Ich hole tief Luft und stähle mich.

»Was?«

»Ich kann das nicht annehmen, Liam.« Eine Träne läuft und dann die nächste. Mist.

»Leighton, es könnte –« Ich höre die Geisterstimme des Satzes, obwohl Liam ihn nicht zu Ende spricht.

Dein Leben retten.

Und er hat natürlich recht, das könnte es.

Oder es könnte uns umbringen.

»Er ist krankhaft, was Handys angeht. Und Polizei. Wenn er das da fände, Liam …«

»Dann versteck es sehr gut.«

»Es gibt keinen sicheren Ort, Liam. Ich – ich weiß dein Angebot wirklich zu schätzen.«

»Du nimmst es also echt nicht?«

Ich antworte nicht, doch ich zwinge mich, ihm in die Augen zu sehen. Und ich weiß, dass er meine Entschlossenheit erkennt, Tränen hin oder her.

Er schiebt das Handy in seinen Rucksack zurück.

»Ich komm zu spät zum Training«, sagt er und geht um mich rum.

»Liam –«

»Ich versteh schon. Echt. Ich bin nicht sauer. Es ist nur –«

Es ist *so viel.* Es ist viel, was ich von ihm zu *wissen* verlange, und noch mehr, dass er nicht eingreifen soll.

»Bis nach dem Training.« Er verschwindet durch die Tür der Sporthalle und biegt nach rechts in den Umkleideraum ab.

Das ist ja super gelaufen.

In der Halle setze ich mich ans Ende der Tribüne. Ich ziehe mein Buch für English Lit. raus und gehe Prüfungsfragen durch.

Den größten Teil von Liams Training bin ich mit Lernen beschäftigt. Aus dem Kraftraum dringt nur ein konstantes Hintergrundgeräusch – das Klirren der Gewichte und das lockere, leise Gemurmel der Spieler. Ich bin zu früh mit den Hausaufgaben durch und verbringe die letzte halbe Stunde mit dem Versuch – und weiterem Scheitern –, den Aufsatz für das Auburn-Stipendium zu schreiben. Es ist frustrierend. Ich habe mich nie schwergetan, Worte zu finden, aber dieser Aufsatz macht mich echt fertig.

Ich schnappe mir meinen Rucksack und steige die Tribüne hinab. Aus einem Wagen am Rand des Spielfelds schnappe ich mir einen Basketball und mache ein paar Würfe auf den Korb. Neun von zehn Malen verfehle ich ihn, doch es ist ein gutes Gefühl, den Körper zu bewegen, wenn im Kopf nichts mehr weitergeht. Also denke ich über Auburn nach und werfe dabei Bälle, wieder und wieder. Dann plötzlich fliegt die Tür zum Kraftraum auf und eine Gruppe von Jungen kommt raus. Ich laufe quer über den Platz, ehe ich merke, dass es nicht die aus dem Footballteam sind, sondern Ringer.

Und ich habe Blickkontakt mit Brody, als er herauskommt. Ich wende mich ab, doch nicht schnell genug.

»Hey, habt ihr mitgekriegt, dass die Ice Queen doch noch jemanden gefunden hat? Ist wohl gar nicht so frigide, wie wir immer gedacht haben.«

Ein paar der Jungs kichern. Die meisten nicht. Ich glaube, selbst Brodys Mannschaftskameraden finden, er ist ein Idiot.

»Oder vielleicht steht sie einfach nicht auf Weiße«, redet Brody weiter.

»Halt, verdammt noch mal, deine Klappe, Brody.« Während ich es sage, dreh ich mich wieder zu ihm zurück und sehe, dass er mir übers Spielfeld gefolgt ist.

»Meinst du, wenn du mit Liam fertig bist, könntest du mir noch mal eine Chance geben? Nachdem dich McNamara jetzt ein bisschen aufgetaut hat.« Brody streckt die Hand aus, wahrscheinlich, um irgendeine blöde Bemerkung zu machen, dass meine Haut gar nicht eiskalt ist, doch ich weiche zurück.

Aus der Bewegung heraus werfe ich den Ball und er trifft Brody voll im Gesicht.

Richtig hart.

Ein Sturzbach aus Blut schießt ihm aus der Nase.

Und genau in dem Moment kommt das Footballteam aus der Umkleide.

»Fuck, Mann, Leighton«, brüllt Brody.

Der Footballtrainer kommt auf uns zu und schreit, jemand soll Papierhandtücher holen.

»Was soll das hier verdammt?«, fragt Coach Tenley.

»Die Bitch da hat mir die Nase gebrochen!«

»Hey, hey!« Der Coach hebt die Hand. »Zügel mal deine Wortwahl.«

Die Situation, dass Brody wegen Fluchens in Gegenwart eines Lehrers verwarnt wird, während er gleichzeitig heftig blutet, ist den Ärger mehr als wert, den ich auf mich gezogen habe.

Liam steht plötzlich neben mir. »Leighton?«

»Er war … er war ein Arsch. Er wollte mich anfassen.«

»Hat er dich angefasst?«, fragt der Coach.

Ich schüttle den Kopf.

»Hattest du Angst, er würde dir wehtun?«

Erneut ein Nein.

Ich habe nur reagiert.

»Morgen Nachsitzen«, sagt er zu mir, dann wendet er sich wieder an Brody. »Los, mach dich sauber. Deine Nase ist nicht gebrochen.«

Der Coach zieht ab und schüttelt im Gehen den Kopf.

Liam hebt den vergessenen Basketball auf und wirft Brody einen frostigen Blick zu.

»Lass Leighton in Ruhe. Es reicht.«

»Ich kann nicht glauben, dass du sie verteidigst. Die ist doch total durchgeknallt.«

»Oder du solltest vielleicht mal aufhören, Mädchen anzufassen, wenn sie nicht ausdrücklich Ja sagen.«

»Egal, Mann.« Brody spuckt einen Flatschen Blut auf den Fußboden. »Viel Spaß beim Ice-Queen-Ficken.«

Liam hebt den Ball an, bis er auf Höhe von Brodys Gesicht ist.

»Pass auf!«, schreit er, wirft die Arme nach vorn, aber lässt den Ball dabei los und fängt ihn mit den Unterarmen auf.

Brody reißt den Oberkörper zurück, ehe er merkt, dass Liam gar nicht geworfen hat.

»Lass sie in Ruhe, verdammt, Brody.«

Liam und ich gehen, schnappen uns unsere Sachen und eilen nach draußen in die Kälte. Die Fahrt im Auto verläuft schweigend, doch es ist die lauteste Form von Schweigen, bei der jeder Atemzug, jedes Blinkerklicken und jedes Schotterknirschen unter den Reifen daran erinnert, dass wir kein Wort miteinander gesprochen haben. Ich bin peinlich berührt von dem, was ich getan habe. Ich reagiere sonst nie so. Und ich hätte nie gedacht, dass so eine Gewalt in mir steckt. Ich war nicht mal wütend in dem Moment. Ich habe bloß reagiert, aus Angst oder Instinkt.

Liam hält, weil ich ihn darum gebeten habe, direkt vor Mrs Stiegs Haus. Er ist so ein Junge, der drauf beharren würde, mich jeden Abend bis vor die Haustür zu begleiten, wenn das bei unsrer Tür ginge. Mein Dad weiß, dass ich einen Freund habe, aber sonst keine weiteren Details. Ich versuche verzweifelt die beiden Welten daran zu hindern, dass sie aufeinandertreffen.

»Ich bin nicht wie er«, sage ich. Meine Stimme klingt dünn aus Angst vor neuen Tränen.

»Wie Brody? Gott, das weiß ich doch.«

»Nein, wie er.« Ich nicke mit dem Kopf in Richtung Haus.

Ein paar Herzschläge lang herrscht Schweigen.

»Auch das weiß ich«, sagt er schließlich, diesmal weicher. »Brody war die ganze Zeit ein Arschloch dir gegenüber. Wundert mich, dass du ihm nicht schon viel früher was ins Gesicht geknallt hast.«

Ich lache unter den Tränen, die mir jetzt übers Gesicht laufen. »Ich muss nachsitzen.«

»Na und? Was soll's? Du bist längst überfällig für ein bisschen Rebellion.«

Ein paar weitere Herzschläge im stillen Auto. Nur Liam schafft das, mich keine zwanzig Minuten nach der ganzen Geschichte zum Lachen zu bringen.

»Und du willst das Handy wirklich nicht?«, fragt er.

Ich drehe mich im Dunkeln zu ihm um und sehe bloß die Silhouette seines Gesichts vor dem eingeschalteten Licht auf Mrs Stiegs Veranda. Ich will ihm kein zweites Mal Nein sagen, doch eine andere Antwort habe ich nicht.

»Es ist gefährlich, Liam. Beim letzten Mal ging es um Handtücher und ich will kein unnötiges Risiko eingehen, wenn Mom und meine Schwestern zu Hause sind.«

»Das heißt, ein unnötiges Risiko für dich also schon.«

»Liam …«

Er seufzt und fährt sich mit der Hand über den Kopf. »Tut

mir leid. Ich bin ein Idiot. Bis morgen werde ich drüber weg sein.«

»Du bist kein Idiot. Es ist eine wirklich schöne Geste.«

Er lacht ohne Anklang von Humor.

»Ich hasse es, dass du dich nicht sicher fühlst, Leighton.«

»Ich auch, Liam. Ich arbeite an einem Plan, versprochen.« Und ich küsse ihn zum Abschied und steige aus. Liam wartet jedes Mal, bis ich im Haus bin, ehe er losfährt. Das ist so ein absurder Schutzinstinkt, wo wir doch beide wissen, dass ich wahrscheinlich draußen sicherer bin als drinnen.

Ich bleibe noch einen Moment lang im Vorgarten stehen und starre aufs Haus. Die meisten Spukhäuser werden von Toten heimgesucht, nicht von Lebenden.

Außer dieses. Dieses ist von uns allen besessen, sogar wenn wir nicht da sind. Als wenn es kleine Teile von uns nimmt und sie in seinem Fundament, seinen Nägeln und seinem Holz ablegt, da wo es nachgibt.

Lauf. Ich bleibe auf der Treppe stehen.

Lauf weg, schreit etwas tief in meinem Innern. Es rüttelt an den Stäben seines Käfigs und sagt mir, ich soll umkehren. Nein, nicht etwas. Ich weiß, was da eingesperrt ist in mir. Was mir meine schlimmsten Befürchtungen entgegenschreit, wenn ich versuche einzuschlafen. Das Ding, das in mir zu Eis wird, wenn ich ihm antworte. Und es ist auch an den Tagen da, wenn alles in Ordnung ist und mir die Sonne ins Gesicht scheint. Selbst wenn ich in Sicherheit bin, fragt sich ein Teil von mir immer, wann es wohl wieder losgehen wird. Und es hockt in meiner Brust – dieses Ding.

Es ist Angst.

Und ich habe sie weggesperrt wie ein gefährliches Wesen, das sie ja auch ist. Denn Angst lässt mich unbedacht handeln. Angst macht mich schwach. *Ich würde ja weglaufen*, möchte ich dem flatternden Ding in meinem Innern sagen, *wenn ich nur einen Ort wüsste, wohin.* Es gibt keinen Ort. *EsgibtaufderWeltkeinen-Ortwoichhinkann.*

Meine Brust verengt sich in der kalten Luft und ich schnaufe bei jedem Atemzug. Es ist schon zu voll darin mit dem Wesen. Zu voll, um Platz für Sauerstoff zu schaffen, für Leben.

Ich gehe ins Haus.

41. KAPITEL

Meine Schwestern und ich liegen in einem Kokon aus Decken auf meinem Bett. Wir haben Thanksgiving überstanden, ohne dass etwas passiert ist, und an diesem Wochenende muss er zu einem weiteren Job außerhalb der Stadt, deshalb bleiben wir lange auf und planen unsere zwei perfekten Tage. Unsere langen Haare hängen in einem dreifachen Wasserfall über den Rand der Matratze.

»Für morgen brauchen wir einen Filmmarathon«, sagt Campbell eng an mich gekuschelt. »Ist die ideale Jahreszeit dafür. Warme Decken. Jede Menge Junkfood.«

»Super Idee«, antworte ich. »Und was sollen wir gucken?«

Juniper fängt an, Filme vorzuschlagen, mit dem Gesicht halb unter der Decke versteckt, weshalb ihre Stimme ganz gedämpft klingt. Es ist eiskalt im Zimmer. In den letzten Wochen war das Geld mal wieder extrem knapp. Wir sehen den Beweis in unregelmäßigeren Fahrten zum Supermarkt und daran, dass die Heizung aus ist. Ich bin versucht, die Lampe zu holen, widerstehe aber. Die Lampe erzeugt zwar für ihre Größe ganz schön viel Wärme, aber das Öl wird nicht ewig reichen und wir sollten ein bisschen was für weniger friedliche Nächte aufheben. Langsam wird es zu kalt auf dem Bau, was bedeutet, unter dem Druck, im Haus gefangen zu sein – und das bei geringem Verdienst –, wird das ein stressiger Winter.

Deshalb werden wir das Wochenende genießen, solange es anhält.

»Oh, ich hab's«, sagt Cam. »*Der Herr der Ringe: Die Gefährten, Die zwei Türme, Die Rückkehr des Königs*. Wenn wir nachmittags anfangen, schaffen wir alle drei.«

»Snacks?«, frage ich jetzt, nachdem die Filme entschieden sind, und die Mädchen schreiben eine Liste, die zumindest in Bezug auf das Verhältnis von süß und salzig sehr ausgewogen ist.

Unter dem Klang ihrer fröhlichen Stimmen döse ich vor mich hin, bis ich plötzlich einen vertrauten Namen höre.

»Was ist?«

»Ich hab gefragt, ob nicht Liam zu unserem Filmtag dazukommen kann«, sagt Campbell.

»Ach so«, stammle ich auf der Suche nach einem überzeugenden Argument, ihn nicht einzuladen. »Unsere Filmmarathons sind doch irgendwie heilig. Wir können keine Jungs dabeihaben.«

»Ein Juuuunnngggeee«, tiriliert Julie neben mir.

Ich kitzle sie, bis sie droht, in mein Bett zu machen.

»Ich will ihn aber kennenlernen«, beharrt Cam ein paar Minuten später. »Du weißt doch, irgendwann werden wir sowieso mit ihm rumhängen müssen. Wenn wir ihn also nicht mögen, was dann?«

Die Mädchen kichern weiter, aber Campbell hat damit nicht unrecht.

Wenn Mom oder meine Schwestern ihn nicht mögen – oder wenn Liam nicht über die schlimmen Dinge bei uns hinwegsehen kann und nicht erkennt, wie viel Liebe wir eingerollt in unseren Herzen besitzen –, wahrscheinlich vergeude ich dann nur meine Zeit mit ihm.

»Okay, okay, ich werde Mom fragen«, sage ich.

Wenn ich Liam wirklich einlade, bedeutet das, dass meine beiden Welten plötzlich doch aufeinandertreffen werden. Das ist ein beängstigender Gedanke, aber es ist ein gutes Wochenende dafür. Schön still – und er fort auf Arbeit.

Ich schlafe unter dem Flüstern von Campbell und Juniper ein und denke nicht ein Mal an den Kriechraum.

42. KAPITEL

Über Nacht schneit es. Ich wache in einem Zimmer auf, das von Sonne erstrahlt, die der Schnee draußen zurückwirft. Ich liege noch immer mit Campbell und Juniper eng zusammengekuschelt im Bett – alle drei eingemummelt unter meiner Libellendecke. Ich zwänge mich vorsichtig heraus, noch nicht bereit, die Mädchen aufzuwecken und die seltsame und willkommene Stille im Haus zu stören. Es ist klirrend kalt im Zimmer, deshalb ziehe ich eine Decke von meinem Stuhl und wickle sie um meinen Körper. Mein Atem erzeugt kleine Eiswolken.

Das Fenster ist beschlagen und ich benutze die Decke, um das Kondenswasser wegzuwischen. Der Schnee draußen ist noch ganz frisch und unberührt. Es scheint fast, als ob auch die Krähen diese Perfektion erkennen, denn keine ist auf dem Boden gelandet.

Doch dann schau ich mich um und stelle fest, dass die Krähen auch nicht im Garten oder auf dem Baum hocken, wie ich es inzwischen gewohnt bin. Ich lehne den Kopf zur Seite, um zum Dach hochzusehen. Leer.

Auf der gegenüberliegenden Straßenseite bedecken die Krähen die Silhouette von Mrs Stiegs Rosenbüschen. Sie hocken dicht gedrängt auf der Regenrinne und haben den Garten mit Federn und Kot zerstört.

Andererseits tickt die Uhr, was unseren schönen, makellosen

Garten angeht. Eine Naturgewalt namens Juniper Mae wird schon bald dafür sorgen.

Ich schleiche mich aus dem Zimmer, quetsche mich durch den schmalen Spalt, damit die Tür nicht knarrt und die Mädchen weckt. Die dämliche Tür macht mir mehr Probleme, als sich das für eine Tür gehört. Ich habe schon versucht, die Angeln zu fetten, aber nichts verhindert das Knarren.

Mom ist in der Küche und steht am Spülbecken. Sie hält einen Becher Tee in der Hand. Dampf steigt aus der Flüssigkeit auf und bildet eine kleine Wolke um sie herum und über ihr. Sie wirkt ruhig und gefasst, und in dem Moment, als ich es sehe, weiß ich, dass es ein guter Tag werden wird. Mom ist da. Wirklich da.

Ich klaue ihr etwas heißes Wasser aus dem Kessel auf dem Herd und stelle mich zu ihr an die Arbeitsplatte. Sie lächelt zur Begrüßung, doch ansonsten stehen wir schweigend da. Eine unausgesprochene Übereinkunft, den Moment zu genießen. Er hält nicht lange an. KNARR. Schritte auf der Treppe. Zwei verschlafene Gesichter schauen um das Geländer.

»Morgen«, sagt Mom. »Habt ihr den Schnee gesehen?«

Juniper nickt und ihre Augen sind weit aufgerissen vor Freude. Campbell gähnt.

»Noch müde?«, frage ich sie.

»Junie hat mich geweckt«, antwortet sie. Campbell war noch nie ein Morgenmensch.

»Das kann sie gut«, sagt Mom, setzt sich an den Küchentisch und zieht Juniper auf ihren Schoß.

»Frühstück?«, frage ich alle. Juniper schüttelt den Kopf.

»Schnee?«

Sie nickt energisch und ich muss lachen. »Okay, dann schau ich mal nach den Schneehosen.«

Es gibt eine Zugleiter, um auf den Dachboden zu kommen,

und ich steige in den kältesten Teil des Hauses. Ich bin nur froh, dass unsere Wintersachen nicht im Keller verstaut sind.

Es dauert eine Weile, bis ich die richtige Kiste gefunden habe. Der Dachbodenbelag ist nicht durchgängig und einige Stellen bestehen bloß aus weicher Isolierung, deshalb bewege ich mich nur ganz vorsichtig. Schließlich entdecke ich das Wort »Winter«, recke mich und ziehe einen Pappkarton runter.

Doch als ich ihn öffne, sind keine Schneesachen drin. Es sind Sachen aus Moms Highschool-Zeit.

Ich setze mich auf den staubigen Boden und lasse die trübe Birne über mir hin und her schwingen. Hauptsächlich Jahrbücher und Briefe. Ich grabe noch ein bisschen tiefer.

Das nächste Heft hat einen weichen Umschlag und zeigt eine Collage aus Kunst und Zeichnungen. *Amethyst*. Das Literaturmagazin der Auburn High, doch von vor zwanzig Jahren. Ich schlage die Seite mit dem Impressum auf. Chefredakteurin: Erin Davis. Mom.

Am Anfang steht ein Brief von ihr, und als ich das Heft durchblättere, entdecke ich ganz viele Gedichte von ihr. Ich wusste, dass sie Gedichte mag, weil sie manchmal immer noch welche liest, aber ich wusste nicht, dass sie selber Gedichte geschrieben hat.

Ich stelle den Karton mit dem Rest dorthin zurück, wo ich ihn gefunden habe, doch das Heft behalte ich. Schließlich finde ich auch die Winterklamotten und zerre die Kiste hinter mir her nach unten. In meinem Zimmer schnappe ich mir ein leeres Notizbuch und einen Klebezettel vom Schreibtisch.

Die sind der Wahnsinn. Du solltest mehr davon schreiben. – L

Ich klebe den Zettel auf die Zeitschrift und stecke das Heft in das Notizbuch.

Als ich in die Küche zurückkomme, herrscht großes Gelächter. Ich stelle die Winterkiste auf dem Fußboden ab und Juniper springt vom Stuhl, um nach einer Mütze und passenden Fäustlingen zu suchen.

Ich lege das Notizbuch mit der Zeitschrift neben Moms Teebecher, damit sie die Sachen auch wirklich sieht.

»Mom?«

»Ja, Leighton?«

»Hast du was dagegen, wenn Liam heute vorbeikommt?«

Sie schaut vom Tisch auf. »Nein, natürlich nicht. Sag ihm, er soll vorsichtig fahren. Die Straßen sind noch nicht alle geräumt.«

Dann dreht sie sich wieder zu Campbell um, einfach so. Als wenn alles normal wär. Und irgendwie ist es das ja auch, ohne ihn im Haus. Keine rohen Eier in Sicht.

Liam ist am Telefon, bevor sein Handy das erste Mal richtig geklingelt hat.

»Deine Familie kennenlernen?«, fragt Liam. »Großer Schritt, Barnes.«

»Wird Zeit.«

»Höchste Zeit«, antwortet er. »Ich komm.«

»Fahr vorsichtig«, sage ich. Mom nickt. »Und bring Handschuhe mit.«

»Handschuhe?«

»Es ist offizielle Schneeballschlachtsaison, McNamara. Stell dich drauf ein.«

»Ich gegen die Barnes-Schwestern? Lass mir wenigstens eine kleine Chance.«

Sein automatisches Einschließen meiner Schwestern lässt mich lächeln und ich finde keine passende Antwort, die sagt, wie süß ich das finde, ohne dass es verknallt klingt.

»Du lächelst, stimmt's, Barnes? Ich hör es.«

»Nein, das kannst du gar nicht.« Ich runzle die Stirn als Reaktion auf seine korrekte Vermutung.

»Aber total. Ich hab Superkräfte. Eines Tages werde ich sie dir zeigen. Vielleicht. Aber ich will nichts versprechen. Uuund, du lächelst schon wieder, nicht wahr?«

»Als wenn ich dir die Genugtuung geben und Ja sagen würde. Vielleicht sag ich's dir später. Aber ich will nichts versprechen.« Ich verwende seine eigenen Worte gegen ihn. Doch er hat recht. Ich habe wieder gelächelt. Und ich lächle noch immer, als ich auflege.

Mir gefällt wirklich, dass er es an meiner Stimme hören kann: mein Glück. Mir gefällt, dass er ein Mensch ist, der sich die Mühe macht, auf so was zu achten.

43. KAPITEL

Als Liam kommt, schaue ich zu, wie er den Wagen so gut wie möglich auf der schneebedeckten Straße abstellt. Die Schneepflüge sind noch nicht da gewesen. Sein Auto steht mindestens dreißig Zentimeter vom Bordstein entfernt, doch es sind so wenige Fahrzeuge unterwegs, dass es keine Rolle spielt. Ich begrüße ihn an der Fahrertür und registriere sein Lächeln, als er mich sieht. Die Nervosität und Aufregung liegen mir schwer im Magen. Als er aussteigt und ich mein Gesicht zu ihm hochwende, blendet mich das grelle Licht der Wintersonne und ich bin sprachlos, dass dieser gute Tag mir gehört. Ich halte den Atem an bei dem Gedanken, dass alles ganz schnell vorbei sein könnte.

Die Mädchen sind bereits hinten, deshalb führe ich Liam an der Eingangstür und danach seitlich am Haus vorbei. Wir bleiben einen Moment im Garten stehen, weil wir uns plötzlich unsicher sind. Uns selbst gegenüber und voreinander. Der Schnee ist nur wadentief, doch Campbell und Juniper tauchen förmlich in ihn hinein. Es dämmert mir, dass Liam vielleicht gedacht haben könnte, ich hätte bloß Spaß gemacht von wegen im Schnee toben, und dass die Szene, die sich da gerade vor seinen Augen abspielt, womöglich nicht ganz oben auf der Checkliste eines siebzehnjährigen Jungen steht. Ich sehe ihn an, um ihn zu fragen, ob er vielleicht lieber –

Ein Schneeball trifft mein Sweatshirt und zerplatzt beim Aufprall.

»Leider nicht der perfekte Pappschnee«, sagt Liam und schüttelt den Kopf. »Viel zu weich, um richtig wehzutun.«

»Ich empfinde eine plötzliche Seelenverwandtschaft mit Fiona.«

»Ha«, sagt Liam. »Wir brauchen Bunker und wir brauchen zwei Teams.«

Campbell und Juniper kreischen vor Begeisterung, als sie herüberkommen.

»Kapitän!«, schreit Liam und sieht sich mit strengem Blick um, als ob er alle herausfordern will, sich ihm entgegenzustellen. Selbst Cam muss lachen. »Und wer wird mein Todfeind sein?«

»Oh, das bin ich«, sagt Campbell und ich muss lachen. Sie nimmt sich ihre Rolle als beschützende kleine Schwester wirklich zu Herzen.

»Okay … meine erste Wahl …« Liam schaut zwischen Juniper und mir hin und her. Er wirkt richtig zerrissen.

»Juniper!«

»Ernsthaft?«, frage ich. »Ich bin nur zweite Wahl?«

»Schon okay, Leighton, wir beide werden ein gutes Team bilden«, sagt Campbell und analysiert den Garten. Sie entwickelt bereits eine richtige Strategie.

Liam beugt sich nach unten und flüstert etwas in Junipers Ohr. Sie kichert und schüttelt den Kopf. Er flüstert erneut. Stupst sie an.

»Wir machen euch platt!«, ruft Junie und dann stößt sie einen so lauten Schrei aus, dass sich Liam die Ohren zuhält.

»Wer Sieger ist, entscheidet sich erst am Schluss«, erkläre ich ihr. Es ist die stärkste Provokation, die ich zustande bringe. Liam grinst.

»Sei vorsichtig, du willst doch Juniper Barnes, ›die Bestie‹, nicht provozieren«, sagt er.

Nach zwanzig Minuten haben wir Mauern in den Schnee gezogen und eine kleine, aber doch beeindruckende Ladung an Schneebällen angehäuft.

Ich spähe über die Mauer.

»Hey, ähm, was ist das Ziel?«

»Die Zerstörung des gegnerischen Forts«, ruft Liam hinter einer viel stabiler wirkenden Mauer hervor. Dahinter ist jetzt ein Getuschel zu hören.

»Keine Gefangenen!«, schreit Juniper. Oh Mann, was bringt er dir da drüben bei?

Auf zwanzig Minuten Vorbereitung folgen vier Minuten Action. Liams Strategie ist es, Campbell und mich mit so vielen Schneebällen zu treffen wie möglich, um Junie, »der Bestie«, Deckung zu geben, während sie direkt auf unsere Mauer zurennt. Sie ist wie eine Rakete in Form einer Neunjährigen unterwegs und wir haben überhaupt keine Chance. Campbell und ich erkennen unseren Fehler zu spät und rennen zurück, um unsere Mauer zu schützen, doch es ist ein aussichtsloser Fall. Als wir ankommen, lacht Juniper und macht einen Engel in dem weißen Schneehaufen, der mal unsere Festung war. Campbell und ich zucken die Schultern: Wir sind geschlagen. Campbell lacht und lässt sich neben Junie in den Schnee fallen. Zwei Engel.

»Sollen wir mitmachen?«, fragt Liam.

»Nee, ich bin schon ganz erfroren«, antworte ich. Ich hatte schon genügend Tage wie diesen mit den Mädchen, um mir mein momentanes Gesicht vorstellen zu können: rote Nase und knallrote Wangen. Tränen in den Augen von der Kälte. Im Kopf ergänze ich »Kälte« auf meiner endlosen Liste der Dinge, die mich zum Weinen bringen.

»Ich wärm dich auf«, sagt Liam, beugt sich zu mir herunter und küsst mich. Seine Lippen sind schockierend warm für jemanden, der so lange draußen war.

»Leighton und Liam sitzen auf dem Baum und –«, fängt Junie an, doch Cam stoppt sie.

»Ärger sie nicht, Junie, wir mögen ihn doch«, flüstert sie, aber wir hören es trotzdem.

Ich grinse und drücke mein Gesicht an Liams Schulter, um es zu verbergen.

»Hier lang«, sage ich und führe ihn an den Mädchen vorbei, die immer noch kichernd im Schnee liegen, zu der Kiefer am Ende des Gartens. Als ich mich zu Liam umdrehe, stehe ich mit dem Gesicht zur Garage – einem alten, verfallenen Ding, dem wir nicht so richtig trauen, weshalb wir uns ungern drin aufhalten. Doch eine Krähe kommt geflogen und landet auf dem Dach. Die Krähe tritt auf die Schräge und fängt an zu rutschen, immer weiter nach unten, bis sie den Rand erreicht und wieder zurück an die Spitze flattert.

Sie macht es erneut. Rutscht nach unten, flattert zurück. Und noch mal.

Sie tut es mit Absicht.

So wie die Vögel, die sich im Regen von dem Baum haben hängen lassen.

Die Krähe spielt.

»Alles in Ordnung mit dir?«, fragt Liam.

Ich schüttle den Kopf. »Ich denk nur gerade über was nach.«

»Aha, das ist ja mal was ganz Neues.«

»Danke, dass du mit ihnen gespielt hast«, sage ich, um das Thema zu wechseln, und lenke ihn mit einem Kuss ab.

Liam hält mein Gesicht in seinen behandschuhten Händen fest und beugt sich für einen zweiten zu mir runter.

Und dann noch einen.

»Hey, Turteltäubchen!«, ruft Campbell, ein Leuchtfeuer von nervender kleiner Schwester, wenn es so etwas je gegeben hat. »Zeit für heiße Schokolade!«

»Es ist Zeit für heiße Schokolade«, flüstere ich gegen seine Lippen.

»Dann sollten wir reingehen«, antwortet er und richtet sich auf. »Ich will ja schließlich nicht auf Campbells Abschussliste landen.«

»Pff, willkommen im Club. Gibt schon so viele Mitglieder.«

»Hey, was ist das?« Sein Blick wandert zu dem Ast gleich neben meinem Ohr und Liam streckt eine Hand aus. Zwischen den Kiefernnadeln steckt ein Umschlag. Er hat ein paar Tropfen Feuchtigkeit abbekommen. Vorne drauf steht in einfacher neunjähriger Krakelschrift: JOE.

»Schau nach«, sage ich zu Liam und öffne den Umschlag. Eine Handvoll Erdnüsse fällt in den Schnee und ich bücke mich, um sie wieder einzusammeln.

»Lieber Joe«, liest Liam laut vor. »Tut mir so leid mit der Jagd. Ich hoffe, dass keiner deiner Freunde verletzt wurde. Bitte bleib in der Nähe vom Haus, da bist du sicher. Hier sind ein paar Erdnüsse. Danke für die neuen Murmeln, die gefallen mir. Herzlich Juniper Barnes, 9 Jahre.«

Liam liest das Ganze noch einmal, diesmal leise, dann hält er das Blatt hoch, als wenn es ein wertvolles altes Kunstobjekt wäre. »Wollt ihr mich auf den Arm nehmen? Juniper schreibt Briefe an Joe?«

»Ja, und er bringt ihr Geschenke.«

»Geschenke?«

»Federn, Murmeln, einen alten Knopf. Sie hat einen ganzen Haufen davon auf ihrer Kommode.« Das Portemonnaie, das Armband oder den Ring lasse ich unerwähnt. Aus irgendeinem Grund scheinen sie außerhalb der Reichweite dieses Gesprächs zu liegen. Jenseits von niedlich und skurril. Eher bei merkwürdig und absurd. Unmöglich.

»Das ist ja das Süßeste, was ich je gehört hab.«

»Ja, oder?« Ich konzentriere mich wieder auf die Unterhaltung. »Mein Vogelexperte meint, Krähen sind bekannt dafür, dass sie solche Dinge tun. Sie sind klug genug, Wechselseitigkeit zu begreifen. Deshalb ja, Juniper füttert die Krähen – und schreibt Briefe – und sie hinterlassen Geschenke.«

Wir stecken den Zettel zurück in sein sicheres Versteck im Baum, zusammen mit den Erdnüssen und allem, dann gehen wir rein.

Als wir unseren heißen Kakao schlürfen, stoße ich Liam unter dem Tisch an.

»Das hier ist der normalste Tag, den ich seit ewigen Zeiten erlebe. Danke, dass du gekommen bist.«

»Normal? Und das bei Vogelbriefen und Vogelgeschenken?«

»Normal für uns«, stelle ich klar.

»Gut ausgedrückt«, antwortet Liam. Er küsst mich über unsere Becher hinweg, gerade als Mom in die Küche kommt, doch sie tut so, als ob sie es gar nicht mitkriegen würde. Als sie wieder geht, zwinkert sie mir zu.

Hallo, Mom, ich seh dich da drinnen.

Sie strahlt so viel heller, wenn er nicht da ist.

Doch plötzlich bricht der Zauber. Ich höre draußen ein Auto. Als ich ans Fenster gehe, flehe ich, dass es ein Schneepflug sein möge, was das einzige Fahrzeug ist, von dem ich mir vorstellen kann, dass es die Straße unter der zentimeterhohen Schneedecke findet.

Es ist kein Schneepflug.

Er ist früher zurück als gedacht.

Mom geht an mir vorbei und tritt auf die vordere Veranda, um ihn mit einem Kuss und einem Becher heißem Kakao zu begrüßen. Beides nimmt er lächelnd entgegen. Dann deutet er auf Liams Wagen.

»Schon zurück?«, frage ich, als er ins Haus tritt. Sein Lächeln stockt einen Moment lang, dann ist es wieder da.

Wir haben Besuch.

Wie aufs Stichwort kommt Liam in den Flur.

»Oh, hallo … Sir.«

Selbst als Nachklapp scheint meinem Dad die Form von Respekt zu gefallen. Er tritt auf ihn zu und streckt seine Hand aus. »Liam, nicht wahr?«

Liam nickt.

»Nett, dich endlich mal kennenzulernen. Leighton hat uns so viel über dich erzählt.«

Lügner. Ich hab's nur Mom erzählt und sie hat's dir weitergesagt.

»Magst du Trucks, Liam?«, fragt er und zeigt auf seinen *ganzen Stolz*, der vor dem Haus steht. »Hast du Lust, mir zu helfen, ihn ein bisschen vom Schnee zu befreien?«

»Okay, klar«, antwortet Liam und sie gehen nach draußen. Ich möchte ihn zurückhalten, aber mir fällt kein plausibler Grund ein, was ich sagen könnte, und es würde die Situation nur gereizter und peinlicher machen.

»Er ist echt früh wieder da«, sage ich zu Mom.

»Wollte nicht irgendwo eingeschneit werden«, antwortet sie vielsagend. »Vor allem, wo es ein Feiertagswochenende ist.« Sie hat ihn also erwartet.

»Du hättest es mir ruhig sagen können«, entgegne ich.

»Damit du Liam aufforderst, vorher zu gehen?«, fragt sie mit scharfem Unterton.

Klar, möchte ich zurückblaffen. Klar wollte ich nicht, dass sie sich begegnen.

Keine Viertelstunde später kommen sie aus der Kälte zurück

und streifen im Vorraum ihre Schuhe ab. Wir fangen an Essen zu machen. Auf dem Herd kochen Spaghetti, während Campbell und Junie den Tisch decken.

Ich kriege noch das Ende ihres Gesprächs über Unis mit.

»Das sind hervorragende Hochschulen«, sagt mein Dad. »Da musst du ja, wie sagt man, den perfekten Notendurchschnitt haben. Und du spielst Football?«

»Mein Notendurchschnitt ist ziemlich gut«, antwortet Liam. In seinem Gesicht kann ich nichts erkennen, doch ich würde zu gern wissen, was sie draußen alles geredet haben. »Aber ich glaube, Leightons Durchschnitt ist noch ein *kleines* bisschen besser als meiner.«

»Ja, unsere Tochter ist klug«, sagt Dad. »Sie wird sich im nächsten Jahr gut am State College machen.«

»Wie bitte? State College? Wollte Leighton nicht –« Ich schüttle hinter Dads Rücken den Kopf und Liam bricht ab.

Sie wechseln zu Football, reden über die Saison und darüber, wie gut die Wolves spielen. Ich horche weiter, nicht auf die einzelnen Worte, nur auf die Tonlage. Football ist ein heikles Thema in diesem Haus. Die ruhige Stimmung könnte sich ohne Anlass verändern, oder zumindest ohne irgendwas, das ich bisher als solchen identifizieren konnte. Manchmal braucht es bloß ein Wort, das nicht passt, eine vermeintliche Kränkung, und es ist, als ob sich das ganze Zimmer verwandelt, ein Stolperdraht straff durch den Raum gespannt sei. Und danach reicht die kleinste Bewegung, dass es kippt und freisetzt, was sich seit Wochen in ihm aufgestaut hat.

Es ist alles in Ordnung, doch das Wesen in meiner Brust drückt und zerrt an meinen Eingeweiden, wartet, läuft hin und her. Es ist unvermeidlich, dass das Haus wieder auseinanderbrechen wird.

Aber wann?

Liam steht immer noch mit seinen nassen Stiefeln im Vorraum, und als sich unsere Blicke treffen, deutet er nach draußen. »Ich sollte lieber vor Sonnenuntergang fahren. Wird sicher glatt werden.«

»Ja, natürlich«, sage ich. Die Erleichterung lässt die Antwort zu eilig herausplatzen.

»Bist du sicher, dass du nicht noch mit uns essen willst?«, fragt mein Dad.

Liegt eine Schärfe in seiner Stimme? Hab ich da etwas gehört?

»Könnte gefährlich werden auf den Straßen«, sage ich und schaue Mom um Unterstützung flehend an.

»Wieso bringst du Liam nicht raus? Aber beeil dich, du musst mir beim Essen helfen.«

Ich ziehe Stiefel an, öffne die Haustür und ziehe Liam hinter mir her, bis wir durch den Schnee auf dem Rasen knirschen.

»Du hättest dir eine Jacke anziehen sollen«, sagt Liam, als wir an der Wagentür sind. Doch dann reibt er meine Arme mit seinen Händen, um mich zu wärmen, und ich bin froh, den Mantel am Haken gelassen zu haben.

Ich werfe einen Blick zum Haus zurück. Alles bilderbuchhaft perfekt von hier draußen. Eine Familie, die zusammen Abendessen macht. Juniper lacht. Campbell lächelt, wie immer ungewollt.

Ich lächle über Cams Lächeln und zwinge das Ding in meiner Brust, Ruhe zu geben. Alles ist gut heute Abend. Nichts Spitzes oder Scharfes, was die Falle auslösen könnte.

Noch nicht, warnt das Wesen in meiner Brust.

»Hat Spaß gemacht heute. Beeindruckende Fähigkeiten, was dein Schneeballformen angeht, Barnes.«

Ich lächle ihn an und frage mich, ob wohl mein Lächeln auch immer so gezwungen wirkt wie bei Campbell.

Liam beugt sich herunter, um mich zu küssen. Ich mache einen Schritt nach hinten, mein Stiefel landet auf einem Stück Eis und ich muss kämpfen, um das Gleichgewicht zu halten. Liams Hand findet meinen Ellenbogen und hält mich fest. »Was ist los, Leighton? Du bist ja plötzlich ganz durcheinander.«

»Tut mir leid. Ist nur ... nicht, wenn er es sehen kann.« Ich nicke in Richtung Haus. Ich war noch nie so richtig mit einem Jungen zusammen und ich weiß nicht, mit welcher Reaktion ich rechnen muss, wenn Liam weg ist. Ich möchte die Distanz zwischen den Dingen zurück, genug Distanz, um Spaß zu haben, mit Liam zusammen zu sein, und nicht dabei die Spannung zu spüren, die ich den ganzen Nachmittag über aufgebaut habe.

»Shit, tut mir leid.«

»Nicht deine Schuld.«

»Nicht in dem Sinne ›tut mir leid‹. Es tut mir leid, dass du dir wegen jeder Kleinigkeit so viele Gedanken machen musst.«

Wir verabschieden uns und ich renne zurück ins Haus. Meine Arme erfrieren halb, jetzt, wo ich Liams warme Hände nicht mehr spüre. Die Situation im Esszimmer ist ruhig, normal ... beängstigend. Im Augenblick bin ich in Sicherheit, doch jeden Moment werde ich fallen. Ich weiß es, denn das Ding in meiner Brust weiß es so sicher wie nur irgendwas.

Es bebt in mir, aus Angst vor nichts. Denn das ist es, was heute den ganzen Tag passiert ist: nichts. Aber jeder gute Tag in diesem Haus endet mit dem Zusatz, der den ganzen Nachmittag in meiner Brust gepocht hat.

Noch nicht.

44. KAPITEL

Noch nicht hält fünf Tage an, dann weckt mich mitten in der Nacht Moms Schrei.

Sekunden später platzen die Mädchen in mein Zimmer. Die Tür fliegt auf und kracht gegen die Wand. Im Bruchteil einer Sekunde bin ich bei ihnen und sehe, wie blass sie sind, wie weit aufgerissen ihre Augen.

»Was ist passiert?«, frage ich und ziehe die beiden zu mir. Es ist 3:47 Uhr. Geisterstunde.

»Ich weiß nicht«, sagt Cammy und ihre Stimme bricht, als sie anfängt zu weinen. »Es ist ganz schlimm. Ich glaub, er tut ihr weh.«

Auch Juniper weint.

»Okay. Alles wird gut.«

Ich führe sie direkt zum Schrank. Ein Teil von mir wünscht sich, er wäre noch abschließbar, um eine zusätzliche Sicherheit zu geben, aber unser Großvater hatte immer Angst, dass wir uns irgendwann selber einsperren würden, deshalb hatte er schon vor langer Zeit den Schlüssel entfernt.

»Geh mit Campbell da rein, Junie. Und Campbell, schließ die Tür. Keine Kerosinlampe. Bleibt da drin, egal was passiert. Verstanden?«

Campbell nickt.

Mir wird schlecht bei dem Gedanken, die beiden allein im

Dunkeln zurückzulassen. Doch dann hör ich sie wieder. Diesmal ist es kein spitzer Schrei, sondern ein Wimmern.

»Wir sind okay, Leighton«, sagt Campbell und zieht Junie fest an sich. »Bitte hilf Mom. Bitte.«

Ich renne die Treppe hinunter, doch als ich die letzte Stufe erreiche, erstarre ich plötzlich. Ich warte, horche.

Sie sind in der Küche, aber als ich um das Geländer schaue, kann ich sie nicht sehen.

»Bitte, hör auf«, sagt Mom in einem gequälten Flüstern. »Lass mich los.«

Die Kraft, die es kostet, nicht zu ihr zu laufen, ist unglaublich. Ich rede mir ein, dass meine Füße plötzlich ein Teil der Treppe sind und ich sie unmöglich anheben kann. Ich bin nichts anderes als der Teppich, die Wand, die Treppe. Weniger. Ein Haar auf dem Teppich. Ein Fleck an der Wand. Ein Nagel in der Treppe. Ich bin überhaupt nicht da.

Denn ich kann nicht einfach zu ihr gehen. Wenn er ihr tatsächlich wehtut, könnte mein plötzliches Auftauchen das Ganze noch eskalieren.

Deshalb warte ich, setze mich auf unsere schmale Treppe.

Ich drücke meine Füße fest gegen die kalte Wand. Alles ist gut. Mit ihr ist alles gut. Alles wird gut. Ich wiederhole das Mantra mit geschlossenen Augen. Ich spüre, wie etwas unter meinem Fußabsatz nachgibt. In der Wand taucht ein Riss auf, dort, wo ich dagegengedrückt hab. Er breitet sich aus, läuft nach oben, an meinen Füßen vorbei. An den Nägeln vorbei, an denen die Bilder jetzt nicht mehr hängen. Sie liegen auf der Treppe verstreut wie Vögel, die plötzlich grundlos vom Himmel gefallen sind. Der Riss in der Wand wird immer länger, obwohl ich gar keinen Druck mehr ausübe. Ich stehe auf, um zu sehen, wie er die Decke erreicht und nicht aufhört. Er wendet sich nach außen, bricht durch die Decke. Eine winzige Bruchlinie, doch sie teilt den Raum in zwei Teile. Als ob das Haus nur auf die leiseste Provokation gewartet hätte, um auseinanderzubrechen.

Ich betrachte den Riss noch immer, als sie ins Wohnzimmer gehen.

Mom weint nicht, aber ich sehe, dass sie geweint hat. Ihr Gesicht ist aufgedunsen und rot, und als sie mich auf der Treppe stehen sieht, schüttelt sie den Kopf. Sie muss nichts sagen, um eine Botschaft herüberzusenden. Sie will, dass ich nach oben gehe, aber ich stehe da wie angewurzelt. Doch er registriert die fast unmerkliche Bewegung. Da. Ein silbernes Schimmern. Nicht das stumpfe Grau seiner Pistole.

Er hält ein Küchenmesser.

Ich muss an den Kriechraum denken. An den dämlichen Kriechraum. Ich habe das Gefühl, schon in ihm zu sein. Wände umschließen mich. Was albern ist, denn wenn du tot bist, kannst du ja nicht mehr klaustrophobisch sein.

»Lass uns zurück in die Küche gehen«, sagt Mom. Ihre Stimme klingt leicht, als wenn alles in Ordnung wäre. Aber es ist kein Vortäuschen, dass alles okay sei. Es ist ihr Versuch, ihn zu überreden. Er sieht mich höhnisch an. Seine Nase läuft und seine Augen funkeln erregt. Mom nimmt seine Hand und führt ihn zurück in die Küche. Er legt das Messer auf die Arbeitsplatte.

Ich trete von der Treppe. Ich folge ihnen. Ich bin so dumm, aber ich will sie unbedingt mitnehmen. Ich kann sie nicht hier unten mit ihm alleinlassen.

»Lass uns ins Bett gehen, Mom, es ist spät«, sage ich.

»Sie geht ins Bett, wenn ich es ihr sage, verdammte Scheiße, Leighton. Verschwinde.«

Ich höre nicht zu. Stattdessen pack ich Moms Hand und versuche, sie fortzuziehen.

Er geht auf mich los.

Ich werde gegen die Arbeitsfläche gestoßen. Die Heftigkeit des Aufpralls nimmt mir den Atem. Als ich mich umdrehe, steht er hoch aufragend vor mir. Die Augen blutunterlaufen. Wie kann er mich so sehr hassen?

Er spuckt mir ins Gesicht.

Mom schreit ihn an und stößt ihn von mir weg.

Mom weint und zieht mich hoch.

»Geh, Leighton«, sagt Mom, beugt sich vor, streicht mir die Haare hinters Ohr und wischt mir das Gesicht ab.

Sie zieht mich an sich. Flüstert mir ins Ohr, dass alles okay ist.

Ich lasse sie los. Ich renn aus der Küche mit den zu hellen Lampen, wo Mom steht und weint und das Messer auf der Arbeitsplatte liegt und die Pistole auf dem Kühlschrank. Ich renne, bis ich in Sicherheit bin, versteckt im Schrank mit den Mädchen, mit schwerem Atem und an Tränen erstickend.

Ein paar Minuten später hör ich die Haustür zuschlagen und ich jage aus meinem Versteck und die Treppe hinunter. Ich höre den Motor von seinem Truck mehrmals aufheulen, ehe er losfährt.

Er ist weg.

AUBURN, PENNSYLVANIA
6. DEZEMBER
KRÄHENBESTAND: 56.221

45. KAPITEL

Wo tut's weh?, würde Mom fragen.

So wie damals, als ich vier war und im Garten in ein Stück Altmetall trat, das mir in die Fußsohle schnitt. Als ich sieben war und mitten in der Nacht mit Fieber aufwachte. Als ich elf war und nicht aufhören konnte zu schluchzen, weil ich zum ersten Mal meine Tage bekam und dachte, ich müsse sterben.

Diesmal ist es Mom, die gestürzt ist. Mom, die verletzt ist. Vielleicht auch krank.

Verwirrt.

»Wo tut's weh?«, frage ich und untersuche sie.

»Überall«, sagt sie. Sie hockt nach vorn gebeugt da, in sich zusammengekrümmt, mit dem Gesicht nach unten. Ihre Tränen berühren erst gar nicht die Wangen, sondern fallen direkt aus den Augen durch die Luft auf den Linoleumboden. Ich höre die Krähen oben auf dem Dach. Auf dem Briefkasten. Auf der Straße.

Krächzend.

Wie ein Gesang.

Ich will ihr helfen, sie trösten. Ich beuge mich dichter zu ihr, um sie zu erinnern, dass sie jetzt in Sicherheit ist, dass er weg ist.

Doch sie weiß es bereits, denn genau das sind die Worte, die sie flüstert.

Er ist weg. Er ist weg. Wieso ist er weg?

Und dann begreife ich, dass ihr nicht alles wehtut, weil er ihr Gesicht gepackt hat, ihr hässliche Namen entgegengeschleudert hat, ihr ein Messer an die Kehle gedrückt hat, ihr gesagt hat, dass es für sie besser wär, tot zu sein als ohne ihn, und dass er sie höchstpersönlich in die Hölle bringen wird.

Ihr tut alles weh, weil er gegangen ist.

Ihr tut alles weh, weil sie möchte, dass er zurückkommt.

Wo tut's weh?, frage ich mich diesmal selber.

Überall.

46. KAPITEL

Ich wache mit Bauchschmerzen auf. Mom und meine Schwestern liegen alle bei mir im Bett, Campbell quer über das Fußende gestreckt. Wir sind wie Tetris-Steine, die genau zusammenpassen. Ich ziehe mich zwischen den Gliedmaßen der andern heraus, gehe ans Fenster und stähle mich für den Anblick seines Trucks vor der Haustür.

Der Truck steht nicht da. Ich nehme an, er ist wieder im Büro geblieben, was nicht mehr als ein Wohnwagen auf einer Baustelle ist, umgeben von ein paar Fahrzeugen, die noch dem Barnes Bauunternehmen gehören. Es muss eiskalt gewesen sein.

Das Ding in meiner Brust ist ungewöhnlich ruhig. Kein pochendes Herz. Kein Flattern vor Angst. Nur eine schmerzhafte Trauer, die ich nicht richtig zuordnen kann.

Ich höre das Bett hinter mir ächzen. Mom steht auf und legt Juniper mit einem Murmeln und einem Kuss wieder zurück, damit sie weiterschlafen kann.

»Kaffee?«, fragt Mom mit dunklen Ringen unter den Augen. Sie borgt sich eine Bürste von meinem Nachttisch und stopft ihre Haare nach hinten zu einem unordentlichen französischen Zopf, der seitlich am Hals entlang über ihre Brüste und Rippen fällt.

»Ja«, antworte ich und wir schleichen gemeinsam aus dem Zimmer.

Ich beobachte sie, wie sie den Kaffee aufbrüht und einschenkt und, als sie sich mir gegenüber an den Tisch gesetzt hat, die Milch rüberschiebt. Ich weiß nicht, wonach ich suche – nach irgendeinem Zeichen, dass es das war. Der Morgen danach, an dem sie sagt: Schluss.

Ich sehe kein Zeichen.

»Erinnerst du dich noch an unsere schiefen Metaphern?«, frage ich.

Sie schweigt einen Augenblick und ich überlege schon, ob sie mich vor Grübelei gar nicht gehört hat. Doch dann richtet sie sich gerade, schlürft ihren Kaffee und schaut hoch, mit leuchtenden blauen Augen wie eh und je.

»Kommt Zeit, lass uns die Brücke hinter uns abbrechen«, sagt sie.

»Beurteile ein Buch nicht nach dem Leid eines anderen«, kontere ich.

»Ein Spatz in der Hand ist besser als zwei Fliegen mit einer Klappe.«

Ich muss lachen. Es war ein Spiel, das wir gespielt haben, als ich noch kleiner war. Wir versuchten uns die unsinnigsten Kombinationen von Sprichwörtern und Metaphern einfallen zu lassen. Mom war immer genial darin. Und Dad gefiel es, gegen sie zu verlieren. Es gefiel ihm, wie klug sie war. Inzwischen irritiert ihn unsere Klugheit. Als wenn er denken würde, wir machen uns ständig über ihn lustig. Wie die Stadt. Wie sein Vater.

»Die diebische Elster hat dir die Sprache verschlagen«, sage ich.

»Nur tote Fische schwimmen auf dem Trockenen.«

»Zu Hause ist, wo eine Krähe der andren kein Auge aushackt«, sage ich. Zu Hause. Es ist, als ob ich vor ihren Augen geflucht hätte.

»Mom …«, sage ich. »Du brauchst ein Kontaktverbot. Wir brauchen ein Kontaktverbot.«

»Leighton, lass es.«

»Mom –« Meine Hände zittern. Heißer Kaffee läuft mir über die Finger.

»Ich weiß, letzte Nacht war beängstigend, aber er steht unter extremem Druck. Du weißt doch, im Winter lahmt das Geschäft im Bauwesen oder geht überhaupt nicht mehr weiter. Und es kommen jede Menge Rechnungen. Kann sein, dass wir das Haus verlieren, Leighton.«

»Du könntest ihn dazu bringen zu gehen.«

»Das hier ist *sein* Haus. Er ist hier aufgewachsen. Lass uns übers Wochenende zu Nana fahren. Bis sich die Lage beruhigt hat.«

»Beruhigt hat? Vergiss es. Die Lage ist explodiert.« Ich stehe auf und will gehen. Ich bin noch nie so wütend gewesen.

»Ich werde mit den Mädchen zu Nana fahren, damit sie sie mal wiedersehen. Was machst du?«

Ich ignoriere sie und starre aus dem Fenster.

»Leighton, ich will keine überstürzten Entscheidungen treffen. Das hier ist meine Ehe.«

»Du klingst lächerlich.«

»Ich bin immer noch deine Mom. Das ist nicht deine Entscheidung. Und es ist auch nicht deine Aufgabe, dich um die Mädchen zu kümmern.«

»Tja, irgendwer muss es ja tun.«

Die Worte sitzen und ich verstumme, nachdem sie heraus sind. Mom wendet sich ab, aber ich seh noch den Schmerz in ihrem Gesicht. Ich spüre eine Scham, die wie ein Splitter unter der Haut sitzt, und ich hasse es, dass ich mich schuldig fühle, weil ich ihr Schmerzen bereitet habe, wo sie meine doch so geflissentlich übersieht.

»Ich brauche Zeit, Leighton«, sagt sie. »Ich muss drüber nachdenken.«

Es ist nicht viel, aber es ist alles, was sie zu bieten hat.

»Dann brauch ich auch Zeit. Ich fahr nicht mit zu Nana. Ich bleib das Wochenende über bei Sofia. Wir sehen uns dann am Sonntag.«

»Wir könnten das Wochenende als Familie verbringen.«

Familie.

»Die Kunstausstellung meiner Klasse findet am Wochenende statt. Es ist erwünscht, dass wir da sind. Es ist notenrelevant.«

Schachmatt.

Ein zäher Moment des Schweigens liegt plötzlich wie ein Absperrband zwischen uns. Wir haben keine halb fairen Worte mehr für einander. Alles, was es noch gibt, ist, uns anzuschreien, und es ist, als ob wir das beide wüssten.

»Dann bis Sonntagabend, Leighton.«

Sie geht nach oben und ich höre, wie sie herumläuft und die Mädchen weckt. Alles für sie einpackt. Als wenn es ein Spaß wär. Als wenn wir nicht aus Angst wegliefen. Ich schlüpfe in mein Zimmer, um auch eine Tasche fürs Wochenende zu packen.

Als ich fast fertig bin, kommt Campbell ins Zimmer geschlichen.

»Was ist passiert?«

»Wir haben gestritten.«

»Sie verlässt ihn nicht.« Es ist keine Frage. Campbell scheint schon gewusst zu haben, was das Ergebnis der letzten Nacht sein würde: nichts.

»Ich brauche ein bisschen Abstand zu ihr. Kommt ihr beiden zurecht?«

»Klar«, sagt Cam. »Wir sind gern bei Nana.«

»Okay«, seufze ich. »Ich klär das.«

Campbell dreht sich um und schaut zu mir hoch.

»Ich weiß, Leighton«, antwortet sie. Ich kenne diesen Ton in ihrer Stimme, wenn sie nicht ganz die Wahrheit sagt.

Sie glaubt mir nicht.

Auch ich bin mir nicht sicher.

Mom und die Mädchen brechen zu Nana auf, aber Liam ist immer noch nicht da, um mich zur Schule zu fahren. Ich nehme meine Taschen und verlasse das Haus. Ich will nicht da sein, wenn er beschließt zurückzukommen. Ich laufe in die ungefähre Richtung von Liams Haus. Auf beiden Seiten der Straße erstrecken sich kilometerweit die schneebedeckten Felder. Mit Krähen gesprenkelt. Hunderte und Aberhunderte Krähen. Nach fünf Minuten sehe ich ein Auto die Straße entlangkommen. Und das Ding in meiner Brust rührt sich. Es ist kein Angeber-Auto, sondern ein alter Ford. Liam. Er hält am Straßenrand, beugt sich hinüber und drückt die Beifahrertür auf.

»Verdammt, was ist, Leighton?«

»Schlimme Nacht«, antworte ich.

»Seid ihr alle –?« Seine Hände krampfen sich um das Lenkrad.

»Okay. Alles gut. Ich erzähl's dir später, versprochen. Du bist spät dran heute.«

»Ja, hab ich dir doch gesagt – Flughafen, erinnerst du dich? Musste meine Eltern und Fiona wegbringen. Wegen des Tanzwettbewerbs.«

»Shit. Tut mir leid. Hatte ich total verdrängt.«

»Schon gut.«

Wir fahren zur Schule und ich lasse mich von dem alten Auto aufwärmen. Nach ein paar Minuten fasst Liam herüber und nimmt meine Hand. Er sagt nichts weiter während der Fahrt, sondern hält sie nur dort – meine Hand fest in seiner. Als wir eingeparkt haben, schaut er hoch: »Willst du's mir jetzt erzählen?«

»Ich will schon, aber ich muss Sofia finden. Meine Mom ist mit den Mädchen zu meiner Großmutter gefahren, aber ich wollte nicht mit, deshalb muss ich das Wochenende bei ihr pennen.«

»Oder auch nicht.«

»Was?«

»Meine Eltern und Fiona sind bis Sonntag bei diesem Tanzwettbewerb. Es ist genug Platz – das Gästezimmer gehört ganz dir, deshalb musst du dir keine Sorgen wegen Übernachten machen und …«

»Und was?«

»Es wär einfach schön, dich ein paar Tage in Sicherheit zu wissen.«

»Oh. Ähm.«

»Oder nicht. Ist ganz deine Entscheidung. Wir können gern auch Sofia suchen.«

»Nein, der Gedanke gefällt mir, Liam. Ich werde bei dir übernachten.«

Wir schwänzen die Hälfte der ersten Stunde auf dem Schulparkplatz und ich erzähle Liam eine Kurzversion der Ereignisse von letzter Nacht. Er flucht ein paarmal leise, aber ansonsten unterbricht er mich nicht. Bis ich erzähle, dass sie kein Kontaktverbot will.

»Sie will es nicht mal versuchen?«

»Nope. Sie hat gemeint, sie muss über vieles nachdenken.«

»Was soll das denn bitte heißen?«

»Dass wir alle wieder zurückkehren werden. Am Sonntag.«

»Ich versteh nicht, wie du dabei so ruhig bleiben kannst, Leighton.«

Für mich ist diese ganze Leier vielleicht uralt, aber er kennt sie noch nicht. Den Terror, die Erleichterung und die Erkenntnis, dass sich nichts geändert hat. Wieder mal. Das immer wiederkehrende alte Lied, aber Liam hat es noch nie gehört.

»Tut mir leid, ich nerve.«

»Du nervst nicht, Leighton. Schließ mich nur einfach nicht aus, okay?«

»Ja, ich hör auf. Tut mir leid. Abwehrmechanismus.«

Er beugt sich herüber. »Das wird schon. Wir werden eine Lösung finden.«

»Ja, gut. Lass uns nur erst den Schultag überstehen.«

»Einverstanden«, sagt er und lässt meine Hand los. Ich will noch mal nach seiner greifen, halte mich aber zurück. *Wir* werden keine Lösung finden. Das hier ist nicht sein Chaos. *Ich* werde eine Lösung finden.

Ein paar Stunden später lasse ich das Mittagessen aus und schleiche mich stattdessen ins Zeitungsbüro. Ich brauche ein paar Minuten der Ruhe – und Zurückgezogenheit –, um ein bisschen zu recherchieren. Ich gebe »Kontaktverbotsregeln in Pennsylvania« ein und drücke auf Enter. Dann scrolle ich eine halbe Stunde lang. Ich lese Beispiele von Kontaktverboten. Worte wie »krankenhausreif« und »Platzwunden« wandern über den Monitor. Die Bilder sind erschreckend. Körper, die mehr Prellungen als normale Haut zeigen. Und ich spüre, wie er langsam in mich hineinkriecht, so wie er das immer tut: der Zweifel.

Wann immer das Thema in den Nachrichten auftaucht, ist die fast unmittelbare Reaktion der Leute, die Situation herunterzuspielen. Nach Ungereimtheiten zu suchen. Sich zu fragen, wie es sich auf die Männer auswirkt, wenn wir plötzlich alle den Frauen glauben, die sagen, dass sie misshandelt wurden oder Angst haben. Und ich habe panische Angst davor, dass sie das Gleiche bei mir tun könnten, wenn ich etwas sage. Dass sie fragen, wie ich es wagen kann, seinen Ruf zu ruinieren wegen nichts als ein paar harmloser Vergehen. Dass sie sagen, ist doch alles gar nicht so schlimm. Dass ich überreagiere.

Oder vielleicht ist es sogar noch viel simpler. Dass sie einfach von mir erwarten zu akzeptieren: So ist das nun mal.

Vielleicht ist Angst ja der Preis, den Frauen dafür bezahlen müssen, überhaupt auf der Welt sein zu dürfen.

47. KAPITEL

Unser Freitagabend verläuft ereignislos und ich bin dankbar dafür.

Liam zeigt mir, wie die Dusche funktioniert. Ich habe vergessen, ein Shirt zum Schlafen einzupacken, deshalb überlässt er mir eines von seinen. Ein altes Footballshirt, das mir fast bis zu den Knien reicht. Als ich oben den Flur entlanglaufe, streiche ich mit den Fingern über die Bilderrahmen und bewundere, wie die Wände in diesem Haus die Dinge festhalten.

Liam bietet an, Abendessen zu machen, und während er es tut, tapse ich in den Keller, um einen Film aus seiner Superheldensammlung auszuwählen.

Wir treffen uns oben in ihrem Wohnzimmer. Auf dem Kaffeetisch steht ein riesiges Tablett mit Sandwiches.

»Hier hätten wir also unsere klassische Auswahl an Erdnussbutter- und Marmeladen-Sandwiches«, zeigt er. »Und ein paar Nutella-Varianten wären hier. Und zum Nachtisch gibt es Erdnussbutter und Marshmallow-Schaum.

Ich lache über die ausführliche Erläuterung.

»Perfekt. Vielen Dank. Und hier habe ich alle Superheldenfilme mit Frauen auf dem Cover ausgewählt.«

»Also … zwei.«

»Ja …«

»Nun, was uns an Quantität in puncto Superheldenfilme mit

Frauen in der Hauptrolle fehlt, machen die beiden aber an Genialität locker wett. Such dir aus, welchen du willst.«

»Okay. *Wonder Woman*. Die sieht so aus, als könnte sie mich mit dem kleinen Finger killen.«

Wir machen es uns auf dem Sofa bequem und nehmen uns was von dem Sandwichtablett.

»Ich fühle mich so rebellisch«, sagt Liam, während er in ein Sandwich beißt.

»Wieso das? Weil ich bei dir übernachte?«

»Nein, weil wir auf dem Sofa essen. Meine Mom würde ausflippen, wenn sie das wüsste.

»Liam?«

»Ja?«

»Glaubst du nicht, sie hätte vielleicht überhaupt was dagegen, dass ich hier übernachte?«

»Nee, das würden meine Eltern verstehen. Mildernde Umstände.«

Als wir mit Essen fertig sind, stellt Liam den Teller ab und zieht danach meine Beine über seinen Schoß. Wir sitzen eng umschlungen und zufrieden da, während wir den Film gucken. Einmal glaube ich, dass er sich zu mir beugt, um mich zu küssen, doch er greift nur nach einer Decke, die er über unsere Beine wirft, und schaut danach gleich wieder zum Bildschirm. Schließlich muss er meinen Blick doch spüren, denn plötzlich sieht er mich an.

»Alles okay, Leighton?«

»Yep«, antworte ich. »Hab mich nur gefragt, ob wir irgendwann noch mal ein bisschen rummachen.«

Liam lacht und zieht mich weiter auf seinen Schoß. Ich muss mich ein bisschen umdrehen, um ihn zu küssen, und es würde nur eine winzige Verlagerung meiner Beine bedeuten, dass sie zu beiden Seiten seiner Hüfte landen. So weit waren wir schon mal, aber das war auf dem engen Vordersitz eines Autos.

Nicht in einem leeren Haus.

Liams Hand schiebt sich unter den Rand meines Shirts. Oder richtiger: seines Shirts, das ich trage. Seine Finger wandern langsam über meinen Bauch und die Rippen. Die Bewegungen sind so unüberstürzt wie immer. Ich habe mir nicht die Mühe gemacht, den BH wieder anzuziehen, und als seine Hand meine Brust streift, schnappen wir beide nach Luft. Er zieht sich schnell zurück, nimmt die Hand aus dem Shirt und hebt mich vom Schoß.

»Was ist, Liam?«, frage ich etwas desorientiert durch den plötzlichen Abbruch unseres unausgesprochenen Plans, den Rest des Abends rumzumachen.

Liam zieht die Beine an und schaut mir in die Augen. Er wirkt todernst und ich spüre, wie mein Magen ein bisschen nach unten sackt. Irgendwas stimmt nicht.

»Hör zu, Leighton, nicht dass mir das hier nicht gefällt, aber ich fürchte mich davor, wo es hinführt.«

»Oh?«

»Ja, ich meine, versteh mich nicht falsch. Ich will das eindeutig, ich will es mit dir, aber ich glaube echt nicht, wir kriegen das heute hin, ohne dass ich das Gefühl habe, dich irgendwie auszunutzen.«

Ich spüre, wie Wut in mir hochsteigt. Weil ich meinem Dad bei dem hier keinen Raum geben will. Er darf mir nicht das Gefühl geben, ein Fremder in meinem eigenen Zuhause zu sein, den Mädchen Angst machen, Mom wehtun *und* auch noch irgendeinen Einfluss auf das haben, was zwischen Liam und mir passiert. Das ist nicht fair. Das geht echt nicht. Das hier gehört mir. Mir und Liam.

»Liam, hör auf. Du darfst nicht das Schöne hier mit dem

Schlimmen in Verbindung setzen, das würde ich dir nie verzeihen. Ich schwöre dir, du hast mich nie bedrängt. Und wenn wir je etwas tun, wird es nur passieren, weil wir es beide wollen.«

Er wirkt nicht überzeugt.

Ich stehe auf, suche meine Tasche und wühle rabiat drin herum. Shit. Ich kämpfe gegen Tränen der Wut an und sehe nichts in dem dunklen Innern, deshalb kipp ich den ganzen Inhalt einfach auf den Boden. Da. Ich greife nach einer kleinen Schachtel und reiche sie ihm.

»Was ist das?«, fragt er.

»Mach sie auf.«

Er öffnet die Schachtel und untersucht sie ein paar Sekunden.

»Wir hatten schon den exakt gleichen Aufklärungsunterricht, oder?«, frage ich.

»Shit, ja. Tut mir leid. Das heißt … du nimmst die Pille?«

»Ja. Schon seit einer Weile. Also keine übereilten emotionalen Entscheidungen von meiner Seite. Ich hab es mir überlegt und mich vorbereitet. Und das heißt nicht, dass ich heute bereit bin oder so, aber wenn wir es tun würden, dann nicht, weil ich zu Hause Stress hab oder Angst oder irgendwas, sondern weil ich dich mag und weil ich es will.«

»Okay, kapiert. Tut mir leid.«

»Danke.«

»Ich hab ehrlich nicht gewusst, dass du ernsthaft darüber nachdenkst. Wir können uns alle Zeit der Welt nehmen.«

»Das können wir immer noch. Mein ursprünglicher Zeitplan war, noch bis Juli zu warten, aber nach dem Autovorfall bei unserem ersten Date war ich mir nicht sicher, ob wir es so lange durchhalten.«

Liam lacht. »Klar, dass du einen Zeitplan hast. Und wieso Juli?«

»Neun Monate nach unserem ersten Date. Schien mir logisch, dass wir keinen Sex haben sollten, wenn wir nicht mal eine Beziehung hinkriegen, die die Zeit einer Schwangerschaft hält.«

»Wow. Das ist logisch.«

»Zu logisch?«

»Nur ein bisschen«, sagt Liam, mildert den Satz jedoch mit einem Kuss ab. »Aber voll okay.«

»Ja?«

»Im Ernst, alles absolut gut. Es macht schon Spaß, aber das hat alles andere auch, was wir bisher zusammen gemacht haben. Ich mag dich sehr, Barnes.«

»Ja, ja, ich wette, das sagst du zu allen Mädchen, Liam McNamara.«

Liam dreht sich auf der Couch, sodass er mich direkt ansieht. »Nein. Hör zu, ich weiß, ich hab viele Beziehungen gehabt, aber nur, weil das bei uns eben so läuft – jetzt verdreh nicht die Augen, lass mich zu Ende reden. Die Mädchen, mit denen ich zusammen war, waren Freundinnen und es ging dabei immer um Prestige und sozialen Status. Wir mochten uns eigentlich nicht mal auf diese Art. Es war ... alles oberflächlich. Aber so empfinde ich nicht bei dir.«

»Oh«, sage ich. Mehr fällt mir nicht ein, weil ich keine Ahnung habe, worauf er hinauswill.

»Ja. Ich bin mir ganz sicher, Barnes, dass ich dich liebe.«

»*Oh.*«

Auf der Liste meiner möglichen Erwartungen für dieses Wochenende stand eine Liebeserklärung von Liam McNamara ungefähr auf Platz 167. Es war nichts, worauf ich gehofft hatte. Und wenn ich es genau überlege, weiß ich gar nicht, wie ich mich dadurch jetzt fühle. Liebe ist kompliziert.

Aber dann denke ich an eine andere Definition von Liebe.

Wie die zwischen Freundinnen, Schwestern. Ich denke daran, wie sehr ich Junie und Cam liebe, und merke, dass es überhaupt nichts mit Erwartungen oder Versprechungen zu tun hat. Es geht nur darum, jemanden zu lieben, ohne Grund, ohne Zeitrahmen oder ein mögliches Ende im Kopf. Vielleicht ist es ja in Ordnung, für den Augenblick zu lieben, und es muss nicht mit Absichten oder Zielen verknüpft sein. Wir müssen nicht erwachsen werden und heiraten wollen, um diesen Moment zu genießen.

Aber ich bin noch nicht bereit.

»Liam, hör zu –«

»Nein, warte. Hör du zu. Das ist genau dasselbe wie mein zu schnelles Herangehen beim Körperlichen nach einer Woche voll Stress. Also sag jetzt nichts.«

»Bist du sicher? Ich – das ist alles ein bisschen viel.«

»Sag nichts weiter. Soll ich es noch einmal wiederholen? Ich hab diese Theorie, dass, wenn etwas peinlich ist, man es einfach zulassen sollte. Peinlichkeit hoch zehn. Sie kann sich nicht aufrechterhalten. Ganz einfach: Ich liebe dich, Leighton.«

»Das ist komisch. Du hast mich nicht Barnes genannt.«

Liam lacht und die Spannung löst sich auf wie ein gebrochener Bann. Er hatte recht: Potenziert peinlich funktioniert. Ich beuge mich zu ihm und küsse ihn. Er umfasst meinen Kopf, meinen Nacken. Sein Daumen streicht leicht über mein Gesicht, als ich zurückweiche.

»Ich glaube, ich auch«, sage ich, als wir uns lösen. Dichter heran, den Satz auszusprechen, schaffe ich nicht. Im Moment jedenfalls. »Aber keine Versprechungen, okay?«

»Was meinst du damit?«

»Ich meine, lass uns nicht so tun, als würden wir für immer zusammenbleiben, und uns dann gegenseitig kaputt machen, wenn es nicht klappt. Und lass uns die ganzen unrealistischen

Erwartungen vermeiden, dass wir glücklich zusammenleben werden bis an das Ende unserer Tage.«

»Ach so. Einverstanden. Mich interessiert nur der Sex.«

»Liam!« Ich boxe ihm gegen den Arm. »Ich bin aber wirklich gern mit dir zusammen«, ergänze ich, um meine Nicht-Liebeserklärung abzumildern.

»Auch einverstanden.«

»Obwohl du ein arroganter Idiot bist.«

»Auch wenn du ein Nerd bist«, kontert er.

»Also ...«

»Keine Versprechungen.«

»Keine Versprechungen.«

Wir schauen den Film zu Ende, aber ich bin mit meinen Gedanken woanders. Es macht vierundzwanzig Stunden kompletten emotionalen Aufruhr ein bisschen leichter, mit so einem guten Resultat abzuschließen.

48. KAPITEL

Ich werde lange vor Sonnenaufgang wach – von einem leichten Regen, der gegen das Fenster schlägt. Einen Moment lang ist mein Kopf ein absolut unbeschriebenes Blatt, wach, aber noch nicht bei Bewusstsein. Ich bin nichts als ein atmendes Etwas im finstersten Schwarz. Namenlos und schwebend. Ein einsamer Vogel am Nachthimmel, schwerelos und frei. Doch es vergeht nur eine kurze Zeit, dann spüre ich mein Gewicht auf der Matratze, das mich zurück auf die Erde zieht. Ich merke, dass das Fenster, auf das ich schaue, nicht meines ist, und die Schwerkraft – die Wirklichkeit – holt mich ein und erdet mich. Ich bin mir des nackten Arms bewusst, der sich um meine Rippen schlingt. Eine größere Hand umschließt meine. Liams warmer Atem berührt meinen Nacken. Oh ja, richtig. Wir schlafen zusammen. Es ist nichts passiert, wir wollten uns einfach nur nah sein.

Ich habe seit einer Ewigkeit nicht mehr so tief geschlafen. Kein Knarren und keine Geräusche, die mich wecken, mich überlegen lassen, ob dies die Nacht ist, in der etwas wirklich Schlimmes passiert. Ich liege in Liams Bett, betrachte die Schemen in seinem Zimmer und versuche mich zu erinnern, was sie bei Tageslicht waren. Diesmal ist der Schlaf das geflügelte Wesen, das nicht zu greifen ist.

Wir sind nicht allein.

Ich löse mich aus Liams Arm und gehe barfuß über die kühlen Holzdielen zum Fenster. Joe sitzt in dem Baum vor Liams Fenster. Er schaut Richtung Straße und wirkt fast wie die Statue eines Vogels und nicht wie eine echte Krähe. Ich frage mich, ob er die ganze Nacht dort gesessen hat. Ich frage mich, ob er schon hundert Jahre da sitzt und beobachtet. Er wirkt wie erstarrt in der Zeit. Doch gerade, als ich es denke, dreht er den Kopf und ich sehe sein schwarzes Auge, die grauen Federn, den scherenscharfen Schnabel, der vom Licht der Straßenbeleuchtung hervorgehoben wird.

»Gute Nacht, Joe«, flüstere ich und lasse das Rollo herunter.

49. KAPITEL

Die Menschen glauben, Krähen verheißen Krieg und Tod.

Aber meine Recherchen haben ergeben, dass das nicht stimmt.

Krähen symbolisieren im Grunde eher Veränderung. Neubeginn. Manchmal kann das Tod bedeuten, aber für gewöhnlich markiert die Ankunft des Vogels sowohl in der Literatur als auch in der Geschichte eher ein großes Erwachen. Eine Auflösung des Status quo.

Liam ist bereits aufgestanden, als ich wach werde. Ich bin blitzschnell bei vollem Bewusstsein, hypersensibel bei der Vorstellung, dass ich in dem Bett eines Jungen geschlafen habe. Ich schaue aus Liams Fenster. Kein Joe heute Morgen, aber draußen auf dem Fensterbrett liegt eine Sammlung seltsamer kleiner Dinge. Ich schiebe das Fenster auf und hole die Geschenke herein: eine Schraube und ein Streichholzmäppchen. Ich betrachte sie genau und erinnere mich, dass einige der Geschenke, die Joe gebracht hat, uns selbst gehörten, aber diese hier scheinen zufällig ausgewählt. Ich schiebe sie in meine Tasche, damit Juniper sie zu der Sammlung hinzufügen kann, die sie zu Hause sorgsam auf ihrer Kommode ausgelegt hat. Bevor ich nach unten gehe, schnappe ich mir Mr Jelly von Liams Schreibtisch und lege ihn an seinen Ehrenplatz in der Mitte des Betts zurück.

Ich finde Liam in der Küche. Er ist schon geduscht und für die Kälte draußen angezogen.

»Oh.« Ich bin überrascht. »Hast du was vor?«

»*Wir* haben was vor«, antwortet er. »Wir machen eine Wanderung.«

»Aber … es ist kalt.«

»Ja, tut gut. Belebt.«

Ich runzle die Stirn. Er ist eindeutig ein Morgenmensch. Und er liebt Wandern.

»Liam, ich fürchte, das funktioniert nicht zwischen uns.«

Er lacht und reicht mir einen Schal. »Hier, ich hab superkuschlige Sachen, die du dir ausleihen kannst. Sobald wir uns bewegen, wird dir schon warm.«

Liam öffnet die Vorratskammer.

»Zimtapfel? Ahorn mit Zucker?«

»Ahorn.«

Er zieht einen Instant-Haferbrei raus und bereitet ihn für uns zu. Erst als der Brei fertig ist und abkühlt, probiert er eine andere Taktik.

»Wandern ist nicht wie Joggen. Es geht gemächlich. Wir können Vögel beobachten. Nenn es von mir aus Krähenforschung.«

»So kannst du meine Kolumne nicht gegen mich ausspielen«, sage ich und zeige mit dem Löffel auf ihn.

»Ich bin sicher, das habe ich gerade getan.«

Ich mache erneut den Mund auf, aber ich weiß nichts zu sagen. Die Kunstausstellung ist erst heute Abend und die frische Luft tut ja vielleicht ganz gut.

»Gut, in Ordnung. Ich bin dabei.«

»Prima. Wir treffen die andern in dreißig Minuten.«

»Welche andern?«

»Amelia und Sofia wandern mit.«

»Wann hast du das – ach, vergiss es. Ich will gar nicht wissen, wie viel du und Sofia heimlich zusammen austüftelt.«

»Das ist wahrscheinlich auch besser. Komm, auf geht's.«

Und mit diesen Worten drückt er mir einen Reisebecher in die Hände und schon stehen wir vor der Tür und fahren zu den Wanderwegen ganz in der Nähe der Schule. Wir biegen auf den vertrauten Parkplatz ein, wo Amelia und Sofia bereits warten und uns zuwinken.

»Hey, das ist mein Lieblingsparkplatz in Auburn«, sage ich.

»So ein Zufall, meiner auch«, antwortet Liam.

Ich nehme einen Schluck aus dem Becher, den er mir vorhin gegeben hat. »Moment, das ist doch heißer Kakao.«

»Mhmm, köstlich.«

»*Kaffee* ist köstlich und enthält Koffein.«

»Kaffee ist nicht köstlich, du Ungläubige. Und du weißt genau, dass ich keinen Kaffee trinke.«

»Was hast du überhaupt gegen Kaffee?«

»Äh …« Liam fährt sich mit der Hand über den Kopf, was er, wie ich festgestellt habe, jedes Mal tut, wenn er nicht sicher ist, was er sagen soll. Ein kleiner Platzhalter, der ihm Zeit gibt, seine Gedanken zu ordnen. »Du weißt doch, dass ich mich manchmal wegen irgendwas total verbeiße. Ich denk zu viel nach. Koffein verstärkt diesen Prozess noch.«

Ich denke an die Uni-Broschüren auf seinem Schreibtisch, die Sache mit seiner Brille und den Perfektionismus in fast jedem Bereich seines Lebens, und plötzlich wird alles klar.

»Das leuchtet ein. Tut mir leid, dass ich so neugierig war.«

»Kein Problem.« Er lässt das unangenehme Thema fallen und schenkt mir sein gewinnendes Lächeln. »Bist du bereit?«

Wir wandern schnell und atemlos durch die kalte Luft. Sofia und Amelia lachen ein Stück weiter vorn.

»Hey, ich hab ganz vergessen zu fragen, welche von deinen

Sachen du heute in der Ausstellung zeigst.« Vor ein paar Tagen haben wir unsere Mappen eingereicht und mit unserem Kunstlehrer überlegt, welche Arbeiten ausgestellt werden sollen.

»Oh, ich weiß nicht genau. Ich wollte unbedingt, dass er die Mondlandschaften nimmt, aber Mr Taylor gefiel eine andere Arbeit besser. Und du?«

»Porträt einer alten Krähe.«

»Gut, das mag ich.«

Ich denke an Joe und die Geschenke in meiner Tasche und muss schmunzeln.

Ich mag es auch.

Wir erreichen einen der Aussichtspunkte und haben einen perfekten Blick über Auburn. Die Stadt wirkt so klein von hier oben.

Amelia und Liam fangen an, über das Schülerparlament zu reden, und ich sitze neben Sophia, die nach dem Reisebecher in meinen Händen greift.

»Mmmh, heiße Schokolade«, sagt sie, nachdem sie einen Schluck getrunken hat. »Sehr gut, du trinkst sowieso zu viel Koffein.«

»Ich trinke genau die richtige Menge, vielen Dank.«

»Und?«, fragt Sofia. »Wie war's letzte Nacht?«

Ich schaue über die Schulter zu Liam, doch es scheint nicht, als ob er uns hören kann. Amelia und er schauen hoch und ich folge ihrem Blick. Dutzende Krähen schwingen sich gleich hinter dem Rand des Aussichtspunkts empor.

»Äh, schön. Sehr ... ereignisarm.«

»Oh ja?« Sofia sieht mich an und zieht die Augenbrauen hoch.

»Okay, ja, es gab was.«

»Oh mein Gott, ich *wusste* es.«

»Nicht das. Liam hat gesagt, dass er mich liebt.« Ich schaue noch mal, ob er uns auch wirklich nicht hören kann.

»Wow.«

»Ja.«

»Echt ... wow«, sagt Sofia und reicht mir die heiße Schokolade zurück.

»Yep.«

Die Krähen steigen und lassen sich wieder fallen und es erinnert mich an den Morgen im Regen, als Liam und ich sie spielen sahen. Heute scheint es, als ob sie den Wind reiten.

»Und du ...?«

»Oh, ich hab die Panik gekriegt.«

»Na klar«, sagt sie, lacht und legt mir den Arm um die Schulter. »Lass dir Zeit damit, Leighton. Der Junge hat sich ... na ja, so ziemlich vom ersten Tag an in dich verguckt. Und ich glaube, du auch. Aber das heißt ja nicht, dass du was sagen musst, wozu du noch nicht bereit bist.«

»Ja? Und ich bin nicht frigide?«

»Leighton, du hast das größte Herz von allen, die ich kenne.« Einige der Krähen sinken herab und landen auf den Bäumen unterhalb des Aussichtspunkts. Und ein neuer Schwarm steigt wie eine dunkle Wolke empor. Dr. Cornell hat mir ein weiteres Update zu den Krähen geschickt – eine Art thermische Karte, die Experten nutzen, um Verhaltensweisen bei der Vogelwanderung nachzuvollziehen, und geschrieben, dass sie diese Methode auch auf Auburn angewandt haben. Für mich sah das Ganze wie eine riesige rotbraune Masse aus, doch Dr. Cornell hat mir in seinen Anmerkungen erklärt, dass die Vögel meistens in Richtung der Berge und Wasservorräte gezogen werden. Der Gemeinderat von Auburn will als Nächstes versuchen, Falkner einzusetzen. Sie sollen Habichte fliegen lassen, um dem Krähenbestand zuzusetzen und die Vögel zu ermuntern, die Stadt wegen eines natürlichen Feindes zu verlassen.

Aber Krähen sind klug und einfallsreich. Lösungsorientiert. Ich denke, nichts von dem, was die Stadt versucht, wird funktionieren.

Die Krähen werden verschwinden, wenn sie es wollen.

Und wenn sie es tun, hoffe ich, dass sie sich hüten werden zurückzukommen.

50. KAPITEL

Wir sollen bei der Kunstausstellung anwesend sein und neben unseren Zeichnungen stehen. Ich nehme an, es gibt schlimmere Formen von Highschool-Demütigung, aber sicher nicht viele.

Ich stehe neben dem *Porträt einer alten Krähe*. Es ist die beste Arbeit, die ich in dem ganzen Schuljahr abgeliefert habe, was nicht viel heißt. Liam meint, ich soll im Frühjahr gleich Kunst II als letztes Wahlfach nehmen. Er findet, ich hab »Potenzial«.

Ich habe geantwortet, dass so auch baufällige alte Häuser angepriesen werden, in die jede Menge Arbeit investiert werden muss.

Ich versuche so zu tun, als wenn der heutige Abend wie Pflasterabreißen ist. Einmal kurz ziehen, dann ist der Schmerz vorbei. Doch die Minuten, die ich dort stehe und die Leute mein Bild angucken und kommentieren lasse, sind alles andere als kurz. Die Stadt fühlt sich an diesem Abend besonders winzig an.

Alle neunzig Sekunden schaue ich auf die Uhr.

Sobald der Zeiger auf halb acht springt, jage ich von meinem Platz weg. Ich schwirre durch das Labyrinth der Stellwände, die für die Ausstellung überall in der Sporthalle aufgestellt wurden. Vor einer Wand steht immer noch eine kleine Gruppe von Leuten und ich freue mich sehr für Liam, als ich merke, dass es seine Wand ist. Wir sehen uns an und er runzelt die Stirn.

Ich schiebe mich zwischen den Leuten hindurch, die davorstehen, und will ihn gerade fragen, was los ist, als ich plötzlich seine Zeichnungen sehe. Abrupt bleibe ich stehen. Ich bin jetzt nur noch eine weitere Betrachterin und starre auf die Zeichnung, die Liam in der Ausstellung präsentiert. Sie ist so gestaltet, dass sie wirkt wie das Cover eines Comics.

In der einen Ecke sieht man ein kleines Mädchen mit ausgestrecktem Arm. Eine Krähe hockt auf ihrem Unterarm. Auf der anderen Seite sieht man ein älteres Mädchen. Sie wendet ihr Gesicht ein wenig ab und die Zeichnung zeigt nur ihren Oberkörper, die glatten Haare und ihr zartes Gesicht. Sie hat Flügel, die ihr aus dem Rücken wachsen. Große, dichte Federn sprießen ihr direkt aus den Schulterblättern. In der Mitte dagegen sieht man eine junge Frau. Sie kniet auf dem Boden und weint. Umgeben ist sie von einem Meer aus schwarzen Federn. Sie wirkt einsam. Sie wirkt am Boden zerstört.

Sie sieht aus wie ich.

Ich versuche, es auszublenden, schaffe es aber nicht. Das dritte Mädchen bin ich. Nicht haargenau, aber es besteht eine Ähnlichkeit. Die Form des Kinns. Der Scheitel der Haare. Meine Augen scannen die drei Zeichnungen und finden schließlich das kleine Schild, das darunter klebt und Titel und Künstler nennt.

DIESE GEBROCHENEN FLÜGEL: EINE ENTSTEHUNGSGESCHICHTE
LIAM MCNAMARA

Liam sieht mich an. Einen Moment lang vergesse ich, dass neben mir eine kleine Gruppe von Menschen steht und wir mit unseren Mitschülern und Lehrern in der Schule sind. Ich sehe nur ihn, wie er mich anblickt.

»So siehst du mich?«, frage ich.

»Leighton«, antwortet Liam und kommt auf mich zu. Ich weiche zurück.

Ich bin verletzt, ich bin beschämt und ich versuche, zu viele Gefühle gleichzeitig an einem zu öffentlichen Ort zu verarbeiten.

Ich drehe mich auf dem Absatz um und laufe in Richtung Mädchenumkleide. Er folgt mir.

»Leighton, ich bin deine Mitfahrgelegenheit.«

Ich bleibe stehen. Wie könnte ich das vergessen? Er ist nicht nur meine Mitfahrgelegenheit, ich übernachte in seinem Haus.

»Bitte, Leighton, lass uns nach Hause fahren und reden.«

Er sieht elend aus. Er jagt nicht mehr hinter mir her, sondern beugt sich nur gegen das Ende der Tribüne und wartet auf meine Entscheidung.

Ich nicke.

Draußen ist es klirrend kalt und windig und überall herrscht Eisglätte. Liam reicht mir seinen Arm, als wir über den rutschigen Parkplatz schlittern, doch ich nehme ihn nicht. Einmal rutsche ich aus und stehe schweigend wieder auf.

Die Fahrt vergeht stumm, zum Teil, weil ich immer noch wütend bin, zum Teil, weil es auf den Straßen gefährlich glatt ist und ich will, dass Liam sich voll konzentriert. Er fährt in die Einfahrt bei ihm zu Hause.

»Es tut mir leid«, sagt er.

»Ich bin nicht gebrochen«, sage ich, endlich mein Schweigen aufgebend.

»Nein«, antwortet Liam. »Das weiß ich. Ich schwöre, es ist nur ein Bild für die Schule. Ich wollte nicht mal, dass die Zeichnung aussieht wie du. Du bist nur sehr oft in meinen Gedanken und es ist … ganz einfach passiert. Und Mr Taylor gefiel das Bild sehr, ich konnte ihn nicht davon überzeugen, irgendwas anderes auszuwählen.«

»Du hättest es aus deiner Mappe rausnehmen können.«

»Dann hätte ich vielleicht …«

Er schweigt.

»Deine Note aufs Spiel gesetzt? Du wolltest dein A in Kunst nicht riskieren?«

Er seufzt und nickt.

»Ich bin kein zerbrochenes Wesen, das du reparieren musst. Ich bin nicht dein perfekter Notendurchschnitt. Oder deine Harvard-Bewerbung. Ich bin kein Hobby und auch kein Projekt für eine Schulaufgabe.«

»Das weiß ich.«

»Du hättest mich wenigstens warnen können.«

»Das stimmt, ja. Das hätte ich tun sollen.«

Ich bleibe einen Augenblick stehen, sortiere meine Gedanken und wäge meine Gefühle ab. Und mir wird klar, dass ich überhaupt nicht weiß, wie ich streiten und eine Lösung finden soll. Ich hab das noch nie erlebt.

»Ich wollte dich nicht verletzen, Leighton. Es tut mir wirklich leid.«

»Ich weiß«, sage ich. Ich hatte das schon gemerkt, noch bevor ich die Zeichnung sah – das Bedauern in seinem Gesicht, als ich auftauchte.

»Ich weiß, dass du sauer bist, aber kann ich dir den Rest zeigen?«

»Welchen Rest?«

»Den Comic. In der Ausstellung war ja nur das Cover.«

Ich folge Liam ins Haus und wir ziehen unsere warmen Jacken und Boots aus. In seinem Zimmer greift er nach einem dicken Notizbuch, das auf dem Nachttisch liegt, und blättert drin rum. Die Seiten sind in ein Comiclayout unterteilt – mit Gedanken- und Sprechblasen. Er findet ein paar Seiten, die bereits fertig ausgemalt sind. Sie zeigen ein Mädchen, das von Krähen umgeben ist, doch im nächsten Bild steht sie auf. Sie streckt die Arme aus und Vögel landen auf ihnen.

In Liams Zeichnungen verwandelt sich das Mädchen, bis sie

mehr Federn als Mensch ist. Eines der Bilder zeigt ihre neuen, wahnsinnig scharfen Krallen.

»Sie ist eine Superheldin. Das ist ihre Entstehungsgeschichte.«

»Ja«, antworte ich leise und fahre mit den Fingern leicht über das Blatt mit den Zeichnungen. »Sie wirkt so furchtlos.«

»Das war die Absicht. Eben nicht gebrochen.«

Ich schaue zu Liam hoch. »Das ist Wahnsinn.«

»Ich habe auch eines für Fiona gemacht. Ihr Helden-Alter-Ego kann Menschen mit ihrem Tanz töten. Und als Nächstes wollte ich etwas für Campbell zeichnen, aber die einzige Kraft, die mir für sie einfällt, ist, dass sie Menschen mit ihrem Verstand tötet.«

Ich muss lachen.

»Campbell würde das *sehr* gefallen«, sage ich. Liams Finger streifen fast zufällig meinen Handrücken. Ich drehe die Hand um, bis unsere Handflächen aufeinanderliegen.

Ich hätte mich weigern können, den Rest der Zeichnungen anzuschauen. Mich weigern können, überhaupt noch mit ihm zu reden. Es wäre so leicht gewesen, einfach sauer zu bleiben und mich die ganze Nacht mit meiner Wut zu beschäftigen. Doch ich habe gesehen, wie sich diese Art erbarmungsloser Wut immer weiter steigert. Ich will für mich selbst entscheiden, was in mir steckt, und Wut soll nicht dazugehören.

51. KAPITEL

Am Sonntag muss ich wieder nach Hause.

Als ich reinkomme, sind alle im Wohnzimmer. Dad sitzt da, den Kopf zwischen die Hände gestützt. Als er hört, dass ich zurück bin, hebt er den Blick und es liegt echtes Bedauern darin. Echter Schmerz. Es ist nicht mal mehr ein Riss in der Wand zu sehen, so als wenn das Haus von Neuem vortäuschen wollte, dass nichts gewesen sei.

»Leighton. Danke, dass du nach Hause gekommen bist«, sagt er. Er sagt es, als ob ich eine Wahl gehabt hätte.

Ich stehe im Türrahmen, weder richtig drinnen noch draußen, und weiß nicht so recht, worauf ich warte.

»Ich möchte euch nur sagen, dass es mir wirklich leidtut. Ich weiß auch nicht, was in der Nacht in mich gefahren ist. Ich hatte viel Stress in der Firma, Dinge, mit denen ich euch gar nicht belasten will. Ich glaube, ich hatte einfach zu viel in mich reingefressen.«

Mom setzt sich zu ihm auf das Sofa. »Euer Vater und ich haben am Wochenende *viel* telefoniert und über alles gesprochen – darüber, wie schlimm er sich aufgeführt hat und was sich ändern muss, damit sich so was wie Donnerstagnacht nicht wiederholt. Was damit anfängt, dass wir das Haus schön aufgeräumt halten, damit ihn nichts zusätzlich belastet, wenn er nach einem langen Arbeitstag heimkommt. Und wir müssen auf den Heizungs- und Stromverbrauch achten und die Rechnung, so weit es nur geht, unten halten.«

Mit jedem Wort wächst die Spannung in meinem Kiefer. Dad übernimmt jetzt das weitere Reden und listet ein paar weitere Dinge auf, die zu ihrer tollen Strategie gehören – aber alles fokussiert sich auf das Haus und auf uns. Als ob allein unser Verhalten zu seinem Ausbruch geführt hätte.

Campbell und ich sehen uns an und sie schüttelt fast unmerklich den Kopf. Sie denkt das Gleiche wie ich.

Und bittet mich stumm, nichts zu sagen.

Aber das ist keine Lösung.

»Und wir werden auch mehr Spaß zusammen haben«, erklärt er. »War ja nicht gerade viel, was wir in letzter Zeit als Familie unternommen haben, weil wenig Geld da war und so weiter, aber eure wunderbare Mom hat eine Liste gemacht, was wir alles machen können, das nicht so teuer ist.«

Jetzt sieht er mich an, weil Juniper lächelt, Campbell vor sich hin nickt und Mom seine Hand hält. Wir sind alle zurückgekehrt und nun erwartet er von mir, dass auch ich einstimme. Ihren Plan gutheiße.

»Bitte, Leighton«, sagt Mom leise. »Sollen wir es nicht wenigstens versuchen?«

Ich beiße mir innen auf die Unterlippe und traktiere sie mit meinen Zähnen.

»Okay«, sage ich und vieles andere nicht.

»Tut mir leid«, sagt er wieder. Und es ist nicht gelogen. Er meint es ernst. Er meint es immer ernst.

Dad erklärt sich bereit, für alle Abendessen zu kochen, und Campbell und Juniper bieten an, ihm zu helfen. Ich koche mir einen Kaffee und setze mich auf die Treppe vorm Haus.

»Es sind so viele«, sagt Mom, als sie auf die Veranda kommt und sich zu mir setzt.

Der Baum im Garten ist wieder voller Krähen.

Ganz oben in der Nähe der Spitze entdecke ich Joe. Seine grauen Federn verraten ihn.

Ich versuche mich an die Schätzung zu erinnern, die mit dem Wärmebild der Krähen kam.

»Weit über fünfzigtausend inzwischen«, erkläre ich ihr.

Wir sitzen ein paar Minuten schweigend nebeneinander, trinken unseren Kaffee und beobachten die Vögel.

»Er ist kein Monster, Leighton«, sagt sie. »Er ist nur ein Mensch. Ein Mensch mit Fehlern und einer schweren Vergangenheit.«

»Ich weiß«, sage ich. *Aber das ist keine Entschuldigung*, ergänze ich in Gedanken.

»Aber das ist keine Entschuldigung«, sagt sie und ich sehe sie an, während ihre Augen weiter auf den Baum gerichtet sind. »Ich weiß, es war in der letzten Zeit sehr angespannt hier. Ich will nur weiter daran glauben, dass das Gute am Ende siegt. Ich sehe bei ihm diese Seite noch immer. Ich sehe, wie er dafür kämpft. Für uns kämpft. Er hat das Wochenende bei einem Freund auf dem Sofa geschlafen, Leighton. Er ist gedemütigt.«

»Ist mir egal, ob er gedemütigt ist.«

Gerade das gefällt mir daran. Meistens scheinen nur wir diejenigen zu sein, die seine Demütigung abkriegen. »Bei wem ist er gewesen?«

Ich errate die Antwort, bevor sie sie ausspricht. Hoffe, dass ich mich irre.

»Bei Bill«, sagt Mom.«

Officer DiMarco. Na klar. Es ist die einzige Möglichkeit, die schrecklich genug ist, um tatsächlich infrage zu kommen.

»Er fühlt sich machtlos«, antworte ich. Und es ist die Wahrheit, oder zumindest das, was ich von ihr begreife. All die vielversprechenden Zukunftsperspektiven dahin und jetzt geht auch noch der Betrieb den Bach runter. Und obwohl ich glaube, dass er seinen Dad gehasst haben muss und ein Teil von ihm den Betrieb verflucht, weiß ich doch, wie stressig es ist zu versagen. Seine Wut ist nicht irgendein großes Mysterium.

Ich habe ihm vielleicht nicht seinen Footballtraum genommen, doch ich war es, die die Zahnpasta offen hat rumliegen lassen, sodass sie auf den Badezimmerschrank tropfte. Ich habe auch nicht bei dem Meisterschaftsspiel damals sein Knie zertrümmert, aber ich war es, die die Handtücher falsch gefaltet hat.

Ich habe ihm nicht mit Absicht seine Frau gestohlen, aber am meisten liebt sie nun einmal uns, und das weiß er genau.

Unsere Familie ist ein Sonnensystem mit Planeten, die mit jedem Vorfall ein Stück weiter aus ihrer Umlaufbahn geschleudert werden. Wir umkreisen uns in einem wachsenden Chaos, planlos und brutal, alle auf den Einschlag gefasst. Und ich weiß nicht, wie ich mich aus dem Ganzen lösen soll, denn es herrscht eine Schwerkraft hier, zwischen uns. Es gibt die guten Dinge, die uns zusammenschweißen.

Ich nehme Moms Hand.

Ich sehe das zerbrochene System, empfindlich und beschädigt, das direkt unter unseren Füßen zusammenbrechen könnte. Sie sieht das Zuhause.

52. KAPITEL

In dem Dunkel im Innern des Kleiderschranks kehren wir zueinander zurück. Es ist still heute Abend, aber nicht ruhig. Es ist unbehaglich. Das Haus fühlt sich in sich selbst unwohl. Die Schatten an den Wänden sind dunkler als sonst. Draußen tobt ein scharfer Wintersturm und wir hören das Gerippe des Hauses, wie es unter dem Druck ächzt.

Meine Aufgabe heute Nacht ist es zu beruhigen – abzulenken. Unsere Kerosinlampe brennt und wir spielen all unsere Spiele. *Überall, nur nicht hier* und das Schattenspiel. Juniper bittet mich, eine Geschichte zu erzählen, und ich erzähle ihr von einem Mädchen, das aus Blumen besteht. Sie hatte Augen aus Glockenblumen und statt der Haare wuchsen ihr schwere Sonnenblumen, dicht besetzt mit Samenkernen, und die Blüten folgten der Sonne, wenn das Mädchen umherlief. Ihre Finger waren die flauschigen Blätter eines Veilchens.

Das Mädchen, das aus Blumen bestand, wurde von allen sehr geliebt. Sie war sowohl sanft als auch stark und solche Mädchen finden immer Bewunderer. Ihr süßer Duft zog jeden an wie Nektar die Bienen, aber das störte sie nicht. Sie teilte gern ihre Blüten, pflückte mal hier eine Rose von ihrem Handgelenk, mal da eine Dahlie von ihrem schlanken Hals.

Eines Tages verliebte sich das Blumenmädchen in einen Mann, der wie eine Eiche war. Kräftig und stark. Er bot ihr

Schatten und Schutz vor den raueren Elementen. Und am allerwichtigsten: Er ließ sie zur Ruhe kommen. Sie senkte ihre Wurzeln tief in die Erde an seiner Seite. Sie wuchs und brachte noch größere und schönere Blütenblätter hervor. Doch dann verlor die Eiche allmählich ihre Blätter und das Mädchen schenkte dem Baum stattdessen ihre Blüten. Sie gab und gab und er nahm sie alle, ohne zu sehen, wie sie ohne die Blätter dahinwelkte. Sie liebte die Eiche zu sehr, um den Baum zu verlassen, doch es gelang ihr gerade schnell genug, neue Blüten zu treiben, dass er sie pflücken konnte. Sie konnte ihre Schönheit nicht mehr mit der Welt teilen, so beschäftigt war sie, ihn glücklich zu machen.

Als die Mädchen eingeschlafen sind, öffne ich die Schranktür und trage die beiden ins Bett. Campbell ist fast zu schwer dafür, doch es gelingt mir so gerade. Ich schiebe Campbells Bücher am Fußende zur Seite – Sammelbände mit Geschichten über Geisterhäuser, ihre jüngste Manie.

Ich greife nach meinem Rucksack und ziehe die neueste Ausgabe der *Auburn Gazette* heraus. Die Footballmannschaft hat wieder ein Spiel gewonnen und füllt erneut die Titelseite. *Auf dem Weg ins Halbfinale. Das erste Mal seit neunzehn Jahren.* Ich blättere weiter zu der Seite mit den Jobangeboten und schaue die Anzeigen durch. Die Bücherei braucht Hilfe. Und in der Anwaltskanzlei um die Ecke suchen sie jemanden fürs Vorzimmer. Der Diner braucht ständig Kellnerinnen, aber das ist es auch schon. Ich kringle die aussichtsreichsten ein und dann blättere ich weiter zur Immobilienseite. Es gibt nur ein Haus mit Mietwohnungen in ganz Auburn, doch manche Leute vermieten den Raum über ihrer Garage oder suchen jemanden zur Untermiete. Es gibt ein paar Angebote, die gar nicht so schlecht klingen. Ich kringele auch die ein. Auf der nächsten Seite stehen die Gemeindeinfos. Und ganz unten auf der Seite ist eine Anzeige für den Aufsatzwettbewerb. Im Moment scheint mir die

Uni unmöglich. Meine Schwestern allein zu lassen käme mir grausam vor.

Ich lege die Seiten weg, die ich markiert habe, und schnappe mir eines von Campbells Büchern. Sie will immer meine *Gazette* haben, wenn ich mit der Zeitung durch bin. Doch meine Bewegung stört Juniper, die zwischen uns liegt. Sie kickt Campbells Bücherstapel vom Bett. Der Aufprall wird vom Teppich gedämpft und die beiden werden nicht wach.

Ich hebe die Bücher auf und erwische auch eines von ihren Notizbüchern, das aufgeschlagen am Boden liegt. Campbell hat Zeitungsausschnitte auf die Seiten geklebt. Der Inhalt ist mir bekannt.

Es ist meine Kolumne.

Ich blättere in den Seiten und finde noch andere. Alle. Jede meiner Krähenkolumnen, sorgfältig aufbewahrt. Ihre stille Unterstützung lässt mich schmunzeln.

Doch dann blättere ich noch eine Seite weiter und bleibe hängen. Das da ist keine Kolumne, sondern ein Polizeibericht aus der *Gazette*.

Jede Woche werden in unserer Zeitung die örtlichen Polizeipressemeldungen abgedruckt.

Und Campbell hat sie ausgeschnitten und aufgehoben. Es gibt Dutzende davon.

»Die örtliche Polizei fuhr aufgrund eines besorgten Anrufs wegen einer älteren Frau in die Pine Street. Die Frau war wohlauf und erklärte, sie reagiere nur nicht auf die Anrufe ihres Sohnes, weil sie auf ihn sauer sei.«

»Die örtliche Polizei rückte zu einem Tiereinsatz aus, nachdem mehrere Anrufer von einem Esel berichteten, der die Main Street entlanglaufe. Den Beamten gelang es, das Tier einzufangen und den Besitzer ausfindig zu machen.«

»Beamte der örtlichen Polizei rückten aus, nachdem sie über

einen Einbruch in das Haus 58 West Elm erfuhren. Doch ließen sich keine Anzeichen für einen Einbruch finden. Ein Küchenfenster hatte versehentlich offen gestanden und mehrere streunende Katzen waren ins Haus eingedrungen.«

Ich lege das Notizbuch zurück und drehe mich auf die Seite, um auch zu schlafen.

Campbells Augen sind geöffnet.

»Hey«, sage ich und lege den Kopf auf mein Kissen. Wir können uns aber noch über Junipers Kopf hinweg sehen. »Tut mir leid. Das Buch ist beim Runterfallen aufgeklappt. Ich hätte trotzdem nicht drin lesen dürfen.«

»Schon gut«, sagt sie.

Ich greife über sie hinweg und lösche das Licht.

»Campbell?«, frage ich im Dunkeln. »Wieso hebst du sie auf? Ich meine, die Polizeiberichte.«

Ich weiß, sie liegt nur wenige Zentimeter von mir entfernt, doch es ist pechschwarz im Zimmer. Sie schweigt einen Moment lang und wir berühren uns nicht. Ich strecke die Hand aus, bis meine Fingerspitzen ihren Arm streifen, um mich zu versichern, dass sie noch da liegt und nicht Millionen Kilometer von mir entfernt, so wie es sich gerade anfühlt.

»Eines Tages werden *wir* dort stehen«, sagt sie und all die kleinen Härchen auf meinem Arm stellen sich senkrecht. »Und das wird bedeuten, dass entweder etwas richtig Gutes passiert ist, wie seine Verhaftung, und wir endlich in Sicherheit sind. Oder es bedeutet, es ist etwas ganz, ganz Schlimmes passiert.«

In meinem Kopf blitzt der Kriechraum auf. Es fühlt sich wie eine Vorahnung an und mir wird schlecht. Ich stelle mir die kleinen Blockbuchstaben der Zeitung vor, die ich so sehr liebe, wie sie mich betrügen und meine Todesnachricht schreiben.

»Es wird etwas Gutes sein, Campbell«, sage ich.

Zu spät. Sie ist schon eingeschlafen.

53. KAPITEL

In meiner nächsten Kolumne zum Thema Krähen berichte ich über die Dezember-Bürgerversammlung im Rathaus. Die Krähen sind sicher auch in früheren Sitzungen Thema gewesen, aber diesmal dient die ganze Zusammenkunft nur einem Zweck: der Entscheidung, wie man die Krähen aus Auburn vertreiben soll.

Ich habe niemanden, der mich hinfährt. Liam ist beim Training und Sofia kann nicht, weil ihre Mom Geburtstag hat. Deshalb bitte ich Campbell um Hilfe und nehme ihr Fahrrad. Fünf Kilometer. Im Dezember. Aber die Luft ist trocken an diesem Abend, es ist auch nicht so schrecklich kalt und ich konnte mich nicht durchringen, meine Eltern zu fragen, ob sie mich fahren. All die Verletzungen der letzten Zeit tun zu weh.

Ich erreiche das Rathaus, die Anstrengung hat mich unter dem dicken Pullover und der Winterjacke ganz schön ins Schwitzen gebracht. Ich lehne Campbells Rad gegen einen Baum und ziehe mich bis aufs T-Shirt aus. Aus dem Augenwinkel erhasche ich ein kurzes schwarzes Aufblitzen direkt neben mir. Ich drehe mich um und sehe eine einzelne Krähe, die nur wenige Zentimeter von mir entfernt auf dem Bordstein hockt. Die Krähe ist allein.

Eine Zigarette hängt dem Vogel aus seinem Schnabel.

»Du solltest damit aufhören«, sage ich, als ich an ihm vorbeigehe. »Die Dinger bringen dich um.«

Als ich eintrete, hat die Sitzung gerade begonnen, also schleiche ich mich nach hinten und lehne mich an die Wand, Stift und Schreibblock bereit.

»Die letzte Krähenjagd war sowieso die totale Pleite«, sagt ein Mann in einer Uniform – der Jagdaufseher.

»Wie viele Krähen haben wir bei der ersten Aktion erlegt?«, fragt einer aus dem Gemeinderat vorne im Saal.

»Äh, das waren ... sechshundertdreiunddreißig.«

»Und bei der letzten?«

»Keine.«

»Entschuldigung, haben Sie ›keine‹ gesagt?«

»Keine Vögel.«

»Wie ist das möglich? Wir hatten doch – wie viele? – mindestens dreißig Jäger auf der Liste, oder?«

»Nun, wir sind raus auf die Felder, aber die Krähen flogen zu hoch. Als ob sie wüssten, wie hoch wir schießen können. Als ob sie sich erinnert hätten.«

Ich mache mir eine Notiz, um meinen Ornithologen zu fragen. Wahrscheinlich haben sie sich wirklich erinnert.

»Verrückteste Sache, die ich je erlebt hab«, beendet der Jagdaufseher die Ausführungen. Ich wette, er wäre begeistert, wenn er von Joes Geschenken erführe.

Der Mann aus dem Gemeinderat reibt die Stelle zwischen den Augen. Ich kenne ihn nicht, aber ein paar der andern sind mir als Einwohner Auburns vertraut. Bill DiMarco sitzt da oben, doch diesmal als Bürger der Stadt, nicht als Vertreter der Polizei. Genau wie der Direktor der Mittelschule. Und einer der Schulbibliothekare. In einer so kleinen Stadt müssen Beamte meist mehrere Posten übernehmen, um alle Stellen zu besetzen. Und das da sind die Männer, die über meinen Aufsatz für das Stipendium entscheiden würden.

»Das heißt, die Jagden waren nutzlos. Ich sehe daher keine

andere Möglichkeit, als Wildexperten zu beauftragen, extremere Maßnahmen einzuleiten.«

Ein Raunen geht durch die Menge. Die etwa hundert Einwohner, die sich die Mühe gemacht haben, zu der Sitzung zu kommen, wirken in ihren schwarzen Mänteln wie Trauernde.

»Wir haben die Möglichkeit, die Sache zu delegieren – an Leute, die schon mit hohen Vogelkonzentrationen zu tun hatten. Die verwenden Leuchtgeschosse, Blitze und Lärm. Die Idee dahinter ist, die Vögel so zu überfordern, dass sie abziehen. Das Ganze wird teuer. Und es wird laut. Damit eröffne ich die Diskussion zu dem Thema.«

Eine Frau ganz vorn erhebt sich als Erste.

»Die Krähen wühlen Tag für Tag im Müll. Auf sämtlichen Straßen. Die ganze Nachbarschaft stinkt. Sie wissen genau, wann Mülltag ist.«

Mr DiMarco beugt sich zum Mikro vor. »Entschuldigung, Madam, was meinen sie mit ›sie *wissen*, wann Mülltag ist‹?«

»Ich meine, dass die Müllabfuhr bei uns montags kommt, deshalb sind die Krähen am Montag da und warten, dass die Müllmänner die Tonnen öffnen. Und dann hacken sie in die Beutel auf dem Lastwagen oder ziehen aus den Eimern die Reste, die zurückgeblieben sind. Dienstags warten die Krähen in der Maple Street. Und mittwochs –«

»Ich verstehe, vielen Dank«, sagt Bill DiMarco und schüttelt den Kopf. Ich denke, er glaubt ihr nicht. Sein Gesicht wirkt belustigt, als ob er sie auslachen wollte, wenn so ein Verhalten angemessen wäre, oder als ob er es auch so tun würde.

Seine herablassende Art bringt mich noch mehr gegen ihn auf.

Als Nächster ist ein Mann dran, der neben mir steht.

»Die Krähen haben meine Katze getötet«, sagt er. »Die haben das arme Ding vor der Garage in die Enge getrieben und dann zu Tode gehackt.

Wieder geht ein Raunen durch den Saal.

»Haben Sie das gesehen?«, fragt einer der Gemeinderäte.

»Nein, aber ich bin sicher, dass es die Krähen waren.«

»Lassen Sie uns mal bei dem bleiben, was wir tatsächlich gesehen haben, und Argumente für oder gegen eine Freigabe der Summe vorbringen.«

Eine kleine Frau steht auf. Ich erkenne sie. Es ist unsere Nachbarin Mrs Stieg. Ich hätte sie fragen können, ob sie mich mitnimmt.

»Die Vögel haben schlimme Schäden an meinen Rosen angerichtet«, sagt sie.

Oh nein, nicht an den kostbaren Rosen.

»Haben Sie das gesehen?«, fragt ein Mitglied aus dem Gemeinderat.

»Und ob. Das erste Mal war im September, als die ersten Schwärme einfielen. Ich bin in der Morgendämmerung aufgewacht und hab gesehen, wie sie einen von meinen preisgekrönten Rosenbüschen zerlegt haben, wie sie auf die Äste eingehackt und die Blütenblätter weggerissen haben. Ich hatte gerade erst einen anderen Busch fast verloren und nun war dieser vollständig hin.«

Ich erinnere mich an den zerstörten Busch, den ich auf unserem Weg zur Schule in Mrs Stiegs Garten gesehen und wie ich geglaubt hatte, es wär Campbell gewesen, aus Wut und Groll wegen Mrs Stiegs unfreundlichen Worten zu uns an jenem Wochenende. Ich war so sicher, dass sie es war, doch ich hatte mich geirrt. Es waren die Krähen gewesen. Aber wieso sollten die Krähen einen Rosenbusch zerstören?

»Und dann, ein paar Wochen später, der nächste Busch! Weg! Haben Sie eine Vorstellung, wie viele Jahre es braucht, so einen Rosengarten wie meinen zu kultivieren? Wie viel Hingabe für jede einzelne Pflanze? Und diese schrecklichen Vögel haben den ganzen Herbst über nichts Besseres zu tun, als alles zunichtezumachen.«

»Das tut mir sehr leid, was Sie ... von Ihren Blumen erzählen.«

»Also ich bin dafür, dass wir jeden Experten holen, den wir kriegen können. Und dann ein für alle Mal dieses nichtsnutzige Viehzeug los sind«, sagt Mrs Stieg und setzt sich danach wieder hin. Ein paar Leute klatschen.

»Okay, ich denke, wir haben genug gehört. Zur Abstimmung steht der Antrag zur Gemeindeverordnung 4420 von heute, 9. Dezember, zur Genehmigung eines Budgets, um den Auftrag zur Auslöschung sämtlicher Krähen zu erteilen. Alle, die gegen den Antrag sind, bitte ich um ein Nein.«

Schweigen im Saal.

»Nein!«, rufe ich und alle drehen sich um. Dann drehen sie sich wieder nach vorn. Ein Nein.

»Alle, die für den Antrag sind, bitte ich um ein Ja.«

Die Leute brüllen ihr Ja. Sie stehen auf und schreien es heraus. Einige trampeln sogar mit den Füßen oder heben die Hand. Einer steigt extra auf einen Stuhl.

Die Ja-Stimmen haben die Mehrheit.

Ich renne aus dem Saal. Meine Sneakers quietschen auf den glänzenden Fliesen. Ich stürze zur Tür hinaus und sauge die kalte Abendluft ein. Die Straße vor mir ist voller Krähen. Mindestens ein paar Hundert. Sie blicken zum Eingang des Rathauses. Und krächzen und krächzen. Sie sind so laut, krächzen wie wild durcheinander und schreien wie die Menschen im Saal. Und plötzlich höre ich nicht mehr ein Krächzen, sondern lauter Neins. »Nein!«, schreien die Krähen in ihren dunklen Federn draußen. »Ja!«, schreien die Leute in ihren dunklen Mänteln drinnen. Das eine ein Spiegelbild des andern.

Wenn die Krähen abstimmen dürften, hätten die Nein-Stimmen gewonnen.

54. KAPITEL

Ich schließe die Tür und lehne mich einen Augenblick dagegen, anfangs nicht willens, weiter ins Haus zu treten. Alles ist still, bis auf das Brummen des Fernsehers.

Als ich schließlich ins Wohnzimmer gehe, liegen Campbell und Juniper zusammengerollt im Sessel und meine Eltern sitzen auf dem Sofa. Mom lehnt sich an ihn und seine Arme sind um sie geschlungen. Die Umarmung ist so normal, so zärtlich – und doch zieht sich meine Brust bei dem Anblick zusammen.

»Leighton, wie war deine Versammlung?«, fragt Mom und tätschelt den freien Platz auf der anderen Seite neben ihr. Ich setze mich.

»Filmabend?«, frage ich.

»Mussten den Kabelanschluss kündigen, also haben wir was von den Lieblingsfilmen gewählt, die wir als DVD haben«, sagt Dad und der Satz klingt wie eingeschnürt in Schuld. Immer tun ihm die falschen Dinge leid.

»Gute Wahl«, sage ich. »Will jemand Popcorn?«

Campbell und Juniper nicken eifrig, also gehe ich in die Küche. Ich weiß, sie haben darum gebeten, dass ich mir Mühe gebe, und ich versuche es ja. Aber es fällt mir schwer.

Dad folgt mir.

»Hier« sagt er. »An die Popcornmaschine kommst du nicht dran.«

Er holt sie für mich aus dem Küchenregal über dem Kühlschrank und legt dabei sein Portemonnaie, Schlüssel und die Pistole auf die Arbeitsplatte.

»Noch ein Spiel«, sagt er plötzlich wie aus dem Nichts. Ich brauche eine Weile, ehe ich den Blick von der Arbeitsplatte hebe. Von der Pistole.

»Hmm?«, frage ich.

»Liam muss total aufgeregt sein. Noch ein einziger Sieg und die Wolves sind am Ziel.«

»Ach so, ja, ich glaub, er ist happy.«

»Mann, ich konnte damals kaum schlafen vor den letzten paar Spielen. Die ganze Stadt war … du weißt schon. So wie jetzt.«

In dem Punkt weiß ich die richtige Antwort: »Ich hoffe, wir gewinnen« oder vielleicht »Ist echt aufregend«. Oder sogar ein einfaches »Auf die Wolves« würde reichen. Doch ich sehe ihn in dem weichen Küchenlicht an und will mich mehr bemühen.

»Muss eine Menge Druck gewesen sein.«

Er sieht von der Popcornmaschine auf. »Ja, das war's wirklich. Und die Leute hier vergessen nicht.«

»Nein, das stimmt wohl«, antworte ich und reiche ihm den Eimer mit den Maiskörnern. »Willst du hingehen?«

»Zu dem Spiel?«

Ich nicke.

»Ja klar, wieso nicht? Wir können deinem Freund zujubeln, ein bisschen Auburn-Gemeinschaftsgeist zeigen.«

Stolz auf Auburn.

»Okay, das Spiel ist am Freitag.«

»Klingt gut, Leighton.«

»Wie war's auf der Arbeit?« Ist vielleicht schon wieder das falsche Thema, aber wenn er will, dass wir uns Mühe geben, muss er es auch. Er muss zulassen, dass wir normale Fragen stellen und nicht auf Zehenspitzen um seine Launen herumschleichen.

»Ein Fiasko«, sagt er und sein Lachen ist ein humorloses Bellen. »Hab einen Auftrag außerhalb von Philly nicht gekriegt. Bin unterboten worden. Schon wieder.«

Er klingt nicht wütend, nur traurig, enttäuscht.

»Das tut mir leid«, sage ich.

»Danke«, antwortet er und legt seine Hand für einen Moment auf meine Schulter. Manchmal wünschte ich, er wäre einfach durch und durch böse. Das Böse kann man leicht hassen, aber Verletztheit … Verletztheit kann lieben und geliebt werden.

In der Küche ist es jetzt laut vom Popcorn und ich hab das Gefühl, als wenn die Luft aus dem Raum gesaugt wurde.

»Ich schreib noch ein bisschen an meiner Kolumne. Komm danach wieder runter.«

»Okay. Lern fleißig.«

Gerade als ich in mein Zimmer komme, klackt etwas gegen das Fenster. Es ist Joe, der auf dem Fensterbrett hockt.

Diesmal öffne ich das Fenster nicht langsam und warte, ob er davonfliegt, sondern reiße es auf, dass die kalte Dezemberluft reinkommt. Er fliegt trotzdem nicht weg, sondern scharrt nur irritiert mit den Krallen.

Ich greife in meinen Rucksack und ziehe die paar Päckchen Kekse heraus, die ich für ihn gebunkert habe. Ich drücke so lange auf eines drauf, bis die Kekse brechen und die Hülle aufplatzt. Eine kleine Wolke Salz dringt heraus, ich kann den Staub in der Luft förmlich schmecken.

Joe wartet geduldig auf meine Gabe, und als ich die Kekse auf dem äußeren Fensterbrett ausstreue, neigt er den Kopf zur Seite und lässt etwas fallen. Es landet weich auf dem Teppich und schimmert im Mondschein.

Ein rostiger kleiner Schlüssel. Ich lege ihn auf meinen Nachttisch, neben die Schraube und das Streichholzmäppchen, die er mir zu Liams Haus gebracht hatte. Ich vergesse immer, sie Juniper zu geben, andererseits ist ihre eigene Sammlung inzwischen auch so schon ziemlich gewachsen. Fast ein Dutzend Murmeln und die doppelte Menge an Federn. Dazu Knöpfe und Münzen.

Als ich ans Fenster zurückkehre, ist Joe weg. Ich schließe es vor der Kälte.

Mein Fenster geht in Richtung Vorgarten: zur Straße, zum Truck und dem Baum. Doch es ist dunkel draußen und hell im Zimmer, deshalb sehe ich nur mein eigenes Spiegelbild. Die Fenster-Leighton wirkt irgendwie müde, mit dunklen Ringen unter den Augen. Ich kann die Krähen nicht sehen, aber ich kann sie auf der anderen Seite der Scheibe spüren.

Sie sind keine höflichen Gäste, die ihre Teller aus der Spüle wegräumen oder jeden Morgen ihr Bett machen. Sie sind keine Besucher.

Sie sind Wikinger.

Sie haben die Stadt erobert. Und nun überschwemmen sie in Scharen den Himmel und verdunkeln Auburn, als wenn ein Sturm droht. Sie krächzen Tag und Nacht, bis der Lärm zu einem Teil von uns wird. Bis wir uns gar nicht mehr erinnern können, wie es war, sie nicht zu hören.

Und doch.

Ich mag sie.

Ich mag die Krähen, weil sie nicht hinter einer Tür ausgesperrt oder hinter Jalousien versteckt werden können. Die Menschen können sich nicht einfach abwenden, mit dem Kopf schütteln und sagen: »Ist nicht unser Problem.«

Ich mag die Krähen, weil sie sich weigern, ignoriert zu werden.

55. KAPITEL

Ich habe einen riesigen Fehler gemacht.

Ich habe Liam versprochen, dass ich zum Spiel komme, doch jetzt, wo wir da sind, bereue ich es. Wir sind auswärts und ich spüre die Abwesenheit der Krähen stärker, als ich gedacht hätte.

Der Lärm dröhnt in verschiedenen Tonlagen. Da ist das Dauergemurmel der Leute auf ihren Plätzen. Da ist das schrille Pfeifen der Schiedsrichter und das schwere, fleischige Geräusch so vieler Leiber, die auf dem Platz gegeneinanderkrachen. Die Cheerleader sind direkt unter uns in perfektem Einklang. Aber irgendwas fehlt heute Abend. Die scheppernden Cowbells wirken auf mich wie eine Warnung.

Es ist eigenartig, meine ganze Familie dabei und in einer Reihe neben mir sitzen zu haben. Um uns herum sieht es aus, als ob die ganze Stadt gekommen wäre: die bekannten Gesichter der Lehrer und Lehrerinnen; der Jagdaufseher aus der Gemeinderatssitzung. Bill DiMarco sitzt zwei Reihen hinter uns und redet eine Weile mit Dad, bevor wir unsere Plätze einnehmen, weil das Spiel beginnt. Ich entdecke den Chef der Auburner Feuerwehr, der früher mit meinem Dad zusammengearbeitet hat, um ausgebrannte Gebäude zu begutachten, ehe der Bautrupp anrückte. Die wenigen Male, die ich ihn getroffen habe, war er mir immer als der ernsthafteste Mensch vorgekommen, den ich kannte, selbst in der dritten Klasse, als er uns für den Fall, dass man

Feuer fängt, Stehenbleiben, Fallenlassen und Hinundherwälzen beibrachte oder auch, wie man im Ernstfall den Notruf wählt.

Das erste Quarter des Spiels ist vorbei und die Tribüne macht den Eindruck, als ob sie jeden Moment unter all den Leuten zusammenbrechen würde, die wild herumhüpfen, denn die Wolves führen. Doch der Feuerwehrchef wirkt heute nicht besorgt, weder wegen der Tribüne noch wegen sonst was. Er lächelt sogar und wedelt mit einem roten und silbernen Pompon, während er gleichzeitig mit den Füßen stampft wie alle anderen auch.

»Super Abend für die Auburn Wolves. So weit sind sie in den letzten fast zwanzig Jahren nicht mehr gekommen. Vielleicht schaffen sie es ja diesmal bis ganz nach oben!« Das kommt über die Lautsprecher.

Mom stößt mich an. »Komm, Leighton, lass uns mit den Mädchen ein bisschen heißen Apfelmost holen.« In ihrer Stimme liegt eine Anspannung, die in völligem Kontrast zu der Stimmung aller andern um uns herum steht. Sie hat es auch gemerkt. Ich hab es gesehen, als wir uns alle fertig machten und er einen Augenblick glaubte, den Autoschlüssel verlegt zu haben. Doch er war nur auf dem Kühlschrank nach hinten gerutscht und Mom hatte ihn schnell gefunden. Und dann auf der Fahrt – wie sauer er wurde, als ihn jemand nicht rechtzeitig einfädeln ließ und wir die Ausfahrt verpassten.

Die kollektive stumme Erleichterung, die über uns kam, als wir da waren und einen Parkplatz gefunden hatten.

»Alles okay?«, frage ich und sie schüttelt den Kopf. Es bedeutet nicht nein, sondern: nicht hier. Ich schaue über ihre Schulter zu meinem Vater. Irgendwas hat sich in den letzten Minuten verändert.

»Komm, lass uns Apfelmost besorgen«, sage ich. Keine Ahnung, was ich verpasst habe.

»Erin, wir gehen. Das Ganze hier war ein Fehler«, sagt Dad plötzlich. Was immer sich in ihm aufgestaut hat, es wird jeden Moment umschlagen und ich weiß nicht mal, was ihn diesmal so aufgebracht hat.

Mom setzt sich.

Sein Kiefer ist angespannt. Der Anblick ist so vertraut für mich, dass es mir kalt über den Rücken läuft und ich mein Sweatshirt enger um mich ziehe. Ich weiß nicht, was an so einem öffentlichen Ort passieren wird.

Er fasst nach unten. Es ist nur eine unscheinbare Bewegung, aber ich habe ihn jetzt im Blick und ich sehe den Druck, mit dem sich seine Finger um ihren Unterarm legen. »Ich hab gesagt, wir gehen.«

Sie schüttelt den Kopf.

Die Cowbells werden lauter, als die Mannschaft aufs Spielfeld zurückkehrt.

In meinen Ohren schrillt ein Alarm.

»Verdammt, steh jetzt auf«, sagt er zu ihr, diesmal ein bisschen lauter. Ein paar Köpfe drehen sich in unsere Richtung. Mom sieht sich um. Die Leute bemerken die Unruhe.

Sie lächelt. Ein wunderschönes Lächeln. Von außen lässt sich gar nicht erkennen, dass es ein zerbrochenes Lächeln ist, doch es liegt eine Bruchstelle darunter.

»Noch nicht, Jesse«, sagt sie, schüttelt ihren Arm und zieht ihn aus seinem Griff. Sie dreht sich wieder dem Spielfeld zu, nimmt Juniper auf ihren Schoß und die Leute wenden sich ab.

Mein Blick ist auf ihn gerichtet. Wenn sie eine unter der Oberfläche verborgene Spannungslinie ist, dann ist er ein Vulkan kurz vor dem –

»Du machst es, verdammt noch mal, viel komplizierter, als es sein müsste«, sagt er. Er packt erneut ihren Arm und diesmal schauen viele Menschen herüber. Sein Griff ist wie ein Schraubstock, und obwohl sie eine Jacke anhat, kann man sehen, wo sich die Finger eindrücken. Ich möchte ihn anschreien. Ich möchte mich übergeben.

»Verflucht«, sagt er, »wie du willst.« Er lässt ihren Arm los. Es wird blaue Flecken geben.

Er drängt an mir vorbei und steigt eilig die Tribüne hinab.

»Er nimmt den Truck. Verdammt. Bleib bei den Mädchen.« Mom läuft ihm hinterher.

Als ich mich zu Campbell und Juniper umdrehe, sehe ich, wie Bill DiMarco uns ansieht. Es scheint, als ob er das Ganze mitgekriegt hat. Ich bin sicher, dass er nah genug dran war, um es zu hören.

Er schaut zu seiner Frau und seiner kleinen Tochter, dann schließt er sich der Menge an, die laut johlt. Die Wolves haben den Ball.

»Diese verfickte Stadt«, murmel ich.

»Das ist ein schlimmes Wort«, weist mich Juniper zurecht.

»Tut mir leid, Junie. Ich muss Mom aufhalten.«

»Wir kommen mit.« Campbell fragt nicht und ich werde sie nicht zwingen, alleine hier sitzen zu bleiben.

Wir laufen die Tribüne hinab und Sofia wartet am Ende der Treppe. Sie ignoriert mich und wendet sich an Campbell.

»Hey, Campbell. Ich hab dich den ganzen Abend versucht abzupassen. Können wir *bitte* über diesen Ball reden? Leighton wird eine Wolljacke über ihrem Kleid tragen und ihre Haare zu einem unordentlichen Knoten zusammenbinden wollen.«

Trotz der ganzen Situation lächelt Campbell. Verdreht die Augen. »Leighton, das würdest du echt bringen, was?«

»Kann ich die beiden eben mal kurz entführen?«, fragt Sofia und schaut mir über die Köpfe von Campbell und Juniper hinweg in die Augen.

»Danke«, sage ich mit den Lippen. Und dann höre ich meinen Namen von der Tribüne und sehe Fiona die Treppe herab auf uns zujagen.

»Leighton!« Sie schlingt ihre Arme um mich. »Sind das deine Schwestern?«

Sie dreht sich zu Campbell und Juniper um. »Ich bin Fiona, Liams Schwester. War schon ganz wild darauf, euch endlich kennenzulernen. Leighton spricht so oft von euch.«

Juniper strahlt und ich breche beinah in Tränen aus.

»Ich muss mich beeilen, wenn ich sie noch abfangen will«, sage ich und sie nickt.

Fiona hat bereits Junipers kleine Hand unter ihren Arm gesteckt und sie reden davon, Apfelmost zu besorgen.

Ich verschwinde, Mom hinterher.

56. KAPITEL

Als ich die Stelle erreiche, wo wir vorhin geparkt haben, auf einem Feld für die Flut von Autos, ist sein Truck nicht mehr da.

Shit.

Ich habe Schmerzen in der Brust und setze mich einfach hin, irgendwo auf den kalten Boden. Ich habe das Gefühl, keine Luft zu kriegen. Ich beuge den Kopf zu den Knien hinab, ziehe sie an mich und versuche, genügend Luft einzusaugen. Das Ding in meiner Brust rasselt so heftig an seinem Käfig, dass es mir den Atem nimmt.

Ich höre Schritte näher kommen. Und dann setzt sich jemand neben mich ins Gras.

Schließlich hebe ich den Kopf. Es ist Sofia mit ihrem gewohnten schiefen Lächeln, dem hüpfenden Pferdeschwanz und der fleckenlosen Cheerleader-Uniform, die im Matsch neben mir sitzt.

»Hey«, sagt sie.

»Hi.«

»Fiona ist bei den Mädchen, sie kriegen heißen Apfelmost. Alles okay mit dir?« Sie steckt die losen Haarsträhnen, die mir ins Gesicht hängen, hinter mein Ohr.

»Ich fühl mich nicht gut, Sof.«

»Atme einfach durch«, sagt Sofia und reibt mir kleine Kreise auf den Rücken.

Ein paar Minuten lang rühren wir uns nicht. Leichter Schneefall setzt ein und der Boden ist eisig. Ich höre, dass im Spiel Halbzeit ist und die Band loslegt. Gewöhnlich treten die Cheerleader in der Halbzeitpause auf. Sie werden Sofia nicht bloß vermissen, sie wird auch Ärger mit ihrer Trainerin kriegen. Doch sie macht keine Anstalten zu gehen.

Als ich wieder normal atmen kann, setz ich mich auf.

»Danke, Sof. Alles wieder gut, wirklich. Du musst aufs Spielfeld.«

»Mach dir keine Sorgen. Ist bloß ein albernes Spiel.«

»Du kriegst Ärger. Und du musst doch auch in der Zeitung über das Spiel schreiben.«

»Die Trainerin wird's überleben. Ich bin die Beste, die sie hat. Und da sind mindestens tausend Leute, die mich über die sieben Minuten des Spiels informieren können, die ich verpasse.«

Sofia bewegt sich nicht vom Fleck und ich lege den Kopf an ihre Schulter.

»Hat es mit zu Hause zu tun?«, fragt sie.

»Ja.«

»Ist schlimm, was?«

»Ich war mir nicht sicher, ob du davon weißt.«

»Ich kenn dich ewig, Leighton. Ich weiß, wieso du dich so gut wie nie bei dir zu Hause verabredest. Und du bist nie wirklich entspannt, wenn er in der Nähe ist, selbst wenn er seinen Charme voll aufdreht.« Sofia tut so, als ob sie an einem Regler dreht. »Ich bin nicht doof. Ich wusste es. Ich dachte nur, du willst nicht, dass ich es weiß, also hab ich so getan, als wenn ich nichts merke.«

»Ich wollte nicht, dass du es weißt. Oder vielleicht wollte ich es, aber ich wollt es nicht zugeben.«

»Das versteh ich«, antwortet sie. »Hör zu, wenn es bedrohlich wird und du einen Ort brauchst, wohin du fliehen kannst, lass ich mein Fenster rund um die Uhr offen. Und das mein ich wörtlich. Komm einfach rein. Bring Campbell und Junie mit. Dann machen wir Pyjamaparty.«

Ich muss lachen und schüttle den Kopf. Plötzlich schniefe ich, und nicht wegen der Kälte.

»Danke, Sof.«

»Bereit, wieder reinzugehen?«

»Ja«, antworte ich. Sie springt auf und zieht mich hoch.

»Bist du erfroren, Schneeflocke?«, fragt sie.

»Du bist doch die mit dem kurzen Rock«, sage ich und Sofia lacht.

Gleich als ich ins Stadion zurückkomme, finde ich Mom.

Ich schlinge meine Arme um sie und Sofia schlüpft an uns vorbei und winkt mir kurz zu, ehe sie forteilt.

»Ich dachte, er hätte dich gezwungen zu gehen«, sage ich und meine Stimme klingt gedämpft von ihrer Jacke.

»Ohne euch? Niemals«, antwortet sie. »Tut mir leid, Leighton.«

»*Du* musst dich nicht bei mir entschuldigen.«

»Wir müssen sehen, wie wir von hier zurückkommen.«

»Es gibt einen Bus, der nach Auburn fährt. Er fährt direkt hier durch die Stadt, bloß ein paar Straßen entfernt.«

»Will ich wissen, wieso du das weißt?«, fragt sie.

Ich schau zu ihr hoch. »Er fährt auch bei Nana vorbei. Wenn wir heute lieber da übernachten wollen.«

»Ich will bloß nach Hause«, sagt sie.

Nach Hause.

Ich lasse sie los.

»Ich geh mal die Mädchen holen, dann treffen wir uns am Eingang«, sagt Mom.

Sie geht los, doch ich zögere einen Moment in der Kälte. Ich strecke die Zunge vor und fange ein paar Schneeflocken auf. Sie schmelzen sofort und ich frage mich, ob so mein Leben aussehen wird. Für eine flüchtige Sekunde da und schon wieder vorbei. Wenn ich nicht durchstehe, was immer das Ganze hier ist, dann werde ich genau das sein. Eine Erinnerung im Gedächtnis meiner Klassenkameraden. Ihr realer Krimi, den sie auf Unipartys erzählen können.

Aber es muss noch mehr geben.

Ich kann mutig sein, wie es Campbell und Juniper immer von mir denken. Als wenn ich nicht eine einzelne kleine Schneeflocke bin, die gleich wieder verschwindet, sondern ein ganzer Schneesturm. Eine ernst zu nehmende Größe.

Ich werde eine ganze Jahreszeit sein, aber meine Zeit ist nicht die weiche braune Erde des Frühjahrs oder ein blauer Sommerhimmel. Und ich wehe keine bunten Blätter oder frischen weißen Schnee herum.

Meine Saison ist ungelegen, schmutzig, laut.

Die Saison der Krähen. Die Farbe der Trauer.

Nichts an Auburn fühlt sich noch wie ein Zuhause an.

Doch wenn Auburn sein Wunder haben kann, egal wie dunkel und seltsam und gefiedert es sein mag, dann kann ich doch vielleicht auch eines haben.

57. KAPITEL

Wir nehmen den Bus nach Auburn und kommen spät an. Wir benutzen das Telefon im Diner, um zu Hause anzurufen, und es dauert eine weitere Stunde, ehe er kommt und uns abholt.

Diesmal entschuldigt er sich nicht.

Wir hören die Stereoanlage schon im Vorgarten, und sobald wir im Haus sind, brüllt er los.

»Wie konntest du mich so blamieren, Erin?«

Die Tür zur Garderobe ist aus den Angeln gerissen. Unsere Schuhe sind überall verstreut. Einer seiner Sicherheitsstiefel liegt bei der Hintertür, die wie ein Spinnennetz gesplittert ist, wo er dagegengetreten haben muss.

Im Wohnzimmer hängt nichts mehr an der Wand und die Rahmen am Boden sind alle kaputt und das Glas gebrochen.

Eine Wand hat eine Delle dort, wo er einen der Rahmen dagegengeworfen hat. Ich bücke mich und hebe ihn auf. Es ist das Foto vom Homecoming-Ball, doch die beiden Gesichter im Foto sind durch das kaputte Glas nicht mehr zu sehen. Ich lege es vorsichtig wieder hin.

Dann gebe ich Campbell und Juniper ein Zeichen, dass sie hoch in mein Zimmer gehen sollen.

»Du hast uns einfach *zurückgelassen*«, sagt Mom. Und es ist irgendwas an ihr, das ich vorher noch nie gespürt habe – ihre eigene Wut.

»Ich hasse diese Stadt«, sagt er. »Ich finde keine Arbeit. Die Firma ist im Arsch, Erin. Und wenn wir versuchen, für einen Abend von all dem Abstand zu kriegen – für *einen* verdammten Scheißabend –, ist alles, worüber geredet wird, mein zweites großes Scheitern, obwohl das schon zwanzig Jahre zurückliegt. Es reicht!«

Während er den letzten Satz sagt, schmeißt er den Wohnzimmersessel um. Er kracht gegen die Wand. Staub und Putz fallen auf den Teppich.

»Ja, es reicht«, sagt Mom. »Geh.«

»Was?« Er bleibt stehen und dreht sich um. »Was hast du gerade zu mir gesagt?«

»Ich will, dass du gehst.«

»Das ist mein Haus.«

»Schön, dann gehen wir eben.« Mom will zur Treppe, doch er schneidet ihr den Weg ab, je eine Hand neben ihr, sodass sie mit dem Rücken zur Wand in der Falle sitzt.

»Geh nach oben, Leighton«, sagt er.

»Mom«, beginne ich.

Doch er dreht sich zu mir um, nimmt eine Vase vom Couchtisch und schleudert sie direkt neben mir gegen die Wand.

Ich renne nach oben, aber ich gehe nicht in mein Zimmer. Ich setze mich auf die oberste Stufe und schau durch die Streben des Geländers hinab.

»Du gehst nirgendwohin«, sagt er, läuft in die Küche, nimmt Moms Autoschlüssel von der Arbeitsplatte und steckt sie ein. »Du willst deine Schlüssel? Dann hol sie dir doch.«

Mom steht im Wohnzimmer.

»Na los, hol sie!«, schreit er. Als sie sich nicht rührt, lacht er. »Hab ich mir doch gedacht.«

Er geht ins Wohnzimmer und stellt die Musik aus. Dann macht er den Fernseher an und zappt durch die Programme.

Ich schleiche mich in mein Zimmer, bevor Mom die Treppe hochkommt.

Keiner von uns sagt etwas, als sie sich schließlich neben Campbell, Juniper und mir ins Bett legt.

AUBURN, PENNSYLVANIA
14. DEZEMBER
KRÄHENBESTAND: 64.759

58. KAPITEL

Als wir aufwachen, ist alles, was letzte Nacht kaputt war, nicht mehr kaputt. Aber diesmal weiß ich, dass auch Mom es bemerkt, denn als wir nach unten kommen, fährt sie mit der Hand über das Glas, das wieder sauber in den Bilderrahmen steckt, und die Stelle an der Wand, wo die Vase nah an meinem Kopf eingeschlagen ist.

Es ist ein stilles, langes Wochenende.

Er gibt ihr die Schlüssel nicht zurück.

Er erlaubt nicht, dass wir das Haus verlassen.

Er hat das Telefonkabel ständig bei sich.

Diesmal ist mir nicht danach, ihn zu provozieren. Diesmal bin ich nicht furchtlos. Ich fühle mich machtlos.

Am Sonntagnachmittag arbeite ich in meinem Zimmer an meiner letzten Krähenkolumne. Es geht um die Gemeinderatssitzung und das letzte Stück Krähenlegende – die Morrígan. In der keltischen Mythologie war sie die gestaltwandelnde Göttin des Krieges, des Schicksals und des Todes. Meistens wurde sie als Krähe beschrieben, die über die Schlachtfelder flog und nach den Toten schrie. Manchmal wurde sie als Prophetin des Todes gesehen, die auf den Schultern derer landete, die bald ihrem Schicksal erliegen würden.

Ich lese gerade noch einmal alles gründlich durch, als sich ein Schatten über meinen Schreibtisch legt. Mein Zimmer bleibt dunkel, und als ich nach draußen schaue, seh ich den Grund – Krähen überziehen den ganzen Himmel. Dunkel wie Gewitterwolken, so dicht, dass sie die Sonne verdecken.

Ich öffne das Fenster und sehe ihnen beim Fliegen zu.

Der Gemeinderat von Auburn hat für die Bereitstellung mehrerer Tausend Dollar gestimmt, um Experten zu holen, die bei der Vertreibung der Vögel helfen sollen. Sie sollen gleich nach Neujahr mit ihrer Arbeit beginnen, also haben die Krähen nur noch wenige Wochen.

Es kommt ein Wind auf, er trifft einen Stapel Papier auf meinem Schreibtisch, sodass die Blätter in alle Richtungen flattern. Ich schlage das Fenster zu und drehe mich ins Zimmer, um das Chaos in Ordnung zu bringen.

Ein vertrauter rosa Flyer liegt vor mir auf dem Boden. Der Wettbewerb für das Stipendium. Die Deadline ist morgen um Mitternacht. *In Auburn geboren. Stolz auf Auburn.*

Hier ist, was ich über *Stolz* weiß. Ich weiß, dass er die Geheimnisse grausamer Männer bewahrt. Ich weiß, dass er uns im Schatten hält, weil wir zu stolz sind zuzugeben, dass wir Hilfe brauchen. Ich weiß, dass Stolz den Ruf eines Mannes über das Leben einer Frau stellt. Stolz nennt Frauen egoistisch, wenn sie den Mund aufmachen, selbst wenn sie die Wahrheit sagen. *Gerade* dann.

Und hier ist, was ich über Auburn weiß. Ich weiß von panischem Klopfen nachts an Türen, das ignoriert wird. Ich weiß von Männern, die wegschauen, wenn ihr Freund das Problem ist. Ich weiß ganz genau, wie einfach es für die Leute hier ist, bei einem Footballspiel wegzugucken und sich mit dem hohlen Gefühl zu trösten: *Das geht uns nichts an.*

Denn Auburn ist eine Stadt, in der die Menschen nur sehen, was sie sehen wollen.

Auburn ist eine Stadt, wo die Menschen nichts sehen.

Deshalb beginne ich mit der Formulierung meiner These. Dem wahrsten Satz, den ich kenne. Und jedes Wort, das folgt, muss diese Behauptung stützen.

Es sind nicht die Krähen, die Auburn hässlich machen.

59. KAPITEL

Liam ist mit den Nerven am Ende, als er mich am Montagmorgen abholt.

»Ich wusste nicht, was passiert ist. Fiona und Sofia haben mich informiert und ich hab das ganze Wochenende versucht, dich anzurufen –«

»Ja, ich weiß, er hat das Telefon abgestellt.«

»Leighton«, sagt er. »Ich hab mir solche Sorgen gemacht. Ich wusste nicht, ob ich die Polizei rufen soll. Das ist doch nicht normal. Ihr braucht Hilfe!«

»Ich weiß. Tut mir leid, dass ich das Ende eures großen Spiels versäumt hab.«

»Du weißt genau, dass das für mich nicht wichtig ist.«

»Tut mir leid, dass ihr verloren habt.«

»Egal. Ist sogar eine gewisse Erleichterung. Wer braucht schon den Druck eines Meisterschaftsspiels?«

Ja, wer eigentlich?

Ich weiß nicht, ob das, was ich plane, richtig ist. Es gibt so viele Unbekannte. Und ja, vielleicht ist es schrecklich zu Hause, aber wenigstens ist diese Angst *bekannt*. Vertraut.

Die Fahrt zur Schule dauert heute doppelt so lang. Alle Straßen im Umkreis von unserem Haus sind mit Krähen bedeckt. Sie sind jetzt einfach *überall* und überziehen sämtliche Flächen. Liam fährt langsam, wartet darauf, dass sie sich rühren und auffliegen, anstatt zu riskieren, dass er sie anfährt. Es dauert eine Ewigkeit, bis wir zur Schule gelangen, und die ganze Zeit muss ich dran denken, dass mein Schweigen nur einem Menschen nützt.

Als ich in die Schule komme, tu ich erst gar nicht so, als würde ich in den Unterricht gehen, sondern laufe direkt in das Zeitungsbüro und lasse mich in meinen Schreibtischstuhl fallen.

Sofia rührt sich in ihrem und schreckt mich auf. Ich habe gar nicht gemerkt, dass noch jemand im Raum ist. Sofort beugt sie sich auf ihrem Stuhl vor, als ob sie zu mir will, aber ich hebe eine Hand.

»Alles in Ordnung. Versprochen. Ich bin nur wütend. Und im Moment muss ich dringend schreiben. Meine Kolumne ist fällig und ich will diesen Aufsatz heute noch einreichen, bevor mich der Mut verlässt.«

Meine Stimme ist klar und selbstsicher und es gibt heute nicht mal den Ansatz von Tränen. Ich muss nur die Worte aufs Papier bringen, solange ich sie im Kopf hab.

»Ich bewache die Tür«, sagt Sofia. Sie springt von ihrem Schreibtisch auf, schließt die Tür und schaltet das Licht aus. Dann setzt sie sich daneben, für den Fall, dass uns jemand stört.

»Danke, Sof.«

»Schreib«, sagt sie.

Ich fahre den uralten Schulcomputer hoch. Meinen Steinzeit-PC, den ich insgeheim liebe. Ich will das Stipendium gewinnen. Aber es geht noch um mehr.

Es gibt noch einen anderen Grund, weshalb ich *diesen* Aufsatz bei *ihnen* einreichen will.

Ein Teil von mir fühlt sich an wie eine offene Wunde. Die sie einfach zwingen will, den Text zu lesen. Ich habe so sehr mit mir gehadert, über Auburn zu schreiben. Jetzt weiß ich, warum. Ich hatte bisher Auburn nicht in seiner Ganzheit gesehen.

Diese Stadt ist nicht bloß die Bauten meines Großvaters und die Wut meines Dads. Sie ist nicht bloß Menschen, die das Geschehen direkt vor ihren Augen ignorieren.

Diese Stadt ist auch Sofia, die da ist, wenn ich sie brauche. Und Fiona, die etwas merkt, das die Erwachsenen nicht sehen, und meinen Schwestern hilft. Und Liam, der so stoisch, so feinfühlig und so gut zu mir ist.

Diese Stadt ist auch Junipers Nachrichten an Joe und Campbells berechtigte Wut und die endlosen Tiefen der Tapferkeit meiner Mutter jedes Mal, wenn seine Wut von ihr auf uns wechselt.

Und diese Stadt ist ich. Ich bin ein Teil von Auburn, auch wenn ich die Stadt kritisiere. Auch wenn ich sie hasse.

Sobald ich herausgefunden habe, was fehlte, ist es ganz leicht, den Aufsatz zu schreiben.

Ich war es, die gefehlt hat.

60. KAPITEL

Liam und ich fahren zu der gleichen Stelle, wo wir an jenem Morgen die erste Stunde geschwänzt haben.

In der letzten Zeit war es zu kalt, um das Auto zu verlassen, aber heute Abend geht es. Liam zieht eine dicke Decke aus dem Kofferraum und wieder setzen wir uns auf die Motorhaube, die noch warm ist vom Fahren. Als wir uns zurücklehnen und nach oben schauen, bilden die Baumspitzen einen Kreis um den von Sternen gesprenkelten Himmelsausschnitt. Die Bäume wirken wie riesige Wächter, die diesen kleinen Fleck Erde beschützen.

Oder vielleicht beschützen sie ja uns.

Ich bin froh, dass wir heute Abend hierhergefahren sind. Es war, als ob wir beide einfach nur allein sein wollten.

Hat sich herausgestellt, dass wir gut zusammen allein sein können.

Es herrscht jetzt schon seit einigen Tagen eine seltsame Stille bei mir zu Hause. Seitdem Auburn das Halbfinale verloren und sich die Stadt von ihrem Footballfieber verabschiedet hat.

Ich beuge mich zu Liam hinüber und drücke ihm meine Lippen auf die Wange. Ich schmiege mich ein bisschen tiefer in seine Armbeuge. Und weil ich mein Ohr an seine Rippen presse, höre ich nur noch sein Herz. Als er mich etwas fragt, versteh ich ihn nicht und muss mich erst aufrichten und bitten, dass er die Frage noch mal wiederholt.

»Wieso Journalismus?«

»Ich glaube einfach, dass es mir gefallen würde, Menschen Dinge zu berichten, über die sie Bescheid wissen sollten. Um ihnen die Wahrheit zu sagen.«

»Klingt wie geschaffen für dich.«

Das denk ich auch.

»Liam, ich muss dir was sagen.«

Er dreht sich auf die Seite.

»Ja?«

»Ich hab einen Aufsatz beim Gemeinderat eingereicht.«

»Für den Wettbewerb?«

»Ja. Ich hab über Zu Hause geschrieben.«

»Oh.«

»Da ist noch was. Wenn ich gewinne – was ich nicht werde, weil ich im Grunde die ganze Stadt anprangere –, werden sie den Aufsatz in der *Gazette* abdrucken. Ich musste zustimmen, als ich ihn eingereicht hab.«

»Das heißt, der Aufsatz handelt von ihm?«

»Hauptsächlich von Auburn, aber ja, er handelt von ihm.«

Er schweigt und ich frage mich, was er denkt. Er krümmt seinen Finger und schiebt den Knöchel unter mein Kinn, hebt meinen Kopf an und küsst mich zärtlich.

»Ich will nur, dass du in Sicherheit bist«, sagt er.

»Ich weiß«, antworte ich. »Das will ich auch. Ein Teil von mir hofft ja deshalb, dass ich nicht gewinne. Aber ich bin es so leid, mich wegzuducken, verstehst du?«

»Ja, das versteh ich.«

»Bist du froh, hier aufzuwachsen?« Ich hab mich das eine Weile gefragt und durch das Schreiben über die Stadt sind die Fragen wieder hochgekommen.

»Oh ja, schon«, antwortet er mit einem leisen Lachen.

»Was soll das heißen?«

»Ist kompliziert. Ich schlage mich gut hier. Aber ich schlage mich gut, weil ich dafür hart arbeite.«

»Zu hart«, korrigiere ich ihn.

»Und weil die Leute mich mögen.«

»Alle bewundern dich, Liam.«

»Aber manchmal hab ich das Gefühl, sie lieben mich als Ausnahmefall. Und wenn ich nicht wachsam bin, wenn ich mal *nicht* perfekt bin, werden sie sofort über mich herfallen. Es sind meist nur Kleinigkeiten, bestimmte Kommentare, Unterstellungen – aber ich bin mir darüber ständig bewusst. Das muss ich auch sein. Sie lieben es, wenn ich einen Touchdown für die Mannschaft erziele. Aber wenn ich vor dem Spiel niederknien würde, würden sie weitaus anders reagieren. Diese Stadt nimmt nur die Teile meiner Identität wahr, die ihr gefallen, den Rest ignoriert sie. So was ist anstrengend.«

»Das tut mir leid, Liam. Ich kann mir gar nicht vorstellen, wie das für dich sein muss.«

»Ich hoffe bloß, dass sich die ganze Mühe auszahlt. Mich dorthin bringt, wo ich hinwill.«

»Bestimmt.« Ich weiß nicht, wie das wäre, jedes Mal so zu empfinden, wenn man aus dem Haus tritt. Sich fragen zu müssen, ob die Leute um einen herum nicht irgendein hässliches Vorurteil gegen dich unterdrücken, um es dann rauszulassen, wenn du am wenigsten damit rechnest. Meine Sorge ist das Gegenteil von Liams – ich bin auf der Hut, wenn ich in unser Haus reingehe, nicht wenn ich rauskomme.

»Ich bin es leid, ich bin müde«, sage ich. »Nicht körperlich müde. Ist schwer zu erklären. Manchmal fühl ich mich, als wär ich hundert Jahre alt. Als ob Angsthaben immer mein Leben gewesen wär und es auch immer bleiben wird.«

»Extreme Wachsamkeit hat ihren Preis«, antwortet er. »Aber Auburn ist nicht der Mittelpunkt der Welt. Wir können gehen.

Wir *werden* gehen.« Liam steht auf und zieht mich mit. Er sieht mich an, wickelt die Decke um uns. »Abgesehen davon bist du stark. Du wirst es hinbekommen.«

»Liam, ich weine buchstäblich ständig.«

»Aber du gibst dich nie geschlagen. Und ich muss nicht dabei sein, um zu wissen, dass du nicht vor Campbell und Juniper weinst. Du bist der tapferste Mensch, den ich kenne.«

»Du musst mir nicht –«

»Das ist keine Schmeichelei, Barnes. Ernsthaft, das war es, was mich an dir besonders angezogen hat«, sagt Liam.

»Nein, das stimmt nicht. Du kanntest mich ja überhaupt nicht.«

»Ja, gut«, gibt er zu und hebt die Hand, um zu beichten. »Zuerst bist du mir aufgefallen, weil du verdammt süß bist.«

»Du bist albern.«

»Ich konnte dich nicht ignorieren. Hab's versucht. Du hast nie was gesagt, aber es ist so, als ob du laut denkst. Und auch wenn ich irgendwie wusste, dass du versucht hast, dich anzupassen und unsichtbar zu werden, konnte ich dich einfach nicht übersehen, Leighton. Und dann bei den Spinden ...«

»Was war bei den Spinden?«

»Du hast gelächelt. Ich glaube, ich hatte dich noch nie vorher lächeln sehen. Und danach wusste ich nur noch, dass ich dich unbedingt wieder dazu bringen wollte zu lächeln.«

»Liam McNamara, du bist ... ein verdammter Romantiker«, sage ich und fang an zu lächeln. »Aber ich hatte recht. Es ging gar nicht um meine Persönlichkeit.«

»Erst in English Lit. Ich meine, normalerweise redest du fast kein Wort in der Schule und dann plötzlich rastest du aus gegenüber Brody – wegen eines Buchs.«

»Moment mal. Du wolltest mit mir gehen, weil ich vor der ganzen Klasse eine wütende Feminismus-Tirade losgelassen hab?«

»Gott, ja. Das war so super. Es bestätigte, was ich schon langsam über dich vermutete.«

»Was denn?«

»Dass du *Mut* hast, Barnes. Ich mag es, wenn Leute mich überraschen. Und du hast mich eindeutig überrascht.«

»Ja, ich hab viele großartige Überraschungen auf Lager. Und? Sind schon genug unangenehme dabei gewesen?«

Ich stelle die Frage als Witz, aber ich habe wirklich darüber nachgedacht. Es ist undenkbar, dass er sich bewusst für mich entschieden hätte, wenn ihm alles bekannt gewesen wäre. Das ist für jeden zu viel. Sogar für mich.

»Leighton, wenn du glaubst, dass mich das Arschloch jemals abschrecken wird, dich zu lieben, dann bist du total durch den Wind.«

Ich lache unwillkürlich. Dabei ist es nicht lustig gemeint.

Doch ich lerne, mir meinen Spaß zu holen, wo ich ihn kriegen kann.

61. KAPITEL

Einen Tag bevor die Winterferien beginnen, ruft mich Mrs Riley aus der Kunststunde. Ich soll ins Zeitungsbüro kommen. Sie lächelt, als wir eintreten, sagt dann aber gleich, dass ich die Tür hinter mir schließen soll, und ich bin schon nervös, ehe sie ein Wort gesagt hat.

»Das also ist die Situation«, kommt sie ohne jede Vorrede auf den Punkt. »Der Gemeinderat hat sich für deinen Aufsatz entschieden.«

»Was, das ist ja –« Super. Der Wahnsinn. Das bedeutet fünftausend Dollar. Das ist ein großer Kieselstein.

»Moment.« Mrs Riley hebt die Hand. »So einfach ist es nicht. Sie geben dir das Stipendium, aber sie weigern sich, dass dein Aufsatz in der *Auburn Gazette* erscheint.«

Ich setze mich auf den Stuhl vor ihrem Schreibtisch.

»Aber wieso sollten sie das verweigern?«

»Sie scheinen wirklich zu glauben, dass du das Geld aus dem Stipendium verdient hast. Sie waren von Aufsatz und Thema beeindruckt. Genau wie ich übrigens, als sie mir eine Kopie geschickt haben, Leighton. Aber sie wollen ihn nicht drucken. Sie haben ihn als belastendes Indiz bezeichnet.«

»Belastend gegen wen?«

»Nun, sie haben unterstellt, wenn er gedruckt würde, könnte das gefährlich sein für dich … für deine Familie. Aber Leighton, wir wissen doch beide, dass es auch ein Indiz gegen die Stadt ist.«

Ich schaue aus dem Fenster neben mir und sehe, dass draußen Joe sitzt, keine zwei Meter von mir entfernt. Das eine große schwarze Auge ist auf mich gerichtet, so als ob er Bescheid weiß. Als ob er wartet, was ich tun werde. Er läuft auf dem Fensterbrett. Er tritt auf dem Fenstersims rum und zupft an den grauen Federn an seiner Seite.

Sein Schnabel geht auf, doch der Wind trägt den Ton fort. Er schreit, aber niemand kann ihn hören.

Er könnte genauso gut still sein.

Ich drehe mich wieder zu Mrs Riley um.

»Sagen Sie ihnen, sie sollen es anonym veröffentlichen.«

Sie lehnt sich auf ihrem Stuhl zurück. »Ich weiß nicht ...«

»Dann ist es kein Indiz gegen mich. Nur ihnen selbst gegenüber. Und wenn sie sich immer noch weigern, dann wissen wir zumindest, dass es nicht bloß darum ging, mich zu schützen. Wenigstens hab ich dann alles versucht.«

»Aber das ist dein Aufsatz, Leighton, du hast die Anerkennung dafür verdient.«

»Ich werde ... keine Ahnung, ich werde ihn meinen Uni-Bewerbungen nachreichen. Ich werde versuchen, ob die New York University mir erlaubt, einen aktualisierten Aufsatz zu meiner Person nachzureichen. Ich werde ihn auf andere Weise verwenden. Ich glaube aber immer noch, dass er hier ohne meinen Namen veröffentlicht werden sollte. Denn ich habe ihn für Auburn geschrieben.«

»Okay, ich werde sie fragen«, sagt Mrs Riley.

»Danke.«

Als ich mich wieder zum Fenster umdrehe, ist Joe verschwunden.

62. KAPITEL

Wir haben schon immer in diesem Haus gewohnt.

Und der Vater unseres Vaters davor auch.

Und davor? Ich nehme an, da waren es nur Holz und Nägel. Nichts Böses, denke ich mir.

Auch der Vater meines Vaters war nicht böse.

Aber er war auch nicht gut.

Und vielleicht hat er das Haus, als er es baute, verdorben.

Vielleicht hat alles, was wir schaffen, irgendwas von uns in sich, etwas, das wir vermitteln, oder auch nur etwas, das wir zurücklassen. Und wenn mein Großvater so wütend war, vielleicht hat er dann seine Wut hier zurückgelassen. Sie direkt in das Fundament und die Wände mit eingebaut, über das Einschlagen der Nägel. Vielleicht hat er sie in die ganze verdammte Stadt eingebaut.

Magie, hat es Campbell einmal genannt – aber vielleicht ist sie inzwischen mit ihren Spukhausbüchern näher dran.

Was immer es ist, früher habe ich mir gewünscht, es wäre hier für uns. Damit wir glauben konnten, dass es etwas Mächtigeres als Angst in diesem Haus gäbe – vielleicht sogar etwas, das auf uns achtgab. Doch ich hab mich getäuscht.

Das Haus hat immer nur ihn geschützt.

Ich frage mich, was das wohl für ein Gefühl wäre, sich zu verhalten, wie man Lust hat, und jeden Morgen aufzuwachen, ohne die Konsequenzen tragen zu müssen. Ich glaube, es würde einem das Gefühl geben, nie irgendwas falsch zu machen.

Und dass es vielleicht gar nicht so schlimm ist, es wieder zu tun.

63. KAPITEL

Das Haus bebt von seiner Musik.

Ich drehe mich im Bett um und greife nach dem Wecker. Es ist Viertel nach drei in der Nacht. Weihnachten.

Einen Moment lang bleibe ich liegen und frage mich, ob der Klang von Axl Roses Stimme bei mir ein Leben lang einen Brechreiz erzeugen wird. Doch dann höre ich die lauten Stimmen von unten und wühle mich aus meinen warmen Decken.

Ich schleiche mich in das Zimmer der Mädchen. Sie sind beide wach und hocken zusammengekauert in der Ecke von Junipers Bett, die Kissen in einer Reihe vor ihnen aufgestellt wie einen Schutzschild.

»Beeilt euch«, sage ich und führe sie in mein Zimmer. Im Flur höre ich, wie er wegen seines Handys herumbüllt. Es ist wieder mal weg. Er hat in den letzten Wochen ständig irgendetwas verloren und jedes Mal scheinen wir die Konsequenz dafür tragen zu müssen.

Ich zögere an der Tür und versuche sie abzuschließen. Letztes Jahr hat er das Schloss zerstört – das letzte Mal, als ich versuchte, ihn auszusperren. Ich schalte mein Licht an und schaue genauer hin. Es braucht nur eine neue Schraube, um das Schloss wieder in der Tür zu befestigen. Ich laufe zu meinem Schreibtisch hinüber und kippe die Stiftdose aus. Ich weiß, das Ding muss irgendwo sein. Ich schiebe das Streichholzmäppchen zur

Seite und da ist sie. Die Schraube, die Joe auf Liams Fensterbank abgelegt hat. Ich habe die Sachen doch nicht Juniper gegeben – Streichhölzer und Eisenwaren passen ohnehin nicht so recht zu ihrer Sammlung aus Murmeln und Federn.

Zurück an der Tür, halte ich die Schraube vor das Loch. Sie passt. Ich drehe sie so weit hinein, wie ich es mit bloßen Händen schaffe. Nicht super, aber besser als nichts. Gibt mir ein besseres Gefühl, als ich das Licht ausmache und mich zu meinen Schwestern mitten aufs Bett setze. Ich höre Schritte auf der Treppe und wir erstarren alle gleichzeitig, als ein Schatten in dem Lichtstreifen unter der Tür erscheint.

Die Tür ruckt in den Angeln, aber das Schloss hält.

Gemurmelte, wütende Laute.

»Nicht, lass –«, sagt Mom.

KNACK!

Die Tür bricht am Rand auf, ein langes, abgesplittertes Teil hängt noch am Schloss, das herausfliegt und ins Zimmer stürzt. Der Rest hängt in den Angeln, gekrümmt und geborsten. Wir sehen das grelle Licht und die Silhouette eines Mannes, der nicht böse ist, doch es manchmal vergisst.

»Steh auf«, sagt er.

Wir kriechen hinter unseren Kissen hervor. Die Mädchen folgen mir und ich folge Mom. Wir treten vorsichtig über das, was mal meine Tür war, und die Bilderrahmen, die auf dem Boden herumliegen. Wir gehen in die Küche. Er hält eine Ausgabe der *Auburn Gazette* hoch. Sie ist auf der Seite aufgeschlagen, wo die Gemeindenachrichten und Polizeiberichte stehen.

Der Siegeraufsatz des Schreibwettbewerbs.

»Sagst du mir mal gefälligst, was dieser Dreck da soll?« Er schreit diesmal nicht und irgendwie ist das noch schlimmer. Mein Kopf pocht von der Musik, dem Adrenalin, der Angst.

Seine Augen sind weit aufgerissen. Er wirft die Zeitung auf

die Arbeitsplatte und greift nach einer Schachtel Zigaretten. Mom nimmt die Zeitung hoch.

Mein Aufsatz.

Meine erste echte Veröffentlichung, auch wenn mein Name nicht druntersteht.

Und dieser Aufsatz könnte uns das Leben kosten.

Es sind nicht die Krähen, die Auburn hässlich machen.

Es ist die Komplizenschaft.

Alle, die weggeschaut haben.

Der Aufsatz ist aber keine Anklage. Er ist eine Art Liebesbrief. An Mom. An Campbell und Juniper. *Das* gilt es zu retten. Wir können das zusammen schaffen, wenn wir es beim Namen nennen.

Wenn wir sagen: *Genug.*

»Es steht kein Autor da.«

»Scheiß drauf. Das warst du«, sagt er, zündet sich mitten in der Küche eine Zigarette an und deutet auf die Zeitung. »Ich weiß es, weil jemand vom Gemeinderat es jemandem erzählt hat, den er kennt. Und der hat es mir erzählt. Es gibt keine Geheimnisse in dieser Stadt. In Kürze wird es jeder wissen.«

Gut, denke ich. Ich will ja, dass sie es wissen.

Und es stimmt, es gibt keine Geheimnisse in dieser Stadt.

Seine Wut war kein Geheimnis, aber irgendwie ist das Peinliche daran, dass ich darüber spreche.

Er öffnet und schließt die Schranktüren und tritt gegen Sachen.

»Und weißt du, was sie als Nächstes tun werden? Dem Bauunternehmen Barnes nie mehr Aufträge geben. Deshalb verdammten Scheißglückwunsch, Leighton Barnes, du hast das Familienunternehmen ruiniert. Und wo ist mein Scheißhandy?«, fragt er. »Und wieso ist es hier drinnen so heiß?« Er greift nach dem Thermostat und schaltet die Heizung ab, dann läuft er in der Küche rum und reißt alle Fenster auf. Mom legt die Zeitung auf die Arbeitsplatte und kommt zu uns. Sie legt mir den Arm um die Schultern.

»Wir gehen jetzt ins Bett«, erklärt sie ihm.

»Nicht bevor ich es erlaube«, antwortet er, während er nun auch im Wohnzimmer weitere Fenster aufreißt.

»Fahr zur Hölle«, sagt sie und schiebt uns in Richtung Treppe.

Er unterbricht, was er tut. Seine Augen sind dunkel. Sie machen mir Angst. Es ist, als ob er gar nicht dort drinnen wäre.

»Provozier mich nicht. Nicht heute Nacht.« Er geht nach oben, wahrscheinlich, um dafür zu sorgen, dass der erste Stock auch eisig kalt wird. Mom folgt ihm und schließt die Fenster hinter ihm.

Es vergeht eine knappe Sekunde, bis wir von oben einen gewürgten Schrei hören.

Ich renne los, ziehe mich um das Geländer. Er hält sie oben an der Treppe fest, übers Geländer nach hinten gebeugt, die Hände um ihren Hals. Ich erreiche ihn blitzschnell, ramme meinen Körper so fest in ihn rein, wie ich nur kann, damit er sie loslässt. Ich schiebe ihn durch die Badezimmertür und er beschimpft mich wüst. Er attackiert mich, stößt mich fort und ich schlage gegen das Geländer. Ich höre etwas knacken und für eine kurzen Moment weiß ich nicht, ob es etwas in meinem Innern ist.

Das Holz unter mir splittert und Holzstücke stehen in allen erdenklichen Winkeln nach oben, scharfkantig herausgeplatzt. Ich versuche einzuatmen, doch ich kriege keine Luft mehr und es tut *weh*.

Ein Moment vergeht. Zwei. Drei.

Ich ringe nach Luft.

Campbell rennt den Flur entlang und schwingt die Faust. Sie

trifft ihn seitlich am Kopf. Unmöglich, dass es ihm so richtig wehtut, aber egal. Er verliert die Kontrolle und er dreht sich zu ihr um. Er fasst nach ihr und ich schreie. Es ist ein Geräusch, das ich noch nie im Leben von mir gegeben habe, und ich stürze mich auf ihn wie ein wildes Tier, kratze ihn, wo ich nur kann. Er lässt Campbell los und ich packe sie und die schluchzende Juniper, ziehe sie in mein Zimmer. Ich dränge sie in meinen Schrank, höre, wie er Mom die Treppe hinabzerrt, und hab nur noch einen Gedanken: dass er sie näher zu seiner Pistole zieht, die Waffe liegt direkt auf dem Kühlschrank. Es würde nur einen Moment, eine Sekunde dauern und er hätte unsere ganze Welt zerstört.

Tapp. Tapp. Tapp.

Tapp.

Ein knackendes Geräusch von der anderen Seite meines Zimmers. Vom Fenster. Und als ich hinkomme, sehe ich nur einen Federblitz im Dunkel, als eine Krähe davonfliegt.

Und noch etwas anderes.

Ein Geschenk ist draußen auf das Fensterbrett gelegt worden. Ich öffne das Fenster und hole das Teil verwirrt herein. Dankbar.

Es ist Dads Handy.

AUBURN, PENNSYLVANIA
25. DEZEMBER
KRÄHENBESTAND: 78.460

64. KAPITEL

Rote und blaue Lichter blitzen über die abgenutzte, früher mal weiße Verkleidung des Hauses. Rot, blau und grau.

Eine andere Art von amerikanischem Traum.

Es ist kalt draußen und meine Hände sind beide fest um zwei kleinere geschlungen. Unsere Flanellschlafanzüge halten dem Wind nicht stand.

Officer Bill DiMarco ist als Erster da. Als ich ihn sehe, spüre ich, wie das Ding, das in meiner Brust gefangen ist, in Panik gerät. Wird er ihn einfach wieder laufen lassen?

Doch das tut er nicht. Er legt ihm Handschellen an. Er handelt, als wenn er ihn überhaupt nicht kennen würde.

Ein weiterer Beamter kommt, ruft einen Richter zu Hause an, weckt ihn und erwirkt ein einstweiliges Kontaktverbot.

Der zweite Beamte zieht Mom beiseite, doch ich kann sie verstehen. Er erklärt ihr, dass wegen der Feiertage eine richtige Anhörung Zeit brauchen wird. Dass wir aber die vorläufige Verfügung verlängern können, bis der Fall vor ein Gericht kommt, wahrscheinlich nach Silvester. Wenn er früher freigelassen werden sollte, halte ihn das Kontaktverbot vom Haus und von uns fern.

Und nach dem Gesetz müsse er innerhalb von vierundzwanzig Stunden nach Freilassung seine Schusswaffe aushändigen.

Officer DiMarco kommt herüber, nachdem er unseren Vater

in seinen Wagen verfrachtet hat. Ich frage mich, ob sie wohl irgendwas miteinander gesprochen haben.

Er tritt von einem Fuß auf den andern. Er wirkt, als ob er sich schrecklich unwohl fühlt. Ich kann mir vorstellen, dass er gerade lieber sonst wo wäre als hier wegen unseres nächtlichen Notrufs.

»Ich habe deinen Aufsatz gelesen, Leighton. Tut mir leid. Äh – es tut mir wirklich leid. War echt hart, das zu lesen.«

»Es war echt hart, das zu erleben.« Ich bin erschöpft. Und mir ist kalt. Ich bin nicht in der Stimmung für irgendwelche halbherzigen Wiedergutmachungen erwachsener Männer.

Officer DiMarco nickt nur einmal, wendet sich dann Mom zu und verspricht, im Laufe des Tages persönlich eine schriftliche Fassung des Kontaktverbots vorbeizubringen.

Mom wankt nicht ein einziges Mal.

Ich denke nicht an morgen. Ich denke nicht an die Möglichkeit, dass sie noch einmal ihre Meinung ändern könnte. Heute Nacht habe ich zum ersten Mal seit langer Zeit das Gefühl, dass wir gehört worden sind. Ich habe das Gefühl, als ob wir vielleicht in Sicherheit sind.

Und das ist ein verdammt gutes Gefühl.

AUBURN, PENNSYLVANIA
31. DEZEMBER
KRÄHENBESTAND: 84.784

65. KAPITEL

Wir machen uns ausnahmsweise bei mir zu Hause fertig. Sofia war schon hier, aber selten. Wir stehen im Zimmer und ziehen beide noch eine zweite Strumpfhose über die erste, weil es draußen eiskalt ist. Das schwarze Kleid sieht noch immer so toll aus wie beim ersten Mal, als ich es anprobiert habe. Geschmeidig und glänzend. Der schwarze Satinstoff hebt das Rot meiner Haare hervor. Mehr so wie bei Mom.

»Wie seh ich aus?«, frage ich Sofia, schiebe die Hände in die Taschen und wirble herum. Der Rock schwingt weit.

»Du weißt genau, dass du fantastisch aussiehst. Wie eine Verschmelzung von Audrey Hepburn und Emily Erdbeer.«

»Moment mal, soll das ein Kompliment sein?«, frage ich und schau in den Spiegel. Sofia stellt sich neben mich. Sie ist einen halben Kopf kleiner, macht aber den Größenunterschied durch die hochtoupierten Haare fast wett. Wenn dann noch die kobaltblauen High Heels dazukommen, für die sie sich entschieden hat, ist sie sogar größer.

»Natürlich ist das ein Kompliment«, antwortet Sofia. »Emily Erdbeer ist *super.*«

Es klopft an der Tür.

Ich öffne sie für Campbell und die reißt die Augen auf.

»Wie findest du's?«, frage ich und spitze meine pinken Lippen in ihre Richtung.

»Sehr Achtzigerjahre«, sagt sie. »Und Wahnsinn.«

»Danke. Okay, wir müssen los.«

»Du willst nur Liam nicht warten lassen«, sagt Campbell, doch sie lächelt und hilft mir, den Reißverschluss an der Seite hochzuziehen.

Am Tag nach Weihnachten fand ich zwei Zeitungsausschnitte auf meinem Schreibtisch. Der erste war mein Artikel, gerahmt. Der zweite war ein weiterer Polizeibericht.

»Die örtliche Polizei wurde wegen einer häuslichen Auseinandersetzung gerufen. Ein 36-jähriger Mann wurde festgenommen und muss sich wegen des Vorwurfs gewalttätiger Drohungen, unrechtmäßigem Freiheitsentzug sowie Körperverletzung verantworten.«

Und auf dem Zeitungsausschnitt klebte ein Zettel, auf dem stand: »Du hattest recht. Es war gut. C.«

»O Gott«, sagt Mom, als wir in die Küche treten.

»Was?«, frage ich.

»Nichts. Es ist nur, dass mir plötzlich meine ganze Jugend wieder vor Augen steht«, antwortet sie. »Viel Spaß, ihr zwei. Und fahrt vorsichtig.«

In Sofias Auto läuft die Heizung auf vollen Touren. Es ist ein bitterkalter Silvesterabend. Trockene Kälte. Kein Schneesturm zu erwarten, der die Krähen zudeckt.

Sie lassen sich nicht mehr verbergen. Jeder Baum an der Schnellstraße ist voll von ihnen. Jeder Parkplatz, jedes Feld. Sie übertreffen die Zahl der Menschen inzwischen um das Zehnfache. Es scheint, als ob ständig irgendein Schwarm aufgeschreckt in die Luft steigt. Statt Bäumen haben wir Krähen. Statt Feldern haben wir Krähen. Statt Wolken …

Sie beherrschen Auburn jetzt.

Der Aktionsplan der Stadt, sie zu vertreiben, startet morgen.

Ich weiß, es ist nur das Jahr, das endet, aber es fühlt sich so an, als ob es die Welt wäre. Die Sonne steht tief und gewichtig über dem Berg. Der Himmel ist nicht rosa gefärbt wie im Sommer oder orange wie im Herbst, sondern dunkelrot, und verwandelt sich schnell in Schwarz. Mit den quellenden Wolken, die um den Berg herum stehen, wirkt es fast, als ob eine Atombombe explodiert wäre.

»Sieht aus wie die Apokalypse da draußen«, sagt Sofia, meine Gedanken lesend. Wir halten vor der Schule. Sofia hat sich für ein leuchtend blaues Taftkleid entschieden, das aussieht, als ob sie eine Zeitreise unternommen und es in den Achtzigern in einem Laden vom Ständer gezogen hätte. »Moment noch«, sagt sie. »Du hast deine Haare nicht stark genug toupiert.«

Sie zieht mich näher zu sich heran, zerrt mit einem Kamm an meinen Haaren herum und trennt die Locken so lange auf, bis sie praktisch ein von mir unabhäniges Dasein führen.

»Echt, Sofia?«, frage ich, die Stimme gedämpft von den Haarmassen zwischen uns.

»Du siehst heiß aus«, sagt sie und zupft noch einmal.

»Wenn ich nicht mit zwei Schwestern aufgewachsen wär, würde mir das hier höllisch wehtun«, erkläre ich ihr.

»Zum Glück ist deine Kopfhaut seit Jahren taub«, antwortet sie.

Liam stößt einen leisen Pfiff aus, als er uns zum Eingang der Sporthalle hochkommen sieht.

»Wow«, sagt er, als Sofia und ich stehen bleiben und uns auf dem Gehweg in Pose werfen. »Da kann ich echt nicht mithalten.«

»Jetzt bist du platt, was, McNamara«, sagt Sofia lachend, zieht die Tür auf und marschiert auf ihren Sieben-Zentimeter-Absätzen hinein. Ich schaue nach unten auf meine Ballerinas. Glamour pur.

»Perfekt«, sagt Liam. Er kommt näher, nimmt meine Hand

und wirbelt mich herum. Er trägt etwas, das ein alberner weißer Smoking sein könnte, doch er sieht wie immer atemberaubend aus. In der Brusttasche seines Jacketts steckt eine Fliegersonnenbrille. Ich greife nach ihr. »Nichts da«, sagt er und fängt meine Hand über der Tasche ab. »Die falsche.«

»Was soll das heißen?

Liam fasst in eine andere Tasche, zieht ein Etui raus und setzt seine richtige Brille auf.

»Okay, jetzt bin ich bereit.«

»Wie? Es ist dir nicht peinlich?«

»Nee, die können mich mal«, sagt Liam. Ich muss lachen.

»Was hat zu deinem Sinneswandel geführt?«

»Äh, dieses süße Mädchen, das ich kenne. Sie sagt, die Brille steht mir.«

»Oh, verstehe. Da hat sie recht. Solltest öfter auf ihre Meinung hören«, flüstere ich, gerade als seine Lippen meine berühren wollen. Und ich spüre das Lächeln auf ihnen, als wir uns küssen. Er zieht den Kopf abrupt weg.

»Schau dir das an.«

Er öffnet die oberen Knöpfe von seinem Hemd und zieht es auseinander. Unter seinem makellosen Smoking trägt er ein Superman-T-Shirt. Ich muss erneut lachen.

»Perfekt.«

»Danke. Nicht zu schräg?«

»Oh, sehr schräg. Aber das ist ja das Gute.«

»Hey, übrigens – ich hab meine erste Zusage bekommen«, sagt Liam. Ich mag, wie er das Wort »erste« betont, so als wenn er wüsste, dass er noch mehr kriegen wird.

Und er hat ja recht. Es wird noch mehr kriegen. Gar keine Frage.

»Glückwunsch! Und von wo?«

»Genau genommen von einem Kunstprogramm. Der Direktor

hat mit mir Kontakt aufgenommen und gesagt, dass ihm meine Unterlagen sehr gefallen, und auch wenn Graphic Novels eigentlich nicht ihr Thema sind, hätte sie doch mein *außergewöhnliches Talent* überzeugt, deshalb solle ich kommen. Das heißt, wenn ich gehe, kann ich weiter Comics zeichnen. Sie haben lauter Klassen für Gestaltung und für Geschichtenaufbau. Und die Fakultät ist kulturell breit aufgestellt und wirklich unglaublich.«

»Ist ja echt cool, Liam.«

»Und weißt du, was noch cool ist? In *ihrer eigenen verfluchten Zeitung* die ganze Stadt anprangern.«

Liam legt den Arm um mich und zieht meinen Körper an sich. Es ist eisig, aber das ist mir egal. Ich höre das Rascheln von Papier und drehe mich leicht zur Seite, ohne ihn loszulassen. Liam hält die *Gazette* hoch – die Seite fünf, in der Mitte gefaltet.

Er liest vor.

»›Der Charme der Stadt erreicht ihre Opfer nicht und das Wort *perfekt* ist bloß ein Märchen. Wir müssen aufhören zu glauben, dass alles wieder großartig wird, wenn erst die Krähen weg sind, und an den Dingen arbeiten, die schon im Argen lagen, lange bevor die Krähen hier einfielen.‹ Das ist meine Lieblingsstelle.«

»Ja?«

»Und die über die Wände. Und das mit der Mitschuld. Und die Gewohnheiten der Vögel bei ihren Wanderungen als Metapher für generationenübergreifende Gewalt.«

»Der Teil war heikel.«

»Aber er funktioniert. Echt gut gelungen, Leighton.«

»Danke.«

»Leighton!« Ich werde praktisch von der Seite in eine Umarmung gezogen.

»Hi Fiona.« Ich winde mich etwas, damit ich meine Arme um sie legen kann. »Hey, ich hab mich bei dir noch gar nicht bedankt, dass du dich bei dem Footballspiel um meine Schwestern gekümmert hast. Das war echt lieb von dir.«

»Pah«, antwortet sie. »Das war gar nichts. Die beiden sind hinreißend. Also, Juniper ist hinreißend. Campbell ist *intensiv*.«

»Aber wirklich. Du siehst so toll aus«, sage ich.

»Danke, Leighton. Wir haben so viel Spaß. Ich bin froh zu sehen, dass du deine Keine-Begleitung-Regel über Bord geworfen hast. Na los, spielt ein bisschen die Dummies zusammen.«

Liam führt mich in die Sporthalle und wir lassen die Bowle und die Fotoschlange links liegen. Er zieht mich direkt auf die Tanzfläche. Es ist ein langsamer Song und die Musik ist nicht schrecklich laut. Liams Hand findet meine Taille und er zieht mich dicht zu sich ran. Bis ich direkt unter seinem Kinn bin. Ich sage mir, dass so was jeden Tag geschieht, aber manchmal ist etwas normal und gleichzeitig völlig unglaublich.

Irgendwann im vergangenen Jahr stiegen die Mädchen und ich an einem Nachmittag aus dem Schulbus und es regnete wie verrückt. In Sekunden waren wir nass bis auf die Haut und mussten doch noch die ganze Straße lang bis nach Hause laufen. Aber nach etwa einer Minute hörte der Regen plötzlich auf, einfach so. In einer Sekunde wechselte das Wetter von sintflutartigem Regen zu nichts. Die Wolke war abgezogen. Wir sahen es auf den Feldern jenseits der Straße weiterregnen, aber nicht über uns. Und so was muss wohl Tag für Tag passieren – das Wetter zieht weiter, ändert seine Richtung. Die Regenwolke zieht ab oder der Wind hört auf. Gewöhnlich verpassen wir aber diesen sekundenschnellen Wechsel, das heißt, als wir es an dem Nachmittag erlebten, schien es, als ob wir die einzigen Zeugen von etwas Besonderem wären. Und genauso fühle ich mich jetzt in Liams Armen. Auch wenn das hier jeden Tag millionenfach überall auf der Welt passiert.

Aber heute bin ich für diesen einen perfekten Moment hier.

66. KAPITEL

»Ich hab gehört, dein Dad hat versucht, deine Mom umzubringen?«

Und so verfliegt der perfekte Moment.

Liam und ich drehen uns zu Brody um, der mich angrinst.

Der Polizeibericht.

Liam macht einen Schritt auf Brody zu und ich packe seinen Arm. »Lass uns gehen«, sage ich.

»Leighton.« Liams Arm fühlt sich unter meinen Fingern straff gespannt an.

»Lass uns einfach gehen.«

»Aber sie haben noch gar nicht den Ice King und seine Ice Queen des Winterballs verkündet«, sagt Brody. »Hab gehört, ihr zwei steht ganz oben.«

»Mann, was für ein Arsch bist du eigentlich?«, fragt Liam.

»Ignorier ihn einfach«, sage ich. »Komm schon.«

»Brody, du wirst jetzt sofort gehen«, sagt eine Stimme hinter mir. Es ist Amelia. Perfekte Haare, perfektes Kleid … perfekt kalter Blick, als sie Brody ansieht. »Als Vorsitzende des Schülerrats erkläre ich dir, dass du den Ball zu verlassen hast.«

»Von mir aus«, antwortet er. »Ist sowieso lahmarschig.«

»Geh«, sagt sie noch einmal. Wie bei dem Footballspiel überrascht mich auch diesmal, wie energisch ihre Stimme für so eine kleine Person ist.

Brody zeigt ihr den Stinkefinger, bevor er sich abwendet, doch er geht wirklich.

»Danke, Amelia.« Meine Hand sinkt auf ihren Arm. Ich bin so dankbar, dass ich gar nicht weiß, wie ich es ausdrücken soll.

»Lass dir von ihm nicht den Abend vermiesen«, antwortet Amelia. »Oh, verdammt, irgendjemand lässt die Basketballkörbe runter. Die zerstören mir meinen Ballonbogen. Ich muss los.«

Sie winkt zum Abschied.

Sofia steht auf der anderen Seite der Sporthalle, schreit den Jungen an, der die Körbe runterlässt, und gestikuliert wie wild in Richtung der Ballons. Ich muss lachen, doch als ich mich wieder zu Liam umdrehe, ist er immer noch wütend.

»Sollen wir gehen?«, frage ich.

»Echt? Und wo willst du hin?«

»Nach New York«, antworte ich. »Kalifornien. Zum Mond.«

Schließlich muss er lachen.

»Aber erst mal ins Zeitungsbüro. Ich muss meine Mails checken.«

»Geh voran.«

Das Zeitungsbüro ist pechschwarz und wir stolpern in ihm herum, weil wir kein Licht anschalten und die Lehrer auf den Plan rufen wollen.

»Braucht eine Weile, bis er hochfährt«, flüstere ich und schalte den Steinzeit-PC ein.

»*Mmmhhh.* Hast du mich etwa unter Vortäuschung falscher Tatsachen hergelockt, Barnes?«, fragt Liam und seine Hände finden mich in dem Dunkel.

»Vielleicht«, sage ich kichernd. Der Computer fährt hoch und ich klicke auf das E-Mail-Symbol.

»Weißt du, es dauert auch eine Weile, bis er die Mails öffnet«, erkläre ich ihm.

Er dreht mich in seinen Armen um und hebt mich auf meinen

Schreibtisch. Er küsst mich ausgiebig und seine Hände verfangen sich in den Massen meiner auf Achtzigerjahre toupierten Haare. Ich muss lachen, als er zum vierten Mal scheitert, mir die Haare zur Seite zu streichen. »Was genau hast du vor?«, frage ich ihn und richte den Blick auf die Decke.

»Deinen Hals küssen. Deine Haare sind die reinste Löwenmähne.

»I am woman«, antworte ich. »Hear me roar.«

Er lacht über mein ein Jahrzehnt zu altes Musikzitat und dann küsst er mich wieder. Ich spüre sein Lächeln auf meinen Lippen und es gibt keinen Platz auf der Welt, wo ich lieber wäre als mit Liam McNamara knutschend im Zeitungsbüro unserer Schule.

Das Rascheln meines Kleids lässt mir einen Schauer über den Rücken fahren. Ich bin froh, dass wir allein sind. Es löst ein Gefühl aus wie gut formulierte Worte. Nicht in einem Zeitungsartikel oder Aufsatz in English Lit. Mehr wie in einem Sonett. Meine Beine sind runde Klammern um seine Hüfte. Als ich ihm in den Nacken seufze, ist es ein besitzanzeigender Genitivlaut. Und jedes der Worte ist bereits vertraut – ich lerne sie seit Monaten auswendig. Liams Arme umschlingen mich und drücken mich fester an ihn, er küsst mich noch stärker und ich frage mich, wo das hinführen soll –

Mein E-Mail-Account pingt.

Er zieht den Kopf zurück und neigt ihn zur Seite. »Vielleicht nicht der richtige Ort.«

»Ganz sicher nicht.«

Ich springe vom Schreibtisch und schaue nach meinen Mails. Ich scrolle mich durch Dutzende Junkmails und Uni-Mails, die in der letzten Woche den Eingang gefüllt haben. Und dann springt mir plötzlich etwas ins Auge: Aktualisierung zum frühzeitigen Zulassungsantrag.

»Die ist von der New York University«, sage ich.

»Glaubst du nicht dran?«

»Ich weiß nicht«, flüstere ich und dann schauen wir beide zusammen auf den Bildschirm.

»Oh, sieh mal, die da ist von meinem Ornithologen.«

Ich klicke die Mail zuerst an.

»Feigling«, flüstert Liam und seine Hände versuchen vergeblich, meine wilden Haare zur Seite zu schieben, damit er mir über die Schulter schauen kann. Ich lese die erste Mail vor.

»›Wie versprochen habe ich eine zweite thermische Karte angehängt, die die Quartiergewohnheiten der Krähen in Auburn, Pennsylvania, zeigt …‹« Ich verstumme langsam und öffne den Anhang. Wie bei der ersten Karte, die er vor ein paar Wochen geschickt hat, füllt auch jetzt wieder eine in strahlenden Farben den Bildschirm. Gelb und Orange in den Vororten, wo es weniger Krähen gibt. Rot und Weinrot, wo die Konzentration höher liegt. Und doch wirkt diese Karte anders als die letzte. Es gibt viel mehr Dunkelrot und diesmal ist eine Stelle komplett schwarz – die stärkste Konzentration. Das Ganze sieht aus wie ein Wirbelsturm, mit einem Epizentrum da, wo sich die meisten Krähen versammelt haben.

Ich schaue auf die Straßenlinien der Karte und plötzlich stockt mir der Atem. Der schwarze Fleck liegt fast genau auf dem Haus, wo ich wohne.

»Liam …« Ich klicke herum, um das Bild zu vergrößern. »Verdammt, was, glaubst du, hat das zu bedeuten?«

»Leighton.«

»Merkwürdig, nicht?«

»Leighton«, sagt er wieder. »Du hast die andere Mail geöffnet.«

Er hat recht. Ich hab auf den falschen Button gedrückt. Anstatt die Karte zu vergrößern, hab ich sie aus Versehen geschlossen.

Und die Mail der New York University geöffnet.

»Lay-TON!«, schreit Liam. Er hebt mich in meinem schimmernden schwarzen Kleid in die Höhe und wirbelt mich rum.

Ich bin angenommen.

AUBURN, PENNSYLVANIA
31. DEZEMBER
KRÄHENBESTAND: 93.270

67. KAPITEL

Ich bitte Liam, mich früher nach Hause zu fahren, noch vor dem Feuerwerk. Feiertage waren immer schwer für uns, deshalb haben Campbell, Juniper und ich uns unsere eigenen Traditionen geschaffen. In der Silvesternacht setzen wir uns auf das Dach vor meinem Fenster und schauen zusammen das Feuerwerk über Auburn an. Und ich werde das auch diesmal nicht versäumen.

Wir halten am Ende meiner Straße bei den Briefkästen.

Liam steigt aus dem Auto und öffnet mir die Tür.

»Schöne«, sagt er.

Deshalb küsse ich ihn. Mein Gesicht und mein Hals sind kalt, aber Liams Lippen sind warm.

Wie alle Bäume in Auburn sind auch die um uns herum von Krähen besetzt. Und ich kann hören, wie sie sich auf den Ästen bewegen. Heute Abend sind sie extrem unruhig, sie bewegen sich hin und her, krächzen, flattern von den Bäumen auf und wieder zurück. Der Himmel über ihnen wirkt wie ein Vergrößerungsglas, das auf uns gerichtet ist, da, wo wir stehen. Die Nacht ist so klar und die Milchstraße zieht sich wie ein Fluss über den Himmel.

Einen Augenblick lang ist es, als ob außerhalb dieses Moments nichts existiert. Es gibt nur Liam und mich, die Bäume und den Nachthimmel.

Die Welt dreht sich um uns herum.

Und die Worte steigen von selbst in mir hoch, schnell und ohne Mühe, wie Luft. Worte, die unsichtbar an dem Ding in meiner Brust vorbeijagen, bevor es sie erwischen kann, taumeln aus mir heraus, bevor ich zum Nachdenken komme: »Ich liebe dich.«

Es fühlt sich gut an. Und richtig. Liams Arm spannt sich um meinen Körper. Er zögert keine Sekunde.

»Erzähl mir was, das ich nicht weiß«, sagt er und stiehlt sich zwei, drei weitere Küsse, die sich so warm anfühlen wie die Sonne.

»Aber keine Versprechungen«, ergänze ich.

»Ganz wie du willst, Barnes«, sagt Liam und zieht mich eng an sich.

Die Sterne allein sind Zeugen des riesigen Lächelns auf meinem Gesicht.

Na gut, die Sterne und die Krähen.

»Keine Versprechungen«, wiederhole ich.

AUBURN, PENNSYLVANIA
31. DEZEMBER
KRÄHENBESTAND: 97.361 UND STEIGEND

68. KAPITEL

Ich stehe am Rand des Gehwegs, der zu früh aufhört, und sehe zu, wie Liam davonfährt. Die roten Rücklichter verschwimmen und verlieren sich dann in der Nacht, aber ich gehe trotzdem noch nicht ins Haus. Stattdessen lasse ich zu, mir die Zukunft vorzustellen. Ich stelle mir eine Zukunft vor, in der wir nicht »keine Versprechungen« sagen, sondern einander alles versprechen. Ich stelle mir vor, zu Liam nach Hause zu kommen, und der Gedanke erzeugt ein Lächeln.

Bum! Ich fahre zusammen und schaue hoch. Ein roter Lichtbogen zuckt über den Himmel. Das Feuerwerk beginnt. Ich eile auf das Haus zu und erst jetzt fällt mir auf, wie dunkel es ist. Wieso ist denn nirgends Licht an? Es ist doch noch nicht einmal spät.

Und es ist Neujahr.

Erst als ich die Verandatreppe erreiche, sehe ich, dass sämtliche Fenster geöffnet sind. Erst als ich dastehe, Zentimeter von ihm entfernt, merke ich, dass ich nicht allein bin. Er schaltet das Licht im Flur nicht an, doch ich erkenne seine Gestalt im Dunkeln. Ich bekomme das deutliche Gefühl, dass er auf mich gewartet hat, und die Vorstellung dreht mir den Magen um. Zu was bin ich heimgekommen? Wann haben sie ihn freigelassen?

Ich trete auf die Haustür zu und versuche, mich an das gute Gefühl zu erinnern, das ich gerade noch hatte, aber seine Gegenwart hat das Glücksgefühl verschreckt. Es versteckt sich irgendwo in den Schatten meiner Erinnerung. Denn er hat das Kontaktverbot gebrochen. Er ist hier. Und ich könnte versuchen fortzulaufen, aber wahrscheinlich haben die Mädchen Todesangst. Oder sind verletzt.

Das Haus ist zu dunkel.

Ich öffne die Tür und er ist ein Eins-achtzig-Schatten in der Dunkelheit.

Und dann erinnere ich mich an den Gedanken, den ich eben noch hatte, an den Moment, in dem ich mir einmal erlaubte, mir eine strahlende Zukunft vorzustellen.

Ich frage mich, wie das wohl sein würde, nach Hause zu kommen und keine Angst davor zu haben, was mich drinnen erwartet.

69. KAPITEL

Die Lichter im Haus sind nicht einfach aus; der Strom ist abgeschaltet. Kein Licht, keine Heizung. Als Strafe hat er alles komplett abgestellt.

Ich bin mit den Mädchen in meinem Zimmer – im Dunkeln. Unten ist es still, aber heute würde ich mir die Musik fast wünschen. Etwas, das die Anspannung auflöst. Das Ding in meiner Brust gerät in Panik, es flattert mit den Flügeln und schlägt gegen die Stangen seines Käfigs. Mein Herz bricht mir den Brustkorb, ein Hammer gegen die Rippen.

Wir bleiben oben. Wir verhalten uns still. Wir verstecken uns.

Ich muss die Polizei rufen. Wo ist das Handy?

Und dann ein anderer Gedanke.

Wo ist die Pistole?

Krach!

Ein rotes Licht zuckt durch den Himmel. Das Feuerwerk geht weiter.

»Können wir die Lampe anmachen?«, fragt Juniper. »Ich hab Angst.«

»Später«, antworte ich. Ich drücke sie an mich, aber ich bin abgelenkt durch meine eigene Angst.

Ich höre Stimmen, die zu uns heraufdringen. Ein Streit. Kurz und gedämpft. Ich wünschte, es wäre alles, doch das Gefühl, dass es schlimmer wird, bevor es besser wird, will nicht weichen.

Ich denke an den Kriechraum im Untergeschoss.

Wir müssen raus hier.

»Hört zu, ich muss Mom holen«, sage ich. Ich weiß nicht, was ich tue. Ich weiß nur, ich muss mich bewegen. Es ist immer das Warten, das mich fertigmacht.

»Bitte, Leighton«, sagt Campbell und ihre Stimme bricht. Ich glaube, niemand von uns könnte es erklären. Aber wir wissen einfach, wie schlimm das hier werden kann.

Bum!

Ich bin auf dem Weg zum Fenster, als ein weiterer Feuerwerkskörper in die Luft steigt, und zucke von dem Knall zusammen. Leuchtende Spuren in Rot und Gelb ergießen sich Richtung Boden. Krähensilhouetten schimmern im hellen Licht auf. Sie bewegen sich.

Ich schicke die Mädchen in den Kleiderschrank und küsse sie.

»Ich muss Mom holen und dann gehen wir«, erkläre ich ihnen in der Hoffnung, dass meine Stimme sicher und überzeugt klingt.

Ich schleiche nach unten. Sie sind im dunklen Wohnzimmer, sitzen auf dem Sofa.

»Mom?«, frage ich. Sie schaut auf. Ich kann über den Ausdruck in ihrem Gesicht absolut nichts sagen. Doch ich spüre, wie sich die Haare in meinem Nacken senkrecht stellen. Er steht auf und ich sehe sie im Dunkel. Seine Pistole.

Ganz langsam weiche ich zurück, Schritt für Schritt. Auch Mom erhebt sich jetzt vom Sofa. Und folgt ihm, als er näher auf mich zukommt.

»Ist es das, was ihr wolltet? Ist es das, was ihr wolltet, verdammte Scheiße?«, fragt er.

Ich bleibe stehen.

Ich schweige, starre ihn an. Alles, was ich jetzt sagen würde, wäre falsch. Ich blinzle nicht. Ich rühre mich nicht.

Und dann höre ich das verräterische Knarren meiner Zimmertür. Dieses Haus, das sich immer selbst geheilt und in Ordnung gebracht hat, nur nicht dieses Knarren, und zum Glück, denn so weiß ich, dass die Mädchen in Gefahr sind. Campbell und Juniper stehen oben am Treppenabsatz. Alle Flüche, die ich je gehört habe, jagen mir durch den Kopf, als ich zu überlegen versuche, wie ich sie dazu bringen kann, zurück in mein Zimmer zu gehen.

Ich glaube nicht, dass sie ihn von dort, wo sie sind, sehen können, und selbst wenn, würden sie nicht die Pistole sehen, die er schlaff in der Hand hält. Inzwischen habe ich auch aufgehört zu atmen und es ist, als ob ich schon für den Tod üben würde.

Campbell muss offenbar spüren, dass irgendwas absolut nicht stimmt. Vielleicht liegt es an der Steifheit meines Körpers. An meiner Weigerung, sie anzusehen. Es ist mein *Nicht-Rühren*, das sie veranlasst, sich umzudrehen. Egal, was der Grund ist, es funktioniert. Ihre dunklen Schemen oben am Treppenabsatz weichen zurück. Zurück ins Zimmer. Ich höre ganz leise das Knarren der Tür, als sie geschlossen wird.

Ich atme.

Ich blinzle.

Ich bin noch hier.

»Komm, lass uns in der Küche reden«, sagt Mom.

Sie rührt sich, mit winzigen, wohlkalkulierten Bewegungen.

Dann macht sie einen Schritt. Ich weiß, was sie vorhat, wie sie sich immer nur kleine Nuancen bewegt. Bis sie zwischen mir und der Pistole steht.

Mein Herz zieht sich zusammen, welkt, verdorrt in mir. Die Angst in meiner Brust rasselt nicht mehr in ihrem Käfig. Sie sitzt still da, in die Unterwerfung gedrängt. Sie weiß, ich kann es mir nicht leisten, auf sie zu hören.

Mom steht jetzt zwischen uns. Sie streckt die Hand aus und legt sie mir auf den Arm.

»Geh nach oben, Leighton«, sagt sie. Ihr Blick weicht keinen Moment lang von der Pistole. »Ich komm gleich rauf.«

Nein, kommst du nicht.

Ich weiß, ich sollte jetzt gehen. Wahrscheinlich würde er mich gehen lassen. Doch meine Füße gehorchen mir nicht. Sie wiegen jeder ungefähr tausend Pfund und werden niedergehalten von all den Erinnerungen, wie meine Mutter mich in den Arm genommen und auf die Stirn geküsst hat und alles hat gut werden lassen, wenn ich krank oder verletzt war. Wie meine Mutter sich zu mir ins Bett legte, wenn ich nicht einschlafen konnte, wie sie mir stundenlang in dem schwachen Licht, das vom Flur hereinschien, vorgelesen hat und mir am praktischen Beispiel zeigte, das Bücher Trost spenden können, wenn alles andere versagt. Selbst wenn Häuser kaputt und trügerisch scheinen. Und meine Füße werden niedergehalten von dem, wie sich meine Mutter zwischen mich und die Pistole geschoben hat. Meine Mutter, das schönste Geschöpf der Welt, die mir sagt, dass sie mich liebt. Sie liebt mich. Sie ist die Schwerkraft und ich bin die Erde und man kann diese Beziehung nicht einfach beenden. Das ist Physik. Sie ist eine Kraft für sich.

Mom liebt mich. Sie liebt mich. Sie liebt mich.

Da.

Die Worte haben Bedeutung.

Ich weiß jetzt, dass ich mich rühren kann, deshalb tue ich es. Ich bewege mich, aber es ist immer noch wie unter Schwerkraft und ich kann nicht kontrollieren, was mich bewegt.

Ich kann es nicht kontrollieren, aber ich kann erkennen, dass es sehr, sehr dumm ist. Ich strecke die Hand nach ihr aus.

70. KAPITEL

Das Erste, was ich registriere, ist der Geruch nach Rauch. Was keinen Sinn ergibt. Pistolen erzeugen kein Feuer.

Bum! Ein Feuerwerkskörper.

Krach! Ein Schuss geht los.

In einer Stadt, in der es inzwischen so laut ist, dass ihn wahrscheinlich niemand hört.

Ich werde nach hinten gegen die Treppe geworfen. Mom liegt über mir.

»Leighton, bist du verletzt? Oh mein Gott, Leighton«, sagt Mom und streicht mit den Händen über mich.

»Nein«, antworte ich und drehe mich zu ihr um. Es ist nur wieder das Haus.

Die Wand neben mir ist die Verletzte. Sie wurde angeschossen und blutet.

Jemand muss ihr helfen.

»Scheiße«, sagt er. »Scheiße.«

Er weicht zurück. Er schaut nicht mal nach der Wand.

»Schlüssel. Wo ist der Schlüssel?«

Und dann hör ich ein sehr vertrautes Geräusch, Federn in der Luft. Joe fliegt durch ein offenes Fenster ins Wohnzimmer und landet auf seiner Schulter.

Ich muss an die Morrígan denken, die das Schicksal der Menschen vorhersagt.

»Verdammte Scheiße, was –« Doch bevor er reagieren kann, rührt sich die Krähe, fliegt über den Tisch und stößt die Vase um, die zu Boden kracht. Lauter kleine blaue Murmeln rollen in alle Richtungen. Und Münzen und Büroklammern. Die Geschenke, die er Juniper gebracht hat. Und mitten unter ihnen der Schlüssel für den Truck, der im Mondlicht schimmert. Juniper muss ihn in der Vase versteckt haben. Ein weiterer Feuerwerkskörper leuchtet in der Ferne auf und für einen Augenblick ist alles hell und klar und erleuchtet.

Und dann schließen sich Joes Krallen um den Schlüssel und er fliegt durch das offene Fenster davon.

71. KAPITEL

Eine andere Leighton Barnes überlebt diese Nacht nicht. In einem Paralleluniversum ist dies das Ende der Nacht, das Ende des Jahrs und ihr eigenes Ende. Ich spüre diese Wahrheit in meiner Brust, wo das wilde, gefangene Ding immer noch lebt. Es wurde geschont, obwohl die Kugel es hätte treffen sollen.

Ein anderes Wesen in einer anderen Welt hätte nicht so viel Glück.

Doch hier, heute Nacht, durchschlägt die Kugel nicht meine Haut, zerstört nicht die Knochen meines Brustkorbs oder reißt die dünne, weiche Arterienwand auf. Sie streift nur an meinen Rippen entlang, so dicht, dass ich die Hitze spüre, und bohrt sich in die Wand des Hauses. Des Hauses, das seine Gewalt verbirgt.

Diesmal sehe ich, wie es passiert.

Es ist das Gleiche wie mit dem kleinen Sprung in dem kaputten Fensterglas in meinem Zimmer. Mit der Vase auf dem Tisch und den Rahmen an der Wand. Dem Putz, wo er in Wut gegen die Wand geschlagen hat. Dem schwarzen Riss in der Mauer, wo ich die Fersen meiner Füße zu hart dagegengepresst habe, weil ich Angst hatte, und das dunkle Innere des Hauses freilegte. Des Hauses, das aus Wut gebaut ist.

Der Art von Wut, die wie ein lebendiges Wesen pulsiert und in den Beton gegossen, in die hölzernen Balken genagelt wurde, die das Fundament bilden – tief unten in seinen Eingeweiden. Einem Haus, das von Dingen heimgesucht wird, die es sich weigert loszulassen.

Die Wand bewegt sich. Ein Schimmer von schwarzem Stahl, als die Kugel herausfällt. Der Putz schiebt sich an Ort und Stelle zurück, der Staub kehrt wie eine implodierende Wolke dorthin zurück, wo er herkam. Die zerbrochenen Teile setzen sich wieder zusammen. Und es ist genau das – das Haus, wie es seine Gewalt wieder tilgt –, was mich begreifen lässt, dass wir noch nicht in Sicherheit sind. Vor ihm, diesem Haus oder seiner seltsamen dunklen Magie.

Die Nacht ist nicht vorbei.

72. KAPITEL

Mom zieht mich auf die Beine und schiebt mich vorwärts.

Wieso rieche ich Rauch?

»Leighton, geh«, sagt Mom.

Er hält noch immer die Pistole und starrt sie an, als wenn er erst jetzt merken würde, dass sie in seiner Hand liegt. Seine Hand schließt sich um das schimmernde Metall. Drückt zu. Entspannt sich. Wägt sie. Wägt etwas ab. Begreift, dass er nicht fliehen kann. Sein Schlüssel ist weg.

Wir müssen gehen. Aber der einzige Weg führt nach *oben*. Zu den Mädchen.

»Geh, Leighton.«

Ich schleppe mich am Geländer die Treppe hinauf. Ich bin nicht verletzt, doch ich bin müde. Als ob hundert Jahre in Sekunden vergangen wären. Für immer kann auch in einem winzigen Augenblick existieren. Im Knall eines Feuerwerkskörpers. Im Abdrücken einer Pistole.

Wieso rieche ich Rauch?

Und dann plötzlich rieche ich ihn nicht bloß. Ich sehe ihn aus meinem Zimmer kommen und weiß, es ist die Lampe, und ich weiß, es sind die Mädchen. Aber wieso? Ich verstecke doch immer das Feuerzeug? Sie wissen nicht, wo ich es aufbewahre.

Mom und ich stürzen in mein Zimmer und sie schließt die Tür hinter uns ab.

Ich sehe Campbell und Juniper nicht.

Die Lampe ist ausgelaufen und brennt. Während ich hinschaue, ergreifen die Flammen den Vorhang von meinem Fenster, die Kante von meiner Decke.

Das Streichholzmäppchen, das Joe mir gebracht hat, liegt offen auf meinem Nachttisch. Ein paar Hölzchen fehlen.

Langsam breitet sich Rauch im Zimmer aus und die Mädchen sind –

Ich höre einen gedämpften Schrei. Der Kleiderschrank.

Ich renne durchs Zimmer und schlage dagegen. Er ist abgeschlossen. Ich höre Campbell husten und Juniper schluchzen.

Ich klaube mit den Fingernägeln an den verriegelten Türen. Panik steigt in mir auf. Die Mädchen. Die Flammen wachsen sich neben mir zu einer Hitzewand aus und ich muss so sehr husten, dass ich kaum Luft bekomme. Ich kratze an der Tür, bis die Finger bluten. Wieso ist der Schrank abgeschlossen? Meine Finger gleiten über das Schlüsselloch und das Metall ist glühend heiß.

Das Schlüsselloch.

Ich renne zu meiner Kommode, während Mom weiter an der Schranktür klaubt. Ich schnapp mir den rostigen Schlüssel, den Joe dagelassen hat. Den Schlüssel, von dem wir dachten, er sei vor Jahren verschwunden, von einem besorgten Großvater an einem sicheren Ort versteckt.

Zurück vor dem Schrank, gleitet der Schlüssel problemlos ins Loch, lässt sich drehen.

Die Türen fliegen auf und die Mädchen stürzen heraus. Ihre Haut fühlt sich heiß an. Schimmernde Tränenspuren überziehen ihre Wangen.

Mom hebt Juniper in ihre Arme.

»Leighton«, sagt Campbell zwischen zwei Hustenanfällen. »Bist du verletzt? Wir haben den Schuss gehört.«

»Niemand ist verletzt«, antworte ich. »Habt ihr das Feuer gelegt?«

»Du blutest«, sagt Cammy.

Ich schaue nach unten auf meine Hände. Sie sind voller Blut, aber ich bin nicht verletzt. Das Haus ist verletzt. Und jetzt brennt es.

Etwas schlägt gegen die Tür. Shit.

Mom begreift, bevor ich begreife. Wir sitzen in der Falle.

»Wir können es nicht löschen«, sagt sie und hustet bei jedem Wort. »Wir müssen raus.«

Wieder ein Schlag gegen die Tür und das Schloss wackelt.

Wir führen die Mädchen zum Fenster.

Bum! Feuerwerkskörper erhellen draußen den Himmel.

Wir schaffen es auf das Dach vor meinem Zimmer, aber das reicht nicht. Ich höre von drinnen einen weiteren Schlag gegen die Tür. Holz splittert, doch es hält.

»Weiter«, sage ich und wir drängen uns auf dem Dach entlang bis vor Moms Zimmer. Fürs Erste haben wir es aus dem Rauch geschafft.

Höher, schreit etwas in mir. Das Wesen. Die Angst. Es weiß, wo ich hinmuss, und ich weiß, ich sollte drauf hören. Kaum schießt mir der Gedanke durch den Kopf, birst etwas im Haus. Er ist in meinem Zimmer. Doch im selben Moment höre ich noch ein anderes Geräusch – die Haustür. Ich schaue über die Schulter, er ist aus dem brennenden Haus raus, aber nur für einen kurzen Moment.

Eine Meute von Krähen stürzt herab und treibt ihn zurück.

Sie zwingen ihn wieder ins Haus.

Und ich sehe sie an allen Fenstern, wie sie krächzen und sich im Sturzflug nähern. Es ihm unmöglich machen, das Haus zu verlassen, selbst als überall Rauch herausquillt und alles darin erstickt.

Ich höre Sirenen in der Ferne, doch sie klingen weit weg, zu weit weg.

Der Rauch wird dichter, aber wir können nicht zurück, deshalb heben wir die Mädchen hoch, bilden eine Räuberleiter und schieben die zwei zu dem obersten Teil des Hauses. Als Nächstes hilft Mom mir und dann ziehen Campbell und ich sie nach oben. Rauch strömt aus allen Fenstern, brennt in unseren Augen.

Ich höre, wie das Fensterglas splittert, und vor meinem Fenster tritt etwas heraus – doch es ist nicht er. Es ist ein Schatten, der über das Verandadach streicht. Es ist ein Stück von diesem Haus, das herausbricht und uns verfolgt. Ein Schatten in der Gestalt von Wut.

Wir sind so weit oben, wie wir nur können. Ich höre hinter uns ein Geräusch und drehe mich vorsichtig, um das Gleichgewicht nicht zu verlieren. Am anderen Ende des Dachs, halb verborgen vom Rauch, erhebt sich die Gestalt. Sie ist jetzt bei uns auf dem Dach. Sie ist nicht viel mehr als ein Schemen, der auf uns zukommt. Aber er kommt näher. Es tut weh, ihn anzusehen – der Schemen pulsiert vor Wut. Die ganze Wut, die er je empfunden hat, losgelöst von ihm, auf uns gehetzt. Und hier hocken wir, ohne jeden Fluchtweg.

Ich greife nach Campbells Hand auf der einen und Junipers Hand auf der anderen Seite. Bald werden auch sie den Schatten aus dem Rauch treten sehen.

Doch als ich zu beiden hinschaue, sind ihre Augen nicht auf die Gestalt im Rauch gerichtet. Alle drei sind ganz ruhig und schauen geradeaus.

Ich folge ihrem Blick.

Die Krähen kommen.

73. KAPITEL

Ich habe das Feuer nicht gelegt, aber ich hätte es sein können. Ich könnte sagen, ich wollte nicht, dass das passiert, doch das wäre gelogen.

Ich habe das Feuer nicht gelegt, aber ich habe es gewollt. Ich habe es geträumt. Ich habe den schlimmen Wunsch tief in mir gehegt. Er hat in meinem Magen gekauert und sich von all der Angst ernährt, die ich durch das Wohnen hier heruntergeschluckt habe. Burn, Baby, burn.

Ich habe das Feuer nicht gelegt.

Aber ich war auch nicht bereit, es zu löschen, als es schließlich ausbrach.

74. KAPITEL

Fallen geht so.

Du springst in gutem Glauben in die Dunkelheit. Der Himmel über dir brennt und das Haus unter dir brennt. Du spürst, wie das Dach unter dir langsam nachgibt, und es gibt nichts mehr, wo du hinkannst, außer hinaus in die Nacht. Ich weiß, Joe ist da draußen. Ich weiß, sie werden uns vor dem hier retten, selbst als sich ein Inferno unter uns auftut.

Also springen wir.

Und sie sind da – krächzend, sich krallend und uns mit ihren Federn umhüllend.

Sie fangen uns auf.

Die Krähen tragen uns fort von dem brennenden Haus und der lodernden Nacht.

75. KAPITEL

Sie setzen uns auf der anderen Seite der Straße ab.

Noch im selben Moment rennt Campbell los in Richtung Haus.

Mom schreit, streckt die Hand aus und ihre Finger erfassen noch knapp Campbells Shirt, doch das reicht nicht. Campbell reißt sich los. Und ich verstehe, sie sucht ihn in dem brennenden Haus. Sie will ihn vor dem Feuer retten, das sie gelegt hat, und ich wünsche mir mehr als alles auf der Welt, ich hätte das Feuer gelegt, damit es meine Schuld wäre, denn ich glaube, ich würde ihn verbrennen lassen. Ich weiß es genau.

Aber nicht Campbell.

Ich jage auf das Haus zu. Die Krähen bewachen nicht mehr die Tür, und als ich reinkomme, weiß ich, wieso. Er liegt bewusstlos am Boden. Campbell versucht alles, seinen schweren Körper zur Tür zu ziehen.

Meine Lunge brennt und würgt von dem schwarzen Rauch, der den Raum erfüllt.

»Campbell«, keuche ich nach Luft ringend, doch ich muss nur noch mehr husten. »Geh! Geh!«

Sie weigert sich, weint, schluchzt und hustet schwer. Also packe ich sein Hemd und helfe mit, ihn zu ziehen. Es ist die einzige Möglichkeit, Campbell aus dem Haus zu kriegen. Flammen lecken am Türrahmen zur Küche und ich spüre, wie sie den Saum meines Kleids erfassen.

Campbell schlägt auf sie ein und löscht sie.

Wir zerren, und sobald wir an der Tür sind, rollen wir ihn hinaus, über die Veranda hinab in den Garten. Mom und Juniper stürzen herbei und helfen uns, ihn über die Straße zu ziehen.

Wir hören ein Knirschen. Zuerst glaube ich, es unter mir zu spüren, als wenn jeden Moment eine ganze Welt aufbrechen wird, aber in Wirklichkeit ist es das Haus, das in sich zusammenbricht.

Es hält noch einen Herzschlag lang. Zwei Schläge.

Zittert.

Dann stürzt es ein.

76. KAPITEL

Wir kauern mit tauben Zehen und unsicherem Herzen auf der Straße. Die Rettungssanitäter untersuchen uns, während wir die Fragen des Polizeibeamten beantworten. Mrs Stieg bringt uns Decken und kocht Kaffee für Mom, die Polizisten und die Sanitäter.

Juniper bekommt eine Sauerstoffmaske und mein Kleid ist über den Rippen eingerissen und zeigt eine Blutspur dort, wo mich die Kugel gestreift hat. Es war wohl doch mein Blut.

Irgendwann kommt Bill DiMarco und sagt Worte, auf die wir gewartet haben – zum Beispiel *Haftbefehl*. Er erklärt uns, dass das Brechen der Anordnung, die Gefährdung von Kindern, der abgegebene Schuss und die Verletzungen, die wir erleiden mussten, eine Haft unvermeidbar machen.

Doch ich löse mich von ihm und trete so dicht an die Überreste des Hauses heran, wie es der Leiter der Feuerwehr zulässt.

Ich denke über den Schatten nach, der uns verfolgt hat. Wie er uns beinahe erwischt hätte. Wie leicht wir hätten von diesem bösen Etwas erfasst werden können, was immer es war.

Ein Erbe aus Wut. Ein Vermächtnis von Angst.

Doch diesmal wird das Haus seine Gewalt nicht auslöschen.

Die Asche vom Haus ist so schwarz wie die Flügel einer Krähe.

77. KAPITEL

Als die Sonne langsam aufgeht, erheben sich auch die Krähen aus unserem Garten.

Es folgen die Krähen aus dem Baum.

Etwas Graues blitzt zwischen dem Schwarz auf und wir drei schauen hoch.

»Tschüs, Joe«, flüstert Juniper.

Die Vögel sammeln sich, kommen in Schwung. Wie Dominosteine, die fallen, nur umgekehrt, folgt einer dem andern hinauf in den Himmel, bis Tausende Krähen über uns sind. Und dann Zehntausende. Der Sonnenaufgang ist feuerrot und reflektiert an den schwarzen Federn, bis es so aussieht, als würden die Krähen im Emporfliegen brennen, als würden sich hunderttausend Phönixe über Auburn in die Luft schwingen.

Es ist ein neuer Tag. Ein neues Jahr.

Es ist wie das Ende eines Albtraums und das Erwachen in eine neue Welt.

Campbell und Juniper stellen sich links und rechts neben mich und schieben jede eine Hand in meine. Und ich spüre, wie sich etwas in mir verlagert. Das geflügelte Ding in meiner Brust lässt sich nieder. Schweigend. In Sicherheit.

Wir sind zu Hause.

AUBURN, PENNSYLVANIA
1. JANUAR
KRÄHENBESTAND: 0

DANKSAGUNG

Noch vor kurzer Zeit war das hier kein Buch. Es war nur wie eines gestaltet. Und wahrscheinlich wäre es auch nur so etwas buchartig Gestaltetes (aber kein richtiges Buch) geblieben, wenn ich nicht die Hilfe einiger unglaublich begabter und wohlmeinender Menschen gehabt hätte. Zeit ist kostbar, doch sie verbrachten einen Großteil ihrer damit, den Text zu lesen und mir Ratschläge zu geben, wie aus diesem chaotischen Work-in-Progress eine echte Geschichte werden könnte. Ich bin so dankbar für jedes Durchlesen, jede Anmerkung, jeden Vorschlag, der eine Glühbirne auf Stellen in der Geschichte leuchten ließ, die fehlten oder im Dunkeln blieben.

Als Erstes geht mein tief empfundener Dank an das ganze Pitch-Wars-Team, das Schreibträume wahr werden lässt. Es ist ein erstes Sprungbrett, doch ein ganz wichtiges, und ich habe durch die Gemeinschaft, die ihr geschaffen habt, so viele wunderbare Menschen kennengelernt. Es ist der Ort, an den ich immer zurückkehre, wenn ich das Gefühl habe, nicht mehr zu mir selbst zu finden (und wenn ich mich in meinen Gefühlen nicht mehr zurechtfinde).

Danke, Kate Karyus Quinn und Mindy McGinnis, die meine Geschichte aus ihrer Mailbox rausgezogen und mir gesagt haben, was daran alles falsch war. Danke für die Beantwortung Tausender Fragen und dafür, dass ihr mir beigestanden habt, mich durch den heikelsten Schreibteil zu schlagen. Euer Humor, euer Verständnis und eure zahllosen Anmerkungen haben mir die Möglichkeit gegeben, besser zu werden, und ich bin endlos dankbar für die Zeit, die ihr in diese Geschichte investiert habt.

Ebenso dankbar bin ich meiner wunderbaren Agentin Suzie Townsend und dem ganzen überwältigend hilfreichen Team bei New Leaf. Ihr gebt einem das Gefühl, Teil einer Familie zu werden. Suzie, ich glaube, dass es Momente gab, in denen du mehr an dieses Buch geglaubt hast als ich – danke dafür, dass du die größte Fürsprecherin warst, die sich ein Autor nur wünschen kann.

Ein Danke auch an meinen einfühlsamen Lektor Ben Rosenthal für die endlosen Male, die du das Buch gelesen hast und es trotzdem immer noch mochtest. Danke, dass du all die Fäden aufgespürt hast, die ich verloren hatte, und für deine Hilfe, sie wieder in die Geschichte einzuweben. Einen Dank auch an all die andern bei Katherine Tegen Books für die herzliche Aufnahme und all eure unglaublichen Fähigkeiten, die ihr dem Buch habt zuteilwerden lassen.

Danke an die Autoren von *The Great Noveling Adventure* – ihr habt die erste Schreibgruppe geschaffen, in der ich mich zu Hause fühlte. Danke für eure Hilfe, die ersten 1.000 Wörter dieser Geschichte in Form zu bringen. Und dir, Jenny Perinovic: Ich wüsste nicht, wo ich ohne dich stünde. Danke für deine Ermutigung, für die Schreibdates und dafür, dass du meine Freundin bist. Ich bin so dankbar.

Ein Dank meinen Englischlehrern an der Highschool und meinen Soziologieprofessoren an der Uni. Erstere haben mir beigebracht, meine Stimme zu finden, Letztere lehrten mich, sie zu gebrauchen. Danke euch, Pat und Jill, für alles.

Auch dir ein Danke, Natalie, dass du seit fast zwanzig Jahren meine liebste Freundin bist. Du hast mir so oft geholfen, meinen Weg durch schwierige Entscheidungen zu steuern. Ich bin so froh, dass ich in dir, wie »Anne with an E« es nennen würde, eine verwandte Seele gefunden habe. Adiah Wren, ich hoffe, du weißt, wie sehr ich zu dir aufschaue. Wann immer ich Gefahr laufe, es zu vergessen, erinnerst du mich, dass unsere Stimmen *so wichtig* sind. Ich kann gar nicht erwarten, mehr von dem zu lesen, was du zu sagen hast. Jacqueline, danke dafür, dass du eine meiner frühesten Leserinnen und frühesten Freundinnen warst und mir vom ersten Tag an jedwede Unterstützung angeboten hast.

Danke auch an meine riesige wundervolle Familie, die erweiterte und angeheiratete eingeschlossen. Ihr seid das Netz, das uns auffängt. Was ist das für ein wunderbares Geschenk, die Geborgenheit eurer Liebe zu besitzen. Ich habe das nie als selbstverständlich angesehen. Ein besonderer Dank an dich, Tante Molly, für die Oreos und für die *Gilmore Girls*. Und dir, Onkel Matt, für das Nintendo. Ehrlich, dies ist mein Dank für dein Auftauchen, wann immer du kamst – es hat mir sehr viel bedeutet. Grandmom McCauley, danke, dass du mir dein Haus zur Verfügung gestellt hast, und danke für deine beharrliche Hoffnung, als ich sie am meisten brauchte. Und danke dir, Mom, dass du mein Polarstern bist. Ich werde immer auf dich als Orientierung schauen. Ich hab dich noch mehr lieb.

Kayleigh, danke, dass du dir für meine panischen Anrufe Zeit genommen hast, dass du die erste und vehementeste Fürsprecherin meiner Geschichte warst und dieses Buch öfter von vorn bis hinten gelesen hast als ich selbst. Danke, Katharyn, die du mich so zum Lachen bringst, dass mir die Tränen kommen. Ihr zwei seid meine besten Freundinnen auf der Welt und ich bin so froh, euch zu haben.

Und schließlich: Danke dir, Andrew. Du hast dieses Buch (und mein ganzes Schreiben) behandelt, als wäre es unabdingbar und nicht der unbrauchbare, abwegige Traum, für den ich es selber hielt. Danke, dass du dran geglaubt hast, als ich es nicht tat, und dafür, dass du unsere kleinen Monsterkinder in der Gegend herumgescheucht hast, während ich schrieb. Danke, dass du der erste Mensch bist, dem ich mich anvertraue, seit wir sechzehn waren und noch Straylight Run Lyrics als AIM-Away-Botschaften füreinander hinterließen. Ich liebe es, mit dir auf den Zug zu warten.

ANMERKUNG DER AUTORIN

Im Kern ist *You Are ~~Not~~ Safe Here* eine Survival-Story. Doch anstatt auf einer einsamen Insel oder verloren in der Wildnis, fernab von jedem Kontakt mit anderen Menschen, spielt diese Geschichte mittendrin: in einer Kleinstadt in einem Haus, das von häuslicher Gewalt geprägt ist.

Ich habe das Buch geschrieben, das ich gern mit fünfzehn Jahren gelesen hätte – als ich nicht wusste, dass es häusliche Gewalt war. Niemand hatte es je auf diese Weise beschrieben und ich war auch ganz sicher in keinem Buch drauf gestoßen. Als ich erwachsen war, entschied ich mich für Lobbyarbeit, arbeitete ehrenamtlich in einem Hilfszentrum für Opfer häuslicher Gewalt und erforschte den soziologischen Ursprung von Gewalt. Doch je mehr Informationen ich sammelte, desto leidenschaftlicher wünschte ich mir, dieses hart errungene Wissen mit der Version meines Ichs zu teilen, die es am meisten brauchte.

Dann begriff ich, dass ich keine Zeitreise machen muss, um Leser zu finden, die meine Botschaft hier und heute brauchen. Ich wusste, beim Schreiben einer Geschichte, in der es vor allem um häusliche Gewalt geht, musste ich zeigen, dass die Bedrohung durch Gewalt über allem hängt wie ein Schwert und dass die Angst davor oft schlimmer ist als das Niedergehen des Schwertes selbst. Und ich wusste, es musste eine Geschichte werden, in der das, wovor man Angst hat, deutliche Ähnlichkeit mit einem geliebten Menschen hat. Und die zeigt, wie verwirrend das ist. Genau das macht es so schwierig, sich in häuslicher Gewalt zurechtzufinden, und so unglaublich leicht, sie von außen misszuverstehen.

Diese Geschichte enthält auch ein bisschen Magie. Ich hatte immer das Gefühl, dass häusliche Gewalt etwas Surreales an sich hat, als wenn sie in dieser seltsamen Abwesenheit innerhalb eines Hauses existiert, wo die Zeit sich verlangsamt und die Außenwelt sehr weit weg zu sein scheint. Ein Paralleluniversum. Im Schreiben konnte ich dieses Gefühl spürbar machen – in Form eines bösen Hauses, das Zeichen der Gewalt verbirgt. Es bedeutete auch, dass ich die Erwiderung mit hineinschreiben konnte – in Form einer magischen Kraft von hunderttausend Krähen, die kommen, um die Opfer zu schützen. Mein Ziel war es, die Geschichte immer mit dem Blickwinkel der Hoffnung zu schreiben und die Dringlichkeit dieser Hoffnung weiterzugeben an Leser, die sie am meisten brauchen.

Hilfe und Anlaufstellen

Es gibt viele großartige Organisationen und Institutionen, die dazu beitragen, Bewusstsein zu schaffen, die Gesetzgebung unterstützen und Hilfe und Unterstützung für Opfer häuslicher Gewalt anbieten. Hier folgt eine Auflistung von Anlaufstellen und Informationsquellen. Bitte denkt daran, dass Täter eure Browserhistorie auslesen können. Greift nur von sicheren Geräten und Orten auf diese Quellen zu.

Das Bundesministerium für Familie, Senioren, Frauen und Jugend hat gemeinsam mit dem Bundesministerium der Justiz und für Verbraucherschutz eine Broschüre zum Thema »Mehr Schutz bei häuslicher Gewalt« in mehreren Sprachen veröffentlicht. Welchen Rechtsschutz haben Opfer von häuslicher Gewalt? Was regelt das Gewaltschutzgesetz? Was ist, wenn Kinder betroffen sind? Diese und weitere Fragen werden darin beantwortet. Die Broschüre steht zum Download bereit unter: www.bmfsfj.de/bmfsfj/service/publikationen/mehr-schutz-bei-haeuslicher-gewalt/81936

Polizei: Notruf 110 oder die zuständige Polizeidienststelle (damit ist automatisch die Erstattung einer Anzeige und eine polizeiliche Untersuchung verbunden). Österreich: 133. Schweiz: 117.

Sicherung von Spuren häuslicher Gewalt als Beweismittel (werden zwei Jahre aufbewahrt, können also auch bei später erfolgter polizeilicher Anzeige verwendet werden). Sogenannte Gewaltambulanzen gibt es unter anderem in Berlin, Düsseldorf, Hannover, Hamburg, Heidelberg und München. Telefonnummern im Internet.

Deutschlandweite Beratung durch die zuständigen Sozialbürgerhäuser und Stadtjugendämter (auch kurzfristige Unterbringung in Jugendschutzstellen).

Weißer Ring
Allgemeiner Hilfeverein für Kriminalitätsopfer mit 400 Außenstellen, Telefon- und Mailberatung
116 006, anonym, deutschlandweit, 7–22 Uhr
www.weisser-ring.de/hilfe-fuer-opfer/onlineberatung

TelefonSeelsorge
Allgemeine Beratung, anonym und kostenfrei, rund um die Uhr, 365 Tage im Jahr, auch per Chat und Mail
0800 111 0 111 oder 0800 111 0 222
www.telefonseelsorge.de
Österreich: 142; www.telefonseelsorge.at
Schweiz: 143; www.143.ch; Die Dargebotene Hand

Nummer gegen Kummer: Das Kinder- und Jugendtelefon des Deutschen Kinderschutzbundes
deutschlandweit, anonym, kostenfrei, Mo–Sa 14–20 Uhr, 116 111
Anmeldung zur Online-Beratung unter:
www.nummergegenkummer.de
Lokale Anlaufstellen des Deutschen Kinderschutzbundes:
www.dksb.de/de/dksb-vor-ort/

In Österreich:
Allgemeine Informationen des Bundeskanzleramts (mit Suchfunktion für Beratungsstellen) unter www.gewaltinfo.at

Österreichischer Kinderschutzbund
www.kinderschutz.at

In der Schweiz:
Opferhilfe Schweiz der kantonalen Sozialdirektorinnen und Sozialdirektoren, mit Suchfunktion für Beratungsstellen:
www.opferhilfe-schweiz.ch

Kinderschutz Schweiz
www.kinderschutz.ch